元華文創

鍾肇政大河小說論

The Study of Roman-fleuve by Chung Chao-cheng

第二冊

「我的生命主題：臺灣是什麼、臺灣人又是什麼！」── 改自《鍾肇政回憶錄1》

《濁流三部曲》與《臺灣人三部曲》的交響──出自錢鴻鈞之《鍾肇政大河小說論》

錢鴻鈞——

著

推薦序：漫漫歷史長夜中的守更人

國立清華大學臺灣文學研究所副教授　陳建忠

一、大河小說的命名與研究

　　眾所皆知，錢鴻鈞教授是鍾肇政文學史料最忠誠的守護人。十多年來，除了整理百萬字的書信，他更鉅細靡遺地討論鍾老作品，眼下這本三十多萬字的大作，實在非有心人無以致此。

　　雖然我個人也長期提倡臺灣歷史小說的研究，並且自十年前就開設臺灣長篇歷史小說的課程，談過不少次鍾老的作品，但對於這樣重量級的文學巨人，實在沒有留下深入的考察成果。相對於此，鴻鈞兄則慧眼獨具並堅持至今，成果豐碩，實在讓我汗顏。因此，對於他一路以來所意欲開拓的研究領域，我不僅是見證人之一，也是積極追隨的研究同好，眼見他能夠提出這樣夠份量的研究專著，更感臺灣歷史小說研究的主張勢有可為。

　　如果從研究史的立場上來看，既有的歷史小說研究顯示，臺灣學界並未將不同次類型的歷史小說視為一個有意義的敘事傳統，而是分論個別的作家與作品，彼此互不交涉。然而無論是以臺灣史與中國史為題材，在臺灣所出現的這些歷史小說都是臺灣歷史的實然現象，為求整體思考臺灣歷史小說發展的特殊性與獨特性，實有必要刷新對臺灣歷史小說的認識視野，並尋求更符合臺灣主體脈絡的分析方法。

　　依個人淺見，若依據題材與美學變革的差異，兼及歷時性歷史小說發展的階段性變化，目前可以理出四種主要的臺灣歷史小說類型，至少包括：

　　其一是傳統歷史小說：常被歸於大眾或通俗小說類型。此類小說乃受中國史傳傳統影響，以重大歷史事件、重要歷史人物為主角或主題之小說，強調歷史考證與傳奇性格，如高陽《胡雪巖》、孟瑤《風雲傳》等的歷史小說屬之。

　　其二是反共歷史小說：「部份」反共小說亦反映國共鬥爭的歷史經驗，以特定史實為背景，重點在揭示江山易幟的根源導因於萬惡共黨，從而描述赤禍綿延的場景，以及暗示來日重新復國的可能，如陳紀瀅《華夏八年》、姜貴《旋風》等的歷史小說屬之。

　　其三是後殖民歷史小說：習稱大河（歷史）小說。作品重點在於恢復被殖民者的我族歷史，特別著重在日本殖民史、國民黨戒嚴史、二二八史、白色恐怖史的重述。歷經多次殖民的臺灣社會，嚴重缺乏具主體性的歷史記憶，後殖民歷史小說正是以抵拒歷史消音、重建歷史記憶的角度出發的創作，如鍾肇政、李喬、東方白等的大河歷史小說屬之。後繼者如莊華堂等，則又將大河小說推進到平埔族活躍的時代，成果可期。

　　其四是新歷史小說：受新歷史主義與後現代主義思潮之歷史觀的影響，改以小歷史為重點，解構主流、權威敘事的傾向明顯，意識形態立場多元紛陳。其中至少有李昂、施叔青、平路為代表的女性新歷史小說；有如張大春、林燿德、朱天心為代表的戰後新移民第二代新歷史小說；有如王家祥、詹明儒為代表的漢人書寫之原住民族新歷史小說。因其尚在發展中，次類型將隨之增加、變動，有待持續觀察、描述。

　　這四類臺灣歷史小說，彼此有著或隱或顯的歷史因緣，但各自想處理的歷史問題敘事手法又多所不同。我想，必須在理解各種次類型歷史小說的敘事傳統情況下，才能找到適切的研究方法，這與認識論的釐清其實又互為辯證。

　　鍾老的大河小說，寫的是殖民地問題，寫在殖民地之後，寫於不得回憶殖民歷史的戒嚴時代，這自然是臺灣後殖民歷史小說的當然代表。甚且，此後殖民文本的解殖工程尚不只針對前一個殖民主義，還「意在言外」地針對了如同內部殖民體制一般的戒嚴體制。這類小說在出版之時，絲毫不受重視，反而是中國史的歷史小說大行其道，其間怎能不存在著一種政治體制與教育體制下的權力不對等關係？如此一來，臺灣歷史小說研究當然需要以更全盤性的眼光出之不可，鍾老的小說更不妨和傳統與反共歷史小說並列而論。

　　既然鴻鈞兄的工作如此重要，筆者深感佩服之餘，綜觀全書更覺得他所提出來的看法有三大重點，值得有志於此的研究者多加參詳、對話。

二、《鍾肇政大河小說論》的三大重點

重點之一，書中主張鍾老的歷史小說並非以寫實主義為創作觀，而是秉持著浪漫主義歷史觀。

此一觀點，可以解釋鍾老小說主角為何並非取材自特定歷史人物，卻始終充滿著對族群與土地之愛，發揚了臺灣人精神，與帶有國族建構意識的浪漫主義史觀不謀而合。此說可以與既有的寫實主義美學詮釋觀點相互辯證，具有啟發性。書中說到：「如以浪漫史觀中追求歷史進步、民族精神之思想，而歷史動力為精神、人類追求光明的理想與意志來看，鍾肇政的思想，所表現在《歌德激情書》與歷史小說中是一致的。並且也皆以愛情作為更廣大的土地之愛、生命之愛的象徵。換言之，對土地之愛、對人類之愛也正是鍾肇政筆下主角以知識份子視點下個人前進的動力，同樣也是歷史前進的動力」。

文中論證鍾肇政為浪漫主義歷史觀，從其歷史小說乃源自於史詩的文類說起。作品表現皆是英雄人物的歌頌，發而為民族精神的象徵。鍾老選擇的歷史題材都是以反抗不公不義的壓迫行動為基礎，而以風俗民情描寫為輔，眾多勞苦人民跟隨著知識份子的領袖，群起合作團結。而知識份子也懷著向土地、農民學習之心，成長向上，自我磨練。

重點之二，鍾肇政文學在接續文學傳統方面，無疑是連接了日治及戰後的兩個世代，而成為跨語世代的代表人物。本書針對他的大河小說進行研究，實在也是在解釋戰前與戰後文學史的轉折與發展，可以補足目前研究成果上較貧乏的跨語世代研究。

此一世代，歷經皇民化運動與白色恐怖，為了避禍，發展出一種特殊的話語型態，必須仔細解讀。書中強調：「本書首先是採用的是細讀法，從文本內的象徵、隱喻著手。但是新批評下的閱讀方法是絕對不夠的，所以至此，是說明本書是以作品論為主。而特別要從一些隱微、扭曲、空白的對話與情節的注意，指出作者沒有說明或者隱晦、衝突的部份，甚至顯示作者潛意識的部份，這其實就是一種癥狀閱讀法」。

書中強調，此研究試圖補充對臺灣文學創作發展史的瞭解，諸如解釋鍾肇

政與吳濁流、鍾理和之間創作影響的關係。並認為《濁流三部曲》之第三部《流雲》，與他在解嚴後的作品《怒濤》，有相互呼應與連結。《怒濤》又可以說是了解鍾肇政作品在政治意識、臺灣認同表現的入門書。本書討論的作品以《流雲》開始，作為在鍾肇政在解嚴前創作作品的入門書，不僅在意識上、藝術上，特別在結構上，都含有重大意義。《濁流三部曲》裡每一階段的愛情，象徵了民族認同的潛意識心理。愛情與國家認同有隱喻關係，這不僅是佛洛伊德心理學的中個人情慾問題與人格分析，本書更認為是表現了民族的集體意識；另一方面，民族潛意識的作用下，也會倒過來影響到理想愛情的選擇。

重點之三，本書重新塑造「日本精神」的特殊意義與臺灣作家的精神史。

對於經歷過殖民統治的世代而言，談「日本精神」實在是相當沈重的包袱。書中不僅不迴避此問題，相反地，認為「日本精神」帶給鍾老此世代知識份子，一種生命與生活的積極態度，這並非是親日，套句「詭辯」一點的說法，這乃是「知日」。鍾肇政對莊永明的《臺灣百人傳》評說：「好一個臺灣人民的史觀，這不就是說，老友除了擴大眼界之外，還把觸覺深入臺灣人的靈魂深處，予以詮釋、發揚，臺灣人的精神隨之隱約浮現！這該是一項大工程吧。」書中認為：「其實這也正是鍾肇政對自己的生命主題這麼說的。鍾肇政的史觀，也就是臺灣人民的靈魂的史觀，也就是建立臺灣人的精神史」。

例如《滄溟行》與法理抗爭一章中，是戒嚴環境所產生的文學表現。本章由臺灣人精神的源流之一的日本精神，觀察書中主人翁陸志驤的教育背景、性格、活動。以正面的態度理解日本精神，去感受作者所刻劃的追求光明的時代主題與戰鬥不撓的臺灣人形象。本書尚有附錄兩篇，分別是討論《怒濤》與《戰火》，在鍾肇政的浪漫主義歷史觀下，牽涉到日本精神與高砂精神之間的辯證關係。關於「臺灣魂」的問題，鍾肇政如何轉化日本精神是本書的一個重點。

不過，在皇民化運動下所吸收的日本精神，考其源流，日帝所為臺人設定的積極精神，並非用之於解殖，而只是片面的提倡獻身與勇敢精神。甚且，所謂勇敢與積極的生命態度，亦非日本人所獨有，則如何在我族傳統與日本影響之間適當地描述、評價，對於鍾老及其同時代作家的精神史，似乎也還存有不少探討空間。

三、等待黎明：將鍾肇政文學發揚光大的意義

　　葉石濤於 1966 年針對鍾肇政的小說，第一次提出「大河小說」一詞來談論臺灣作家的作品。葉老公開提出「大河小說」一詞，乃是在評論《流雲》的時候。〈鍾肇政論：流雲，流雲，你流向何處？〉一文裡，這樣寫到：「凡是夠得上稱為『大河小說』（Roman-fleuve）的長篇小說必須以整個人類的命運為其小說的觀點」。

　　兩年後，刊載過程幾經波折的鍾肇政「臺灣人三部曲」首部小說《沉淪》出版，葉老即時做出評論。他在〈鍾肇政和他的《沉淪》〉中強調：「這種不以特定的個人境遇來剖析時代、社會的遞嬗，而藉一個家族發展的歷史和群體生活來透視，印證時代、社會動向的小說手法，在許多結構雄偉的大河小說（Roman-fleuve）是必然的手法」。

　　最終，鍾老陸續完成了多部長篇歷史小說，開創了臺灣大河小說的敘事傳統，葉老評論的促進之功實在不容或忘。但更值得注意的是，葉老之所以期待於鍾老的文學志業，同時也是針對他自己所提出來的期許。試看一段葉老在窮困無法寫作的時代裡寫信給鍾老的話，在 1966 年 1 月 4 日的信裡，葉老說到：

> 肇政兄：謝謝您的來信。我一生的經歷有如下述，……民國四十年夏末曾坐過監，過了三年暗無天日的生活。目前進入臺南師範就學，沒有收入。家中有妻子及兩名男孩，前途可說是一片黑暗。最大的嗜好是煙與酒，女人也是我的所愛，但僅限於欣賞而已。一生最大的願望也跟先生一樣，就是做文學的鬼（駕馭者）。如果要再補充一點的話，就是我已抱定決心，不惜犧牲一切，為臺灣人確立臺灣文學的基礎。

　　葉老後來完成《臺灣文學史綱》，證明臺灣文學被她的群眾所忽略的命運，而必須繼續置身在詮釋權爭奪的潮流裡。這樣一個視文學為志業的作家，與這樣為他所相信的歷史作見證的一部書，似乎更能啟發我們作為「人」，或「臺灣人」必須為自己發聲的思考。葉老無非是試圖證明：臺灣有文學，臺灣文學

有她自己的自主性格；最終，臺灣文學的歷史必須由臺灣人自己來訴說。

　　鍾老與葉老的文學志業，其實尚有很多未竟之處，也有更多需要後輩闡釋的地方。因此之故，默默研究鍾肇政大河小說的鴻鈞兄，極像是知識社會學創始人曼海姆在形容知識份子的社會定位時所說的：「在人間漫漫黑夜中擔當守更人的角色」。他的工作如同在漫漫臺灣歷史長夜裡的守更人，默默為我們留下希望的火種。很多基礎工作，必須有人接棒去做，尤其在黎明之前，更要能夠捱得住寂寞。鴻鈞兄的研究成果，已有豐碩果實，但我相信他還會繼續耕耘下去，因為任重道遠，他所要發揚的鍾肇政文學，仍有待他繼續堅持到底，相信有朝一日，定能讓屬於一代人的寂寞與榮耀都迎向燦爛朝陽，為世人所傳誦、思索。

2013/1/22 敬序　於新豐（紅毛）

目 次

第三部份
《臺灣人三部曲》論

第九章　戒嚴體制下的反抗書寫 ——《沉淪》的臺灣人形象

第一節　前言

　　鍾肇政個人的認同意識已經有了很多研究的論文,[1]而對其作品《臺灣人三部曲》主題意識認為是作者意圖在認同大中華意識下的範疇的臺灣人意識。雖然多篇評論也認為只是一種保護、掩護。但是都並未確切引用一手資料,而進一步引用最新研究而指出鍾肇政並不認同炎黃子孫的概念,[2]而將鍾肇政在戒嚴時代的用心與反抗書寫加以推演發掘。

　　而本章認為,《沉淪》作品中事實上並未有太大的內涵去支持臺灣人的中華意識、漢人意識,重點其實就在於「臺灣人」本身,刻畫臺灣人的反抗形象。這主題在創作當時是相當的異類、前衛。雖然有評論者要求作者能夠顛覆中國意識,但是事實上「臺灣人」的發表已經是危險邊緣了。何況,此作並非一種政治的宣言。不過讀者可以想像鍾肇政創作的純潔意識下而標舉臺灣人,已經可以構成進一步解讀空間,砥礪各個時代讀者的臺灣人精神。

　　《沉淪》是臺灣文學創作中少數幾篇,而且核心特別專為處理日本攻臺下完整呈現臺灣人反抗的小說。將整個故事發展過程寫的如此細膩,客家人的生活如何受到戰爭的影響,漸漸的引到兩軍對抗,呈現高潮的畫面。

　　本章認為鍾肇政的小說,正面的討論臺灣人是什麼。其他的大河小說,主

---

[1]　參見王淑雯,《大河小說與族群認同——以《臺灣人》《寒夜》《浪淘沙》為焦點的分析》,臺灣大學社會學研究所碩士論文,1993 年 6 月。林美華,《鍾肇政大河小說的殖民經驗》,成功大學歷史所碩士論文,2004 年 1 月,等碩士論文,或王慧芬,《臺灣客籍作家長篇小說中人物的文化認同》,東海大學中國文學所碩士論文,1999 年 7 月。

[2]　錢鴻鈞,《戰後臺灣文學之窗——鍾肇政六百萬字書簡研究》,文英堂,2002 年 11 月。

題差異太大了。雖然也能表現臺灣人的生活、臺灣人精神。但是卻沒有直接顯示臺灣人是什麼，這樣重大意義的命題。沒有其他作者試圖提出的疑問。更沒有將戰爭的慘烈，作為小說的核心。[3]當年的鍾理和未成的《大武山之歌》、吳濁流的《無花果》《臺灣連翹》，更與鍾肇政的《沉淪》無法作比較。

回顧鍾肇政在《濁流三部曲》已經提出許多臺灣人的類型，如更早期的作品〈臺灣青年血和淚〉〈老人與牛〉〈大巖鎮〉，所標榜的人物形象，也都是表現強烈的反抗意識。那麼鍾肇政確定了反抗的主題，該如何選取題材，來作為最富臺灣人反抗意識的典型，他一開始創作時，就找到的就是 1895 年的抗日事件。

這個臺灣人反抗事件，有了現代意義除了對抗中國以外，以表現了客家人對於臺灣的貢獻，並非起自於中壢事件，或者鍾肇政發起的臺灣客家公共事務協會，而就是 1895 年的抗日事件。這是客家人為保護臺灣土地，為了自己居住的地方，照鍾肇政在作品中所傳達出的意涵，那是為了作為一個臺灣人而犧牲的偉大事蹟。

因此本章認為《沉淪》所表現的有兩點，第一：這部書在細膩的描述反抗的過程，講述臺灣人的命運，受人擺佈之下如何的反應。諸如怎麼傳來消息、打的過程，也講愛情，然後愛情如何的受到戰爭的影響，如何的生活。第二：《沉淪》的時代意義為何，這點是本章的重點。在面對中國的侵略，臺灣人要能夠繼續存在，也正是需要領略到鍾肇政所提到的臺灣人精神，反抗外來武力的侵犯。這就是《沉淪》在戒嚴時代書寫下，該在今日被詮釋的隱喻。

本章各節討論順序為：第二節為文獻探討。在第三節，將回過頭來討論這部作品成立的經過，以及鍾肇政在臺灣意識表現的歷程，對臺灣人的認知狀況。指出為何鍾肇政以客家人抗日為題材。在第四節將舉出證明：書中的關鍵詞彙，如「臺灣人不是清朝兵」其意涵就是臺灣人並非中國人。而以一種生物性的男性的反抗象徵「臺灣人是有下卵」，這就是臺灣的反抗精神，並未被閹割。

第五節將探討藝術技巧，研究《沉淪》在結構與人物的表現上扣緊主題，

---

[3] 例如兩部偉大作品，李喬的《寒夜》、東方白的《浪》，所強調的重點與《沉淪》並不相同。《寒夜》強調土地的開墾，《浪》篇幅甚短，只是整個三部曲的開端，在割臺抗日戰爭多以觀察者角度敘事。

強調怎樣才是臺灣人，與臺灣人精神的傳承，在於仁勇所扮演的角色。

　　第六節為結論，探討祖國情結與作者的客家意識，與《沉淪》的時代意義。並稍稍討論《臺灣人三部曲》第一、二與三各部間的關連性。

第二節　文獻探討

　　本節分為三部份，第一討論過去文獻對於《沉淪》在祖國意識的表現上的詮釋。第二在心理技巧的討論，與第三在語言與文化上的表現，以探討這部作品作為一部藝術作品，所該具備的的基本要素。

一、先行研究對祖國情結的解釋

　　對作品中祖國情結的解讀，王淑雯在其碩士論文的結論中說：

> 總而言之，在以民族與鄉土為基礎的情況下，《臺灣人》一書中所呈現的族群認同，顯然是將臺灣視為中國的一部份，將臺灣人的位階擺在中國人、中華民族之下；而所謂的「臺灣人」，其所召喚的族群成員其實只是臺灣的男性漢人。[4]

　　若言評論者、讀者的看法，自然有評論者的詮釋空間。但是若認為作者的意圖在於將臺灣、臺灣人視為中國、中國人之下，本章並不同意此看法。於 1927 年生，後因為四六事件逃往大陸的葉紀東，他認為《臺灣人三部曲》是他最喜歡的小說。他對於此書的楔子，感到氣壯山河，百讀不厭。[5] 但是他對於目前的鍾肇政被傳為有臺獨思想，而不可思議。我將這番話告訴鍾肇政，他說，葉紀東假如能體會到「楔子」中，所稱的中華民族魂，事實上就是指臺灣魂，那就

4　王淑雯，《大河小說與族群認同──以《臺灣人》《寒夜》《浪淘沙》為焦點的分析》，臺灣大學社會學研究所碩士論文，1993 年 6 月，頁 42。

5　葉紀東，《海峽兩岸皆我祖鄉》，人間出版社，2000 年 9 月，頁 68。

更有趣了。可見得作者自認的用意，即為在戒嚴體制下以暗示、偷渡的方式，將臺灣魂給勾勒出來。

　　因此，王淑雯論文中從《沉淪》所引出的內容，照筆者的詮釋，剛好是諷刺中國人的懦弱。而那些清朝兵，事實上就是指中國人。這是鍾肇政在戒嚴時代，唯一敢挑戰、敢暗諷的密碼文字。連中國割臺的歷史事件，鍾肇政也曾在隨筆指出來，但補充說明，應當此處的「中國」是指滿清。鍾肇政從小時候，就常聽到大人講清朝兵是最無用的。[6]日本人也同樣的宣傳清朝兵，也就是支那兵是最無用的。

　　而王淑雯，所謂的鍾肇政召喚的族群是中華民族、中國人之下的位階與男性漢人。這僅是以歷史背景、社會角度去詮釋，而非以作者與文學的象徵性角度詮釋。在比較《沉淪》之下，王淑雯對《寒夜》的詮釋：

> 這篇序章乍看之下，似乎正如古繼堂所指出，是意味著臺灣人對原鄉
> ——中國大陸的無限眷戀，以及臺灣與中國之間的臍帶關連，但若從《寒
> 夜三部曲》整體觀之，則會發現，臺灣這塊土地，才是李喬筆下的焦點、
> 心中念念不忘的故鄉，此亦可由李喬原欲將《寒》書定名為《福麗島系
> 列》得到證明。[7]

　　由此同樣論證鍾肇政極力要將《臺灣人》打出去。鍾肇政筆下焦點，不也正是臺灣人嗎？王淑雯以社會學觀點論之，是否未顧及從作者的成長背景為出發。與戒嚴體制下的書寫策略，而進一步挖掘作品的隱喻。

　　鍾肇政描繪日據五十年代的歷史，做為臺灣人的史詩，臺灣人精神的昂揚。以當時的時代來說，事實上已經有野心顛覆祖國認同的歷史。[8]因此，王淑雯以「悲劇英雄的鄉土悲歌」定位《臺灣人三部曲》，似乎有所偏離作品基調。鍾

---

[6]　鍾肇政，〈客家文化、語言——臺視講座〉，收錄於《鍾肇政全集 30》，桃園文化局，2002 年 11月，頁 592。

[7]　王淑雯，《大河小說與族群認同——以《臺灣人》《寒夜》《浪淘沙》為焦點的分析》，臺灣大學社會學研究所碩士論文，1993 年 6 月。

[8]　根據筆者訪談於 2004 年 11 月 18 日於臺南，陳銘堯說鍾肇政寫日本，實際上就是批判當下的外來統治者、侵略者，鍾肇政在指桑罵槐。這種戒嚴下的表現方式，是人同此心、心同此理的。

肇政所著實際上是充滿真正的英雄的塑造而非製造哀愁悲情為目的。鍾肇政的創作，乃要激勵臺灣人的精神。

　　林美華碩士論文則大體遵循王淑雯的說法，並以「大中華意識下的臺灣精神」大標題突顯她的詮釋。林文說《滄溟行》的陸維樑則是繼承了父祖輩的抗日精神，綿延了大中華的祖國意識。但是又自相矛盾的認為此作是充滿臺灣鄉土意識的認同。[9]這種衝突的解釋，正是戒嚴體制下的書寫策略所造成。所以林文又說，僅從作品來探討是不足的，並需加上作家的生平、成長經過，與時代背景等等因素一併考慮，才能得出結論。這正是本章要努力的地方，而可以解除林文所為的矛盾的詮釋。

　　筆者要指出《臺灣人三部曲》並不只是王淑雯所謂的一種浮雕一般地突顯出來而已。正如王淑雯指出的鍾肇政以「臺灣人」為題，更可見鍾肇政的用心。本章正是要指出鍾肇政用心所在。並且在結論中，當指出「臺灣人」並未有排除原住民的漢族本位主義的內涵或者標榜男性意識。只是未積極的如史明構築所謂的臺灣民族，這正是文學作品給人的詮釋空間，也是戒嚴體制下不如史明在日本能自由書寫而已。[10]另外一點，在《沉淪》中的表現也沒有所謂王淑雯所引邱貴芬所言的男性被閹割的表現。[11]《臺灣人三部曲》的女性人物也不乏健康明朗的角色。

　　中國的評論者，在評論鍾肇政的創作意識。或者詮釋作品，則很容易套上中國、中華民族，臺灣人的忠貞、心向祖國的意識。忽略了戒嚴時代不得不為之的保護面，進一步挖掘鍾肇政的作品。而九十年以後中國學者以一種受騙的、遺憾的態度，在看鍾肇政的認同臺灣的獨立意識。不過對於藝術的立場，還是頗為肯定的。[12]只是他們對於作品中主角的仁勇的精神並未深入探討。仁勇是為了臺灣人的幸福與安全而努力，有要死在臺灣的精神，是以作一個臺灣人本

9　林美華，《鍾肇政大河小說的殖民經驗》，成功大學歷史所碩士論文，2004 年 1 月，頁 60。

10　史明，《臺灣不是中國的一部份──臺灣社會發展四百年史》，前衛出版，1992 年 8 月。史名，《臺灣人四百年史》，蓬島出版社，1980 年 9 月。

11　邱貴芬，〈鄉土文學中的去勢男人〉，《自由時報》，1992 年 12 月 20 日。

12　古繼堂，《臺灣小說發展史》，文史哲出版社，1992 年 3 月。古繼堂，《簡明臺灣文學史》，人間，2003 年 7 月。黃重添，《臺灣長篇小說論》，稻香，1992 年 8 月。丁帆等，《中國大陸與臺灣鄉土小說比較史論》，南京大學出版社，2001 年 5 月。

身為目的。這是本章的詮釋，恐怕是最值得給中國的評論者參考的。

二、心理描寫的技巧

對於藝術技巧的表現，來自中國的評論的比國內的學者還多。尤其中國學者認為《沉淪》有現代性技巧的表現。這在葉石濤於 1968 年評論《沉淪》時也強調了這點，卻是獲得來自中國的學者的極大呼應。葉石濤表示：

> 他描寫的方法是基於心理的，富於感覺的，尖銳的，分析的。[13]

中國學者黃重添特別提到同樣的說法，他認為：

> 兩個三部曲中，鍾肇政雖然積極借鑒外國文學的寫作技巧，吸收了西方現代文學中擅長的心理分析和心理描寫手法，以及夢境、幻覺、獨白、意識流等方法，但又都賦予它濃重的民族色彩和鄉土風味，使之呈現出異常鮮明的民族風格，作品的基調仍然不失民族的本色。[14]

在《沉淪》中所舉的例子為，劇中人物張達想入非非所展開的三次的心理活動，完整的揉入情節發展進程，而非游離情節之外的「外貼物」。黃重添說：

> 三部曲中人物的主觀意識流動是與現實社會相連結，或者說外部客觀世界某種因素觸發所引起。這種對人物的心理剖析顯得實實在在，可感性極強。[15]

且黃重添特別強調，鍾肇政所表現的濃郁的民族色彩，不因現代技巧而喪失，而更見鍾肇政作品的現代性與獨特性。

---

[13] 葉石濤，〈鍾肇政和他的《沉淪》〉，《臺灣鄉土作家論集》，遠景，寫於 1968 年 7 月 21 日。

[14] 黃重添，《臺灣長篇小說論》，1993 年 8 月，稻禾出版社，頁 83。

[15] 黃重添，《臺灣長篇小說論》，稻香，1992 年 8 月，頁 230。

在作品中鳳春動腦筋如何擺脫受張達污辱的命運。完全是現代心理分析的角度，鍾肇政分為五段歷程細膩描述，將認知為半催眠狀態受辱而想尋死到想通的過程，原本打算吃齋唸佛，又認為與張達緣份是前世註定，然後無意識間決定了要阿達去打日本人。潛意識中要張達致入危險的戰鬥中，戰死則一了百了，大家都不知道發生什麼事，若得勝存活，則張達可以改變長工身份。

所謂愛情的情節融入主題中，也在戰爭中，使得鳳春與張達的命運都顯著的改變。另外桃妹、秋菊的愛情故事中，也是同樣的道理。因為戰爭中的緊張關係，各個有了不同命運的轉變。尤其秋菊以一養女的角色而下場悲哀，似乎呼應了臺灣人的命運。而在慘遭阿岱污辱前後過程中，有一段意識流的表現。這種被強暴的夢幻、恐怖的場面，也就是黃崇添所謂仍不脫民族與鄉土的色彩。真正吸收了西方的文學技巧的創作性表現，而非只是技巧性的文字。

三、風俗文化與語言的藝術表現

有關客家風俗文化的表現，並非只是為增添民俗的紀錄，而是一種臺灣特色的表現。這也是扣緊《沉淪》這部書的主題。在語言上用客家俚語、用迷信的傳說的。器具上有牛車的描寫，表現濃郁的時代的氣氛。鍾肇政用潤月編錄日期的小細節都不放過，增加時代感。而匯聚為一部真正描繪出屬於臺灣人民觀點的歷史史詩。這是鍾肇政最為擅長的寫實的、鄉土的語言表現。

在張謙繼的碩士論文裡，點出三部曲中在語言文字的運用中，與時代的推移，同步進行。更清楚的點出《臺灣人三部曲》的寫實的藝術表現。而另外一角度就是「文史合一」，情節上貼緊歷史的真實充分表現時代氣氛。[16] 但是鍾肇政又超越歷史本身的節奏，而改有小說本身高潮起伏的節奏，突顯主題。

而胡紅波更精闢的點出，鍾肇政在山歌上的表現。一開始配合山村農民的富庶，山歌悠揚喜樂。男女愛戀以山歌表現調情。劇情在戰爭慘烈之下的短暫歇息時，山歌再度出現，則改為配合胡琴音色，而散佈哀怨的情緒。[17]

---

[16] 張謙繼，《鍾肇政臺灣人三部曲研究》，文化大學中國文學所碩士論文，1996 年 6 月，頁 88。

[17] 胡紅波，〈南北二鍾與山歌〉，清華大學主辦的「民間文學與作家文學研討會」，1998 年 11 月 21 日。

　　更細微的是，喜愛吊書袋、念中國古詩的如仁智，思想上就顯得迂腐。意識上就無法與臺灣這塊土地共生死。這種中國傳統的代表人物與鄉村的人民恰恰有一個鮮明的對比。同樣的證驗了鍾肇政的藝術技巧表現，仍是貼緊表現臺灣人反抗精神的主題，並區隔中國文化象徵。

　　總之由以上三點，應進一步的挖掘以作家的創作意識的基礎，來分析作品的認同表現，詮釋以書名為「臺灣人」的意涵。與作為文學作品的藝術表現。這是以下幾節所要論述的。

第三節　創作胚胎的萌芽與構思脈絡

　　鍾肇政於 1964 年要寫出身為臺灣人的疑問，臺灣人是什麼，臺灣是什麼。恰巧的與王育德在 1964 年於日本發表《苦悶的臺灣》所提出的命題相同。只是在日本的王育德有自由的空間寫下臺灣人有無資格要求獨立。當然王育德對自己問這個問題等於也自答了一定的樣貌。問題在於鍾肇政提出「臺灣人是什麼」的文學命題。那麼恰巧的在內容中，王育德也將清兵與臺灣人作為一小節的標題，予以分離化、對立化處理與解釋。[18] 鍾肇政的臺灣史觀與王育德可以作一番比較。這裡只是要按照從兩人有相同的命題，又是相同的時代成長背景，來瞭解在戒嚴時代，鍾肇政確切的想法，從而解讀《臺灣人三部曲》。無論如何，對中國割臺、臺灣人反抗日本的結論為「生為臺灣人，死為臺灣鬼，這是他們唯一的立場」，在這一點上王育德與鍾肇政卻是極端的一致的。[19] 在那個年代，尾崎秀樹問了同樣的問題，但他認為臺灣人就是中國人，這個答案與鍾肇政、王育德的認知與寫作意圖恐怕相差很大。[20] 因此，更有必要追尋鍾肇政創作《臺灣人》的意圖軌跡。

---

[18] 王育德，《苦悶的臺灣》，自由時代，中文版 1979 年 5 月，頁 12。

[19] 同上，頁 108。

[20] 尾崎秀樹，《吳濁流的文學》，臺灣文藝，1973 年 10 月。

一、寫「臺灣人」的初衷

　　《臺灣人三部曲》第一部原來的名字就叫做《臺灣人》，然後是《臺灣人》第二部、第三部。最後即為《臺灣人三部曲》。依據《沉淪》出版的序言：

> 這部《臺灣人三部曲》，幾乎是我開始走上文學這條路的時候，就想要寫的，儘管起初還只是個模糊的概念。當我從事寫作屆滿十年的時候，這模糊的概念方才漸趨具體。[21]

　　這個時間，從鍾肇政開始寫作 1951 年算起為 1961 年。而第一次在文獻上出現鍾肇政有打算寫這部小說，則是在 1958 年給鍾理和的信上。

> 我也曾在「臺灣人」的總題下計畫過三部作，一部是臺灣淪日為時代背景，第二部是日治時代，第三部是光復後到現在，計畫只不過是計畫，迄今仍無具體化的勇氣。[22]

　　這段話顯示出 1961 年時，鍾肇政已經開始具體化，也改變了寫作計畫，而鍾肇政已經不考慮寫戰後的時代了，因為戰後的二二八事件乃是描寫的禁忌，因此《臺灣人》的具體概念中，三部曲的描寫時間只限定在日據時代，這在戒嚴時代是較為實際可行的。1961 年後兩年間，鍾肇政正從事《濁流三部曲》的寫作，最後的故事是寫到臺灣光復後，不過也只寫到二二八前夕就停止。這更可說明，鍾肇政在計畫《臺灣人》的寫作中，切身體會到寫二二八事件的禁忌性，而更動計畫。不過根據筆者研究，鍾肇政 1962 年所著《濁流三部曲》中強烈的顛覆了中國人的認同，而第三部《流雲》更將臺灣光復後的悲慘命運與以文學性的象徵性的表現。[23]

---

[21] 鍾肇政，《沉淪》序言，蘭亭出版社，1968 年。

[22] 鍾肇政、鍾理和著，《臺灣文學兩鍾書》，錢鴻鈞編，前衛出版社，1998 年 3 月。

[23] 同註 2。

　　因此，我們也可以進一步推論，鍾肇政要寫《臺灣人》，初衷到底是什麼呢？《臺灣人》的創作在《濁流三部曲》之後，在戒嚴體制下，將有什麼突破性的發展。在給鍾理和的信上鍾肇政說：

> 我們生為臺灣人，任何一個真有志文學的人都會想到這樣一部作品的。如今兄有意寫這類題材，我想這是值得稱許的事，臺灣人的史詩，終歸需要臺灣人來執筆的。[24]

　　為何生為臺灣人而有志於文學，就要寫臺灣人的史詩呢？這樣的認識在今天來說，當代臺灣作家有此魄力者還是其次，而有此體悟的作家大概不多。有此大手筆的創作魄力之外，還有面對白色恐怖的勇氣，願意經歷表現「臺灣人」思想的危險，更是令人敬佩。鍾肇政與鍾理和不約而同的將作品時代背景拉到光緒末年，莫論鍾理和所稱的「臺灣人的生活與思想的演變」為何，鍾理和對於第一部的分期與鍾肇政不同，鍾理和的計畫是寫到 1937 年的七七事變前為止。顯然鍾理和並不以 1895 年的割臺為《大武山之歌》的核心。這在本書之前的第二章討論過。

　　鍾肇政的《臺灣人》第一部寫作主題在皆以「割臺」為時空背景，也強烈的標舉「臺灣人」自身思考的割臺事件，此更與鍾理和顯然有所不同。可以說，兩者的不同只是鍾肇政是寫臺灣人的精神史，而生活面做為作品的血肉。取材的重心上、歷史的解釋，鍾肇政有強烈的主觀意識。

　　對於鍾理和影響鍾肇政的說法，另有胡紅波認為鍾肇政受到鍾理和寫山歌的影響。[25] 事實上，鍾肇政在 1951 年就寫下〈採茶女兒採茶歌〉，已注意到取材山歌到文學的問題，鍾肇政認為山歌是一種民間藝術。而且更重要的，鍾肇政以客家山歌在臺灣已經發展為特有物，而並非單純以民俗的觀點予以藝術上的提昇。且山歌只是臺灣民俗的一部份，對於鄉土人物、風土在鍾肇政「臺灣文學有臺灣文學的特色」的理念下，編入文學作品是極其自然的，戰後第一代作家也都這麼做了。

---

[24]　同註 2。

[25]　同註 16。

　　回顧到鍾肇政的好友、也是彰化青年師範學校的同學沈英凱於 1964 年給鍾肇政的信上表示，祝福鍾肇政要寫出「臺灣人的心路歷程」。「臺灣人的心路歷程」據筆者領略也就是臺灣人的形成的過程、變遷的歷史。更早之時，沈英凱在 1951 年給鍾肇政信中，也想寫《臺灣人》。我認為鍾肇政、沈英凱對於「臺灣人」的創作命題，是受到光復後以二二八事件為核心的，臺灣人的乖戾命運所震撼而凝聚的。

　　或許沈英凱並非要寫二二八做為《臺灣人》這部書的時代背景題材。沈英凱在 1964 年希望鍾肇政寫出的是像《陳夫人》《大地》，描繪臺灣人風俗或者中國農民堅毅的精神。而非鍾肇政所採用的「割臺」的題材。[26]

　　但是臺灣是什麼？臺灣人又是什麼？絕對不是僅可用割臺抗日為歷史故事的背景，可以獲得解答。應該是反過來說，割臺抗日的歷史故事，是鍾肇政所找到的，而可以回答二二八事件，帶給他「什麼是臺灣人」的問題。這是鍾肇政的臺灣意識的胚芽，並且受著省籍的壓迫、創作環境的不平等，繼續增長起來的。

　　回顧 1951 年代沈英凱所言，或許鍾肇政創作《臺灣人》的胚胎，是沈英凱予以激發的民族意識的思維。不過，更周全的應該是這一代人的集體潛意識與夢想。也就是鍾肇政個人與沈英凱呼吸同樣的空氣，雖然成長於閩客不同的環境，但是基本上回顧「臺灣人」之國家、民族的歷史是一樣的，他們都是作了五十年的國籍上的日本人，祖先也都是來自中國。先不論臺灣人到底是什麼，兩個人都生長在臺灣，是道道地地的臺灣人。有所不同的是，鍾肇政開始要面對父親鍾會可先生，作為一個臺灣人、鍾家作為一個落地於臺灣生根的家族，如此更完善的可以回答自己作為一個臺灣人是什麼意思。也就是他日後以鍾家作為《臺灣人》模特兒的思考基礎。

　　而且鍾肇政在 1950 年代瞭解到 1895 年抗日作為一段臺灣人的故事題材時，除了蒐集歷史書面資料外，或者應該說，他生活在故鄉龍潭、且任教於此，鄉中那麼多抗日的故事還有遺跡，給予鍾肇政莫大的啟示。在鄉中鍾肇政可以作田野調查、訪談很方便以外，1888 年出生的父親鍾會可也是他所徵詢的最佳

---

[26] 割臺抗爭題材，或許與客家人鄉間的傳說有關係。相對於葉石濤則居住於府城，葉石濤在戰後念茲在茲的題材則為荷蘭殖民統治時期與西拉雅傳說的故事。

對象。這是鍾肇政與生活於福佬地區新營的沈英凱最大的差異。

　　不過鍾家本身是否有猛烈參戰的事情，鍾肇政因為與家族來往甚少，所以不大清楚。與鍾會可談到最多的是五歲之時給鍾老的阿公背著走反，逃到橫山那麼遠的地方。所以「臺灣人」的理想模特兒，在身體上是鍾家為主，但在精神上是鍾肇政據歷史而想像出來，也是鍾肇政刻意製造的，而且當然是鍾肇政所欽服的理想形象，自己所嚮往的，甚至就是自己的理想精神加以灌入書中的。尤其越接近自己成長的年代，越灌入有濃郁的鍾肇政特色的時代精神。

　　總之，「臺灣人」是什麼這個答案，在鍾肇政凝聚成臺灣人並非中國人，臺灣人有臺灣人的精神，這也是臺灣人與中國人的分野所在。鍾肇政在評論鍾逸人《辛酸六十年》提到：

　　　　該也是這樣的一搏，「臺灣人」「臺灣精神」才被型塑出來的。臺灣確
　　　　乎是臺灣，而非中國；臺灣人確實是臺灣人，而非中國人。[27]

　　這裡雖然講的是二二八事件，臺灣人的英勇抵抗行為，所形成的臺灣精神。不過也可以約略感到鍾肇政所體會的「臺灣人」，「臺灣人」在於區別中國人時更顯出其為臺灣人的特色。而臺灣人的精神，在割臺的反抗思想中，也在於反抗的行為裡。結果鍾肇政花了四十年以上時間，在文學作品中追求這個答案、或者正確的該講型塑臺灣人的形象。甚至鍾肇政原先構想的《臺灣人》，成為《臺灣人三部曲》以後，到解嚴仍在《怒濤》中表現臺灣人就是臺灣人並非中國人的主題。

　　筆者認為《沉淪》的主題，也就是在闡述這個答案而加以形象化的小說。而解嚴後的《怒濤》只是延續《沉淪》的基礎而已。如鍾肇政在《沉淪》序中所說明：

　　　　寫完這部作品，我不禁對乙未當時的遍布全省的那些勇敢的鄉人們感到
　　　　深摯的親切感。[28]

---

[27] 鍾肇政，《鍾肇政回憶錄二》，前衛出版社，1998 年 3 月，頁 318。

[28] 同註 20。

　　這些勇敢的鄉人，也就是與中國人不同的鄉人。這些差異，都在《沉淪》作品中，作了相當多的暗示，這將在第三章羅列出來加以證明。解嚴後的《怒濤》，必也加以比較臺灣人在 1895 年犧牲了那麼多人，畢竟還是反抗異族，那麼這次在二二八犧牲那麼多人，那個意義是什麼。其實這也是 1950 年鍾肇政想要寫「臺灣人」的最基礎的問題，答案就是臺灣人並不是中國人，臺灣人有臺灣人的精神與特色。當然我們可以後設的角度說，這個答案是鍾肇政所建構的。

二、與友人通信訊息

　　1955 年暑假，從文友的回信，可知道鍾肇政主動提起想寫《臺灣人》。據筆者猜測那是為了臺灣光復十年紀念的影響，刺激了鍾肇政。一如在臺灣光復二十週年的到來，刺激了鍾肇政寫《臺灣人》。而 1955 年的光復節，鍾肇政也確實為報章雜誌沒有臺灣人作家的報導而感到氣餒。

> 暑假所剩不長。知道你在構思要寫巨大的三部曲，聽了心中也不禁躍動起來，在此衷心祈祝您健康、精進。同封寄上在舊書店偶然發現的長塚節的「土」。雖然是嫌過時的作品，不過想到它對你以後的寫作或許會有些幫助，於是馬上就替你寄上了，你認為如何呀。
> 聽說你最近就可以買到助聽器，想到您從此可以告別過去的不便，更加自由、活躍，我就非常替你高興。（黃克明給鍾肇政信，1955 年 9 月 6 日）[29]

　　在這幾年間，從鍾肇政與鍾理和的通信中，知道鍾肇政寫了《黑夜前》的長篇。這應該就是《沉淪》的前身，但是詳細內容已經不得而知。

　　從鍾肇政的文友書簡中，在 1962 年到 1965 年間，鍾肇政向幾個剛認識的年輕文友，甚至包括友好的外省人宣佈，他要寫《臺灣人三部曲》。這好像也是一種試探寫這部書的可行性、安全性，先在信中通過安全檢查。如從朱橋回鍾肇政信：

---

[29] 原件存於真理大學臺灣文學資料館，第一展示室，鍾肇政所藏書信卷，1955 年。

「臺灣人」近日寫鉅著第一部有否與穆先生連繫，至為關切！（1965 年 3 月 16 日）[30]

為何朱橋會產生關切呢？這裡無從猜測。穆中南給鍾肇政的信上說：

我倒想起來，您倒可以把「臺灣人」寄出發表，時間有變，趁弟能作主時把它推薦出來，因為這種東西誰見了誰頭痛，以後您再給我寫另外的好了，您看如何？如果可以您就把手下的十餘萬字整理好擲下。（1965 年 3 月 5 日）[31]

「臺灣人」既可找到發表，最好不過，當然，我相信吾兄的文筆，因為是報紙發表，不是我個人辦的「文壇」發表，所以，不能不預言，若干顧慮，就是，一切是站在本省人立場來寫，換句話說，少刺激他們多鼓勵，當然，還是以文學本身的職責為重。（1965 年 3 月 9 日）[32]

結果《臺灣人》於 1965 年 3 月 30 日以「臺灣人」為題，發表於《公論報》，[33] 卻遭到警總的干涉：

「臺灣人」長稿在報館（發刊人手中）當局手中，我一直希望能把它推出去。我所以沒能言即回覆，也與這種心情有關。我希望有個決定。為什麼報館當局要看這篇東西，這也是受了外界的影響，為您為我，我一直在努力。如果您一定要把它要回去，我即把它拿回來，我明天就去辦這件事。不過，無論如何，也請能諒解我的心情。（1965 年 5 月 23 日）[34]

---

[30] 原件存於真理大學臺灣文學資料館，第一展示室，鍾肇政所藏書信卷，1965 年。

[31] 原件存於真理大學臺灣文學資料館，第一展示室，鍾肇政所藏書信卷，1965 年。

[32] 原件存於真理大學臺灣文學資料館，第一展示室，鍾肇政所藏書信卷，1965 年。

[33] 資料來自鍾肇政所藏剪報，版面不明。

[34] 原件存於真理大學臺灣文學資料館，第一展示室，鍾肇政所藏書信卷，1965 年。

　　兩年後，穆中南仍期望鍾肇政能將《臺灣人》稿子交給他發表。在不可得之後，也帶有好意的勸告鍾肇政小心為上。或許鍾肇政一直把消息放出去給周遭的外省人，也正是要測試國民黨統治當局，對這類題材的接受度如何。

> 「臺灣人」一稿既然已交《臺灣日報》發表，弟甚欣慰，因為其副刊編輯徐秉鉞，乃弟認為在今日難得之青年，協助他能把副刊編好，乃吾等之重大責任，但不知此稿已否寄去，如未寄出，希吾兄多加注意，避免一些無聊份子誤會為要，因為每個作家對於地域之偏愛在所難免，然過份濃厚則易於引起過敏人的偏見，我們犯不著被人誤會，徐對我兄甚為敬重，對兄之作可能不便修改，故吾兄應多注意。（1967 年 11 月 5 日）[35]

　　鍾肇政告訴外省人有關《臺灣人》的寫作計畫，最有趣的就屬馮馮。因為馮馮有感於鍾肇政的寫作計畫，他也要寫個《中國人三部曲》，可惜後來並未聽到他完成。

> 計劃中要寫的是「中國人」（暫定名），寫自甲午至今，中國人的苦難，我將以一個人作主角：一個婦人，自出生至晚年，父、夫、子、女、孫，陸續在動亂中死去，她只是點點忍受，逆來順受，她平凡，不聰敏，有的只是時代賜予的痛苦與悲慘，我將寫百萬字左右，以甲午戰爭，八國聯軍，變法，⋯⋯革命⋯⋯軍閥混亂⋯⋯瀋陽事變⋯⋯抗戰⋯⋯南京大屠殺⋯⋯大陸淪陷⋯⋯人民公社等作為背景（缺臺灣背景），我沒有企圖要表現數十年來思想的嬗變，這一點我辦不到，但是寫一個悲慘的中國人命運，也許尚可勉強對付，目前我在收集資料編製年代表，參考書籍，做筆記，用卡片圖表管制，望三年內完成。（1964 年 4 月 6 日馮馮來信）[36]

---

[35] 原件存於真理大學臺灣文學資料館，第一展示室，鍾肇政所藏書信卷，1967 年。

[36] 原件存於真理大學臺灣文學資料館，第一展示室，鍾肇政所藏書信卷，1964 年。

　　這代表什麼意義呢？倒不見得在彼此的通信中可以見到「臺灣人」是與「中國人」有相對應的，甚至是互相獨立的、排斥的關係。不過在下一封信中，「臺灣人」「中國人」卻是一起出現的，而沒有指出彼此隸屬的關係。

> 大作「殘照」一篇已拜讀，讀後良久不能釋意，如今急不及待地推荐給一位初學習寫作的朋友，讓他學習觀摩，「大壩」我斷斷續續地看到一點，希望看到全書，一口氣讀它，您文筆功力之深與寫實純樸的風格，正是我最傾慕而認為足以師法的，我不喜歡浮華不實的東西，但願您的「臺灣人」與我的「中國人」能早日完成，讓我們一同為這個苦難的時代留下一點東西。（1964 年 4 月 16 日馮馮來信）[37]

　　到底鍾肇政所理解的中國人是什麼意思呢？其實中國人就是外省人，中國人也就是外省人。從鄭良嬌的信中，可以想見鍾肇政受外省人以統治者的心態對待臺灣人的反應，而這一直是鍾肇政打著臺灣文學的旗幟的重要刺激。在此信中，又一次的將臺灣比做成養女，而中國是生身父母。暗示著臺灣人與中國人，兩者乃獨立的個體。

> 使我最佩服的地方是文句措辭的美，真是越讀越有韻味，可見您對於文學的探究，對人對己都是十分嚴謹的。許多外省籍作家也應自嘆不如才是，可是偏偏有些優越感極重的批評家們，一定要說本省籍的程度不夠水準。光復都已經二十幾年了，要努力還嫌時間不夠長嗎？我常想，本省人，就像飽經虐待的養女回到生身父母的身邊一樣，稍有成就固然可以得到父母親自誇的嘉許，但卻永遠被認定能力不會超過他們一手嬌養長大的孩子。這是我自己的自卑感在作祟嗎？穆中南先生在〈十五年的喘息〉（《文壇》六月號 P7）裡也曾說過那一類的輕蔑話呢！（1967 年 6 月 14 日鄭良嬌來信）[38]

---

[37] 原件存於真理大學臺灣文學資料館，第一展示室，鍾肇政所藏書信卷，1964 年。

[38] 原件存於真理大學臺灣文學資料館，第一展示室，鍾肇政所藏書信卷，1967 年。

　　另外對本省文友，除了在給李喬、江文雙的信上談過很多次外，在給鄭清文信上也吐露的相當明白，只是鄭清文並未熱烈回覆。

> 這幾天，我正在計畫著一部大部頭作品，構想已經幾年了，最近才漸漸具體化。希望能在暑假中開始。書名初定為臺灣人三部曲，各部約三十萬字，總共可能達一百萬字。不過目前只能著手第一部。完成就找地方發表。我覺得明年是臺灣光復二十週年，二十年光陰，總可以造就一些臺灣作家了吧。讓人家看看咱們這些イモ們到底能拿出些什麼貨色來。基此，我也很希望你能奮起，著手一個有份重的作品，屆時推出來。這是我對你的誠心而熱切、期望。（鍾肇政給鄭清文信，1964 年 6 月 16 日）[39]

　　據筆者採訪鄭清文[40]，他認為鍾肇政寫臺灣人乃是一種日據經驗的表現，並且鍾肇政筆下主人翁的「陸」姓，正是心懷大陸的隱喻，象徵臺灣人抱持對祖國孺慕的情結，是一種中國人之下的臺灣人意識。而鄭清文因為沒有完整的日據經驗，所以從來也沒有想到需要寫「臺灣人」類似的小說。如果是如此的假設鍾肇政的心志那麼符合中華民族的意識，那為何鍾肇政遭受不少警總的干擾呢？據陳紹華 1964 年 8 月 11 日給鍾肇政信表示：

> 上次返里，據衡茂兄說，您正準備撰寫百萬巨著「臺灣人」很高興聽到這則消息，並希望早點拜讀大作。
> 一個民族，亡國並不可悲，沒有自己的歷史才是悲哀的，我記得連橫在《臺灣通史》的序裡說到這句話，但連氏的臺史似乎有很多地方不好，他看來缺少「太史公」的條件。您認為怎麼呢？
> 小說雖然是虛構的故事，但可人寫出民族的特性來，毛姆的「不服征服的人」，故事雖看來不怎麼匠心，但，已把法國的民族性表現出來。因此，我希望吾兄的「臺灣人」亦能把我族的精神寫出來，則我七百萬人

---

[39] 原件存於鄭清文。

[40] 筆者訪談鄭清文於麻豆，2004 年 4 月 19 日。

將一致感謝您了。[41]

　　因此同樣是屬於戰後第二代的陳韶華，頗知道「臺灣人」小說的內涵，也可以是有「臺灣人民族性」。1964 年 9 月 11 日，陳韶華又來信表示：

> 我常常想，為什麼我的力量這麼薄弱，薄弱得無法替我的民族出一點力，我學習寫作，希望能心筆寫出點「鼓舞士氣」的東西，然而，我一直失望。每當我看到不平的地方，我想講，可是有時連講的自由都沒。這不只幾個人的悲哀，相信很多人與我同感。[42]

　　陳韶華的發言是頗為危險的，他一直把臺灣人，當成是一種民族。雖然外省人寫臺灣人的抗日故事有方豪的《臺灣民族運動小史》。但在臺灣人講起來，卻有臺獨的意涵，比方史明所著《民族形成與臺灣民族》。以這角度來理解鍾肇政於 1965 年 6 月在《文壇》雜誌發表的〈省籍作家的寫作方向〉，對理解鍾肇政發言，將特別有味道：

> 自鄭成功據臺以還，一部臺灣歷史幾乎也可以說是反抗的連續，遠的且不必說，臺灣淪日的五十年間，其本身就是一部可歌可泣的反抗強權犧牲奮鬥的民族史詩。（鍾肇政於 1965 年 6 月《文壇》）

　　這句話很容易讓人推演到戰後的臺灣人的命運與使命為何。總之，第一點：鍾肇政與文友通信中並未有抗日文獻上所言的中華民族意識上的發揚。鍾肇政只一味聲稱，要寫臺灣人。而他所影響的臺灣作家，將來所從事的大河小說創作，也並未鼓舞要寫符合國民黨的民族精神。觀察鍾肇政所作的臺灣文學運動，也是獨立的，謹守臺灣文學的自主性，也是文學的獨立性。
　　第二點：鍾肇政寫《臺灣人》與鍾理和的遺志並未有所為繼承的意義。也與吳濁流的創作關連性並不高。至少沒有證據看出鍾肇政受到吳濁流的影響，

---

[41] 原件存於真理大學臺灣文學資料館，第一展示室，鍾肇政所藏書信卷，1964 年。

[42] 原件存於真理大學臺灣文學資料館，第一展示室，鍾肇政所藏書信卷，1964 年。

依據歷史記載，鍾肇政認識吳濁流是 1962 年以後，也是這時候才認識到吳濁流的《亞細亞的孤兒》等著作。[43] 但是就在 1967 年，鍾肇政於 1964 年後，第二次下筆繼續撰寫《臺灣人》之時，吳濁流告訴鍾肇政要寫二二八，確實讓鍾肇政嚇一大跳。吳濁流確實在撰寫臺灣人形象與二二八歷史長篇題材上是第一位的。

　　因此，只可以說鍾肇政除了受到沈英凱影響的可能，但筆者更認為是當代人的時代意識。之外最重要的是，鍾肇政個人常說的，所謂的生命的主題，一開始寫作就想寫的。比《濁流三部曲》之前，還想寫的作品、還早的創意。[44] 龍瑛宗的〈植有木瓜樹的小鎮〉、鍾理和的〈原鄉人〉、〈故鄉四部曲〉、《大武山之歌》或者吳濁流《亞細亞的孤兒》、《無花果》，其實都可以「臺灣人」為題，表現臺灣人的形象。不過《臺灣人三部曲》與上述最大的差異在於「信望愛」的純潔的反抗理想，光明與鼓舞人心的力量，是一種庶民英雄式的臺灣人史詩。也就是《臺灣人三部曲》已經脫離帝國殖民地性格，邁入臺灣人精神的塑造。

三、題材蒐集

　　從李喬於 1965 年 11 月 13 日回鍾肇政信，可知李喬明白鍾肇政有創作《臺灣人》的意圖：

> 文壇的十本書已寄來，我和老婆天天看《流雲》《濁流》，我讀過二遍（文雙處）《江山萬里》沒讀完，看起來《流雲》是已發表中工夫最精

---

[43] 同註 2。

[44] 王昭文在〈《八角塔下的臺灣連翹精神》〉說鍾肇政傳承了吳濁流的文學創作路線和臺灣人自我追尋途徑。這是很值得探討的，不過卻是一種表面上的推測。如同歐宗智在〈臺灣文學的萬里長城〉所言「鍾肇政受到吳老的大力幫忙，必然銘感於心，因此後來在提拔新人後進方面，他之所以不遺餘力，應是受到吳老直接影響，並且發揚其精神所致，此乃合情合理之判斷。」歐宗智雖說合情合理，但與事實卻恰恰相反。反而是鍾肇政幫忙吳濁流翻譯小說，這可於書簡中查證。且鍾肇政完全不缺發表空間，倒是吳濁流需要《臺灣文藝》發表作品。而若《臺灣文藝》是吳濁流辦理的雜誌，鍾肇政倒是幫忙編輯許多。但是鍾肇政一點也不這麼想。兩人也都是為了整個臺灣文壇而努力與合作。

純之作了（包括《大壩》和《大圳》《殘照》）。恕我亂判，我正在以研究態度讀它，百萬字「臺灣人」維持此筆致深度，將成絕響。[45]

兩年後，李喬在 1967 年 8 月 26 日，給鍾肇政信表示這是臺灣人的大喜事。並且很奇異的以伊漠（日語漢音為蕃薯）稱呼臺灣人。

> 大札拜悉。知道您很忙，一直不敢打擾，算來，假期還有十天，以您的速度，「臺灣人」大作，當已近殺青階段了，恭喜您，亦為伊漠賀。[46]

鍾肇政在 1968 年 10 月 15 日告訴李喬，「臺灣人」在電視劇中走不通，被改以「黃帝子孫」。

> 觀畢「黃」劇（原題臺灣人，還是走不通）滿肚子鳥氣，今晨心情可不大自在哩！[47]

這並不一定說明鍾肇政不認同臺灣人是黃帝子孫。但是一定表示「臺灣人」是一個臺獨的禁忌為理由。而鍾肇政自認為自己並非臺獨，所以對「臺灣人」受到壓制非常的不平。事實上，我認為鍾肇政自認為自己打出「臺灣人」是沒有「臺獨」毛病的。寫「臺灣人」本來就是一種臺灣意識的突顯，對於黃帝子孫、中華民族的不認同。而臺灣精神就是政治上的臺獨意識最重要的基礎。

1972 年 2 月 24，鍾肇政為鼓勵李喬寫下大河小說，說明自己的寫作技巧，以前參考資料為《臺灣史話》。

> 《臺灣人三部曲》，在時間上是採取「點」，由這「點」而及而該點之平面，第一部集中在日本入臺之初的一短暫時間，往後第二部是採日據中頁一個時期，第三部則為日據末期的一段時間。我似乎未看過這樣處理以一個長久歲月期間為テーマ之作品。常見者多為時間上採取平面。

---

[45] 原件存於真理大學臺灣文學資料館，第一展示室，鍾肇政所藏書信卷，1965 年。

[47] 原件存於李喬。

　　這是你應該首先決定之一點。至於歷史性資料，我記得主要是靠那本《臺灣史話》。

　　這本書雖然是「臺灣文獻委員會」所撰寫的，於 1964 年 6 月 1 日出版。事實上割臺抗日的段落，執筆人主要為陳漢光。[48] 因為大部份描述，經過比對，是與陳漢光於 1948 年光復節所出版的《臺灣抗日史》相同。[49]《臺灣抗日史》裡頭在第四篇中期抗戰之第三章記錄了新竹以北各役，有 1.日軍入佔新竹城，2.新竹附近之役，3.大湳尾之役，4.安平鎮之役，5.龍潭坡之役……等等。與《臺灣史話》內容順序完全相同。

　　對照《沉淪》全篇在前半部安插新竹城陷落，劇情到最後為反攻新竹城而結束。高潮為安平鎮之役，胡嘉猷（小說中人物為胡阿錦）守在屋中，據大砲轟死眾多日本兵。之前大湳尾之役，也就是小說中的新街（即中壢）之役。鍾肇政於 1964 年亦曾以《風雲竹塹城》為題構思小說。可見《臺灣人》以反攻新竹城在書中有多處伏筆，乃是鍾肇政巧思所在。這是為了塑造臺灣人的戰鬥不斷的光明面而採的結構策略。

　　從對照中發現，陳漢光所寫僅僅一千字的戰役，鍾肇政卻花了十五萬字撰寫諸多戰事，細膩的過程，完全靠想像而成。也可以讓我們想像到，鍾肇政是以胡阿錦的故事為本，開始構思。而擷取陳漢光所編寫的資料《臺灣抗日史》。

　　陳漢光乃戰後來自福建的外省人。《臺灣抗日史》書前有言：「漢民族畢竟是漢民族，一家人終是一家人，豈他人異族所能分割耶」，書後記亦自稱「中國人」。陳漢光認為乙未參戰官民「全屬自動自主，並非受命而為，可謂純屬民意，純屬民主。參加者亦不僅屬福建廈門語系及廣東語系之臺灣省人。」

　　陳漢光還特意用「臺灣省人」，而非臺灣人。顯見鍾肇政的臺灣史觀是異

---

[48] 整篇發表於《中華日報》，自 1963 年 12 月 4 日開始連載，歷時三個月有奇，至 1964 年 3 月 7 日全文結束。全書強調臺灣與大陸不論在地理上歷史上，均有其不可分離之關係。陳漢光曾任 1951 年 12 月 1 日《臺灣風物》創刊發行人，即為創辦人，時為臺灣省文獻委員會編纂兼編纂組組長。其先組原居同安縣灌口松柏堀地方，明鄭時代同陳永華因鄭成功起義而遷到龍溪。在《臺灣風物》第二卷第二期發表〈平鎮與胡阿錦〉，其後連載「臺灣抗日先烈傳略」系列，引起鍾肇政寫作不少注意。鍾肇政也在第二卷第三期署名鍾九龍發表〈龍潭陂〉，可見一端。

[49] 現由海峽學術出版社出版，2000 年 4 月。

類的、前衛的、危險的想法。鍾肇政對於臺灣人的抗日乃是有他的另外一番的
解釋。寫臺灣人抗日，鍾肇政的心理基礎與陳漢光的差異，可以說大異其旨了。

　　雖然說陳漢光也有為臺灣同胞抗日的英勇事蹟加以標舉，而一改日本人文
獻中以「匪徒」「盜寇」稱乎抗日義民。這部份與鍾肇政筆下的「臺灣人」形
象是相同的。但是對於臺灣人的歸屬，陳漢光一再以省民稱之，且有漢民族不
能讓異族割裂的結論。這與鍾肇政所強調的臺灣人並非清朝兵，滿篇皆直接稱
呼臺灣人，這中間的道理，是值得深思的。

第四節　臺灣人與臺灣精神

　　從作者的成長背景、寫作的時代環境來認定作者的寫作動機，這是本章的
假設，然後據以從作品中抽譯出內文，以證明假設的研究方式，來滿足來自假
設的創作意圖與動機。本章研究發現，過去文獻引用的文句，常常有不足之處，
遺漏之處。而這遺漏之處卻正是隱藏在表現之下的，真正的作者的意涵，也是
作品的主題。這種理念先行或者已有證據而加以為文檢測與研究法，這是需要
不斷辯證的過程，而達到沒有破綻的完美說法。

一、臺灣人不是清朝兵

　　從王淑雯的論文引用《沉淪》的字句，恰恰好就是我要抓出來的。但是王
淑雯的詮釋方式與本章完全不同。這種相同引用、不同詮釋的切入研究方式，
是本章非常有趣的一點。

> 「清朝兵就是清朝兵，清朝官就是清朝官，……日本蕃來了，還不是逃
> 了！」
> 「……可是我們臺灣人不是這麼簡單就會低頭的，還是要幹的，不過不
> 是像清朝兵那種幹法，是要真真實實幹一場。」(鍾肇政全集 3——臺灣
> 人三部曲上：頁 195)

「我們是黃帝子孫，不能叫蕃仔來管我們呀！」(鍾肇政全集 3──臺灣
人三部曲上：頁 254)

「你不想輸給別姓的人，想跟娘盛學功夫，實在可佩。……假如中國人
都像你這樣，臺灣就根本不用割給日本。以咱們中國之大，你說還會輸
給日本蕃嗎？想起來真可嘆可痛！」(鍾肇政全集 3──臺灣人三部曲
上：頁 339)

　　書中，臺灣人並非清朝兵的說法，是鍾肇政在《沉淪》一再而三的強調出
來。而在王淑雯引述的最末一句出現在二十章，更是鍾肇政的一種暗示，指出
中國人並非如臺灣人那麼勇敢。這是唯一一次，鍾肇政所做的冒險，將中國人
的衰弱予以點出。而強調臺灣人並非像中國人人那樣無用。

　　至於黃帝子孫，只是一個符合歷史說法的自稱。並非鍾肇政所願意標舉的，
鍾肇政真正標舉的還是臺灣人。因此鍾肇政改編《臺灣人》為電視劇，但是名
稱最後被電視公司改成《炎黃子孫》，鍾肇政非常的不以為然。[50] 而且書中自
稱為黃帝子孫的是阿崐，那是喜歡吊中國書袋的哥哥所講的話，這是與唱臺灣
特色的山歌的弟弟阿崙，更受鍾肇政刻劃為臺灣人，並未說這樣的話語。這是
作者刻意的設計，在兩兄弟之間的差異，以突顯臺灣的特色。一如另外一對兄
弟，仁烈讀了相當多的中國書，因此抱持回長山的打算，不同於弟弟仁勇。

　　而若觀看《滄溟行》做為兄長的維棟的角色，一樣可以對照到鍾肇政創作
當時，雖然是批判對於日本統治的屈從或者無知。讀者也可以引伸到臺灣人對
國民黨的統治的時代。[51]

二、臺灣人是有下卵的

　　故事從一開始就點出阿崙的疑問：

為什麼？為什麼我們做的茶我們種的米不讓日本蕃吃？如果長山的人不

---

[50] 鍾肇政致李喬信，《情深書簡》，《鍾肇政全集 25》，桃園文化局，2002 年 11 月，頁 162。

[51] 本書第十章。

能來買，那麼這麼多的茶和米要怎麼辦呢？日本蕃是那麼可惡可憎嗎？他們為什麼要臺灣？當然那是為了清朝兵打輸了，可是打輸了為什麼就要把自己的土地送給人家？(鍾肇政全集 3——臺灣人三部曲上：頁 17)

到了第六章：

唔，已割之民，激如生變。這是說如果臺灣人民反起來了，即沿海一帶未割之地，亦必聞而寒心，這是說長山海邊一帶也不會平安了。輒來一呼，投袂響應，豈惟外與島人，島人是指日本蕃，外與島人為難，必且內與中國為仇。看哪，他說長山的兄弟們也會起來革皇帝老子的命呢！(鍾肇政全集 3——臺灣人三部曲上：頁 102)

這裡點出臺灣人將與中國為仇的可能。

「現在可以這樣說。」茶販又說：「我們還不是沒有希望，朝廷也還沒批准和約。目前，臺北方面有人主張臺灣要獨立，請西洋人援助我們反抗日本蕃。這也是大多數人的希望。」(鍾肇政全集 3——臺灣人三部曲上：頁 104)

　　雖然臺灣民主國只是資產階級的手段。但是鍾肇政寫起來，好像一般民眾對於臺灣的獨立的主張也是贊同的。這裡的話語，雖然伴隨著歷史的真實，可是寫出來，倒也有點危險味道。主張臺灣人民的自主權。事實上，作者告訴筆者並不認為當時的臺灣人反抗日本人是一種民族意識。也因此，作者將《沉淪》塑造成臺灣人的反抗意識，更顯示出鍾肇政並非寫歷史，而是塑造歷史。
　　在《沉淪》第十一章作者將割臺的消息，重述一次。
　　有關割臺以及因割臺而滋生的種種事件的消息，就好比靜水的波紋，由近而遠，一道道地擴展著，傳播開來。以靈潭陂為中心的這一帶地方，離臺北不過五十華里左右，消息傳來得也不算太遲，事情發生後快則三四天，遲些也六七天人們就知道了。然而接連發生的事，時時刻刻都在變化，傳聞也就很難使

人知道正確的情形，加上各種謠言，益發地使人們焦灼惶惑。(鍾肇政全集　3
——臺灣人三部曲上：頁181)

　　並以陸沈的徵召，暗示臺灣人悲慘的命運。並且點到臺灣人是什麼，就是
要與臺灣共存亡。這完全是作者的發自內心的聲音，無關於中華民族、中國人、
漢族。

　　　　陰潭也會乾涸見底嗎？那是十分震動庄裏的人們的一種猜想。九座寮庄
　　　開始有人煙以來，不過一百幾十年，庄人們一直相信著陰潭是永遠不會
　　　見底的，如果有那麼一天真會乾掉，那也就是整個臺灣的末日了。正和
　　　某些從遙遠的地方傳來的謠言一樣，那也正是五百年輪迴一次的臺灣島
　　　的陸沉的日子。當那個日子來到，臺灣這個美麗的島將帶著幾百萬生靈
　　　一同沉淪下去，一變而為海底，非到另一個五百年過去，無復再見到天
　　　日，那個劫數是沒有人逃得了的。生為一個臺灣人，命中就註定要與臺
　　　灣共存亡，否則你就祇有丟下了你辛苦經之營之，好不容易才建立起來
　　　的田園廬舍，以及列祖列宗的墳塋，回原鄉去！(鍾肇政全集3——臺灣
　　　人三部曲上：頁182)

　　鍾肇政以臺灣人並非清朝兵，以土俗的有無客家人所言的男人的象徵「下
卵」來為自己打氣。連下一輩的阿嵩都敢出來譏諷貪生怕死的長輩仁智。

　　　　「對啦，阿爸。」阿嵩這小鬼也插上來了：「我們不是清朝兵，我可不
　　　要回長山，我要跟滿叔和日本蕃……」(鍾肇政全集3——臺灣人三部曲
　　　上：頁187)
　　　　「我很高興聽到阿崙阿嵩他們的話，我說那才是有下卵的人。我要請問
　　　大哥，你有沒有？」(鍾肇政全集3——臺灣人三部曲上：頁187)

　　接著信海老人出來主持，再次的強調陸家子弟都是有下卵的，臺灣人並非
清朝兵。

「不用說啦。」老人制止了仁智的話，轉向仁勇說：「仁勇，你勇氣可嘉，不愧我替你取的名字。」

「阿爸。」仁勇眼光忽然亮起來。

「陸家子弟都應該有下卵的。你要多準備些銃藥，將來陸家子弟少不得要你來領導。不過………」

「阿爸，請吩咐。」

「啊，對啊，剛才是誰說我們不是清朝兵，是阿崙嗎？」(鍾肇政全集 3 ──臺灣人三部曲上：頁 190)

下面一段是王淑雯所引用的。但是王淑雯卻忽略更下面一句，標舉臺灣人的厲害的重要字句。這是此章一開始就聲明的，臺灣人不像清朝兵，要與臺灣共存亡的人，才是臺灣人。所以《沉淪》的第十一章就是將臺灣人這本書定調的最重要一段故事。

「……可是我們臺灣人不是這麼簡單就會低頭的，還是要幹的，不過不是像清朝兵那種幹法，是要真真實實幹一場。」

「阿峰哥！」迫促的聲音使得大家一時怔住了，原來是阿崙。他說：「我也要幹，勇叔這幾天正在準備大量銃藥，我們要教日本蕃嚐嚐我們臺灣人的厲害！」(鍾肇政全集 3──臺灣人三部曲上：頁 196)

綱峰自臺北回來，說明臺灣人可以自主的打算。並且在一連幾次的強調臺灣人並非清朝兵。

「怎麼打不過！我們又不是清朝兵！」是阿崙那小伙子吼叫般應了一聲。大概是因為這個詞兒曾得到祖父稱許，他才有恃無恐起來的。

……

……唉唉，這些話算了吧。總之我們要拚一下，也許外國人會同情我們，出面干涉，給我們援助。可是那些清朝兵，阿崙說得真好，清朝兵就是清朝兵，清朝官就是清朝官，什麼大總統，什麼大將軍，日本蕃來了，

還不是逃了！」(鍾肇政全集 3——臺灣人三部曲上：頁 195)

其他情況出現清朝兵的，乃是日本人所打懦弱者，正是清朝兵。而相對的日本兵在全書的表現並非如一般的抗日文學將日本人予以醜化，而是標舉日本人的視死如歸、整齊勇猛。而臺灣人不是清朝兵，武器裝備不如日本人之下，竟然可以面對日本人，打一場結實的戰鬥。讓日本人刮目相看。

> 祇用落後了差不多一百年那麼久的武器的，從來也沒有打過仗，甚至還是沒有受過任何訓練的普普通通的老百姓。而更可異的是這些老百姓們居然沒有一個戰死，受輕傷的也不過十來個而已。這是一項令人不敢置信的奇跡，歷史將為這奇跡記下光輝的一筆，這是鐵定的！也是這意料之外的勝利，使得這一小股人馬有些趾高氣揚了，看他們那開朗的神色，便知他們有些以為靠那所竹叢大厝，便可制勝曾經席捲了牙山、平壤等好多名城大邑，使得幾十萬清朝兵望風披靡的日本軍。(鍾肇政全集 3——臺灣人三部曲上：頁375)

在《沉淪》第十六章竟然出現能表現出臺灣人英勇的氣概，連原本是情敵的阿嵩與阿青，也可以互相的欣賞了。

> 「那怎麼行！」阿嵩急忙插進來：「我才不要老烏龜般縮頭縮尾的，等人家來才打，那像個清朝兵哪！」
> 「對啊！」瘦個子阿青不知是忘了阿嵩是他的情敵呢，還是急於求功，竟附和阿嵩說：「正正堂堂地對打，才像話。」(鍾肇政全集 3——臺灣人三部曲上：頁 274)

到了該書的二十一章，幾乎要到最高潮的劇情，仁勇為自己的緊張而慚愧，然後想到了信海老人的話：

> 「我們不是清朝兵……旨哉斯言，旨哉斯言……」父親說這話時微露激

動的神情，在仁勇眼前浮現出來。匹夫之勇，畢竟無補大局，現在要緊
的是大家合力，把眼前來犯的日軍消滅。我一定要細心地打，三粒銃籽
就三粒吧，一定要換回代價，最好能打倒三個敵人才好……(鍾肇政全集
3──臺灣人三部曲上：頁358)

　　翻回信海老人所講的話，其實原本是兩段話，中間還插了綱嵩的回答。因
此，從這裡，可以看出作者不僅一再地強調「我們不是清朝兵」，還進一步的
設計、以回憶的方式強調。也就是暗示讀者「臺灣兵」「陸家人」並非清朝兵。
「我們不是清朝兵」，這句斷言作為此書的關鍵字句，是在恰當也不過了。

第五節　結構與人物扣緊主題

　　上一節指出，無論是隱諱的表達臺灣人的主題，或者明顯的表達臺灣人的
主題。從藝術作品來論，還是要看他的表現，也就是文字語言、文化、結構的
表現。而觀察是否扣緊主題、表現臺灣人精神的廣度與深度。臺灣人的主題是
單純性，不過單純才表現出人性中純潔、勇猛的高度。
　　而結構上，張達、綱岱也是因為戰鬥的關係，才瞭解作為一個臺灣人是什
麼。這才是《沉淪》全書的重點。而不是那些戒嚴時代的，為了發表所作的保
護的外衣。而那些中華民族、臺灣人位階的問題，在《臺灣人三部曲》中，在
隱喻中已經被打破。到了《怒濤》，寫二二八的時代，有真正的在故事結構上
表現出，與中國人真正斷離的意義。那是臺灣人真正的新生。回過頭來看《臺
灣人三部曲》，顯示出鍾肇政的思想是一貫的。

一、結構與主題

　　這部小說的設計，讓讀者閱讀的步調，隨著戰事展開而快起來了，這讓讀
者讀這本小說而讀到欲罷不能。這部書一開始乃作茶的經濟生活與愛情融合在
一塊。而愛情情節的設計與經濟生活，隨著正面衝突開始男女的戀愛受到巨大

的衝擊，出征前男女之間打破一般的禮俗、羞愧，愛情的結果、門戶之見，也受到戰爭的影響而變化。

其中如張達所言：

「不！小姐……」阿達的聲音感激地顫抖著：「我不是這意思的。我要感謝妳，是妳使我懂得了怎樣做一個人……一個臺灣人……一個陸家的人……」(鍾肇政全集 3──臺灣人三部曲上：頁 470)

而「沉淪」作為臺灣受到割臺命運的象徵：

那是臺灣島要沉淪了，臺灣島是五百年輪迴一次的，上次浮起到現在恰滿了五百年，往後五百年臺灣島會被淹在大海中。另一說是臺灣會發生悽慘的大天災，可能那是大地震、大洪水，也可能是火山爆發。(鍾肇政全集 3──臺灣人三部曲上：頁 97)

劇中除了以秋菊的命運作為臺灣同樣的沉淪的命運外，正是中國人對待臺灣人的態度：

秋菊已經十八歲，長得又美，是可以賣錢的。她不是他的親生女兒，讓她沉淪苦海，阿熊那樣的人是不會心疼的。(鍾肇政全集 3──臺灣人三部曲上：頁 166)

再來就是鳳春的命運，也有類似的象徵。

是的，韻琴的心在陣陣作痛，在碎成片片，她不忍看著這位好姊姊沉淪下去，她滿心想幫助她反抗，可是她不得不承認自己毫無力量，況且大錯已經鑄成了。(鍾肇政全集 3──臺灣人三部曲上：頁 310)

不過如前所述，鳳春的命運，被放在張達的努力參戰以改變身份，也就是

成為一個真正的臺灣人。鳳春最後也跟隨張達而去，找尋自己的幸福了，因此更增加了《沉淪》以「臺灣人」做為主體的發揮。

另外，阿岱一開始作為一個負面的角色與面貌不揚的陸家人，因為參戰，而獲得救贖，使得情敵阿崙原諒阿岱強暴秋菊的罪刑。另外性格上偏向負面的人物綱青，也是因為參加這場抗戰，最後身死，同樣獲得救贖。死之前有段感人的對話，阿青希望被認為是陸家人。其中陸家人的隱喻就是臺灣人的象徵。

> 「啊……我沒有話了，把話都說完，真高興。崑哥，你說，我像不像個
> 陸家子弟？」
> 「當然！你是陸家最好的子弟啊！」
> 「那就別忘了向信海叔公說一聲，綱青那個孩子也……也像個……陸
> 家……子弟……」(鍾肇政全集 3——臺灣人三部曲上：頁 422)

之前有胡老錦說，黃娘盛的過去當土匪的事情，已經不再了。何況黃娘盛現在在打日本蕃。而讓阿崙釋懷，並尊崇黃娘盛。這也是作者在暗示，能為臺灣犧牲者，就是臺灣人。臺灣人的意義，並不僅僅是居住在臺灣的住民，還要有為臺灣犧牲的精神。

《沉淪》以仁勇為核心主角，進行激烈的抗爭，而各副線中如愛情、親情、友情加以交織成篇。而張達、阿岱、黃娘盛等人這三個角色為配角的人物結構中，三個配角各個從反面人物而形成的正面的形象，與解嚴後鍾肇政所撰寫《怒濤》的思考方式相同，也就是能夠投入犧牲、加入反抗陣營，勇於赴死者，都獲得了來自作者的肯定。而秋菊、鳳春也各個有了臺灣命運的象徵與追求理想的象徵。於是臺灣人精神的主題在以上所言的嚴密結構中形成。

二、人物形象：仁勇為核心

仁烈、仁智、仁勇三兄弟有不同的態度與行動。作者最欣賞，描繪最多的為仁勇，這顯示出作為一個、陸家人或臺灣人，就是要與臺灣共存亡。最後幾個男女，都知道要怎樣的成為一個臺灣人，擁有臺灣魂而非中華民族魂。這個

人物形象，就是這部書，以堂堂正正的方式刻化出來的。臺灣有偉大的歷史，而且就是這些勇敢的臺灣人所建立的。而這些人因為有了勇敢的反抗行為，也才是鍾肇政筆下所要強調的臺灣人。最後家族最有權威的信海老人出來主持大義，解決幾個兄弟的紛爭，這是這部書最精彩的部份。

　　而《沉淪》最重要的人物應該是仁勇。因為仁勇是《臺灣人三部曲》中第二部、第三部一提再提的。等於是傳遞了陸家子弟的精神，就是仁勇的精神，仁勇也就是作為鍾肇政筆下臺灣人的代表人物。

> 這一類話，在仁烈、仁智兄弟倆之間已經反覆過好多次了，說來說去還是一樣結果，仁智既然不能收回自己的主張，而仁烈則依然拿不定主意，祇有遲疑，祇有焦灼、憂心忡忡。
>
> 每逢這種場合，老三仁勇總是不發一言，老是嘴角泛著似笑非笑的表情。看他那樣子，彷彿這種討論根本就是多餘的。日本蕃就要來了，他還不當一回事嗎？他一點也不在乎嗎？他打算留下來，抑或回原鄉去呢？有一次仁智問過他，他的回答還是那麼不著邊際：「看看吧。」
>
> 仁勇這些天以來常常不在家，也不曉得跑到哪兒去幹些什麼。兩個哥哥問他，他也多半顧左右而言他，否則就說看看吧。看看？看看什麼呢？難道他另有打算嗎？
>
> 有的！仁勇正有他的打算。他還沒向家裏的人說過，不過也可以猜出來。有一次他老遠老遠跑到大料崁，買回了兩大擔硫黃和一擔鉛條。看了那黃黃的一大堆可怕的東西，仁智、仁烈兩個都大驚失色。(鍾肇政全集3——臺灣人三部曲上：頁185)

　　這種說作就作，甚至沒有說什麼，但是已經在行動的人物，在《怒濤》中，也有同樣的人物——志鈞。仁勇可謂是志鈞的原型人物，也是鍾肇政的精神與靈魂的一個面貌。在《怒濤》是凝聚一股日本精神，也可以說就是臺灣精神之一精神支脈；[52] 在《沉淪》的表現則是臺灣精神、陸家人的精神。寫戰後 228 事件的《怒濤》，其反抗精神標舉為日本精神，《沉淪》的日本時代，鍾肇政

52　本書附錄一。

則提倡臺灣精神，這是很有趣的現象。某個觀點來講其實都是臺灣精神，只是反抗的時代特色不同，都是反抗意識為基調，只是表現的名詞有所不同罷了。

《沉淪》中，抗戰的主角人物仁勇暗中布置彈藥，直接以行動赴戰場，領導群倫，在《怒濤》中也有志鈞可作為對應。志鈞的原型人物，就是仁勇，表現劍及履及的精神。而仁勇的精神，也是臺灣人精神的代表，一直延續著《臺灣人三部曲》的發展。只是等同為《臺灣人》的第四部在《怒濤》中，並未強調仁勇的故事，大概是強調外來精神的緣故，並且故事發展到最後是黯淡的，大異於《臺灣人三部曲》。

仁勇的形象，並沒有其他研究深論，這是本章的一大創見。這裡指的是他的精神層面，而非外在形象。特別是為後人所念及的犧牲精神。張謙繼論文中提到的則是信海老人，這是比仁勇更為長一輩的陸家人，支持作戰與反抗。可是傳承給下一代，也就是表現在《臺灣人三部曲》之後的故事，被一再提到的，則是仁勇。而且說明他戰死在反攻新竹城之時。仁勇是參戰犧牲的作為與胡老錦、吳湯興、姜紹組一般的人物。而反過來說，由仁勇的人物形象，我們更可以體會到歷史上，真有其人的胡、吳、姜等人的臺灣人精神何在，令人景仰與嚮望。

比如在第二部《滄溟行》中的主角維樑就是想到仁勇叔公而熱血澎湃，更感到作為一個陸家人應該有如何作為：

> 維樑差一點就想這麼頂姊夫一句，可是他把幾乎衝出來的話壓回去了。想想也是的，現在的陸家人，哪還有從前陸家人那種風光，那種排場，特別是那種精神呢？不想還好，一想會叫人心口噴血的。那時的陸家人，想必更粗獷，更凜然，否則也不會有開基的榮邦公、天貴公他們，更不會有率領陸家子弟兵，用鳥銃、田塍刀去打日本蕃的仁勇叔公了。（鍾肇政全集 4──臺灣人三部曲下：頁 717）

之後維樑的媽媽也這麼告訴他，陸家人威風的故事，對維樑感到繼承仁勇叔公的精神而高興。

「我們九座寮庄的陸家人也死了好幾個。我們陸家的子弟兵，跟他們打了幾仗，你們的仁勇叔公還是遠近出了名的勇將哩。他一直打到竹塹，也殺了不少日本仔。那時的陸家人才叫威風哩。

「對呀，阿母哭，也不全是為了心疼樑頭被打。真的，幾塊烏青實在算不了什麼，不是嗎？阿母是一半高興才哭的。因為我們陸家人又有人敢跟日本仔對抗啦。榮邦公和天貴公在天上聽了，一定也會高興的。樑頭，你懂阿母的意思嗎？」（鍾肇政全集 4——臺灣人三部曲下：頁 775-776）

到了第三部《插天山之歌》，陸家抗日的故事，也就是作為一個臺灣人的故事，更隱微而不彰。就如主角志驤的叔公告訴他，有關仁勇叔公太的故事：

「他們都是你很小的時候死的，還有你的仁勇叔公太，他是你出生前好多年就過世的。綱崑哥和綱崙哥就是他的姪子。他們三個，帶領幾十個我們陸家子弟兵，從安平鎮、靈潭、到鹹菜甕、新埔，跟日本仔打了幾次漂亮的仗。」

「哎喲……」

「你爸爸沒告訴過你嗎？他應該告訴你才是的啊。」

「我十四歲起就一直在外讀書，這四、五年還在東京，所以……」

「難怪難怪。當時，提到陸仁勇，方圓幾十里內，沒有人不曉得，連日本軍聽到他的名字都要害怕。後來他投效義軍統領姜紹祖旗下，在竹塹一帶打日本，姜紹祖被日軍抓住，吞阿片自殺，以後就由仁勇叔統率三千多義軍在十八尖山與日軍決戰……啊……那一場大戰……可惜我因為我父親正病重，沒有能參加……仁勇叔年紀比我還小的，可是我也會很高興地聽他指揮。他就是在那場大戰裏戰死的，北部義軍失去了他，也就再不能有什麼作為，戰局就移到頭份、苗栗一帶去了。」（鍾肇政全集 4——臺灣人三部曲下：頁 935-936）

叔公告訴志驤，對於仁勇的靈是不滅的，陸家子弟能再出志驤繼承仁勇的精神這樣的人物，感到很安慰。張凌雲也告訴志驤：

話鋒一轉，凌雲老人竟又說到臺灣淪日時的事。他說當年他還不懂事，實際情形已記不得，不過在以後的歲月當中，曾聽到不少有關臺胞英勇抗日的故事。家鄉裏就出過好多位英雄人物，其中有一位還是九座寮的陸家人，名字就叫仁勇。

那時，這位陸仁勇還是個三十左右的青年，他率領陸家子弟兵五、六十個，首先投效靈潭陂抗日名將胡老錦旗下，先是在安平鎮的一所大莊宅，給來犯的日軍迎頭痛擊，居然能用舊式火銃把日軍殺得大敗，狼狽而逃。後來日軍沒辦法，祇得調來新式大砲，從遠處轟擊。莊宅裏的一口水井被打壞，得不到飲用水，這才撤回靈潭陂。在那兒又與日軍打了結結實實的一仗，直到日軍用火攻，在街頭街尾放火，這一隊由農家子弟組成的義勇軍才不得不放棄據點解散了。街路也因此被燒成一片灰燼，犧牲慘重，不過日軍當然也付出了重大的代價。靈潭街尾不遠處有個叫七十三公墓的古墓，葬的就是那一次戰役壯烈成仁的義軍勇士們的忠骸。

故鄉的子弟兵雖然暫時散了，不過陸仁勇並沒有退縮，為了參加吳湯興、姜紹祖他們所策劃的反攻新竹戰事，不久又起來了。陸家子弟兵成仁的也不少，受傷的更多，不過還能戰鬥的，便毫無例外的都響應了。由仁勇帶領，南下去攻打當時因縣官不敢一戰而拱手讓日軍佔領的新竹城。可惜日軍救兵來得快，反攻戰事功敗垂成。陸仁勇就是在那一仗裏壯烈成仁的。

這些故事，志驤早就從九曲坑的老叔公聽到不少了，尤其那位叔公太仁勇公的事蹟，深深地刻印在他的腦海裏。儘管凌雲老人說的，與老叔公告訴志驤的，稍有出入，不過大體上是一致的，而且在志驤聽來也是百聽不厭的事情。

經過這一次長談，志驤的信心更堅強了。前面，雖然依舊橫亙著一片荊棘，到處風險，而老人所說的預言，也未必很快地就實現，可是至少那個日子遲早會來到，這是可以確定的，而且不遠了，這不就已是很令人興奮令人滿意的事嗎？（鍾肇政全集 4——臺灣人三部曲下：頁1242-1243）

　　事實上，鍾肇政就是聽了不少這種抗日的故事的，而這時候已經是戰後的時代。鍾肇政也到過胡老錦當年住過的地方。也就是目前龍潭七十三公的遺跡之處，竹窩子附近。

　　鍾肇政在創作之時面對的不在是日本人的統治。事實上鍾肇政早已經對國民黨的統治產生了極大的失望，對於曾經熱血期待的祖國，感到幻滅。因此客家人抗日的故事，對他的意義，重點已經不是單純的抗日的問題。因此他之後提出臺灣人的命題，而與這個抗日故事的結合，也可以說他受到許久以前曾經抗日的龍潭人多少啟發呢？總之，讓他知道臺灣人是什麼的這些勇敢的龍潭人，正是他的臺灣人的理想形象，是鍾肇政據以為文的臺灣人精神的模特兒。而在《怒濤》裡鍾肇政積極回應《沉淪》所言的，「什麼是臺灣人乃是為臺灣而戰為臺灣而死的人。」

第六節　結論

　　以下分為兩點作結論。說明作者的臺獨意識在作品中很明白的呈現，而這與臺灣人曾經有過的純潔的祖國情結，兩者並不矛盾。因為日據時代的祖國情結與戰後國民黨所灌輸的中華民國意識並不相同。第二點討論這部作品與整個三部曲、甚至包括《怒濤》中整體表現的一貫的臺灣人立場的思想，與現代意義。

一、祖國情結的討論

　　一如鍾肇政在描寫養女的命運，胡紅波說：

　　　　作家安排男主角經歷自由戀愛，再回歸命定式的、被看作過時落伍的舊
　　　　式童養媳婚姻，反之竟頗有嘲弄自由戀愛之意。這種反社會潮流的逆向
　　　　布局，顯然有同情並讚賞兩個質樸勤奮、善良可愛的養女的意思，藉此
　　　　可見作家其實心中自有另一種思維的人道關懷，並不盲從潮流，一面倒

地歌頌自由戀愛，可謂用心良苦。[53]

　　這說明，就算是解嚴了，鍾肇政依舊會寫下臺灣人曾經有過的祖國意識。當然，筆法會更見真實，而除去保護的、戒嚴底下的心態。沿著胡紅波的思維：

> 「養女和童養媳」在「河壩系列」和作家其他作品中，儼然自成一個文
> 化主題，尤其作品中這些養女或童養媳的遭遇，有僥倖與不幸，都明顯
> 反映了族群文化裡較為晦暗的部份，作家在為這幾個主角或配角調配人
> 生色彩時，也注意到「命運」的個別差異，有的色調一路平淡，有的晦
> 暗到底，有的由平淡而峰迴路轉，柳暗花明，有的由晦暗再掉入黑黝黝
> 的深淵。這是客家族群史畫裡無數默默女性承擔的辛酸的一頁痛史，很
> 多社會學家一概把它描述成落伍不人道的婚俗，卻看不到他們對她們付
> 出同情與關懷。作家在幾篇作品中，除了忠實反映這種為人詬病的舊式
> 婚俗的陰暗面，更匠心燭照，逆向布局，同情嘉賞一部份無從逃避這種
> 舊式婚俗的弱女子、好女子，像滿妹、雪妹和陸家的玉燕、郭家的竹香
> 等。這是文學家的淳厚和社會學家的冷眼旁觀最大的不同之處。[54]

　　1978 年《美麗島》雜誌創刊，丹尼羅伊評論說：「在英語世界中『福爾摩沙』與臺灣同義。以國際眼光來看，這個名稱暗示著臺灣不是中國的一部份。」[55] 因此《臺灣人三部曲》雖然有祖國情結的描寫，但是作者某種臺灣獨立的主張，以國際觀點來看，同樣有相當的暗示。一如書中對於鍾肇政筆下的女性角色依高麗敏的分析所述，首先是表現了進步的精神，並非單純的臺灣漢人與男性：

> 臺灣人精神為深耕土地，反映時代的寫實精神。包含先民渡海來臺，不

---

[53] 胡紅波，〈鍾肇政的鄉土關懷與實踐──河壩系列作品初探〉，鍾肇政文學國際學術研討會，清華
大學，2003 年 11 月。

[54] 同上。

[55] 丹尼羅伊，《臺灣政治史》，臺灣商務出版社，2004 年 3 月，頁 223。

為墾拓艱難，堅忍不拔的毅力；包含女性自主意識的覺醒，尋求女性生存的公平與正義；也包含知識份子所肩負的時代使命，必須隨時充實自我，培養為社會人群服務的情操。而高山族反抗意識與戰鬥精神，更是強烈的表達臺灣人不屈的硬漢性格。[56]

　　這已於前文，胡紅波所言相同，《臺灣人三部曲》往往為表現高亢的臺灣人精神而凝聚的主題，有時是實事論事，並非有男性沙文或者漢人輕視原住民的思想，更非一種祖國意識的主張。這都是相同的邏輯，且以其創作作品總體觀之，更可以得到證明。

　　鍾肇政與政治人物、資產階級者相較，後者標榜著日本精神、臺灣獨立之外；而鍾肇政是在戒嚴底下冒著生命危險，拿出實際的辦法從事發揚臺灣人精神的寫作，試圖鼓舞臺灣人。

　　未見標榜日本精神的政治人物與資本家是怎麼樣的角度來看割臺之下，奮起抗日的臺灣人，尤其被歷史所忽略的客家人。這些政治人物採取一種所謂的日治史觀，以日本人建設近代化臺灣為觀點。[57]或許日本時代長大的臺灣人，抗日的史實不彰，日本教育對於抗日份子予以土匪式的污名化。戰後遇到中國國民黨的惡劣統治、二二八事件，使得知識份子對於日本統治的真相，無法進一步思考。似乎唯有客家人積極挖掘割臺抗日的史實，予以發揚光大。他族群在創作、在撰寫歷史甚少強調客家人的英勇抗日犧牲的角色。[58]

　　在第三部《插天山之歌》，鍾肇政以隱喻表現日本精神，[59]而在第四部《怒濤》，鍾肇政正式標榜日本精神的作品中，這同樣是一個呈現歷史史實為基礎，表現當代的臺灣人的時代精神。並非意圖在發揚殖民者所留下來的精神為最後

---

[56] 高麗敏，《桃園縣文學史料之分析語研究碩士論文》，東吳大學中國文學系碩士論文，2003 年 7 月，頁 130。

[57] 參見李登輝《武士道解題》，前衛出版社，2004 年 2 月。蔡昆燦《臺灣人與日本精神》，小學館，2001 年 4 月。與許文龍〈奇美的歷史與我〉，1993 年 2 月演講，後連載於《臺灣日報》，〈從人民角度看臺灣歷史〉，2004 年 4 月 26 日起。

[58] 東方白所著《浪》是少數的例外，對於此書描寫客家人犧牲抗戰，顯現作者對客家人的推崇，筆者閱讀後非常感動。

[59] 同註 2。

目的。不過，卻是道出臺灣人精神尚未建立的時代，學習近代化社會的進步精神，納入臺灣人的思考中，最後成為真正的、理想的臺灣精神。陳建忠所提出[60]，認為鍾肇政見證了臺灣文化主體的混雜與不完整，應該是低估作者對於臺灣主體、臺灣文化的體會了。而作品的詮釋，則是評論者的自由。

相較之下，鍾肇政寫下《高山組曲》時對待原住民的歷史態度，鍾肇政同樣是正義感、對於弱者的一種同情，一種欽佩吧。我認為鍾肇政是站在更普世的價值觀上，人性的尊嚴，為民族、土地而生存下的理想性，而創作臺灣人。或者相反來說，以人性的普遍的性，來賦予臺灣人的英勇的形象。而以文化、社會細膩的描繪，來賦予臺灣人的特殊性。有評論者認為臺灣人是排斥了原住民。這也是女性主義觀點犯了同樣的弊病。有關鍾肇政寫原住民的抗爭精神，可以參考本書的附錄二。

《臺灣人》第二部、第三部祖國情結的描繪，這是一個臺灣人的心路歷程之一。臺灣人的心路歷程才是作者的重點，而非將作品作為一個作者心向祖國的交待，作者的目的在於臺灣人本身。除了祖國情結以外，還有更多的反抗精神、風俗文化的描繪，臺灣人特色與精神的表現。而且裡頭的反日的描繪，事實上是有作者創作時代的意義，也就是一種國家的、民族的、批判國民黨的顛覆意識。[61]

彭瑞金加以肯定了，整個《臺灣人三部曲》是鍾肇政對於國民黨一種強硬的對話。[62]這或許是盧建隆所言的臺灣意識的提早出現。[63]這本書將使得看待臺灣人自己的方式產生的變化。比較當時的大官楊肇嘉所寫的回憶錄。[64]他所強調的是「臺灣人民」、「臺灣省」。而鍾肇政堅持寫「臺灣人」三個字，因此顯得前衛、異類與異端了。

[60] 陳建忠，〈後戒嚴時期的後殖民書寫：論鍾肇政《怒濤》中的二二八歷史建構〉，鍾肇政文學國際學術研討會，清華大學，2003 年 11 月。

[61] 同註 2。

[62] 彭瑞金，〈《插天山之歌》背後的臺灣小說書寫現象探索〉，清華大學鍾肇政文學國際學術研討會，2003 年 11 月。

[63] 盧建隆，〈鍾肇政《怒濤》中的大屠殺與記憶政治〉，《臺灣後殖民國族認同 1900—2000》，麥田出版，2003 年 8 月。

[64] 楊肇嘉，《楊肇嘉回憶錄》，三民文庫，1967 年 1 月。

　　不過鍾肇政在 1977 年撰寫同樣是抗日事件的《姜紹祖傳》時又顯得保守。「臺灣同胞、中國人的臺灣、在臺灣的人、住在臺灣的中國人、做為一個中國人」而極少有「臺灣人」的說法。更重要的是小說的敘事不再謹守時代氣氛的藝術技巧。紛紛將光復後用語，置入 1895 年代，如「中國人」的用法比起「臺灣人」的詞彙更帶一種政治意味。[65]

　　或許這並非鍾肇政的代表著作，而且 1977 年臺灣局勢緊張、社會動盪。且又是《近代中國出版社》的叢書稿子。鍾肇政能盡力的紀錄史實，突顯姜紹組、吳湯興的偉大，已經是難能可貴了，了卻鍾肇政對於臺灣先民的幾段可歌可泣的景仰心願。不過從規避「臺灣人」的說法，也正可知道「臺灣人」幾個用字的敏感性。

　　雖然鍾肇政主張臺獨、濃厚的臺獨意識，這主張筆者判斷為 1955 年之前。[66] 但是在文學家的立場，也不一定要將「根源」「血緣」「文化」的問題，加以否定。如同陳芳明說，《臺灣人三部曲》無疑是在挑戰官方的中華民族論述。[67] 鍾肇政已經在《臺灣人三部曲》盡力將臺灣人與中國人加以區隔、分野了。這就是本章要指出的顛覆效果、論述策略到底為何。重新看待《臺灣人三部曲》這部藝術作品。

　　到了第二部，祖國意識受到了啟蒙，隱隱約約的知道。到了第三部，主角更顯得對祖國的無知，而從三字經印證了血緣的關係，大受感動。不過這是一種非常純潔的祖國意識。而純潔的感情必然遇到真實情況而幻滅。這種純潔的感情，或許在許多年以後，會重新被視以文學上的真實而重新體會吧。事實上，大概沒有一本書，願意這麼寫的，把臺灣人的祖國認同，認為是理所當然的、本質的，而並非建構的，懵懵懂懂的。這在 1960 年代已經是極大的對中華民族意識的挑戰了。這在《濁流三部曲》表現的更為露骨、危險。

---

[65] 在鍾肇政於 1982 年 12 月，因臺灣省教育廳所邀請而著的《茶香滿地的龍潭》，其中「甲午戰敗　滿清割讓臺灣」一節，強調了「臺灣是中國的土地，臺灣人民也是中國的人民，滿清政府怎麼可以因為戰爭打輸了，就隨便送給人家呢？」而在創作《沉淪》中卻並未有此種強烈的聲明，更可見得鍾肇政在文學創作中的堅持了。

[66] 事實上鍾肇政可為真正的臺獨主張者，原原本本的臺灣人、自然的臺獨者。這是因為遭受到二二八的洗禮，實際接觸到中國人與自己的差異，而並非經過如戰後第二代臺灣人經過美麗島等事件、聽長輩數說陳年舊事而思考，或者到了國外留學經過閱讀文獻而反省下的臺灣獨立主張。

[67] 陳芳明，〈鍾肇政小說的現代主義實驗〉，鍾肇政文學國際學術研討會，清華大學，2003 年 11 月。

　　第二部的維樑似乎有以鍾理和做為模特兒，一樣受了年長一輩的人的啟
發，而奔向祖國。而第三部的志驤則以鍾肇政本身做為模特兒，一開始雖然奉
獻給臺灣、回到臺灣抗爭，但是對於祖國卻一無所知，與吳濁流那個時代的本
質上對於祖國有孺慕的祖國情結不同。更對於戰後中國國民黨所灌注的中國人
意識不同。鍾肇政是描繪戰後短短的期間那種膨漲的祖國情結，而在三字經等
古書終獲了想像中的印證。事實上寫作者本身是有臺獨意識的，這兩者之間並
不矛盾。

　　相對在政治上、臺灣民族運動上，從鮮明的純粹的臺灣人意識、到 1964
年彭明敏的容納外省籍的臺灣獨立的政治主張。鍾肇政在文學上所提出的隱含
臺灣人獨立的思想，表面上為含有祖國意識，也是符合歷史的現像，賦予臺灣
人的反抗文學、歷史形象，而為國民黨當局所無法打壓、毀滅這部作品的藉口。
這部以臺灣歷史為取材對象的文學作品，已經號召了多部大河小說跟行，應該
在臺灣文學創作史仍會繼續影響下去。

　　依照宋澤萊對臺灣人人格成長模式的看法，有生物我、社會我再進化到獨
立的自我。[68] 那麼對應臺灣的歷史發展而言，相對為臺灣人的新生、臺灣人對
法理制度的學習、與鍾肇政對臺灣人的意志、努力、理想的磨練。這正是對應
到《臺灣人三部曲》各部的認同主題，臺灣人在不同時代，在鍾肇政筆下的表
現。

二、時代意義

　　臺灣在今日被中國虎視眈眈的情況，如周婉窈說：

> 抵抗外侮是民族精神的根基。當割臺的消息傳來，臺灣民眾憑著他們素
> 樸的保衛鄉土的觀念，以傳統武器對抗近代式的軍隊，雖然「愚不可及」，
> 卻正是一個民族追求獨立自主的精神所在。
> 一個民族要能存續，必要有強韌的獨立自主的意志。這是為什麼世界上
> 許多國家都把抵抗外侮的人當成民族英雄；反之，他們唾棄和敵人合作

---

[68] 宋澤萊，《臺灣人的自我型塑》，前衛出版社，1988 年 5 月。

的人。否則，當國家面臨生死存亡關頭時，唯有投降一途了。[69]

而以戰爭為中心的臺灣長篇小說，大概只有《沉淪》一書了。而全書整個臺灣人的形象是扎根於泥土的，與大地結合的，臺灣人的精神就是反抗的。至於歷史的未來是光明的、理想的、進步的、高聳的。本書認同土地並非一種思想，而是一種感情與行動，表現於描寫山、人民、土地的細膩與美的諧和。

有關《臺灣人三部曲》的主題意識是否指全島的臺灣人而不分閩客。就有客家身份的作家莊華堂指出：

> 這部鉅著以《臺灣人》為名，描寫臺灣人於日治時期的殖民地經驗。筆者以為，如果以三部曲中所描繪的族群——活躍於桃園臺地與山區的客家族裔陸姓子孫而言，或許更名為《客家人三部曲》更符實際。[70]

不過也有福佬讀者，也是南瀛地區作家的侯浩生博士，在閱讀《臺灣人三部曲》，特別是《沉淪》並未感受到作品中對於客家人的突顯，而是直指臺灣人的反抗精神。這種讀者接受、詮釋的差異，到底與作者意圖之間的距離多少，是相當奧妙，值得討論的。

另外，根據筆者訪談葉石濤，他說鍾肇政寫《臺灣人》的意識根源，需要討論鍾肇政是客家人，而客家人有中原情結的歷史情境。[71]事實上祖國情結是所有臺灣平地人的共同意識。葉石濤標舉鍾肇政做為客家人，而客家人曾有的中原意識，似乎暗指客家人比福佬人更有祖國意識。這確實是一種刻板印象，也是一種四百年來閩客之間的緊張關係的一種歷史角度。當然這種認知並存在於鍾肇政、葉石濤，還有鍾肇政、沈英凱之間，而是整個群體的一種現象。

而筆者在真理大學的同事林裕凱博士在場聽到葉石濤的意見後，便推論鍾肇政或許與皇民化時代的原住民一樣，如拙著說明，有要比日本人還日本人的

---

[69] 周婉窈，《臺灣歷史圖書》，聯經出版社，1998 年 9 月二版，頁 114。

[70] 莊華堂，〈客家傳統山村生活顯影——從鍾肇政《臺灣人三部曲》看內山客家人的產業與生活〉，發表於廣州，海峽兩岸客家文學研討會，華南理工學院主辦，2003 年。

[71] 筆者訪談葉石濤，於成功大學臺灣文學系，2004 年 4 月 28 日。

一種反抗心理，[72] 而鍾肇政在戰後寫「臺灣人」，與沈英凱就算是在第一個國家民族的層次上相同，主張臺灣獨立。但是在潛意識、閩客的歷史基礎上，鍾肇政有要客家人要比任何臺灣人都要更臺灣人的想法。

　　盛哉斯言，這真是頗為大膽與現代的說法。不過，在《文友通訊》時代，鍾肇政確實抱持一個信念是閩客融合、和諧的問題。而鍾肇政在以客語詞彙融入小說之時，也確實有考量到福佬語也通用的情況才納入。日後《臺灣文藝》的事務、文學獎事務，也發生過閩客之間小小的爭議。而更重要的是對於 1895 年客家人抗日的歷史形象，或者史書上的客家人形象，因為寫史者不是統治者，也是居住於城市的福佬人，而記載有所偏差。事實上，鍾肇政是覺得大不公平的。這在他蒐集史料之時，可以一再地感受到。在訪談之間也很容易指向住在城市的福佬人住民、仕紳開城門迎日軍、並加以接待的事實。只是隨即鍾肇政也同情心領會維持治安與保全身家財產的人性使然。[73]

　　而他個人因為母親為福佬人，在成長過程中，也很敏感的感受到在日本人、臺灣人、中國人，本省外省人之外，閩客族群之間的緊張關係。鍾肇政在「臺灣人」的創作主題中，是否有林裕凱所言的情況，實在很難估計。不過，鍾肇政閩客和諧，一直是鍾肇政的盼望，也盡最大力量而努力。如在鍾肇政主編的《客家臺灣文學選》，他強調「臺灣文學」四個字是連在一起的，並且在序言中提出臺灣文學無分客家與福佬。如此推論，他對於「臺灣人」的理想也是如此。

　　只是一旦有客家人被迫居於弱勢，不公不義的社會現象之時，鍾肇政會如為原住民代言一樣，發出不平之鳴。往往他還認為原住民似乎更代表臺灣人最富矜誇的一群代表呢。他的最高準則是臺灣人與福佬人、客家人、原住民、外省人彼此是沒有位階的問題，總之他是一切都熱愛土地、熱愛人類的，也就是熱愛他的臺灣、他的家人。

---

[72] 同註 2。

[73] 筆者訪談鍾老，於龍潭鍾宅，2004 年 4 月 30 日。

第十章　論《滄溟行》與法理抗爭
——論鍾肇政的創作意識

第一節　前言

　　鍾肇政的作品大都被歸類為抗日作品，而且發表在國民黨的《中央日報》，而作者也很誠實、謙虛的表達對自己的作品的不滿，委婉的說明自己創作的所受限制、遭遇的白色恐怖的困境。於是評論者、早期的閱讀者，據以發表批判性的言論。如對《插天山之歌》最是明顯，有人認為劇中人唱日本軍歌荒謬，有人認為抗日題材了無新意，而也有人對劇中祖國情結予以強調。這是戒嚴時代的，或者評論者各有立場，也各有閱讀策略所造成。對於後來的論文研究者造成很深遠的影響。

　　但是從解嚴後，鍾肇政發表比較清晰的發言與創作。對日本時代在他筆下所留下的形象更鮮明了、意識幾乎是親日的表達。我們發現鍾肇政心中所念念不忘的首要目的為建立臺灣人的形象，與批判國民黨的統治。所用的題材在戒嚴時代當然也只能是抗日而已。而其精神卻來自於日本教育，也就是日本精神。

　　這一切過程，可觀察他對於日據時代作家所批判的日本法律，鍾肇政有鮮明的不同見解。本章已經將以《滄溟行》中的法理情節加以鋪陳，也詳加討論作者背後的創作意識。以下分三點談及本章的研究緣起，故事大意的介紹與各節說明。

一、研究緣起

　　鍾肇政在評論〈日治時期臺灣新文學中的法律意識——以賴和為中心的討

論〉，給我很深刻的印象。

> 過去散見的描寫日據時警察、巡查的橫暴作品，為數不少，討論者也多
> 認為那純粹是暴力、殖民者的高壓，極少及於法律層面。譬如本篇成為
> 討論焦點的秤子事件，一為折斷秤子，一為磅砰被做手腳，如果用法律
> 尺度來衡法，我們好像需要另外再考慮一個因素。即日本人有不少嚴刑
> 峻法是沒錯的，但所制定的度量衡法。我相信即使是以統治者殖民者、
> 壓迫者立場來制訂的這個法（與別的政治味較多的法不同），應該是公
> 平、公正，且有正義原則的。……（略）
> 如果提製糖會社的秤，所做了手腳是不用說的。蔗農憑空被嚴重剝削，
> 造成不公不義，又無處申訴。這件事，極可能是會社裏經辦人（可能是
> 臺灣人）為了仰頭家鼻息，討好頭家弄出來的，當然也可能頭家授意，
> 這完全是欺詐、盤剝、無法無天，把法踩在腳下，與日人法律本身尚難
> 謂有關係。同樣一桿秤子裏的巡查，可能是日人亦可能是臺人。
> 以上涉及題外話，謹供參考。但是從以上的「閱讀」來考察，本論文中
> 所列出來的幾位評家的立論，說不定還要加上進一步的思考。[1]

這種對日本法律的解讀方式，實在非常獨特，這是一種親日的現象嗎？在
我長期對鍾肇政的日本精神論述作觀察[2]，似乎背後的意識並非如此簡單。而
相對於評論者多以抗日作品定位《臺灣人三部曲》，因此這種「親日」言論，
更顯得詭異。尤其《滄溟行》的故事表現，正是以臺灣人抗爭方式的扭轉，改
以法理抗爭的模式。故事內容所反映的時代背景，正是表現出賴和創作以反殖
民為主題的時代。而到底鍾肇政的作品是抗日或者是親日呢？是反殖民或者後
殖民呢？值得進一步的澄清。

後來，我在鍾肇政的《臺灣文學十講》閱讀到一段，我大受感動與震撼：

---

[1]　鍾肇政，《鍾肇政全集21──隨筆集五》，（桃園：桃園文化局，2002 年），評論陳昭如論文要旨。
陳昭如，〈日治時期臺灣新文學中的法律意識──以賴和為中心的討論〉，淡水工商管理學院，臺
灣文學研討會（1995 年 11 月）。

[2]　錢鴻鈞，《戰後臺灣文學之窗──鍾肇政六百萬字書簡研究》，（文英堂，2002 年）。

所以那一次中壢事件發生的時候，日本官方中壢郡役所警察課（今中壢分局）抓了很多人。聽說現場正在發生衝突的時候，日本人把佩劍拔出來。通常日本警察腰邊佩著一把劍，除非警匪槍戰那樣嚴重的事態發生，那個劍是不許拔的，那劍是要嚇唬百姓用的。不光是臺灣的警察佩劍，日本本土的警察一樣是佩劍的，穿那種制服，腰間佩一把金閃閃的劍，也可以說是當裝飾用，不過主要是要嚇百姓的。有一個警察在衝突當中把劍拔出來，他就變成犯了錯誤了，聽說那個警察後來被革職。這些我們看起來不算什麼，問題是很多農民那時候被抓起來，我有一部作品以七十年前的中壢事件為背景寫下來的，那就是《臺灣人三部曲》的第二部《滄溟行》。[3]

對於日本警察不准拔劍的歷史事實，雖然我已經沒有了反日情緒，不會在閱讀作品前時就抱持某種刻板印象。不過我仍對此事，覺得不可思議。我在想，鍾肇政為什麼要記錄此事呢？是否他也有很大的感動呢？至少，他覺得很特殊的，所以要將這一段史實編到故事中。而這背後又是甚麼心理呢？而那些厭惡鍾肇政寫日本人負面形象的讀者，當然也對此點描寫感到意外才是。

於是，所謂鍾肇政的小說，一直被看到是抗日小說，這雖然沒有錯，但是與賴和時代的小說，以書寫反對殖民當局的主題，已然有所不同。鍾肇政所表達的並非一種反殖民小說，並非把文學創作的目的指向批判過去的日本殖民政府。相反的在比較 1970 年代，也是鍾肇政創作當下的時代背景，鍾肇政還有諷刺國民黨統治的落伍，更而有欣賞日本殖民者的味道。對於日本人形象的表現，已經不是「抗日小說」的說法所能掌握的。《滄溟行》表現了所謂的後殖民與反殖民理論之間的幽微地帶，這也不是一般的理論可以掌握。也就是說，他並非是直接批判執政國民黨當局的反殖民，也非對日本殖民的反省。大致可言，這是在戒嚴時代對執政當局諷刺的曲筆，也是對於臺灣人歷史、英雄史的建立。

---

[3] 鍾肇政，《臺灣文學十講》，（前衛，1999 年）。

二、故事大意介紹

　　《滄溟行》是講臺灣人與日本統治者周旋的歷史。故事中也設計了反面的臺灣人。這是原本設定在《沉淪》之後的作品。[4] 本來在第一部安排的人物而要在第二部出現，結果卻沒有寫成。鍾肇政改變了原有的設計，這新舊之間的差異何在呢？新的主角人物仍要表現與日本人周旋的與反面的角色。不過成為新的第二部，如何為整個三部曲設計新的結構，成為一個新的考量點。

　　故事一開始的出發點是 1923 年，然後將敘事拉回到三年前，表現維樑的成長過程。而以兄弟之間的感情上衝突點為交叉點，開始了維樑據法理以抗爭的表現。這種結構的設計，效果很集中，將故事講的明瞭簡潔，步調穩重。

　　故事的結構是雙線進行，圍繞著維樑、維棟兩兄弟的作風與個性不同，而交叉兩兄弟之間的感情而進行，成為一種對比的敘事。但是負面人物維棟也並非有所不對，而只是適應時代的一種方式，為人個性稍嫌軟弱。所以作者又另外安排了另外一個稍醜陋的對比人物維揚，而維棟相對地變得很令人同情。這兩個負面人物成為《沉淪》中的負面人物張達，原本要出現在第二部的復合體。

　　因此這雙線的結構如何有機的構成，在於兄弟之間的感情、弟弟維樑對哥哥的崇仰，然後漸漸的想法有所不同。弟弟維樑在母親眼中，甚至日本女性的愛情上獲得認同，讓讀者認同弟弟是真正的英雄。哥哥維棟卻在堂哥維揚的地位之下，一切為符合日本體制下的努力都成為笑話。

　　那麼作者刻劃的英雄人物的形象如何？也就是讀者應抱有的閱讀策略。對於創作者的意識的瞭解，或者寫作策略的瞭解，當可避免很多無謂的主觀的感情、意識型態，以影響審美的過程。而第一部、第三部的英雄形象的審美策略，也正是整個三部曲的結構的要素。

三、各節介紹

　　第二節為文獻探討，整理《滄溟行》歷來的評論重點。如結構、主題、人

---

[4] 比方《沉淪》的人物張達，預定為作者設計成日後靠著日本人而飛黃騰達。張謙繼，《鍾肇政《臺灣人三部曲》研究》，文化大學碩士論文，1996 年 6 月，頁 89。

物，尤其在法理的觀點上，找出與本章所持觀點的微妙差異。第三節，整理文本《滄溟行》中出現的法理抗爭的情節，以及作者創作材料的主要來源，挖掘作者的處理素材的態度。第四節，探討作者的創作意識，以進一步瞭解作者如何以法理抗爭的情節，鋪陳臺灣人新的反抗模式，這中間就是鍾肇政的刻劃臺灣人形象的主題。第五節作結論與探討，分為三點敘述：法理抗爭與創作意識、日本精神的再瞭解、《臺灣人三部曲》的結構。

第二節　文獻探討

《滄溟行》的前人研究，以下分為五點加以整理，分別為：主題、法律探討、成長敘事、人物、結構。我們可以發現由於個人所選擇的閱讀策略不同，而深深的影響了對於作品的詮釋，與對作者的寫作策略的瞭解。

一、主題

在早期評論《滄溟行》的文章僅僅是一種推介的形式，大都為作品飽含熱愛祖國的抗日意識的解釋，如史銘、馬有峰、方念國等評論[5]。後期有中國的評論者有同樣呼應，如黃重添、徐永齡。作者本身在廣告中，也有類似提法，不過祖國的思想應該是一種包裝，或者並非重點，實質上要表達的還是臺灣人的反抗精神，奮鬥不懈求進步的過程。[6]

在 1980 年代彭瑞金總評鍾肇政在抗日經驗的描寫上，認為是表現殖民地傷痕經驗。[7]李麗玲、余昭玟的碩博士論文也多強調類似形象。最奇怪的講法，將鍾肇政寫《沉淪》視為一種鍾肇政對自己創作題材的反省，這是葉石濤對於鍾

---

[5] 史銘，〈鍾肇政的《滄溟行》〉，《自立晚報》（1976 年 11 月 17 日）。馬有峰，〈談《滄溟行》〉，書評書目（1977 年 9 月）。方念國，〈悲苦大地——仰望祖國的《滄溟行》〉，（《民聲日報》，1979 年 5 月 11 日）。

[6] 張謙繼，《鍾肇政《臺灣人三部曲》研究》，文化大學碩士論文，（1996 年 6 月），頁 36。

[7] 彭瑞金，〈比較鍾肇政與葉石濤小說裡的殖民經驗〉，收錄於《殖民地經驗與臺灣文學》（2000 年 2 月 1 日）。

肇政專寫日據時代自傳體小說的疑慮，以亡靈視之，而鍾肇政寫《沉淪》則表示他擺脫了亡靈。[8] 然後，葉石濤對於鍾肇政老寫抗日小說有所質疑。[9] 顯然，彭瑞金採取的為葉石濤式的閱讀策略。[10] 不過，彭瑞金其後則強調鍾肇政所想寫的是臺灣人英勇不屈、韌性的形象描寫。[11] 相對的林瑞明強調漢人的文化、民族的意識，似乎歡迎抗日的故事，則為一種楊逵式的閱讀策略。[12]

　　基本上，鍾肇政在自傳性作品，表現日本人形象或有暴虐的描繪，尤其作者從事日本兵時期為背景的小說。但是文化描寫方面，則呈現給人異樣感覺的美感。日本女性如谷清子的描寫，更是極美，還有對日本軍歌也有正面對日本民族性的理解。

　　而在歷史長篇部份，抗日不僅僅為背景故事，日本人形象更是非一般抗日故事所描繪的負面情況。[13] 而《滄溟行》在法理制度的表現上，相對於寫作當時的國民黨統治醜態，有令人讚賞之感。也正是黃娟所言：「把抗日運動的轉型，成功的刻劃出來。」[14] 如作品所述：

　　　於是他談起來了，從武力反抗到據法理以爭的臺灣民族運動，以及目前
　　　他所從事的與日本拓殖會社之爭。他堅決地表示，為了那些可憐的農
　　　民，他願意盡一切可能，抗爭到底。（鍾肇政全集 3──臺灣人三部
　　　曲上：頁 588）[15]

　　主題「從武力反抗到據法理以爭的臺灣民族運動」已經在文中清楚顯現出

―――――――――

[8]　葉石濤，〈鍾肇政論──流雲流雲你往何處去〉，《臺灣文藝》（1966 年）。

[9]　葉石濤致鍾肇政書簡，收錄於《鍾肇政全集29──書簡集七》（2003 年）。

[10]　同註 7。

[11]　彭瑞金，〈插天山之歌的背後書寫現象〉，鍾肇政文學國際學術會議（2003）。

[12]　林瑞明，〈人間的條件──論鍾肇政的《滄溟行》〉，《成功思潮》第二十七期（1981 年 5 月）。

[13]　本書第十二章。黃娟，〈雄偉的史詩──論《臺灣人三部曲》〉，收錄於《政治與文學之間》，前衛（1993 年 5 月）。張謙繼的碩士論文，同註 6，頁 136。林瑞明，〈戰爭的變調──論鍾肇政的《插天山之歌》〉，《綜合月刊》第一四七期（1981 年 2 月）。

[14]　黃娟，〈雄偉的史詩──論《臺灣人三部曲》〉，同上。

[15]　本文引文，皆採用《鍾肇政全集》版本之《臺灣人三部曲》。

來，一如黃娟所謂的抗日運動的轉型。張繼謙的碩士論文認為鍾肇政對於日本的統治有切膚之痛，而永遠難以忘懷。張文認為基於此點，《臺灣人三部曲》的創作動機便由此萌芽。這與本章的觀點，實在大異其趣，實有必要探討作者的創作意識。

二、法律探討

綜觀描寫日據時代的作品有關於法律者，皆將法律當成日本人壓迫本島人的手段的觀點。[16] 但是尚未有法理抗爭的觀點予以討論。這可以模仿盧建榮的論法——作者對殖民主的描述並不太壞，如同盧建榮以後殖民的觀點探討《怒濤》[17]，本章也可用後殖民的觀點來觀察鍾肇政在《滄溟行》中的後殖民表現。

盧建榮所謂的比較政治學，即臺灣作家因為厭惡國民黨的統治，而美化日本人的形象的一種抗爭策略。或者說以舊殖民主的文化遺產抵抗新殖民主的策略。這是對於作者創作意識的一大瞭解。不過，這種政治反抗的心理，畢竟是創作意識中的一環才是，其他還有社會、心理、美學的種種考量。另外反抗國民黨統治，也不只比較政治學的方法，也還有臺灣人的主體性建立、直接的批判外來統治者。而戒嚴時代還有反日殖民、祖國意識的描述以求自保與自清。鍾肇政所描述的法理抗爭，當然顯現了日本人美好的形象，而非一味的批判日本人的統治。這也就是本章所要討論創作意識的用意。

王慧芬的碩士論文，對於《滄溟行》的法理抗爭，有相當的理解，他認為主角借力使力，透過日本引近的法律制度，所培育出高級知識份子的智慧，鼓動民眾的團結意識逼迫統治者讓步。[18] 王慧芬整篇論文，對於鍾肇政的臺灣意識的理解，可謂相當的深入，筆者相當予以肯定，但是她也認為鍾肇政在七十年代仍有中國的文化認同。這是本章在探討創作意識時要進一步提及的。

---

[16] 陳建忠，《書寫臺灣·臺灣書寫：賴和的文學與思想研究》，清華大學中文系博士論文（2001 年 1 月）。張恆豪，〈比較楊逵、呂赫若的「決戰小說」——〈增產的背後〉與〈風頭水尾〉〉，淡水工商管理學院，臺灣文學研討會（1995 年 11 月）。

[17] 盧建榮，〈鍾肇政《怒濤》中的大屠殺與記憶政治〉，收錄於《臺灣後殖民國族認同 1950－2000》，麥田（2003 年 8 月）。

[18] 王慧芬，《臺灣客籍作家長篇小說人物之認同》，東海大學碩士論文（1999 年 7 月）。

王文更以雲蛾來象徵日本人如虎狼，相對的比擬主角不避艱辛，更貼近土地，更有力量的反抗日本人。因此，雖然王文認為主角透過日本統治者當局重「法」的觀念，進行遊走於法律邊緣的反抗行動。王慧芬的解讀，仍舊著重在日本人以法律，以新的方式壓迫臺灣人。強調以法律作為壓迫臺灣人的工具這一點與筆者的看法稍有差異，筆者認為這並非作者的原意或重點，正是筆者要在下一章法理情節的描述中加以鋪陳的。就如同王文也強調，日本統治當局是重「法」的觀念的、引進了法律制度，讓維樑借力使力。[19]

三、成長敘事

成長小說文體的敘事手法，表現在歷史題材上非常特別，也很有象徵性，以一人的成長代表整個臺灣走入現代化的過程。而未來鍾肇政的《怒濤》，將發生二二八的因素，歸於臺灣人已經習慣於法治社會的運作，正義感的涵養，《滄溟行》的社會狀況，作了很好的印證。

鍾鐵民盛讚賞成長小說的筆法，他認為《臺灣人三部曲》的第二、第三部，都是戀愛史，也是成長史的寫法，非常的巧妙。[20] 黃娟將幾個重要的成長階段一一的指陳。不過都集中在政治抗爭上，有關在戀愛、作碰風茶方面的成長經歷就沒算在內。

作者的設計不僅在於各個階段的磨練、求取知識，還在於雋永的思想。主角維樑說：

> 「沒關係，大哥，不必為我難過，其實我不在乎渺小，渺小的人，正也
> 有渺小的事好幹的，不是嗎？」維樑臉上的陰影，很快地就消散了。（鍾
> 肇政全集3──臺灣人三部曲上：頁590）
> 六三法案撤廢運動、文化運動等，一直都是他所嚮往的，他既然自認還
> 不夠資格參加這些，此刻身邊就有可以讓他就近參與的運動，正也是他

---

19 同註18，頁206。

20 葉石濤等，〈臺灣文學的里程碑──鍾肇政《臺灣人三部曲》對談記錄〉，《臺灣文藝》第75期，革新第22期（1982年2月）。

　　所求之不得的。因為它們名目雖各有異，心理動機與目的，完全一致，
　　那就是運用和平的手段，來與統治者抗爭。（鍾肇政全集 3——臺灣人
　　三部曲上：頁 605）

　　原來的主角是如何的膽怯，而很快的擺脫情緒，進一步成長為強壯的。這種成長人物的典型，還牽涉到鍾肇政所喜愛的一種男性的典範。讀者當然可以不欣賞。不過，並不在於人物描寫沒有成功。只因為讀者所欣賞的英雄的類型，與鍾肇政欣賞的類型不大相同。這是閱讀策略與寫作策略衝突的典型。鍾肇政所欣賞的沈穩的、渺小的個性，非常的有特色。作者個人也是如此生活，而獲得自己在文學上的不斷的耕耘與成功。

　　有關於成長的敘事，進一步可與人物的分析相關。基本上臺灣在現代化思想的學習，在 1920 年代進展與成長是最為快速的，這部小說藉由鄉村中的從事抗爭工作的主人翁，那麼切合的象徵出整個臺灣的歷史進程。

四、人物

　　各類分析有針對男性的，也有女性的。針對女性方面，似乎一致看好。雖然也有以現代女性主義角度來批評，而有微詞。至於男性人物，則好像受到《濁流三部曲》的影響，以及對照了作者為人處世，所以大都不甚滿意。

　　作者筆下人物表現了樸實穩重的思想，要活的熱烈、有意義，也找到可進行的運動方向，而不會遭受無情的打壓。也因此維樑會與農民學作碰風茶，並且認為赤牛埔這個小區域，正是他可以發揮的地方，似乎如西方的傳教士一般，是上帝派與的蠻荒之地，那麼謙卑虔誠的接受了。而哥哥似乎不懂弟弟的心、不懂人生的理想，以為弟弟雖然勤於農事但仍不能甘於清苦、安於寂寞，自以為未盡大哥責任而悔恨憂慮，更強烈的突顯了鍾肇政所想要塑造的理想人物、臺灣人的精神。

　　一如在《插天山之歌》，自我的磨練，也就是象徵一種抵抗。更為頑強的、寂寞的抵抗。永不放棄最後的勝利。這是極難以作到的。比起《亞細亞的孤兒》的胡太明，陸志驤不僅僅是逃，而是一種自我的磨練、人性的試煉、尊嚴的力

量。或者在臺灣人三部曲的第一部《沉淪》，以微弱的力量而蜂起反抗、鬥爭，也是正義凜然，表現非常的純潔的心智。

其實，鍾肇政式的人物，在第二部的維樑也好，甚至第三部的志驤也好，事實上是有乃木大將的艱韌的品質，只不過乃木與鍾肇政筆下主角，因為在不同時機、場合、歷史而各個有不同的身影。兩者都曾經被看成無能。但是，我相信鍾肇政式的人物，確實有其奇特的品質。也就是乃木大將，在《插天山之歌》、《滄溟行》的環境條件下，這位有血有淚的詩人將軍，也仍是那麼謙虛有韌性吧。這種人物的批評，也直接影響了結構的批評，在文學審美上使讀者無法產生壯闊的感受。

可以發現到很多評論，對人物形象的建構各有各個閱讀策略，與作者的寫作策略不盡相符。而碩士論文受到評論的影響很大，另外也有自身的批評策略，結果常常對人物形象的把握出現了非常矛盾的說法。尤其以王慧芬的碩士論文最是如此。

五、結構

各論文常會提到結構問題的批評[21]，鮮少提及這篇小說本身的結構，最多僅於成長小說的敘事結構論之。結構的討論通常也是以整個三部曲一起評論。

當然比起《寒夜三部曲》、《浪淘沙》、《濁流三部曲》，《臺灣人三部曲》沒有一貫的人物確實是遺憾不過，若作為《臺灣人》分成三部的原來構想，反抗精神上是一致的，將各個歷史階段的變貌、配合主角人物理想在層次上的不同，交音共響，也無愧為三部曲的架構。其內在精神上的聯繫性如何？而各部的獨立性與統一性的討論，都是需要更進一步研究的。

如果不能領會作者的創作意識，尤其是日本精神的部份。那麼在要領會在氣勢上能夠貫串全書，相信是非常困難的。而在主角最後歸途，李喬給予一個奔向臺灣深山心臟，與高山融合在一起，精神昂揚，也算給三部曲的結構一個完美的結局。這也是鍾肇政不將南洋戰爭的場面放到《臺灣人三部曲》中的可能原因。因為他要塑造一個文學場域上的象徵，都鎖緊在臺灣的本土上。當然

---

[21] 如張謙繼、林瑞明的評論，參照註6、12。

到南洋打戰，仍為了臺灣人的榮譽，精神上仍是臺灣的，不過他要等到《高山組曲》才予以發揮，這是可以這麼解釋的。

關照臺灣其他三部曲創作的結構，雖然有人物的延續，事實上幾個人物彼此之間的交流很少，這也不影響這些作品作為三部曲史詩的偉大。就《滄溟行》本身的人物的互動頻繁，最後《插天山之歌》在精神的高昂上、傳承上予以整個三部曲的統一，各部有民族、社會、個人理想的不同象徵。其實三部都有不同層次的理想，但是背後的意識，還有作者個人的意識的象徵，都是一貫而和諧的。[22] 有關整個三部曲的結構，將在本書第十二章詳細的探討。

六、小結

總言之，各方評論，對於三部曲的結構的批評，主要還是在氣勢上、力量上的感受。也就是在詮釋上無法滿足讀者對《臺灣人三部曲》的期許所致。如張恆豪說《臺灣人三部曲》為「虎頭蛇尾」結構。[23] 既然他批評尾崎秀樹從反抗到傾斜的論法，張恆豪為龍瑛宗的作品精神反正。但是對於戰後的小說，處於更恐怖的白色時代，卻以虎頭蛇尾來評論，似乎對於臺灣文學是血淚的文學、掙扎的文學的領略，未及於說這句話的鍾肇政本人的作品。而彭瑞金已有新的觀點予以討論了。[24] 對於三部曲在意識的統一，氣勢的和諧，有了進一步的看法。或者張良澤曾發表臺灣文學大都表現一種三腳仔文學，以示戒嚴時代的臺灣文學不敢講真話、直言批判統治者的狀況，引喻有點失當。[25] 更顯得對作者創作意識、寫作策略瞭解的重要性，與讀者所設閱讀策略不當之下，對於作品無法進一步的認識而予以否定。另外，六十年代、七十年代的有許多閱讀者，

---

[22] 錢鴻鈞，臺灣客家文學網站，〈鍾肇政作家導論〉、〈臺灣人三部曲〉導讀，聯合大學客家臺灣文學網站，http://literature.ihakka.net/hakka/（2002 年）。

[23] 張恆豪，同註 16。

[24] 彭瑞金，同註 11。

[25] 鍾肇政，〈歷史與文化的結合〉，《鍾肇政全集 30——演講集》，桃園文化局（2002 年）。陳映真於〈論文學臺獨〉有言：1979 年，旅日臺獨派學者張良澤發表〈苦悶的臺灣文學蘊含「三腳仔」心聲的系譜〉於日本，主張日據臺灣塑造出既非日本人又非中國人的「三腳仔」臺灣人。而臺灣文學就是「三腳仔」的「心聲」。雖然張良澤是敘說自己的寫作過程，不過，對戰前、戰後作家，是否也能如己那般推論，值得存疑。

對鍾肇政寫抗日作品或是帶有祖國意識的描寫，都對作品留下刻板印象[26]。也影響了九十年代學生的碩士論文對鍾肇政的瞭解。這都是本章想要處理的狀況。

第三節　法理抗爭的情節

對於臺灣人從武力轉以法理抗爭日本人的過程中，日本人的形象到底如何。日本人所制度的法律，作者以甚麼角度來描寫。而本書的題材從何而來，作者做了怎樣的變形與組織。在本節分為兩小單元加以鋪陳。下一節將據此節的材料，作為論述作者的創作意識的對照。

一、作品相關法理內容

故事一開始點明兄弟間對於時局認定的不同，最重要的追求的人生目的有所不同。維樑要爭正義，認為時代不同，而抗爭的方式也必須改變。以和平的方式、根據法理來爭，也就是正義之爭。

作者暗示日本人的形象將有轉變。時代不再是打殺的，將可以法理來抗爭。而主角進一步的認識到日本人與舊時印象中的警察。也就是日本人已經不同於1895 年時攻臺的時代，如第一部《沉淪》所描寫的景況。

> 使他感到意外的是那個日本人頭家松崎，竟然是和藹可親的長者。年紀大約已五十出頭了，頭頂秃了一大塊，矮矮胖胖的，不時都掛著一張笑臉。維樑從小祇知道日本仔是可怕的。從剛懂事時起，每當他不聽話，或者撒野哭叫時，母親一定用日本仔來嚇唬他。好比「日本來啦」、「要把你交給日本仔」，養成了一聽到「日本」或「日本仔」，就中了魔咒似地動也不敢動一下。在村子裏，偶爾也會有「日本仔」（註：此處為警官代名詞）來巡視，那一身黑衣、黑褲、黑帽，加上腰邊一把閃亮的佩刀，真可以把他和一群玩伴們嚇得半死，一聽有日本仔來了，大夥馬

> 上四散，各各找個竹叢或乾圳躲起來，不敢動彈，呼吸都窒著，不然就
> 拚命地逃，唯恐逃得不夠快不夠遠。（鍾肇政全集 3——臺灣人三部曲
> 上：頁 522）

而且這個頭家對維樑還非常親切，且令維樑感到日本人的誠懇，而鼓勵他
繼續向學。可以說是頭家的開導，才讓他看到廣大的世界、進步的潮流，有新
的視野。最終成為一個現代的青年。

> 維樑不得不想到事態的嚴重。武力抗爭既然不可能，如今祇有據法理來
> 爭，而法理竟也不在他們這些可憐的被征服者這邊。維樑老早知道日人
> 巧取豪奪臺灣農民的土地的情形，可是聽到黃石順這麼說，他幾乎禁不
> 住絕望了！（鍾肇政全集 4——臺灣人三部曲下：頁 695）

雖然說是以法理的方式來抗爭，作者的設計，倒也非一味的認為憑藉法理
就可以獲勝。最重要的還是實力，只是已經需要用法理的技巧、漏洞來抗爭。
這就是日本帝國統治的真面目，而非並一味的認為日本人怎麼樣的粗暴。事實
上，一經與戰後的國民黨比較，確實有其統治的巧妙與進步性。

另外，對於日本女性的描寫，更加沖淡那種民族差異、對抗性。可謂是日
本的進步性，藉此美好女性為象徵。

> 文子確實與一般日本人不同，尤其與一般日本女性大不相同。維樑這兩
> 年來經常與日本人接觸，早就感覺出他們絕大多數抱著一種優越感，認
> 定臺灣人確乎是劣等的民族，懶惰、骯髒、迷信、貪婪、膽小、懦弱、
> 卑屈、狡猾、陰險，這些惡習與低劣品性，都集中在臺灣人身上，因而
> 根本不放在眼裏。維樑就從來到店裏的顧客的神色上，經常感到這種輕
> 蔑的眼光。可是文子就不同，她與他，明明有主從之別，卻完全以平等
> 看待。也許她是在東京長大，未感染上輕視臺灣人的惡習才會如此的吧，
> 維樑這麼判斷。（鍾肇政全集 3——臺灣人三部曲上：頁 537）

　　作者藉由日本太子來臺，又聯想到大正九年韓國親日派巨頭被刺殺，思考了暗殺太子的可能。不過終究在意念上仍導向為和平的方式，也就是法理的抗爭。為整本書定調，作了進一步的佈局，兩兄弟之間對太子來臺有截然不同的表現。哥哥維棟卻一心一意想獲得日本校長的青睞，獲得與太子共享餐點的機會。

　　　　政治性的暗殺，雖然不是稀罕事，不過維樑很快地就明白過來，這是不
　　　　太可能的，因為從事臺灣議會設置運動、文化運動的人士，都是高級知
　　　　識份子，他們的宗旨，原本就是要排除像北埔事件、焦吧哖事件那一類
　　　　激烈行動，而以法理來爭的。（鍾肇政全集 3──臺灣人三部曲上：頁
　　　　563）

　　在迎接太子真正來到臺灣時，弟弟維樑又作了一次的暗殺的思考。且想到自己的祖先的光榮的抗爭方式。

　　　　他突地被擲進一種莫可名狀的感動當中。那也正是他的祖先的血液，他
　　　　們可以用鳥銃和田塍刀，去對抗人家的機關槍與大砲，為什麼不乾脆把
　　　　皇太子幹掉呢？那不是更能表示出臺灣人不是好欺侮的嗎？他差一點就
　　　　禁不住把這種想法吐露出來。（鍾肇政全集 3──臺灣人三部曲上：頁
　　　　566）

　　這裡表現出臺灣人樸實的心性有了不同的面貌，增加了對法律的信心。在一般的老百姓也有了這般認識。而在奉迎太子坐著火車到來時，有一段以精彩的言詞與警部對話，維樑看到了文化協會的人逼著警部最後必須以切腹口吻拜託，而平息一場爭議。末尾還是臺灣人給日本人面子，而降低抗爭手腕。然後太子的火車來到：

　　　　火車的氣笛聲傳過來。正是二點三十七分，一分也不差。（鍾肇政全集
　　　　3──臺灣人三部曲上：頁 577）

作者強調時刻一分不差，象徵日本帝國的現代性制度，法律的基礎非常的穩固。而且法治的觀念，已經深入到一般民眾的心裡。

> 「坐牢就坐牢吧，反正我沒有做錯事，我不在乎。」（鍾肇政全集4
> ——臺灣人三部曲下：頁713）

對於高階警官、或者低階的，遇到高級知識份子，或者一般農民如維樑，並未有什麼負面的描寫。而且略有讀書，本來也是知識份子的維樑，在嘗試用上書皇太子不成後，親自擺下身段，與農民站在一起，也向農民學習，若說有左派份子，維樑就是了。除了農事，他也負起了與日本警官溝通的事務，領導群眾。這種人，才是鍾肇政真正佩服的男性的典型。

> 維樑的腦膜上，突地映現另一個警部的姿影——是在臺北火車站月臺上的那個。叫什麼來著？簡溪水醫師是叫了他的姓氏的。對啦！是後藤警部！他可是個警部，而並不是低一級的警部補哩。那也是維樑第一次看到高級警官跟本地人那樣子說話。那個警部雖然裝得平靜，但從面孔上可以看出他與簡溪水說話時是滿肚子怒火的。也許祇有像簡溪水醫師那種紳士，才使得他不得不按捺著脾氣儘可能裝得客氣吧。這些人平日總是動不動就用拳頭與鞋尖來對付臺灣人的，可是很出維樑意料之外，這個警部補今天好像也不會亂來。（鍾肇政全集 4——臺灣人三部曲下：頁 736）
> 不但沒有預料中的兇神惡煞般的喝叱與拳打足踢，而且那八字鬍竟然還有了類似欣賞之色。會一口日語，真可以佔到好大的便宜啊！維樑在內心裏感嘆。（鍾肇政全集 4——臺灣人三部曲下：頁 738）

當然，這中間也有能否流利講日語的因素，而這讓主角感嘆著。對於警察的形象，完全的改觀。也以衣著的心理探討，增加的深度。表達並非要紳士才能獲得平等、溫和的對待。

終於兩方以道理溝通後，維樑還是被「檢束」而捉起來。這裡並未誇大了

警察的退讓，然後維樑在牢中被其他警察毆打。也提到巡察中有臺灣人，維樑來個三腳、四腳的說法曉以大義。暗地裡日本人照樣動粗，雖然有一定的法律規章在執行。就是在當代美國，警察毆打罪犯的，也不是沒有。當然在日本時代被毆打，並不能如美國引起民意很大的反彈。

　　之後警局前聚集了大批的人潮，只要遵守非暴力、不開口，警察連下令他們離開都不行，因為無法檢束而關進那麼多的人，法律事件會演變為政治社會事件。最後維樑則被黃石順救出來，其實是按照行政執行法，按法律規定受到檢束，不得超過昔日的日沒。黃石順還可用此法條調侃巡察補有無認真讀法律條文，形成有趣的對話。維樑出來後，發現到群眾還聚集著，這是令維樑感動的地方，也是牽引讀者情緒之處。[27]

　　而哥哥維棟一點也不懂日本人也有法理的一面，更強調了時代的轉變：

> 他們豈不都是不由分說便屠殺嗎？如果他們也在玄關口架好一挺機關槍，幾排子彈射過來，這一百幾十個豈不是一個也逃不了嗎？也許弟弟說得不錯，武力反抗的時代已過去，這是民主自由的時代，爭執是應該根據法理的。難道日本人也會有這樣的一面嗎？（鍾肇政全集 4──臺灣人三部曲下：頁 764）

　　這也是一種臺灣人民學習法治的過程。不過本段主要可以突顯當時國民黨的高壓的統治，比日本帝國還不如。[28] 這種農民和平抗爭靜坐的活動，結果被報紙抹黑為暴民。黃石順提出街頭演說，這裡展開本書最為精彩的部份，在主角的演講過程當中，達到最高潮。有關法律，就算當成是日本帝國壓制臺灣人的工具，如同維樑講的：

> 「我知道，所以我們一定不要讓他們封才好。他們可以不顧農民死活，

---

[27] 這方面的感動，林瑞明，〈人間的條件──論鍾肇政的《滄溟行》〉，《成功思潮》第二十七期（1981年 5 月）。彭瑞金，〈鍾肇政鄉土文學討論會(一)評《滄溟行》〉，（桃園：1993 年 12 月 19 日），兩人的論文提到很多。

[28] 1978 年吳伯雄任內政部長，留下不可遊行的可笑談話。他認為遊行、演講違法。不曉得讀了《滄溟行》的讀者，在有了日本經驗之後的讀者，該作何感想。或者還是鈍感吧？也不敢思想。

我們自然也要想辦法對付他們。他們假法律之名，幹強盜的勾當，真是可惡可恨！」（鍾肇政全集 4——臺灣人三部曲下：頁 824）

問題是日本人准許演講、遊行。雖然比不上民主國家，如美國，甚且今日的臺灣。但是在 1970 年代創作之時，比較國民黨統治時代，實在不可同日而語。鍾肇政於 1975 年在《中央日報》發表這種小說，實在具有顛覆性。或者，這就是作者最為隱微的目的，批判國民黨的黑暗統治。

「沒有誰跟你開玩笑的。我正式請求准許我到外頭做街頭演說。根據大日本帝國憲法，人民有言論的自由，我相信行政主任不會不准旳。」
「不行哪，黃代書，這怎麼行呢。我說你別開玩笑。」
「不是開玩笑，絕對不是。在臺北，我就常常聽人家這種演說，在街頭，在新公園，我都聽到過。所以我也有權利這麼請求的。」
「真是，這太不像話啦！我要生氣囉。」
「不，不，請不要。我們是在談公事，你是行政主任，我是人民，生氣了就不夠意思了。」（鍾肇政全集 4——臺灣人三部曲下：頁 795）

一個小小的臺灣人，竟然可以以言論來迫使日本警官讓步，而達成遊行的目的。當然臺灣人是了不起的。不過相對而言，這不是對國民黨的戒嚴體制相當有顛覆性嗎？維樑作了第一次的公開的演講。經歷了人生最為激動的幾天。
之後，日本執達吏要查封農民的稻子，維樑一樣慷慨的說，沒有犯法，則田地沒有理由被查封。這種有無犯法的觀念，確實是在法理抗爭中養成的。在國民黨時代是無法想像的。終於這使得執達吏惱羞成怒，莫可奈何。到了最後還拔出劍來，試圖威脅農民，這是精彩篇章中的精彩。因為拔劍是違反禁令的，使得執達吏只好乖乖的再收回去。農民還很興奮的說：

「對呀。那些臭狗仔，沒啥好害怕的。」
「那個巡查拔了刀，我們一告，他的頭就會掉的。」（鍾肇政全集 4——臺灣人三部曲下：頁833）

真的很難想像有不可拔刀的法律。雖然日本人一樣那麼兇狠，不過也可以被老百姓喝止。因此從遵守法律本身，日本人確實有可稱道之處。而重要的是作者本身編進這條故事時的態度，對於日本人的法律的認知的意識是什麼，想要傳達什麼給讀者？

於是維樑終於被補、被判刑，包括許多農民。而大部份的人，除了抵死不認錯的都被判緩刑、罰金。維樑也僅僅被判六個月而已。這又是一個日本與戰後國民黨法律的最大差異。兩邊都會毒打犯人，不過判刑的刑期，卻有天地之差。一般人，僅僅關了幾天，意志就崩潰了。國民黨要關你十年八年的，還算是小事了。

二、創作資料來源

作者如何編故事？困難點在哪裡？需要採訪的、作田野詢問的部份為何處，要靠作者自己的想像力的。而編故事、文字鋪陳的態度如何？這幾點的探討可以進一步瞭解到作者的創作意識。但是本書，僅僅採用鍾肇政所參考的主要書籍。

結構上這本書以 1923 年太子來臺開始。緊跟著作者將歷史上的中壢事件，提前演出。時代上不是很吻合真正的情況。[29] 作者的資料來源，主要有葉榮鐘撰寫的《臺灣民族運動史》。在 1967 年 7 月鍾肇政接到葉榮鐘要寫《臺灣民族運動史》的計畫，或許也刺激鍾肇政連忙於當年完成《沉淪》也不一定，不過鍾肇政早已經在 1964 年發表了一小部份《臺灣人》，也早有此計畫。也有可能是葉榮鐘早就知道鍾肇政要在這年續寫《臺灣人》。

以下分為幾點，主要為拔刀事件、告御狀事件、1927 年第一次中壢事件中藏稻穀的故事，其他還有請願、演講等紀錄。下文加以對比：

例如葉文中敘述：「蔗農見形勢險惡，二、三十人一面下一面大聲詰問：警察幾時作會社的走狗？為什麼要拔刀！遠藤、小野、高木三人聞言即將配刀歸鞘。」[30] 葉榮鐘的文章中繼續提到仍有日本人因為失去理性，頑自揮刀，終

---

[29] 彭瑞金早先已經注意到，但是沒有進一步解釋。彭瑞金，同註 27，

[30] 葉榮鐘，《日據下臺灣政治社會運動史》，（晨星，2000 年 8 月 30 日），頁 578。

於被蔗農搶奪，而致事情鬧得更大，最後多人被捕、遭受毒打。

經過兩文比較，鍾肇政只取拔刀後收回，並未有毒打等描寫。而更為突顯了日本法律對值勤員警的限制，人民運用此法條顯得相當的微妙。二十年以後解嚴了，鍾肇政在演講中還強調這一點，並誇大說警察因此受到懲戒。事實上，葉榮鐘並未這麼寫，歷史書上也不見得記載。顯見鍾肇政對於日本法律的態度。正是要突顯國民黨的罪惡。

葉書記載 1925 年 5 月 30 日日本皇族來臺，竹林關係者因臺灣的官廳不理他們，乃想到向日本皇族告御狀的方法。但是他們仍不敢造次，乃推出保正八個作代表，向竹山郡役所請教是否可行，結果保正八名都被關起來。臺中州廳派出大批警察沿途站崗。竹山鎮與外界交通幾乎全面封鎖。幸而皇族來時未發生事故。[31]

葉書記載第一次中壢事件，農民為了不讓執達吏執行，而先把稻穀隱匿。結果會社以詐欺及業務妨害罪名提出告訴。結果陸續有五十餘人湧進郡衙門示威，第二天又有農民三百餘人，作第二次的示威。其後每日都有十數人輪番到郡役所示威，一面在黃石順指導下加強團結，舉開演講會提高鬥爭士氣。最後有八十三人以騷擾及公務執行妨害的罪名被檢舉，四十一人被送預審，預審結果有罪者三十五人。[32]

種種跡象，為什麼鍾肇政將告御狀的時間點放在 1923 年，連帶的將中壢事件也提前在 1923 年發生。而只將符合歷史史實的為日本太子來臺灣，這使得作哥哥的維樑，也因此需要訓練學生演講，而以弟弟的告御狀的行動，結合為緊密的結構。而葉榮鐘基本上都是報紙或者警察沿革誌的資料，而少以個人的眼光予以批判。多是以客觀來陳列事實。顯見，鍾肇政據以編造故事，多了臺灣人動人的進步表現，也很自然的顯現日本法律正派的一面。

很明顯的，這個小說給人一種真實與再現，形成感人的故事，表現壯闊的場景。這就是黃娟指出的成功的塑造初以法理抗爭的過程。與鍾鐵民講的，以成長文體來敘述歷史小說，或者本章所言象徵了臺灣社會歷史進步最大的一段敘述。筆者也是看了竟然忍不住流淚。以前看過幾次，雖也流淚，卻沒有此次

---

[31] 同上註，頁 582。

[32] 同上註，頁 599。

那麼入戲，劇情中間、末尾，處處動人。其他愛情方面的描寫，無論對手是日本人或者臺灣人，都被感動著。

第四節　創作意識

作品中表現的意識型態在本書中，可說是隱微的，在文學作品中也是不重要的。不過不僅關係到作者的寫作策略，也影響了讀者的閱讀策略。所以有必要探討創作意識，這是把握主題的外在方法。反過來說，捕捉住主題，也可以更把握住作者所要傳達的思想、或創作意識。事實上讀者在閱讀時，已經有了各種的閱讀策略，這在本章的前人研究探討中，可以感受出來。創作意識的探討，也是挖掘作者的寫作策略的必要過程。

一、臺灣人的主體意識

鍾肇政在一開始寫作就想寫「臺灣人」。詳情可參考拙著，其中也提及作者所遭遇的時代，認同的轉變，而形成堅強的臺灣意識的過程。[33] 鍾肇政說：

> 我至今並不認為我那樣寫就是歷史小說，雖然取材是從歷史上的一些真正有過的事蹟、事件來把他組織起來的，可是並不是為了交代歷史而寫的，而是交代「臺灣人」到底是什麼，「臺灣人」到底是怎麼回事呢？這也是我一貫的中心主題，用種種方式、種種角度來給這個命題提出我自己的看法。或者說「創作意識」。這要從《臺灣人三部曲》談起。或者「臺灣人」談起。所謂的建立臺灣人的形象。[34]

這裡，鍾肇政將自己的「創作意識」，表露無遺。換一種角度，假如重寫日據時代的臺灣人形象，若鍾肇政在解嚴後重寫過去的日本殖民者的形象，我

[33] 同註2。

[34] 鍾肇政，〈歷史與文化的結合〉，《鍾肇政全集30——演講集》，頁435。

想結果還是一樣的。因為重點還是臺灣人的形象。這也可以說明作者創作意識的一貫性，主題的一貫性。

更隱微的，或許作者對外發聲，客家人也是臺灣人、也講臺灣話。客家人怎樣的愛土地、怎樣的勇敢、保護家人，參與臺灣的進步、爭自由爭民主。[35] 而客家開拓者勇者的形象，[36] 這個意識在日本精神中所融合的部份，本章是無法進一步探討的。回到故事中，母親所扮演的角色，作者點出了重點「臺灣人」三個字。

> 「呀，阿棟古，我問你，你到底是什麼？難道你教日本書，就成了日本蕃啦？西洋人是什麼？紅毛蕃啊。你頭髮不紅，你可是臺灣人啊。」（鍾肇政全集 4──臺灣人三部曲下：頁 655）
>
> 「分室蓋那麼大幹什麼？」母親冷冷地說：「是不是想多抓些臺灣人關起來？」（鍾肇政全集 4──臺灣人三部曲下：頁 787）

這個最有權威的老人家，也懂得臺灣人的意識似的，傳達陸家人的精神，也就是臺灣人反抗的精神、歷史的傳統。劇情中，作為保正的希望這個老人家能夠教訓維樑，反被老人家教訓回去。一開始這位對子女嚴屬的女性，竟然充滿反叛殖民者、富有臺灣的意識。[37] 這正是作者藉由老人想要傳達的精神。

而在整個《臺灣人三部曲》中，也都不斷的強調臺灣人三個字。以點出重點就在於臺灣人，表現臺灣人的形象。這是無關於祖國、漢民族等等的認同。這種意識隨著時代、環境的變化，作者描繪臺灣人的精神的用意是不會變的。

> 想想也是的，現在的陸家人，哪還有從前陸家人那種風光，那種排場，特別是那種精神呢？不想還好，一想會叫人心口噴血的。那時的陸家人，想必更粗獷，更凜然，否則也不會有開基的榮邦公、天貴公他們，更不會有率領陸家子弟兵，用鳥銃、田塍刀去打日本蕃的仁勇叔公了。看看

---

[35] 鍾肇政，《客家族群史總論》，臺灣文獻會（2003 年 12 月）。

[36] 高麗敏，《桃園縣文學史料之分析與研究》，東吳大學碩士論文（2003 年 7 月）。

[37] 劇情來自於《滄溟行》，《鍾肇政全集 4》，頁 786。

眼前的維揚，為了胸口上那個小東西——紳章，竟可以大宴賓客，席開
三十桌，而且是在祖堂公廳前的禾埕上。那會教先祖們暴跳如雷的……
對，要不是維揚那傢伙是別姓人，一聲雷鳴，不把維揚當場打死才怪！
再看看自己吧，一個軟腳的哥哥，一點鬥志也沒有啦。唉唉……維樑越
想越覺得不是味道起來。（鍾肇政全集4——臺灣人三部曲下：頁717）

　　這部份的故事，正是第一部《沉淪》所描繪的場面。這種精神的回憶，正
是三部曲的主結構之一。另外也看到作者對於當前臺灣人的期許：

看看他們那一張張面孔，便知他們是安詳自在的。常在書本裏看到一些
日本人的臺灣通的言詞，多半認為臺灣人都是自私自利的人，不知團結
為何物。這種論調，可以說絕對不是正確的！（鍾肇政全集 4——臺灣
人三部曲下：頁 789-790）

　　在王慧芬的論文中，認為鍾肇政作品中的原鄉意識、祖國意識表達，僅是
一種作者文化中國的認同，而非政治中國的認同。這部份的解釋非常值得商榷。
這是本章對於作者創作意識的解釋恰恰與王文相反的。在鍾肇政給鄭清文的信
中，有句話，很清楚的表現了鍾肇政的思維方式，鍾肇政的主張，也算是與《臺
灣人三部曲》的名字互相輝映吧。

有幾個朋友祇是為了我才給它作品，也有人說，等有那麼一天我「主宰」
它，才再回來，就望望然離去了。我明白好多個朋友都抱此觀感，因此
常使我覺得不安，彷彿是我拖累了這些朋友。但是，老實說我是騎虎難
下了，而且有幾個人也確實因為它存在而感到一種安慰。我們無力擁有
自己的刊物（我知你會說我們要刊物幹什麼），我的一種虛榮心（イモ
イズム吧）使我不忍離棄它。[38]

　　作者自我調侃，強力的希望有自己的雜誌，而它就是《臺灣文藝》。鍾肇

---

[38] 鍾肇政致鄭清文信，1967 年 5 月 18 日，《鍾肇政全集 26——書簡集四》，（桃園文化局，2002 年）。

政非常謙卑的說這是一種虛榮心，以解釋給戰後第二代作家來聽，鍾肇政可謂心意很重。更妙的為以日文解釋虛榮心指為「蕃薯主義」，也就是「臺灣主義」，這是非常有趣的一段談話。

　　這種謙卑的發言，與他對自己的作品《插天山之歌》的不安，心情很類似。事實上，要滿足讀者的英雄美學與讀者能接受的價值觀、滿足讀者固有的閱讀策略，非常容易，作者只需要把日本統治怎樣的攻擊痛擊，不過這或許又不符合親日讀者的閱讀策略。且鍾肇政在白色恐怖時代又要滿足國民黨的文學接受度。因此他提出類似《老人與海》的充滿象徵性的作品。而他所保握的其實就是「臺灣人」三個字。或者如同鍾肇政很容易被視為沒有個性，事實上他有所堅持，只是風格上不被所有的人認同而已。這也是一種閱讀策略的問題。

　　而臺灣人的主體意識，背後仍有意涵，那是一種弱勢階級的反抗，如同《魯冰花》創作背後的對貧富階級的批判，對弱者的同情。兩者都是根源一種平等的、人道主義的思想。也是正義與公理的思想。這又與作者的日本精神教育有關了。

二、反國民黨統治

　　在《滄溟行》這本書中，作者似乎傳達了要告訴國民黨、中國人，當時的臺灣人是怎樣的抗日、渴盼祖國，怎樣的勇敢，並非奴化者、叛徒。這是表面上的層次，也是回應白色恐怖時代，起了一種對作者保護的作用。蘇進強說：

> 我在無意中發現，保防部門十分納悶，為何鍾老的小說如《插天山之歌》等，竟能在國民黨的《中央日報》副刊發表，搞不懂這個「涉嫌反政府」的作家到底是什麼立場。而我步鍾老後塵，也在《中央日報》副刊發表不少小說、散文，保防部門對我大概也因此沒轍了。[39]

　　在那個時代，這種創作意識是司空見慣，非常的自然、正常。事實上，作品中的祖國意識的強調並不止於此。因為還有更深層次的意識，那是另類的批

---

[39] 蘇進強，〈鍾老與我的「公案」〉，臺灣文學評論（2004 年 1 月）。

判、暗諷的，當然不乏表現那個年代的臺灣人有一種純潔的感情或者情結。但是在鍾肇政書中，甚至是一種預言的佈局的，將來是要破滅的。鍾肇政很坦蕩的寫下祖國的情結的狀況。

　　雖然主角在結局有兩條出路可選，一個為祖國、一個為日本。作者根本不能寫日本，只好寫祖國。作者說那是一頭睡獅，朦朧又神秘的地方。而就算寫日本，就能夠增加這部書的正當性嗎？而寫祖國，就表示臺灣人就心向祖國，表示作者真正的用意，是作者有統一的意識、祖國的意識嗎？而不是在於批判國民黨，不在於臺灣人反抗精神本身嗎？誠如這本書最後寫的：

　　　　他離開欄杆，往船室走去。突地，有一個記憶深處的詩句在腦膜上浮現：「巨鯨破滄溟……」。是誰的詩呢？全詩又怎樣呢？他一時記不起來，祇能模糊地想到好像是杜工部的。
　　　　想不起又何妨，我祇要這一句就夠了。多麼鼓舞人的一個詩句呵。他感到有股力量從丹田升起，倏忽地就傳遍全身了。於是他朗誦起來：
　　　　「巨鯨破滄溟……」（鍾肇政全集4——臺灣人三部曲下：頁875）

　　可見得鼓舞臺灣人精神的意味深重。這才是鍾肇政的重點。對於法律、現代性，鍾肇政不再給人一種濃濃的批判的意味。而且總有一種諷刺國民黨的味道，戰後初期的臺灣人短暫的自治，臺灣精神與日本精神，臺灣人的法律意識就是那樣被建立的。這是不曾有人以想像力來建構那種日本時代所建立下來的法律制度。也是戰後戒嚴時代所創作的極為特殊的作品，作者批判當局者的意識非常隱微。

　　日本時代的賴和，並非寫下法律的正義面。賴和充分表現了他的時代意義，反抗殖民統治的使命。如賴和的〈浪漫外紀〉、〈惹事〉。賴和不可能去美化日本人的法律，所以採用了鱸鰻樣的臺灣人，特有的正義感與日本人以諷刺並且反抗。鍾肇政在戰後即顛倒過來以日本人的法律制度，更幽微的暗諷時下的不准演講、組黨、遊行的戒嚴體制。

　　在鍾肇政的時代，照道理，傳承賴和的臺灣精神，就應該要寫《怒濤》那樣的直言批判當局的作品。不過，國民黨戒嚴時代卻比日本統治還要嚴厲，根

本不能批判政府，更別說寫二二八了。那麼鍾肇政怎麼作呢？他的寫作策略是什麼呢？

　　他在 1975 年創作《滄溟行》之時，蔣介石病亡，接著迎靈、守靈，舉國荒謬，那麼多的臺灣人老師都被催眠似的，學生也被派往沿路護持、下跪。作者在《滄溟行》寫小學生被動員去接迎皇太子，而小孩們回家時垂頭喪氣的表情，豈非令人哭笑不得。刊載於《中央日報》的《滄溟行》，有識者的讀者，豈非不會有番想像，對比書中與現實的狀況？感受到作者的暗諷！當然，這種聯想是相當危險的。尤其對作者而言，該也是九死一生的。鍾肇政在信上有證言：

> 目前唯一無問題的，只有中央月刊社了，乃去函接洽，已逾周未覆，又逢國喪，恐一時不會有結果。此事看來希望渺茫了──奈何奈何？
>
> 上信之後，我與林載爵、梁景峰二人取得連絡，此二人已有接近完整的資料，本來是馬上可以進行的，如今只有暫擱；不過我們的蒐集工作仍須繼續，只是已沒有經費來源而已。
>
> 我近日身體不太好，雖無病，但懶懶懶的，《中央海外航空版》來約長篇連載，想以目前執筆中的作品充數，只是遲遲不能進展。老弟啊，有時我真也不免興老大之悲哩。[40]

　　這封信很清楚的顯示創作者對於時局的瞭解。而蔣介石過世，似乎給作者大開擴步的將此部作品完成。而以創作策略來講，作者以皇太子來臺，將此故事編為核心，並將中壢事件提早到 1923 年。而以兩兄弟面對此事而產生不同的見解、作法。何嘗沒有可能就是蔣介石病故帶給作者靈感，當時的臺灣人有多少如做為哥哥般的迷茫呢？

> 「自從離開臺北回到故鄉以後，我一直都在這方面努力奔走。老實說，我在妳爸爸的書店工作時，學到了許多東西，也明白了許多道理，要不是有那一段日子裏的讀書機會，我就不會有這種眼光的。並且，如果不

---

[40] 鍾肇政致張良澤書簡，收入《鍾肇政全集 24──肝膽相照》，（2002 年），頁 317。更詳細的信件整理與說明，請見附錄。

是離開臺北，實際接觸到鄉下的農民們，我也不會幹這種工作的。說起來，冥冥中好像有一種力量，安排我的前進路線。我雖然不是命運論者，但是有時想起這種種切切，便不免覺得有所謂命運了。文子，我的奮鬥還在後頭，我不得已，我沒法丟下那些可憐的農人們，妳能諒解嗎？」維樑這樣結束了長談。

「樑，你果然是個了不起的人。而且比我所知道的，更了不起更偉大。我為什麼不能瞭解呢？」她的眼光裏隱隱地透露出一種激動的光芒。

「妳不以我是個『不逞份子』、危險人物嗎？」

「當然不會，你是個英雄，是個革命者。」

「我是在反對你們日本人啊。」（鍾肇政全集 4──臺灣人三部曲下：頁 681）

反而作品中的日本女性是那麼深明大義而當代的臺灣人呢？反思在國民黨時代從事抗爭的民主運動者，不也常常被打壓、抹黑嗎？一直到美麗島事件，才稍稍使臺灣人有覺醒，不過仍是百中才有一吧。這種解釋，在《插天山之歌》也同樣的出現。可惜，讀者是否有此種認知，進一步的思考，恐怕不容易。而太過於明顯，恐怕對於創作者會遭受怎樣來自國民黨的報復，實在也令人擔心也因此，唯有解嚴以後，筆者以此章研究，還原這部作品的真相，闡述作者的創作意識。

「哇！看哪，真是不得了。一群暴民，擁進郡役所……」

「是我們庄裏的赤牛埔和淮仔埔的農人哩！好傢伙……」

「怎麼，我們這裏的農民，怎麼會鬧到新店仔郡役所呢？」

「因為那是有關拓殖會社的事啊。」

「錯不了，這是在談論昨天的事。維棟從掩住面孔的指縫中看過去，原來是報紙來了。三個同事正在圍著，其他也有一二同事走過去。」

「新店仔的大批農民也加進去了。」

「這不是目無法紀嗎？」

「為什麼不統統抓起來呢？」

「什麼？他們還在那兒煮飯吃哩，真是馬鹿野郎！」

「黃石順，又是這個傢伙，還有陸維⋯⋯」

聲音頓住了。剛開口的那個人，迅速地投過來猜疑的眼光。

鐘響了。維棟拿起了書本，逃離了辦公室。（鍾肇政全集4──臺灣人三部曲下：頁783）

　　這段話，多麼像七十年、八十年，甚至九十年代風起雲湧的選舉造勢、示威遊行呢？多麼像報紙上所宣揚的，多麼像當時臺灣人，尤其教育界中最保守的老師們的心態。林瑞明在論文中 [41]，也引用了《滄溟行》中的一段話，多麼諷刺國民黨當政者呢？以及後來的中壢事件、美麗島事件，甚至到目前的媒體都有問題：

　　　　報紙還是要看，因為不看報紙，便不知天下事。可是各位父老，我要向各位說，我們看報紙，一定不要被騙了。哪些騙人的，哪些不是，我們要分清楚。各位都是明白人，相信不會看走眼的。（鍾肇政全集 4──臺灣人三部曲下：頁 808）

　　彭瑞金也有類似看法。[42] 一位國小教師在針對《魯冰花》對鍾肇政訪談提到：

　　　　高：從《魯冰花》中，我看到了鍾先生寫作小說時慣有的反抗意識，一種不妥協於時代的精神，可以談談您作品中的反抗意識嗎？　鍾：四十、五十年代是白色恐怖的年代，不能直接表達反抗態度。在書中寫的是臺灣人反抗日本政府，實際上是反抗國民黨政權。在我的作品中幾乎都有此種思想，這是我作品中重要的意識。[43]

---

[41] 林瑞明，同註 27。

[42] 彭瑞金，同註 27。

[43] 高麗敏，〈疼惜與祝福──和鍾肇政先生聊近況、談教育〉，《臺灣文學評論》3 卷 4 期（2003 年

　　我想鍾肇政在作品中，除了《魯冰花》、《滄溟行》，確實可以通過大量的檢驗，來驗證他的自剖。當然，評論者自有其看法，而這也都需要讀者自己去體會。我很懷疑，在美麗島大審中的被告，或者辯護律師，是否受到《滄溟行》的影響，甚或者啟發。以另外一個角度看，祖國意識，正是那一代的臺灣人的認同傾向。如同法理意識的建立，這兩種意識，也就是造成在《怒濤》的環境背景、時代的意識。

三、日本精神

　　在鍾肇政給林瑞明的信裡說到：

> 看我的某些作品，有時似須（或不妨）從「日本精神」的角度稍作體察。譬如此書連接《怒濤》，我正式打出了「日本精神」牌，（或許也還是怯怯地），我私下以為希望能塑造出某一層（也許是年齡層）臺灣人原型，顯然力有未逮。慚愧之至！
>
> 為自己作品如此辯解，誠然是無聊多餘之事，且如今這一層多垂垂老矣，即將埋沒於歷史長流之中。《插》書有我自己真實感情（這一點有別於《沉》《滄》二書）在內，算是給吾臺史留下一絲絲痕跡吧。至少日本與老 K，在書中應可完整「重疊」，而桂木之「人性化」，則又遠勝於老 K 也。
>
> 此信信筆書之，閱後一哂即可。[44]

　　連《插天山之歌》的抗日小說，都可以連結日本精神。[45] 何況《滄溟行》

---

　　10 月）。

[44]　《鍾肇政全集 27──書簡集五──情摯書簡》，頁 615。

[45]　參考本書第十一章。當筆者完成該章後不過半年，便收到林瑞明收藏的鍾肇政書簡。印證了筆者的觀點。這是讓筆者為自己的所採取的角度深感欣慰的。近來又收到東方白所收藏鍾肇政的信。也可以印證日本精神的觀點，是很早就存在我的心裡，只不過很意外的會在《插天山之歌》開花結果獲得成功。「東方白老友啊！私信的吹捧與肉麻事，你說得對極了。那個清大研究生目前因申請實驗儀器的專款未到，所以能花不少時間研究我的作品，還拿了很多位臺灣作家來作比較。他說要為我被評為沒有思想的評語大抱不平。已完成一篇四萬餘字的論文，討論我作品中的『日本精神』，這觀點夠嚇人一跳

呢？光明的、樸實的風格表現在這兩部書中，甚至是整個三部曲中。知識份子所作的平凡的身邊的事情。我覺得是鍾肇政對於日本精神的體悟，或者戰後重新對於日本經驗的反省。來自與體內的一種韌性的動力，展現不屈不撓精神。這也就是彭瑞金說的非常好：

> 這三部曲三個階段的人物有一個特色，都是光明磊落。雖然是飽受異族的統治壓力之下，可是完全沒有一個政治陰影，不會說存心避開政治問題，也沒有欲語還休的情形，三部曲裡的三個人物對政治都是直接的接觸。[46]

而本書中的日本女子文子願意獻身給維樑，且窮追不捨。反過來維樑有高尚的情操，認為肉體結合的不潔。這完全是受日本教育的影響，一種武士故事的遺風。表現男子一副執拗的精神，對於女性的愛顧，必須表現不屑一顧，才是真正的男子漢。

> 不錯，這是他和她的第一個吻──有生以來的第一個吻，那是鹹濕的吻，但也是最美最甜的吻。
> 兩人都喘不過氣來了，這才讓彼此離開，但僅透過一口氣，又貪婪地吻在一塊了，這樣繼續了好幾次。（鍾肇政全集 4──臺灣人三部曲下：頁 675）
> 維樑的思緒忽然因為碰到一堵牆而頓住了。那是肉體的結合。他的血液狂奔起來，心中成了一座洪鐘，轟轟亂敲。那是不潔的，文子是這麼純潔的女性，豈可用卑鄙的慾望來沾污呢？即令是她自願奉獻的。可是我是個男子漢，她就是這麼說了的。一個男子漢，豈能那樣平白褻瀆神聖。否則就不能接受男子漢這個稱號了。我會成一隻獸。我是嗎？不，不能夠，我不能夠啊……（鍾肇政全集 4──臺灣人三部曲下：頁 680）

是不？他說我是偉大作家，使我也嚇了一跳。忙禁止他在論文中用這個形容詞。」（鍾肇政致東方白書簡，1994 年 3 月 28 日）

[46] 同註 20。

　　當然這段故事，後來仍演變成幾番深吻，這並非日本精神可以解釋的，還必須採納西方浪漫主義、崇拜女性的思想。而最後作者安排維樑選擇家中的童養媳、鄉下婦女，也表達了作者對於日本精神的象徵如何轉化為臺灣精神的努力。這在第三部作品《插天山之歌》中，作了徹底深入的描寫與臺灣精神完成的象徵。

　　王慧芬的論文提到維樑所說的爭正義、盡全力，那種旺盛的生命力與精神，就是鍾肇政所一直追求的境界。也那麼湊巧，王文接著提到《怒濤》中的主角深深以日本精神為傲，這兩者都是要落實生活的強壯男子，追求一個完美的生命，展現生命的強韌，使這些人表現一種不平凡、令人敬畏的生命。[47]

　　其實，這都是來自於作者本身的日本教育，也就是日本精神深入了作者的骨髓了。

四、純潔的愛與奮鬥的人生

　　將日本精神，如何的轉化為臺灣人的奮鬥不懈的勇敢的形象。這個愛，也代表日本精神的純潔的象徵。這是這一代臺灣人的精神世界，與前一代的孤兒意識、後一代的迷惘認同都有不同。

> 日治時代，日本人灌輸給我「堂堂正正做人」的觀念，就是積極樂觀的精神，這和時代有關係。例如吳濁流先生的作品，表現出一種孤兒意識。……我這一代的成長背景不同，我沒有到過中國大陸，沒有親身體會日本人所說中國的落後。我只知道日本教育所灌輸的「做一個正義、正直的堂堂正正的人」，人生的價值觀就在這樣的基礎上建立起來了，自然就有樂觀進取的心態，沒有孤兒意識。我沒想過理想的臺灣人，或是未來的臺灣人應該是怎麼樣，這是很難有個集中點來思考。不過，我是有個思考的方向，以我而言，在我成長過程中所接受的日本教育，具有樂觀進取、正義感等等人性正面的精神，這不只是臺灣人或是日本人，而是人類共通的積極面的人性。我想，就在這種自然的模糊（不是創造

性的模糊）當中，說不定會凝聚成一種形象。[48]

雖然說要把握作品，還是要作品本身。不過，作者本身的話，仍舊很有啟示的意義。為了要介紹這部書的含意。引用作者的生平、成長、歷史背景，也是非常需要的。如此，我們可以發現到，鍾肇政的作品中所刻意要表現的樂觀進取的精神，無處不現，其道理何在。而，我們也更可以發現作品裡頭表現光明面中，集中去感受主角的情操的偉大。

作品中，以女性作為一種日本精神的象徵。對於行為的堅持該如何。有下列說法：

> 「不，我當然愛妳，但，愛應當是純潔的。我們不能結合，那就應當純潔到底，我寧願我們這一段美麗的回憶是白璧無瑕的。文子，文子，求求妳，不要讓我多痛苦。」維樑扭曲著身子，抵禦著鏤心刻骨般的痛楚。
> 「樑，你真是純潔崇高的人啊。」
> 「妳能理解，我就最高興了。」（鍾肇政全集 4——臺灣人三部曲下：頁 680）

因此主角表現積極奮鬥的人生與日本精神、浪漫純潔的愛情，有強烈的關連性。這種生命的光明與積極面，直到近來鍾肇政所創作的情色小說《歌德激情書》，其中心思想仍不脫於高潔的精神。因此，反過來講，《臺灣人三部曲》如同《歌德激情書》，都是用來表現鍾肇政奮鬥不懈的精神，只是在不同的素材上予以表現。而那內在幽微的動力來源，使他發光發熱的對人生的愛是他所不斷追求的、表現的。

五、小結

不禁讓人想像，維樑這種人，他出生於 1902 年，在二二八時代，他已經四十五歲了，他將扮演什麼角色。不過，他對那種日本社會的法理制度的瞭解，

---

[48] 鍾肇政，《臺灣文學十講》，訪談一，前衛（1999 年）。

一個抗日份子瞭解戰後政治、社會的法律制度，簡直無法無天，下場將是死路一條吧。這在《怒濤》這本書的觀點來看，《滄溟行》好像是整個「臺灣人四部曲」[49] 的一個伏筆一樣。已經將未來在《滄溟行》中成長、從事抗爭的心理狀況，他們接受的社會成長環境，予以描述。而那種保護自己的土地、正義感，莫不也是臺灣人的精神，從 1895 年就一直傳承下來嗎？這個精神，也在《滄溟行》不斷的敘說著。

> 乙未那年日本人侵臺時，他們族裏的青年壯丁，還在十五世祖仁勇公率領下，組成一隊義勇軍，結結實實地和日本人打過幾仗。像這樣的顯赫世家的子孫，怎能一再地接受敵人的教育！敵人確實比我們強大，現代文明也可能進步些，然而他們終究不過是日本蕃而已，我們是堂堂炎黃世胄，自然應當以攻讀漢書為是，斷無去唸什麼「阿、伊、烏、唉、毆」之理！（鍾肇政全集 4──臺灣人三部曲下：頁 498）

在 1895 年臺灣人結結實實的打過仗。這也是作者本人，在創作之初，念茲在茲的臺灣人偉大的反抗行徑。鍾肇政從他的父親口中問來，自己閱讀，外出蒐集這方面的資料。他認為是上好的文學題材，也是值得向臺灣人後代不斷的敘說傳承的故事。《怒濤》中的二二八事件寫的臺灣人起義，不也是臺灣人為自己結結實實的打一場仗嗎？而且都是為了臺灣人自己的幸福。

> 平等、自由、民主是絕不會憑空來到臺灣人頭上的，必須大家來爭取。以目前而論，要爭取到這些，恐怕還得走一段遙遠的路，甚至希望渺茫。不過有一點是確實的，不去爭取，便絕無法得到。而無法得到，臺灣人也就永遠無法過真正幸福的生活。他就是願意在這條荊棘之路上，付出一份心血，盡一份棉力的一個。（鍾肇政全集3──臺灣人三部曲上：頁 520-521）

很可惜的，無法找到當時的讀者，閱讀過報紙連載的，當他念了《滄溟行》

---

[49] 指《怒濤》是《臺灣人三部曲》的延續。四本書形成「臺灣人四部曲」。

這段話，不知道會經過怎樣的心理轉變呢？他會在現實生活產生抗爭的力量、反對不公不義、更加勇敢嗎？他會對國民黨政權、臺灣人的身份有所思考嗎？閱讀王慧芬的碩士論文，她對於鍾肇政的《怒濤》也有很深入的瞭解。尤其提到日本精神，她有作為追求一個完美的生命、展現生命的強韌的說法。那麼，這種守法的意識，若將《怒濤》看成《臺灣人》的第四部。我們可以發現，《滄溟行》所描繪的日本守法的社會，正是作者的初衷之一。因此，在作者的意識型態，在作品內的表現，才是合乎一貫的道理。鍾肇政說：

> 說不定有人會覺得奇怪，臺灣的文化不是最早從大陸傳過來的一種漢文化？沒有錯，不過臺灣經過日本人五十年間的統治以後，在當時來講已經是很現代化了，有民主思考，自由的精神等等。[50]

對於 1950、1940 年代出生的年輕人有著理想的召喚，他們對抗日的故事、祖國意識的描繪。並不會帶來批判鍾肇政的作品的感受。作為我族的記憶，以臺灣人的反抗精神，抗日的、祖國情節的描繪是很適當的。不過，道理卻還有更深一步。看看 1920 年代出生的，或者 1930 年代出生的臺灣人，這類讀者厭惡批評日本人、還有在《中央日報》上描繪《臺灣人》的精神。這一代人又有他們的閱讀策略。比較起來，鍾肇政在解嚴後的《怒濤》標榜日本精神與二二八事件中年輕人的精神世界，有著精神上的矛盾。不過臺灣歷史的轉換，經歷不同時代殖民者的教育長大，又再經歷不同殖民者的壓迫，臺灣人的精神面貌就更複雜。在鍾肇政真正的「日本精神」的認同，在《滄溟行》仍有跡可尋。那就是鍾肇政在選擇故事編寫時，所選擇的元素以及抱持的態度，或者他所認為的殖民者統治的手法與事實，值得加以突顯，而且我還以為他是感動的。也有點教育性的、反諷的。這就是本章所探討的創作意識要加以詮釋的。

---

50 鍾肇政，〈從怒濤看臺灣文學〉，《鍾肇政全集 30──演講集》，頁 465。

第五節　結論

　　本章探討了日本人以法理模式輸入臺灣社會，臺灣人如何從武力轉為（或成長為）法理的抗爭。鍾肇政提出法理抗爭的創意以及表現，這樣的小說在當代、現代的意義是值得注意的。

　　從作家創作意識，可以更清楚的知道主題，以及整個三部曲的結構與各部的獨特性，而一貫性為臺灣人精神在各時代的面貌，甚至包括《怒濤》的描寫。《滄溟行》中的法理與日本精神的表現，以及祖國意識的描繪，成為一種臺灣歷史的預言性、延續性。這也就是現代當代的意義，鍾肇政在每部作品都建立了永恆的人物形象，代表臺灣的男子漢。以下再分三點作結論與探討。

一、法理抗爭與創作意識

　　有關作者對於法理抗爭描繪的意識，盧建榮認為是一種「比較政治學」，即以舊殖民經驗來抵抗新殖民主的武器。從這點來看，本章採納的日本統治者的法理觀點，毋寧是非常正確的。「比較政治學」似乎含有一種暗暗嘲諷的意味，戰後的臺灣人用讚美日本人的統治來間接的反殖民鬥爭。當然，反抗新的殖民主國民黨，除了「比較政治學」的方法外，還有直接建立臺灣人的主體性，這是硬碰硬的的反殖民鬥爭。不過，文學仍比不上武力與報導來直接的參與反殖民與批判。這是以現實功能主義來評價文學的說法。而反日殖民的書寫，有如辯駁臺灣人的愛國、忠於中國，強烈的表現祖國愛，也是一種反抗國民黨統治的心理。不過，這在鍾肇政的作品中，經過以上的論證，那是非常的微薄的，並非重點。

　　而鍾肇政也不一定就是一種後殖民的「比較政治學」的觀點。親日說法的成分，可能也微薄了些。因為畢竟作者是以臺灣人為主體的，或是抱持「臺灣主義」的。作者最後還是有一個美學的判斷，作為選擇故事、進一步給予色調，等等心理學、美學的考量。

　　而作者在創作的潛意識上，或許也有被批評總是寫抗日小說，而很自然的到收斂筆觸，不採用描繪惡劣的日本人的寫作策略。這在《高山組曲》、《望

春風》的寫作時，都形成作者的某種束縛。甚至鍾肇政寫《滄溟行》的時代，就有這種無形的來自臺灣讀者所造成的心理壓力了。不過，基本上鍾肇政還是根據一種寫實的精神。比方說我原來以為，鍾肇政是有目的、意識而產生很奇特方式，來論述賴和作品〈一桿稱仔〉有關的法律問題。不過，鍾肇政從小就有這樣的公平、標準的經驗，也並非完全故意的。他說：

> 讀讀秤子──原文即有「官廳專利品」──記憶裏是否這麼說，不太記得了，很可能是專賣店賣的，是官方製作的，交由指定商店出售，譬如筆者鄉下只一家，不像現在，廠商可以製售，品質、標準，有嚴格的控制，且指定極少的商家賣。對一般使用秤子的商店，要求也極嚴，好比秤是模糊了，會被罰，被沒收，逼你買新的。綁秤陀的繩子容易磨損，如繩子散了，斷落了一部份，必受罰。因為那會造成不公平的交易。[51]

我在 9 月時所作的對鍾肇政的訪談，也印證了作者從小就接受了法律的觀念的說法。但是創作者會選擇這種經驗出來，仍是有作者進一步目的。他在評論文章中接著說：

> 清治時代可能的度量衡法，戰後國民黨的國法，不知有過這種法律沒有？就是有，恐怕也不會被嚴格執行、遵守的。但日本人很早制訂了，且執行起來一絲不苟。在〈一桿稱仔〉裏執行過當，成了橫暴，顯而易見。臺灣人的守法精神，便是如此建立起來的。戰後已蕩然。[52]

法律在很多論文被歸為現代性的一部份，還有教育的制度也是。鍾肇政並非不懂殖民的現代性。他是利用了法理的觀點，而並非被法理所役使。所以，這也就是轉化日本精神為臺灣精神的真諦，有濃厚的臺灣人本體的意識。至於是否仍有殖民現代性、後殖民的問題，就有待研究者再深一步探討了。我已經可以證明，因為知識份子也向農民學習，與農民站在一起，而非高高在上。這

---

[51] 鍾肇政，《鍾肇政全集 30──演講集》，桃園文化局（2002 年）。

[52] 同上。

或許就是陳建忠講的，本土主義對抗殖民現代性。[53]

　　例如持劍、關牢、允許遊行、演講、靜坐。特高、警官執法的柔性勸導的手。鍾肇政為何不加強寫日本人毒打犯人，還有寫法庭審判時有日本律師幫忙的史實呢？因為鍾肇政創作人物的重點，還是在臺灣人以法理抗爭的勝利場面、勇敢的成功的形象。當然，勇敢也是沈穩的寫，他未寫法庭的場面，而是僅僅放在土地上面、街頭上面，描寫壯闊的、鬥爭的場面。所謂拔劍事件，問題還不在於將這個事件寫入故事。進一步的比較李喬的《荒村》，也有提到類似事件，[54] 很快的可以發現到鍾肇政創作的態度、個性，他的作家意識需以上述四點：1.臺灣人的主體意識 2.反國民黨統治 3.日本精神 4.純潔的愛與奮鬥的人生，四點綜合起來才能說明的。

二、日本精神再討論

　　日本精神在臺灣人精神的成分，在白色恐怖的時代創作出來，算是一種潛意識的表現。有關筆者對於鍾肇政親日意識、日本精神認同的探討，從《怒濤》《插天山之歌》《戰火》的幾篇評論 [55]，都集中在二次世界大戰前後的一小段時間。而《滄溟行》的背景設定的時間，是推回到 1920 年代的臺灣人。甚而推到 1895 年日本侵臺時，作品《沉淪》描寫到日本人，也有現代化部隊的影像，日本軍人是英勇與整齊的。也唯有這樣，才能表現臺灣人更加的英勇，而令人感動。本章的觀點，更可以看出鍾肇政一貫的精神與創作意識。首先在於臺灣人精神的建立，次要在於日本精神的涵養而表現鍾肇政對於日本人、日本制度文化的感想。

　　筆者曾經寫說，鍾肇政於戰後才吃到沙西米 [56]，而這事情，充滿著鍾肇政的精神世界中，臺灣精神與日本精神的糾葛。但是，日本精神並非在戰後才建

[53] 同註 16。

[54] 李喬，《荒村》，遠景（1981 年 12 月 10 日）。陳凌，〈《荒村》抗日精神與運動之本質——試論李喬的「土地史觀」〉，淡水工商管理學院，臺灣文學研討會（1995 年 11 月）

[55] 同註 2。

[56] 錢鴻鈞，〈一票隨筆（二）——鍾肇政八十大壽紀念〉，臺灣文學評論（2004 年 1 月）。

立在鍾肇政身上的，那是在戰前就影響了鍾肇政，這在《八角塔下》該有細膩的表現。所以鍾肇政說淡水中學時期，是他的精神故鄉。只是從來都只是文化上的認同，屬於正義感方面的認同。戰前戰後鍾肇政沒有在種族與政治方面認同日本人、日本國。所以，產生了鍾肇政的作品在描寫戰前的時代，主人翁往往對日本精神嗤之以鼻，寫到戰後的主人翁又極力的標榜日本精神。這中間的道理，盧建榮、黃智慧、錢鴻鈞都分別有初步的探討了。[57] 但事實上，日本精神在戰時已經深入鍾肇政骨髓，有關日本精神中所含有的正義感、公平性，只是戰後連種種日本精神的種種外在的姿態、作息，也如正義感的道德性，一起都表現在鍾肇政的內心與外在行為。

　　《滄溟行》描繪臺灣的成長階段中，最富有變化的一段故事。我們可以自《滄溟行》感受到日本殖民統治下，相對於戰後的國民黨統治，日本人有令人激賞的法律、制度的一面。也因此，鍾肇政在自傳體小說部份，一般在描繪主角受到日本軍人、教師虐待的一面。在隱微間也透露出主角在正義感、守法、一絲不苟方面的思想與人格的建立。

　　總之，以創作者的心理出發，考察在他《滄溟行》的敘事模式。可以推廣到，作者寫日本殖民者存在的背景，或者日本殖民者離開後為時代背景。有關日本人的形象的建構、臺灣人的精神內涵，都有一致的本質。反過來說，也可以佐證作者的創作心理基礎，是日本精神也好、法治精神也好，衍生出來的是戰後鍾肇政對於民主的渴望與堅持，都有濃濃的「比較政治學」的心理。也就是對日本殖民實際經驗，加以反省，而且在戰後希望是政治改革，而加以正面色彩，反省日本殖民經驗。當中相信也有更多鄉愁的味道使然。

　　而若無國民黨統治扭轉鍾肇政的心靈世界，或者親日的臺灣人更多更多了。我想鍾肇政會扮演更多批判殖民歷史、現實社會的角色，繼承日據時代臺灣作家的追求臺灣現代化的精神。或者有較淡薄的使命感，更少臺灣文學運動的責任與重擔，更多的更新的創作嘗試也是必然的。假設那時候，既然社會上親日份子多，也因此鍾肇政的鄉愁，也該自然會沖淡許多了。因為其中含有某

---

[57] 盧建榮，《臺灣後殖民國族認同 1950—2000》，麥田（2003 年 8 月）。黃智慧，〈The Yamatodamashi of the Takasago Volunteers of Taiwan：A Reading of the postcolonial Situation〉, in Harumi Befu and Sylvie Guichard-Anguis eds., Globalizing Japan： Ethnography of the Japanese presence in Asia，Europe， and America，pp.222–250， London： Routledge（2001 年）。同註 2。

種對不公不義的反抗心理的本質使然，還有鍾肇政的同情心、柔軟的心使然，當然這還是一種日本精神教育的作用。

這在《沉淪》中日本兵士的現代化軍隊、《插天山之歌》的特高的描寫，都有作者主觀的描繪。當然，這也可以看成一種表現臺灣人更強悍的敘事手段。事實上，這也是一種日本精神，佩服敵人、尊敬優秀敵手的文化。這在《插天山之歌》敵方、我方，都有強烈的呈現。

這是在那個時代下的對國民黨所建立的民族意識的創作突破。那個突破，也只有在這個時代下才能在公開場合予以解讀。這種隱微的、豐富文化的素質，鍾肇政到底是怎麼辦到的呢？作者編寫過程中，感動的、想的是什麼呢？困難點在哪裡？創作力在哪裡？鍾肇政所要建立的，並非對立的，而是一種脈絡的。其實重建歷史的使命，這就是小說這種文體最能發揮的。

這裏也反映一個問題是，難道在日本時代，欣賞日本的法治、日本精神，就是不正確嗎？同樣的事情，存在著不同的觀點，這就是人的感情的選擇。而這些感情的所根據的事實，乃是鍾肇政在中學的時代，他個人在成長時期中的經驗。所謂的精神的故鄉、靈魂的故鄉，這是創作者思考一切的根源意識。而後來的經驗、判斷、詮釋，都可以追溯到這個精神的故鄉，再加工、蒙上一層層的土壤，有如被泥土覆蓋住的化石。

鍾肇政常常強調客家先民渡海開拓的氣魄，也寫了他所崇拜的歌德，暗示了浮士德熱愛生命的浪漫精神。這兩種精神也是因為與日本精神所契合，所以才常常為鍾肇政所提及，算是日本精神的一種變形吧。

三、《臺灣人三部曲》結構

對於整個《臺灣人三部曲》的主題、結構來探討，不嫌麻煩，再引用鍾肇政的一段話：

> 我至今並不認為我那樣寫就是歷史小說，雖然取材是從歷史上的一些真正有過的事蹟、事件來把他組織起來的，可是並不是為了交代歷史而寫的，而是交代「臺灣人」到底是什麼，「臺灣人」到底是怎麼回事呢？

　　這也是我一貫的中心主題，用種種方式、種種角度來給這個命題提出我
自己的看法。或者說「創作意識」。這要從《臺灣人三部曲》談起。或
者「臺灣人」談起。所謂的建立「臺灣人」的形象。[58]

　　所謂種種方式、種種角度，也就是利用各個時代故事，將臺灣歷史加以分
段來探討臺灣人的形象。從第一部日本人以武力到經濟壓榨到精神的壓迫。臺
灣人也分別以武力的、法理的、轉入地下的精神反抗來磨練自己，最後精神與
臺灣高山、母土銀妹的象徵融會在一起，扎扎實實更強壯，有了新生一代、新
生命，思想性、象徵的表現驚人，完全如李喬式的高妙評定，只有李喬有能力
為之的高論。[59]三部作品以反抗精神為臺灣人形象的核心。作品雖然各個獨立，
歷史則縱軸串連。而以人物理想的描繪觀之，分別以民族土地、社會、自我理
想種種寫作策略，各有輕重的散佈三本書其中。也因為主角分別是地主、農民
和知識份子的關係，理想的層次就各有不同了，這就是作者的寫作策略了。
　　從幾點的創作意識來看《滄溟行》的法理抗爭，採用這種閱讀策略格外有
意義。或者從《滄溟行》的創作意識，看整個《臺灣人三部曲》，還包括臺灣
人的第四部《怒濤》。我們可以更瞭解鍾肇政的大河小說的內涵。第一部為武
力的抗爭、第三部為精神的象徵性抗爭，含有豐富的哲理。《怒濤》則遇到更
為不講理土匪政府，則臺灣人的抗爭為綜合三部曲中各部所突顯的武力、法理
文化與精神上各種形式的抗爭。
　　從本章第四節所分析的四大創作意識，缺一不可，才能構成整個鍾肇政的
中心意識。因為這才可以預言許久後，鍾肇政所創作的《怒濤》，書中所描繪
的戰後臺灣人反抗的精神。沒有原來的祖國的情結，不會對祖國失望那麼大，
也是因為日本精神、臺灣人的意識、法理文化的養成，才會發生《怒濤》筆下
的二二八事件。《滄溟行》的預言性、延續性的寫作策略，使整個《臺灣人三
部曲》，甚至四部曲《沉淪》、《滄溟行》、《插天山之歌》、《怒濤》，浩

---

[58] 鍾肇政，歷史與文化的結合，《鍾肇政全集30──演講集》，頁435，（桃園：桃園文化局，2002年）。

[59] 李喬，〈小論插天山之歌〉，《臺灣文學造型》，頁309，（高雄：派色文化，1992年）。發表於
　　1975年12月《中華日報》副刊。李喬，〈女性的追尋──論鍾肇政的女性塑像研究〉。《臺灣文
　　學造型》，頁211，（1992）高雄，派色文化，發表於1982年2月《臺灣文藝》75期。

浩觴觴，各盡了時代的使命。貫徹了鍾肇政的創作意識。

　　總之，有了以上三點的認識，鍾肇政很純粹的為了「臺灣人」寫小說。我想越是臺獨份子，越該體會屬於鍾肇政才有的純粹的創作意識，當臺獨份子看了《臺灣人三部曲》那麼多可感的劇情，對鍾肇政在臺灣文學的用心，該會流淚感動才是。彭瑞金評論鍾肇政的作品，最常以土地的觀點切入，這是非常了不起的看法。[60] 換一種觀點，其實土地也就是指著臺灣，說土地，不如就說是臺灣更清楚直接。因為書名就是《臺灣人三部曲》，而非土地三部曲、鄉土三部曲。泥土、鄉土在鍾肇政的用語中，其實是不分都市、鄉村的，也就是都不脫臺灣的意思而已。而幾本帶有大地之母形象的永恆的女性，她們被賦予象徵了泥土、土地，當然也就是象徵臺灣二字。我們必須奮鬥不懈，一如作品中的男主角，保護臺灣、承受臺灣母土的呵護，才可獲得永恆的奮鬥的力量，這也就是臺灣精神的所在。

　　我們從作品當中，應該可以直接感受到作者鍾肇政對於臺灣、臺灣人的感情是那麼深切，這是這部作品最富文學性的地方。那也就是在刻劃法理抗爭的《滄溟行》這本書的重點所在。其他幾部書的道理亦同，各有各個時代的事件點來表現臺灣人精神。鍾肇政突破了白色恐怖在創作的困難，且很自然的為未來的二二八事件的撰寫鋪路了。

　　以上，這種追尋《臺灣人三部曲》的主題的過程，各年代評論方式、掌握主題的曲折現象，最後本章發現答案就在書名「臺灣人」上面，這個評論的接受史、閱讀策略在不同年代的表現等等，閱讀策略本身的探討，也正是《臺灣人三部曲》的既豐富又純粹的價值所在。本章僅強調《滄溟行》在三部曲中所佔的地位，而在第十二章，將更詳細探討整個《臺灣人三部曲》的結構。

　　附言：

　　本章主要要證明兩點：1、《滄溟行》為抗日作品，但是作者並未有抗日意識，所謂抗日作品僅僅為以抗日為背景的小說，而作者的創作意識為反國民黨意識，也就是寫反抗日本人，其實是在隱射國民黨、批判國民黨。2、「祖國情

---

[60] 彭瑞金，〈臺灣客家作家作品裡的土地三書──《笠山農場》、《滄溟行》、《寒夜》〉，美和技術學院通識教育中心主辦，客家學術研討會，（屏東：2002 年 5 月 25 日）。

結」僅僅是一種更大結構，也就是《臺灣人四部曲》的佈局。「祖國意識」並非作者鍾肇政創作當時的認同意識，不過反映史實之外，也是作者個人在光復初期所面臨的純潔的祖國意識，反映了作者曾經的少年歲月。這將於鍾肇政未來的作品如《怒濤》施以祖國情結破滅的設計。事實上，鍾肇政寫於 1963 年的濁流三部曲第三部《流雲》，鍾肇政已經作了在濁流三部曲第二部《江山萬里》中的純潔的祖國情結，在戒嚴時代就隱微的表現，予以斷絕。這可參考本書第四章。[61]

證明方式為，筆者綜合資料 1、鍾肇政給李喬、張良澤的書簡與 1975 年代鍾肇政創作的環境與訪談，另外與資料 2、《滄溟行》的章節結構，相互比對。

資料 1：

1974 年 9 月 17 日，鍾肇政給李喬信，說 8 月起手寫《滄溟行》，開頭寫了七次，還是寫不下去。資料齊全，仍會這樣。自己都感到意外。人也懶散，只好擱下來。

1975 年 1 月 3 日，李喬來信想寫三部曲，似乎很鼓勵鍾肇政。鍾肇政希望自己拿準一條路。希望此部為代表作，成為最重要作品。鍾肇政想於寒假先以劇本弄點稿費，則三四月間可以開始。

1975 年 3 月 10 日，鍾肇政給李喬信上說，寒假末一週起筆，到現在僅四萬多字，覺得自己無法寫出理想的長篇，很悲哀洩氣。

1975 年 4 月 9 日，筆者查閱遠流版臺灣歷史年表，蔣介石遺體移往國父紀念館。四天內，有兩百萬人次去看。

1975 年 4 月 11 日給張良澤信，鍾肇政有言：逢國喪。中央海外航空版來約長篇，想以目前執筆中的作品充數，只是遲遲不能進展。

1975 年 4 月 16 日，蔣介石遺體移往慈湖。沿途致敬達十萬人。根據筆者於今年 11 月 18 日電話訪談鍾老，我說《滄溟行》，就是寫皇太子要來，老師學生去迎接。這與蔣介石死掉的情況一樣。鍾老顧左右而言它，只說明他作了很多田調，鍾老說他也到了員樹林看，因為很難得見到那種送葬的規模。鍾老說他訪問了皇太子來時當時的小學生，也跟他講了日語演講比賽的狀況。鍾老

---

[61] 同註 2。

也訪問了如在世的老人陳贊淇。陳說當時有去看皇太子經過中壢。當時沒有鐵路，只有輕便車，也沒有巴士。陳走了好遠。我問鍾老：怎麼會想到皇太子來寫呢。鍾老說日期調查調查，就發現到很符合故事。也不知道怎麼就這麼寫了。剛好這時候有機會寫了。

我想兩件事情雖不免附和的，但是也非常的巧合。鍾老是否有諷刺的意思，也不容易真正的證明。不過，作者會突然引用這個田調。鍾肇政有那麼多故事，他偏偏這麼編進小說。而當時也有信件留下這個編故事的過程。鍾老當然沒有跟我這麼肯定我的猜想。讀者要怎麼想，那是讀者個人的自由。他倒不會得意洋洋的同意我的話，不會有強加解釋的作風。不過，我仍推論他去參觀蔣介石移靈過程，可增加了描寫場面皇太子來臺時盛況的感觸。從以下信件，更可以證明，鍾老從此拿定主意，快筆寫完《滄溟行》。

1975 年 5 月 27 日。有 17 人來龍潭，向鍾老祝 50 歲大壽。

1975 年 6 月 21 日，鍾肇政寄出首批十一萬字到中央海外版。

1975 年 7 月 21 日，鍾老給李喬信言，《滄溟行》受到中央日報重視、欣賞，故改在中副刊出。而鍾老還在苦寫，已近二十萬，還有四、五萬字。並表示近來也常去尋訪鄧雨賢的故事。

1975 年 7 月 28 日，李喬查出《滄溟行》的相關杜甫詩：翰林逼華蓋，鯨力破滄溟〈贈翰林張四學士〉。

1975 年 7 月 29 日，鍾肇政寫另外的新作《鄧雨賢傳》，每天七千字。

1975 年 8 月 17 日，鍾肇政等人到臺中為四丑將祝壽聚會。

資料 2.《滄溟行》的章節結構：

本部書總共二十章，分為三大結構，第一為 1-3 章，主要為維樑的成長故事，吸收世界思潮，回到家鄉。大約四萬字。而第二為 4-9 章，為符合史實的 1923 年皇太子來臺，維棟、維樑兄弟間有不同的表現，引起感情的摩擦。第三單元為本書主要部份，有關法理抗爭的情節，為 10-20 章，也佔了最多筆墨。而原本為發生於 1927 年的史實，作者為何要接到 1923 年的皇太子來臺？

可見根據資料 1，鍾肇政對這部書結構的設計，將某種史實上的斷裂，予以有意的接合。原來 1-3 章的成長情節，事實上也可以移到 1927 年的。可是整

部書，卻是以 1923 年為核心。若以創作時間來看，皇太子來臺的情節設計，或者說加入故事，是很值得推敲的。事實上是很諷刺現實的國民黨統治社會的。

這種寫抗日故事，事實上在作者現實生活上是抗拒國民黨的統治，這在《插天山之歌》也是同樣的道理。故事寫主角陸志驤逃日本特高，事實上是逃國民黨、國民黨的特務、國民黨對鍾肇政臺獨的指控。而鍾肇政如何鍛鍊自己，兢兢業業的磨練自己，不受到危急情勢的逼迫而放棄創作而投降。反而鍛鍊更好的作品並予以發表。一如《插天山之歌》的磨練情節。

因此，《滄溟行》更可以推測是中壢事件、美麗島事件前夕的描述，書中所描繪的靜坐示威抗議、演講，正是諷刺國民黨的號稱自由、民主的統治。比方主角被報紙寫成不逞份子。就利用這個說法，去申請演講許可。而這在國民黨時代是不可想像的。演講時他說，報紙寫的不對。聽眾鼓譟著，說不看報紙了。但是主角說要知天下大事，還是要看報紙，只是要懂得判斷正確性。美麗島事件等等的抹黑那些民主份子，完全是一樣情況。這種預言，真正顯示了鍾肇政作品的思想性與文學性。

而《滄溟行》也是預言了二二八事件的場面。因為鍾肇政確實的描述了日本精神的正義感、法理的時代背景。那麼也是臺灣人這種法理生活的養成訓練，然後在戰後遇到貪污腐敗的國民黨，還為爆發出巨大的衝突。這也是我說的祖國情結在這部書表現的意義，正是一種更大的結構、創作的佈局。

《滄溟行》到底對當時的讀者、政治人物，起了多大的作用，還需要進一步的考察、探訪。《臺灣人三部曲》似乎也是在 70 年代，被認為當作瞭解臺灣歷史的教科書。當然鍾肇政並非寫歷史，而是臺灣人的抗爭的心靈與方式的轉折。總之，這部書增進新一代的臺灣人的日據歷史經驗，或許美麗島事件、中壢事件，《滄溟行》也提供臺灣人，學習了不少鬥爭的力量與智慧。無論如何，在解嚴後那麼多年，我想反國民黨意識的內涵，才是這部書的精神所在。而作者經歷怎樣的困難、曲折的表現，才將種種的隱射、諷刺、批判編入故事中。當然這也需要讀者以適當的閱讀策略來剖析的。因此我們應該發現，作者愛臺灣的心，是很令人感動的。而且多麼的富有智慧去表現臺灣人的反抗精神。

這章所提到的日本精神討論並不足，這方面的討論在筆者〈論插天山之歌〉的文章中討論很多。而在論述《滄溟行》中，日本精神只是解釋鍾肇政的臺灣

人精神，不在是表現《亞細亞的孤兒》的認同混亂形象，而是堅定的、臺灣人、光明的、理想的精神。而這都與鍾肇政受了完整的日本的教育有關。最後謝謝呂興昌教授的指導。有關更多的鍾肇政創作中的日本精神的討論，可參見本書附錄一、二。

第十一章 《插天山之歌》與臺灣靈魂的工程師

第一節 前言

　　每一個臺灣人作家都是臺灣靈魂的工程師，筆下所探索的人物之深奧的靈魂世界，都是象徵我們臺灣人的精神世界，從日據時代賴和以降的寫實作品都可找到臺灣人是什麼，臺灣精神是什麼的解答。那麼做為臺灣靈魂的工程師之一的鍾肇政，其文學的主題「臺灣人是什麼，臺灣精神又究竟如何形成？」可以說「臺灣人」靈魂的本身就是其探索與基礎，其文學使命就是建構臺灣人精神。也就是說臺灣人的命運、出路、歷史、心聲以及臺灣人的原型就是其不斷關切的生命主題。他說：

> 「經過初學之後，當驅遣文字的技法比較臻於得心應手之際，心靈深處所可能形成或者抱持的野心。懷抱十年、溫存達十年之久，然後終於握起了筆，向這個命題進行熱烈的挑戰。這就是由如下三部作品形成的《臺灣人三部曲》」[1]

　　故，我們有必要，以臺灣人精神史的角度去探索其作品《臺灣人三部曲》。在 1986 年臺美獎得獎人介紹詞中，我們可以客觀的對其作進一步的認識：

> 鍾肇政的成就事實可歸納為：
> 一、筆耕四十多年著作等身，質量豐碩，文筆淳美，觸鬚敏銳，氣勢磅

---

[1] 〈臺灣人三部曲概要〉，鍾肇政編，《客家臺灣文學選》，臺北：新地，1994 年，頁 181。

礦，為臺灣文學界一泰斗，堪與世界文學巨匠比美。

二、代表作品有《臺灣人三部曲》《濁流三部曲》等，均以鄉土為背景，
臺灣社會為內容，臺灣人不屈不撓，尋求光明，奮鬥不息為共通主
題，建立臺灣人鮮明形象，培養臺灣「靈魂」，實為臺灣鄉土文學
經典之作。

三、承先啟後，苦撐臺灣文藝多年，維護臺灣文學的溫床，培育鄉土文
學的幼苗功勞至大。

四、貫串臺灣老、中、青三代作家，鼓勵文友提攜後進不餘遺力。除創
作外亦從事翻譯，編纂貢獻至大。

因此，鍾肇政作家獨學、自修、苦讀、默默耕耘、歷時數十年、從未間
斷、著作等身。以大河小說建立臺灣人鮮明形象，不愧為戰後臺灣鄉土
文學之一奠基者。在極困苦之情況下，獨挑發行《臺灣文藝》雜誌之重
擔數年，延續臺灣文學之香火，提攜後進，功不可沒。在平凡中完成不
平凡之貢獻與影響，其精神、毅力及意識堪為臺灣人之典範。

再綜合一封鍾肇政收自美國的新朋友的來信：

先生終生為臺灣人奮鬥，追尋臺灣人的靈魂，鼓舞大家，我們的敬佩都
已不足形容我們對先生之敬意。這不但是弟的意思──已聽許多人這麼
說了。最近常聽各社團鼓勵團結，經過幾次努力，現在已明顯的有進展，
值得慶幸。弟也是在現在──我看我們臺灣人是付不出悲觀的代價的！[2]

從其中兩句話「臺灣人不屈不撓，尋求光明，奮鬥不息為共通主題，建立
臺灣人鮮明形象，培養臺灣『靈魂』」、「追尋臺灣人的靈魂，鼓舞大家」我
們可以印證，臺灣靈魂的工程師的說法，正是指向鍾肇政。並且其意義就是說，
做為臺灣靈魂的工程師，鍾肇政的文學特色，在於正面的光明的臺灣人形象的
建構。

---

[2]　林宗光致鍾肇政信函，1985 年 4 月 24 日，真理大學臺灣文學資料館，第一展示室，鍾肇政所藏書信
卷，1985 年。

　　文獻上記載 1957 年前，他在總題《臺灣人》下計畫三部作。[3] 其中提到「臺灣人的史詩，終歸需要臺灣人來執筆的」，所謂「史詩」原本是一種高昂格調的敘述，中心人物有英雄氣概，往往是建國史與民族史的體裁。[4] 由此可見鍾肇政的初心與表現風格了。

　　本章開始討論鍾肇政大河之作《臺灣人三部曲》第三部《插天山之歌》，以此部書觀察其建構臺灣人的形象之主題表現。筆者認為《插天山之歌》能對作者在創作表現的成就與人格兩方面作相當適當的詮釋。這裡採用了「日本精神」這一個觀點，觀察主人翁陸志驤之行為與精神。在第二節將表達出何以採用此觀點。

　　用日本精神觀察主人翁，似乎與前文所提到的臺灣精神有所衝突。這樣的衝突的意味與讀者本身閱讀的時代有關。在戰後國民黨戒嚴統治中，對於日本在臺灣殖民的歷史大力作負面的宣傳教育，造成一股反日的仇恨情緒，影響了讀者去詮釋、理解所有關於日本在臺的殖民歷史；這種理由恰恰與存有反國民黨意識、富有臺灣意識的讀者，不能容忍作者在國民黨的統治時代，描寫臺灣人曾經強烈的祖國情懷的閱讀情形相同；還有不能容忍作家寫太多有關抗日的作品——凡有此情況即被認為作家有迎合國民黨的嫌疑。尤其年輕一代受到美麗島事件的洗禮與臺灣意識與中國意識論戰後意識昂揚，自然對上一輩作家的作為有了敏感的批判。鍾肇政也不例外的受到種種批判「*我好久以來聽了不少中傷我的話*」「*有些竟聽信謠言，認為我是老Ｋ打手*」。[5]

　　還有一種情況是，對作者所作所為的個性上的領略：「*這個一向被目為『容忍、退縮』的客家人會長，拜時代巨流之賜，在身不由己而又心理深層的強大趨力下，居然成為『街頭運動會長』*」[6]。不單是對作者的個性的下結論，這種觀察也對於其創作下人物的個性同樣詮釋，也就是說評論者往往對作品主角與作者作許多關聯，筆者認為兩者的情況都是需要很小心去探求的。[7]

3　鍾肇政，《鍾肇政回憶錄（二）》，錢鴻鈞編，臺北：前衛出版社，1998 年，頁 78。

4　顏元叔主編，《西洋文學辭典》，臺北：正中書局，1991 年 9 月，頁 273。

5　鍾肇政致東方白信，1985 年 2 月，1989 年 6 月，《臺灣文學兩地書》，臺北：前衛出版社，頁 147、頁 243。

6　李喬，〈臺灣筆會何去何從〉，《自立晚報》：筆會月報第十五期，1992 年 3 月 31 日。

7　尤其在作者所著《濁流三部曲》作品中主人翁給人的認識，最值得重新探討。例如「種種情形無一

　　先不論主角性格到底如何，以上所述對作者本人聯想是否真如其人呢？李喬談及作者所謂的「心理深層」是指被鍾肇政受壓抑的反抗意識嗎？或者就是等同本章所說的作者之日本精神的觀點。李喬對鍾肇政的印象有一個「轉變」的看法，這當然是鍾肇政因為解嚴的關係，在一個百無禁忌的時代可以盡出理想、行動。戒嚴前對鍾肇政「容忍、退縮」的認識，相信李喬是有親身的體驗，但是這是對鍾肇政完整的認識嗎？本章對鍾肇政筆下的人物重新詮釋，相信對於作者本人帶來進一步瞭解。

　　筆者認為讀者、評論者也有一個戒嚴的現象與殖民地統治的後遺症，有害純文學作品的的欣賞與解讀，也影響對作者為人的判斷。這兩者情況──反日與反國民黨的意識下，在閱讀上造成有成見的詮釋，筆者希望能在引用過去《插天山之歌》的論文時能加以討論。

　　上文所提到的日本精神與臺灣精神上的衝突，其實無論主角的精神留有日本殖民教育的現象或是祖國情結的描寫；就像這部被認為是反日、抗日的作品，在此文竟然以日本精神（假如我是可以證明主角富含日本精神、文章展現光明磊落與潔淨的文風以及整篇故事架構顯現不服輸與戰鬥精神的前提下）觀察主人翁的精神世界，這是很大的矛盾。「臺灣」是一個帶有禁忌性的詞彙，「日本精神」在國民黨集權控制下，更是代表臺灣人的原罪與殖民遺毒的刻板看法。鍾肇政在作品題目標榜「臺灣人」，這是刻意下的行為，「臺灣人」還可掩護自己是純文學的態度，是中華民族下的臺灣人；「日本精神」在《插》作有很多的刻意下表現，同時又有作者深層的感受──又是一種自然的等同於「日本精神」的感覺，此「遺毒禁忌」能在戒嚴體制下，保留於作者心靈深處而顯現於文學作品。因此，「臺灣人」與「日本精神」的生命主題，可謂作者是經常大膽的刻意去碰觸禁忌，令人想到他是有多強烈的反抗意識才得如此。

　　在張文智 1990 年的《族類意識的角度分析當代本土文學的臺灣意識現象》

不是鍾肇政本人的真實遭遇，幾乎要令人產生『陸志龍』就是『鍾肇政』的聯想」（黃靖雅，《鍾肇政小說研究》，東吳大學中國文學研究所碩士論文，1994 年 11 月，頁 17），「陸志龍那種軟弱猶疑的個性」「陸志龍型的知識份子有一個特質就是敏於思維，但行動力不足。」（黃靖雅，頁 71）。一位創作力旺盛的作家，有擔當的負起臺灣文運的興衰，竟然給人的印象是如同其筆下作品的主人翁。其中有許多微妙的問題值得探討。

中，[8]張的著作是以臺灣文學作品分析臺灣意識，忽略了《臺灣人三部曲》這本堂堂掛著「臺灣人」小說的文本分析，理由何在呢？張文之第三章第三節標題為「『臺灣人』及其命運的歷史形象累積」，張書其中第 59 頁說明「前代作家的作品雖然各有其時代背景，創作者的動機與心態，但是對於作品的詮釋，是可以有某種自主性的。」這是表示張文不僅是著重作者的作品，還著重 1980年後的各評論家的詮釋，那麼《臺灣人三部曲》在 1980 年後，在「臺灣的認同文化體系」如何呈現，如何被解讀呢？忽略了此部書，不就是暗示了不被臺灣讀者認同嗎？另外一個忽略的情況可參見林雙不的〈臺灣的本土小說〉，[9]這是筆者尚未認識鍾肇政前就帶來給筆者對鍾肇政的瞭解有很大的成見。

另一本碩士論文提到「《臺灣人三部曲》對『本省人』受難的歷史經驗與鄉土情懷的刻劃，使得臺灣得以在一元化大中國意識仍然盛行的情況下，猶如浮雕一般地突顯出來，這對當時備受壓抑的本省人族群而言，自然具有相當重要的意義，而鍾肇政以『臺灣人』為題更可見其用心所在。」[10]論文中又提到「總而言之，在以民族與鄉土為基礎的情況下，《臺灣人》一書中所呈現的族群認同，顯然是將臺灣視為中國的一部份，將臺灣人的位階擺在中國人、中華民族之下」。[11]兩段話對於作者用心與對作品詮釋相當的矛盾。論文既然瞭解作者不避冒險的用心，有那樣「縱而言之」的族群詮釋，相信這是臺灣人歷史下的複雜的認同問題外，還有作者表現上包裝、保護的問題。顯然作者騙過了統治者，卻難以得到臺灣讀者很大的在意識型態上的滿足。

的確，如上文所列的矛盾與衝突的關係，使得《臺灣人三部曲》之應該是富含臺灣意識反倒難以認識呢？如同李喬說的：

> 張凌雲這個角色，和《濁流三部曲》之二的《江山萬里》裡的石碑，和《滄溟行》裡的男主角，他們都一樣，鍾先生這種安排，今天我拉開時

---

8 清華大學的社會人類學研究所碩士論文。

9 《大聲講出愛臺灣》，臺北：前衛，1998 年，頁 107。

10 王淑雯，《大河小說與族群認同—以臺灣人、寒夜、浪淘沙為焦點的分析》，臺北：臺灣大學社會學研究所碩士論文，1994 年 7 月。

11 同上註，頁 42。

間的距離（這一段我講的比較模糊），在時代的變遷裡，他的意識較模糊。那是非常不得已的在扭曲的時代裡，出現的一個扭曲的部份。（鍾肇政鄉土文學討論會：1993 年 12 月 26 日）

故，這與創作的環境有關，與讀者的心態有關，還有作者本身所謂「自然的模糊」而非「創作的模糊」的文學觀有關。[12] 這矛盾與衝突對筆者是一個挑戰，但筆者認為此矛盾與衝突正也隱含了「其作品背後的意義就是臺灣人」這樣的解答。（資料一）並且筆者認為，在看似矛盾下而又獲得解答的情形下，顯示出作者雄渾的筆力、表現力，表達了臺灣在多源流的複雜的殖民歷史中，在戒嚴白色恐怖的寫作環境裡──建構出臺灣人精神。除了時代特色外，越帶有反抗性的精神，鍾肇政則越加以突顯，成為在日本時代皇民教育下成長的一代，特別的一種矜誇的表現。在此情況下，以日本精神的觀察以抗日為背景的作品《插天山之歌》也顯出有趣的意義。

第二節　日本精神觀點與男性主角與作者

所謂日本精神的涵義，如李喬所說的：

> 迄至於今天，老一輩臺灣人把正直、守法、簡素生活，「あっさり」（字面上是乾脆的意思，實際上它的文化意義，複雜豐富的很多。）等等，說是「日本精神」，值得吾人參考。[13]

為何筆者會有日本精神的觀察點，這與創作者本人成長背景有關。由以下的訪問中也可以看到鍾肇政對日本精神的詮釋：

---

[12] 莊紫蓉，1997 年 8 月 21 日訪問稿，〈探索者、奉獻者〉，刊登於 1998 年《臺灣文藝》，163、164 期合刊本。

[13] 李喬，〈臺灣文化探索（三）〉，《文學臺灣》，第 24 期，1997 年，頁 270。

「在中學學校教育中先生所指導 e 係主要部份；另外在中學開始 e 軍事
教練、正常功課、教官愛鼓吹。中學功課底背肚，武道──分有劍道、
柔道，柔道 ngai 中學 mo。劍道就 he 真正 e 武士道精神。日本精神其中
之一 he 一對一相殺(chhu:)，lau 教官就沒 mo 共樣。教官 e 武道資格並
mo 一定有，用軍事 e 拿槍(chhun)e 分列式、戰鬥技巧等等……拿到教學
用。在戰鬥技術外，又鼓吹日本軍道精神，軍人 he 團體行動。

讀 e 書也包含一大部份。日本古裝小說、日本武俠──lau 現代小說寫現
代 e he 相對。lau 中國武俠 e 暗器、招式不同，mo 騙人 e、ko 來 ko 去 e。
不單淨講武士 e 故事。比論宮本武藏 e 武士小說，其中 ki e 行動、比武、
還夠修煉 e 目的──書底背就有一句話:「劍就 he 人」──最高境界 e
武士道。雖然 he 小說家寫出，但多少有道理。lau 禪略略相通。

武士 e 精神 he 麼該?就 he 武士道，就 he 死。日本精神也 he 死，視死如
歸。人生第一大事──『死』──mo 重要，生死 mo 重要，道重要。道
就 he 武士道。經過日本小說家，包裝到小說中，美化、玄化，ngai 看 e
盡多，自然有影響。正當 e、正義感 e，有一 ke 字『潔』日本人盡歡喜
講。心情 mo 雜一 sit e，事情看到淡薄去，有時變到阿莎力。阿莎力就
he 按樣來 e。」[14]

那麼，以日本精神觀察鍾肇政這部小說，基本上就是在閱讀作品前，筆者
內心先存一個日本精神的正面理解，瞭解到鍾肇政這一代人所謂日本精神進入
其骨髓的意義。在這一意義上理解其作品，希望可以據此敏感地捕抓到作品表
現中與日本精神相關的條目，並進一步詮釋作品。在《插天山之歌》，主角所
吸取的時代空氣，正是與鍾肇政個人的成長是相同的。葉石濤對此部作品的理
解是「自傳性太濃厚」、「第三部還帶有一點自傳的味道」。[15]李喬也認為「《臺

---

[14] 這段話是 1994 年，筆者在鍾肇政家閒聊的錄音，未發表。請讀者原諒，盡量以客語系臺語紀錄鍾肇
政話語是筆者心願。就本文，標音漢字夾雜的方式，文意上在非客語系人也是理解的，若用福佬語
系念也是很順當的。客語系人若能以客語讀，自然會有親臨鍾肇政談話的親切感與真實感。這就是
筆者的目的。（mo=無，lau=與，he=是，ki=他，ko 來 ko 去=牽扯不清）

[15] 葉石濤等，〈臺灣文學的里程碑──鍾肇政的《臺灣人三部曲》對談記錄〉，《臺灣文藝》，第 75
期，1986 年。

灣人三部曲》可說是自敘傳」。更切合小說的情形應為李喬進一步解釋的「故事的主角志驤，其實是作者自己的化身」。[16] 故，以作者的生活、成長時代去考察主角的行為，與其背後的精神，特別對《插天山之歌》是很好的觀點。

先對於以往對《插天山之歌》這本小說的評論，針對人物的刻劃方面作一個觀察。彭瑞金表示：

> 「透過陸志驤的逃亡經歷，把這個特定時空裡的人的生活、人的思想作了很清楚的描繪，特高的步步逼近，等於是一隻日本統治者箝制臺灣人的魔手，這時臺胞已經不是用鋤頭、用竹竿反抗。也不再是走議會設置路線、文化協會的步子了，這是面臨決定性的時刻，要用智慧、耐力、意志來和統治者競賽，或許陸志驤的故事，正可以給我們這樣的啟示。」[17]

此文理解「智慧、耐力、意志」是作品所要描寫的。那麼，主角所承受的經歷應該是值得詳加正面性討論的。不過作品中的女性角色似乎被討論的更多更受重視，得到讀者更多的讚揚，[18] 彭文接著說：

> 「想想，《插天山之歌》更浪漫、更綺情的一面，遠遠超過前兩本作品，而且一直走的是『男性中心主義』小說路線的鍾肇政，好像突然也寫了一部女性為中心的小說，創造了『奔妹』這麼一個有擔待、勇敢、熱情的客家女性，成為極端艱難的時刻固若磐石的力量，豈不也失之東隅、收之桑隅？」[19]

在彭文中才剛說到男性主角以「智慧、耐力、意志」和統治者競賽，為何

---

[16] 李喬主講《臺灣人三部曲》第三部《插天山之歌》，桃園縣政府文化中心主辦，1993 年 12 月 26 日。

[17] 彭瑞金，〈傳燈者──鍾肇政〉，《聯合文學》，第 18 期，1986 年。

[18] 這可參考李喬：1992 年，〈女性的追尋──論鍾肇政的女性塑像研究〉。林瑞明，1982 年 10 月，〈戰爭的變調──論鍾肇政的《插天山之歌》〉，《臺灣文藝》，第 77 期，1986 年，〈臺灣文學的里程碑──鍾肇政的《臺灣人三部曲》對談記錄〉，第 75 期。

[19] 彭瑞金，〈傳燈者──鍾肇政〉，《聯合文學》，第 18 期，1986 年。

彭文會立刻轉稱這是一部「女性為中心」的小說呢？我們可以瞭解彭文表達對
此書中刻畫女性方面的激賞，但是筆者還是希望能多對男性主角加以觀察。[20]
何況男性主角的刻劃引來很多負面的評論。李喬說：

> 「鍾先生的長篇小說，男性都這麼不夠力，這和時代有關係！」
> 「為什麼他的人物這麼懦弱？為什麼女性都比較強呢？」
> 「他創造了臺灣人的某一些典型反映了那一代臺灣人的精神樣態。我想
> 這一點非常重要，鍾先生筆下，尤其男人，實在使人很討厭，很窩囊，
> 但你要想一想，為什麼會不斷呈現？他一定有他的時代意義。所以說，
> 他是他那一個時代臺灣的精神面的呈現。」[21]

故，男性主角的表現有必要進一步的探討，因為在此所謂臺灣靈魂的工程
師，其使命是要創造較光明面的臺灣人形象，突顯各個時代的精神、刻畫臺灣
人的靈魂。所以，評論者否定或是看輕男性主角，在這點有必要對男主角陸志
驤的形象加以探究。

此書情節雖非作者的真實的行為、非行動上的自傳，但筆者要強調的一點
是，這本書是作者當時創作時的心靈所影射的自傳。簡而言之，作品中的逃亡
情節也就是作者逃亡的心情，也就是李喬說的「故事的主角志驤，其實是作者
自己的化身」的原因。所以在本章第四節說明作者創作的這部書的心理動機。
當然作品中主角在逃亡的情節的，一連串的故事的發生，主角的行為、行動，
反過來說，其精神的象徵也可視為作者的內在的精神，或是本書主角將成為作
者理想的男子漢精神的寄託了。

第四節的討論目的還要在對於此書故事的成立做一個說明，這也是引起評
論者批判男性主人翁的根本原因。那就是他一直逃亡，未做真正的抗日的行動，

---

[20] 李喬認為鍾肇政以「第三身的單一觀點」，是走困難的描寫路線。在此觀點下必然在男性主人翁的
描寫會最多的，尤其是心理深入的部份。對於任何事物的關照，都將反映在觀點人物的眼裡，在這
一層面上，無論是否被解讀成為女性中心小說，是有必要專一的觀察男性主角，才能反映《插》書
的主題。

[21] 彭瑞金主講：《臺灣人三部曲》第二部《滄溟行》，鍾肇政鄉土文學討論會，桃園縣政府文化中心
主辦，1993 年 12 月 19 月。

更由於不同於《臺灣人三部曲》的第一部的轟轟烈烈的戰鬥保護自己的土地、第二部的農民運動的指揮。評論者認為第三部顯得力量稍弱：

> 《插天山之歌》有其成功之處，但以鍾肇政二、三十年的寫作的功力，其成績不能令人滿意。全文帶有太多《流雲》的影子，且缺乏心理層面的探討，思想性的貧乏以及史實的避重就輕，使得全書缺少足夠的深度，也不足以展現太平洋戰爭末期，臺灣在艱難困苦中，孕育新希望的複雜形貌。如果依全文開頭的佈局應讓陸志驤和當時轉入地下活動的人結合一起，可以傳達出更深的涵義，達到多角度刻劃時代的面目。作為《臺灣人三部曲》的結尾，我們原有更高的期盼，可惜《插天山之歌》原係「澄清」之作，就難免寫得欲振乏力，不敢深入了。這是鍾肇政個人的不幸，我們也不免要為藝術浩嘆！如果以風土小說，或一則寓言視之，則又另當別論了。[22]

　　筆者，翻閱兩本討論鍾肇政的碩士論文。[23] 對主角「無所作為」的觀點，產生對此部小說抱持惋惜感，其參考林瑞明在 1982 年所寫的論文對鍾肇政的評論甚多。此種批評影響所及，甚至反應到一般的讀者：

> 聽眾：有人評《插天山之歌》和前兩部作品比較，顯得虎頭蛇尾，主要是男主角太軟弱無力，缺乏表現的緣故。請問：男主角的處境，是否也隱含了您寫作當時的心境？
>
> 鍾肇政先生答：這個問題前面已經約略提到了，大概就是這樣子。[24]

　　針對這樣的評論，希望在第四節的討論可以產生對此作品新的理解。另外，也希望在此章可以一併討論「無所作為」的觀點，以及陸志驤與女性相處的行

---

[22] 林瑞明，〈戰爭的變調──論鍾肇政的《插天山之歌》〉，《臺灣文藝》，第 77 期，1982 年 10 月。

[23] 黃靖雅，《鍾肇政小說研究》，東吳大學中文研究所碩士論文，1994 年 11 月。張謙繼，《鍾肇政《臺灣人三部曲》研究》，文化大學中文研究所碩士論文，1996 年 6 月。

[24] 李喬主講《臺灣人三部曲》第三部《插天山之歌》，桃園縣政府文化中心主辦，1993 年 12 月 26 日。

為解釋。總之，相信本章能對作者本人投影的理想男子的精神形象有新的理解。

第三節　朝陽下盛放的櫻花

日本精神在臺灣人的精神世界中，是隱沒於國民黨反日教育統治下了。那麼日本殖民統治下皇民化運動這一段歷史，恐怕有諸多負面的詮釋。比如對日本侵略戰爭下的產物——日本軍歌，讀者是抱著怎樣的印象呢？

> 這個年輕時接受皇民教育的陸志驤，回途中，心裡有歌要唱，也只能高聲唱太平洋戰爭時，迷惑無辜青年送死的「予科練之歌」我們不禁也要學舌葉石濤感嘆：「流雲，流雲，你流向何處？」
> 真能走到那陽光照來的方向嗎？前途一片光明，還是仍需一連串的徬徨、挑戰？[25]（資料二）

「流雲、流雲，你流向何處？」這是葉石濤在評論鍾肇政《濁流三部曲》第三部《流雲》很有名的一句話。意思在擔心鍾肇政未來的創作路途會越走越窄。葉石濤在文中說的「開吧！胡麻！」（葉石濤：1979 年，頁 144），意指在後來鍾肇政創作出《臺灣人三部曲》第一部《沉淪》才找到作者的中心思想。可見林瑞明引用葉石濤的名句，必定對「予科練之歌」意涵相當的反感，對作者的創作態度相當的疑惑。再對照作者的訪問稿以與林文作一個比較：

> 莊：
> 講到軍歌，《插天山之歌》結尾時就有一首軍歌，那是您寫到那裡時心理自然出現那首歌讓您寫進去，還是您特意安排的？
> 鍾：
> 錢鴻鈞說他發現到安排這首歌是有我的用意的。末尾我說：怕什麼，就來唱「予科練之歌」吧。錢鴻鈞忽然發現到，為什麼要怕？有什麼好怕

---

[25] 林瑞明，〈戰爭的變調——論鍾肇政的《插天山之歌》〉，《臺灣文藝》，第 77 期，1982 年 10 月。

的。我說「不會再害怕」這個語言背後有個反映出來的時代背景。那時
當然是沒什麼好怕的，我為什麼說「不要怕」呢？唱日本軍歌為什麼是
怕呢？因為我寫的時候是戰後國民黨的統治平穩了以後有白色恐怖，高
壓統治，臺灣民間已經相當平穩的了，經濟發展漸漸開始了。在那個階
段唱日本歌還是個禁忌。我為什麼說不要怕呢？就是因為反映那個時
代，那個時代唱這歌是禁忌。可是我說「不要怕」，這「不要怕」的當
中就根本跟那書上寫的時代背景完全無關的，反映出來就是寫的當時我
內心裡面的害怕，因為國民黨一直想要抓我，我就像書裡面那個男主角，
我拼命地跑啊，我人是沒有跑，可是我有一種逃的心理作用，自然就反
映在那本書裡面。

事實上我是要寫這麼一本書，說我是反日、抗日，我是很忠誠的，我並
不是共產黨，我沒有搞臺獨。李喬告訴我，立法院那些老賊傳言我是在
臺灣的臺獨三巨頭之一。這樣的說法你聽過嗎？[26]

《插》書最後唱日本歌時「怕什麼」的表現，在作品解釋上成為一個疑問。
為什麼光復了唱日本歌會怕呢？不像是那個時代背景的主角講的話，那是怕誰
呢？可看成是作者本人跳出來講的怕，讓主角替其講出創作當時的受到監視下
的壓力的自我的鼓勵「怕什麼」。我需要說明的是我會觀察到此點，就是因為
已先有一個正面的日本精神觀察主角活動，有此心理準備之下，我感覺到唱日
本軍歌應該表現主角在光復了不再受日本人統治了，以軍歌表現受日本教育影
響下之精神上的雄壯、喜悅的一面，故唱日本軍歌，是再自然不過了。那麼在
作品中的時代是不必怕的，「怕什麼」自然要有另外的解釋了。（資料三）

作者對自己作品的詮釋，並非就能反駁讀者的意見。任何讀者、評論者有
其權利對作品發表意見，任何的評論（如林文）都是有其參考的價值。以上幾
段引文中，只是要表達，因為在日本精神的正面的領會，有這樣的心理準備，
才有了個人不同於其他評論者的觀察。相信讀者在詮釋的情況不同都是反映詮
釋者個人的主觀觀點的。

再引林文一段話，也是在詮釋文學象徵上帶來很令人玩味的地方：

---

[26] 莊紫蓉訪問稿，〈和鍾老閒談〉，1998 年 8 月 12 日，未發表。

「接著作者作了一個非常戲劇性的安排，陸志驤被關了一夜，隔天朝陽
射進窗口時，他就被釋放了。日本太陽落山。戰爭正式宣告結束。臺灣
地位或將改變。陸志驤大步走出牢房。」[27]

　　林文中已指出是「朝陽」射進窗口，作品原文為「打從窗口射進來的朝陽
使他一時睜不開眼睛。」（鍾肇政全集 4──臺灣人三部曲下：1274）為何林
文仍舊提起「日本太陽落山」呢？作者並未有「落日」代表日本戰敗的象徵，
恰恰相反的是站在主角本身的立場，象徵主角迎向光明的、新生的、歡喜的，
與「日本精神」的象徵「朝陽」所符合。我相信類似這樣的矛盾一定引起評論
者解讀上很大的困擾。在本章的觀點裡似乎可以提供讀者釋懷。
　　以下將分為幾個小段進行探討主角人物上的精神風貌。

一、淡水中學的影響

　　對於作者之受日本精神影響在上文訪談中（指在註 3 的正文中之訪談稿）
交待了。作品中主角受日本皇民化教育的背景比較如下，主角人物就讀淡水中
學與作者是一樣的。在四年級時，日本當局把校園接管了（鍾肇政全集 4──臺
灣人三部曲下：頁 908）。但主角比作者本人大了四歲，與作者的差異也在於
主角四年級時讀了一學期，就轉往東京工業大學就讀。雖然主角僅僅在淡水中
學讀四年，與作者五年讀完畢業並不同，但是重點在於日後主角遇到了困難，
總想到以往所受教育的訓練。例如主角在鋸材時遇到了困難，他想到：

以前打劍道時，左手也起過這樣的水泡。他記得教官所說的話：不必擔
心，起了泡還要打，泡破了還會再長泡，長了兩三次，就變成繭了。那
時再怎麼打也不會破不會痛了。（鍾肇政全集 4──臺灣人三部曲下：
頁 959）

---

[27] 林瑞明，〈戰爭的變調──論鍾肇政的《插天山之歌》〉，《臺灣文藝》，第 77 期，1982 年 10 月。

　　過了好久，主角執行作料仔又遇到同樣情況，長泡依舊，依然想到劍道教官的話。「起泡了，還要打，泡破了，也要打，流血了，也不能停，劍道就是要這樣鍛鍊的。」（鍾肇政全集4──臺灣人三部曲下：頁1002）

　　這種遇到磨難就想到所受教育的情形，就如同作者所言「我一直把那兒，那所古老的中學（指淡水中學），看成是我精神的故鄉。」（鍾肇政：1998）故同樣就讀淡水中學的主角，在受磨練時，在此點作者便將自己的精神投影過去了。

　　作品一開始主角坐船回臺執行抗日組織的秘密任務「回到故鄉，儘可能地組織民眾，給日方打擊任何一類的打擊都可以，只要使日軍早日戰敗，促使故土重光。」（鍾肇政全集4──臺灣人三部曲下：頁884）。所搭船隻途中便遭盟軍擊沈，主角落入寒冷的大海。文中描寫令人感動：

> 他覺得划水的手臂有點酸軟無力。在絕望裡，唯有勇者堅強。他猛然而驚！我一直以為我是個勇者。我曾泅過十公里，面不改色。我是柔道三段，劍道初段。我是個弱者嗎？不！他強烈地否定了自己的懦弱。我要與這危境搏鬥到底，非嚥到最後一口氣，絕對不承認失敗。（鍾肇政全集4──臺灣人三部曲下：頁893）

　　由此，可看到作者對主角的精神與個性的設計是不服輸的，充滿了戰鬥精神，此刻主角戰鬥的對象是大海、是自己。對於一個男子漢的條件、標準，主角對自己有強烈的要求。也就是另一段文章所敘述的：

> 那是一個充滿朝氣與自信，而且胸懷大志的年輕人的自我譴責。他從不原諒過自己的懦弱和畏縮。意志不堅與畏懼困難，害怕折磨，永遠是他所引以為一個男子的最嚴重缺點。當然他不能允許自己光想到可怕的事就心悸。在他的腦子裡，那幾乎還是一種奇恥大辱。（鍾肇政全集4──臺灣人三部曲下：頁880）

　　這種主角的設計，當然有其時代教育背景的。作者的精神故鄉淡水中學，

一所皇民教育的先鋒學校，是可以領會作者本人在註 3 在正文的訪問裡談「日本精神」與自己的精神密切關係，這等於說主角的精神就含有「日本精神」。總之，作者以自己的教育背景，去刻劃主角成為一個帶有日本精神的青年武士形象，這是值得注意的。此精神將在書中更多的一連串磨難的設計中發揮作用。

二、桂木的對照

此男性主角有一對照型的人物——日本的特高桂木，是很可以注意的。造成主角在書中一路逃亡，引起其害怕恐懼的心理的，就是桂木。桂木以堅持態度的持續追捕他。許多評論也注意到了（林瑞明：1982 年，張謙繼：1996 年，頁 136），這個人物的設計，頗為奇特，以黃娟的觀察最具代表性：

> 肇政先生的把這兩個人正式會面安排的非常有意思：……
> 「在這一瞬間，志驤感到這個人是堅強的對手。他也會活下去吧！我當然也會。而他必定窮追不捨，直到我落入他手中為止，不過我是不會被抓著的。想到這裡，志驤不禁展顏向對方一笑。」
> 這幾乎是英雄惜英雄的感情，只可惜兩人各屬於敵對的一方，凶猛的撕殺是不可避免的了。[28]

所以在此所謂對照型人物，重點在於桂木的精神、個性與主角可作一對照。例如下面一段話，可領略作者的設計桂木的用意：

> 他陡地感到這個人是堅強的對手。一句話被說爛了的金言浮上腦際：「與其愛柔弱的友人，寧可愛堅強的敵人」志驤甚至對這敵人感到一種類似親切的感情了。（鍾肇政全集 4——臺灣人三部曲下：頁 888）

也就是說，要顯得主角的勇敢，就要顯出比對照人物更強悍。讓主角戰勝了一個設計中的典型的強悍的人物，則讀者會覺得主角值得欽佩。或是藉由對

---

[28] 黃娟，《政治於文學之間》，臺北：前衛出版社，1993 年，頁 76，〈雄偉的史詩〉，寫於 1987 年 7 月。

照人物口中來稱讚主角為男子漢「陸！」好平靜的聲音，他端詳了片刻說：「你更強壯了，更像個男子漢了。了不起。」（鍾肇政全集4──臺灣人三部曲下：頁 1267），而成為作者刻畫主角的堅強的形象的方法之一。此方法也顯示在故事一開始，主角在海中求生，遇到一個日本人快要淹沒了。為何作者要設計成遇到的是日本人呢？主角說：「呸！你這也是日本男兒嗎？」（鍾肇政全集 4──臺灣人三部曲下：頁 891）。這裡的對話還暗示兩人同樣是年輕人，便達成作者筆下的志驤要比日本人還強悍的意味。桂木與志驤兩人形象的比照，由以下這一段話若讓我們領受了桂木追捕的辛苦，自然也對主角的精神產生崇敬的感覺：

> 抬頭一看，正是那個桂木警部。身上是國民服，戴的是一頂戰鬥帽，小腿打著綁腿，臉黑的發光，滿臉的絡腮鬍子──裝束與面容雖然與船上所看的大不相同，可是志驤一眼就認出來了。（鍾肇政全集 4──臺灣人三部曲下：頁 1267）

桂木一出場是帶著麥桿帽，經過一年多的追捕，最後戴著戰鬥帽出場，其被曬黑的臉與鬍子，象徵桂木的追捕的堅持與辛苦。可想像，難道主角不辛苦與堅持嗎？故，我們很快的將桂木的佩服移情到主角身上了。那麼桂木的性格是怎樣呢？黃娟領會為：

> 與他闊別一年又半的桂木的警部是蠻有紳士作風的。
> ……
> 肇政先生把桂木描寫的頗有磊落豪放之風，使志驤的逃亡歷程，像是與桂木鬥智和競賽彼此的耐力與韌性。[29]

所謂黃娟領會的磊落豪放、紳士風度，還有書中寫的「志驤不得不佩服這位警部大人，還是蠻有人情味」（鍾肇政全集4──臺灣人三部曲下：頁 1269）。

---

[29] 黃娟，《政治於文學之間》，臺北：前衛出版社，1993 年，頁 76，〈雄偉的史詩〉，寫於 1987 年 7 月。

以及桂木在不論追捕前（鍾肇政全集 4——臺灣人三部曲下：頁 888）或者是辛苦的追捕到志驤（鍾肇政全集 4——臺灣人三部曲下：頁 1255），都是以一種平靜的心情，帶著朗朗的笑容。以上綜合起來，作者可謂設計桂木是有凡事看到淡薄的武士道精神的。即可引以「阿莎力」的說法去體會桂木的行為表現。他那樣的勞累追捕，最後一點也不怪志驤，反而還對志驤佩服。主角除受了桂木的肯定外，也相對的產生與桂木表現同樣的態度「裝出豪爽無所謂的勇氣。」（鍾肇政全集 4——臺灣人三部曲下：頁 1271）。換句話說，主角也成為了與桂木有相同精神的人物了。黃娟說的好：

> 日本教育灌輸「大和魂」，即日本民族精神。因此日本國民都具有「忠君愛國」的精神。同時重視「武士道」的日本人強調「光明正大」的君子作風。鄙視「卑鄙」「暗算」等陰險和態度。靠「欺詐」得勝是不足取的。《插天山之歌》裡的陸志驤和追趕他的桂木警部，就是以「光明磊落」的態度，各盡本分。「追」和「逃」都是光明正大的。[30]

所以說，陸志驤與桂木一樣的可看成擁有武士道類型的人物。一方雖然是逃，卻也讓桂木很不輕鬆。兩人都是堅持到底都是光明正大的。

上文提到來自日本的特高桂木警部對主角的作用，還有追捕的問題，這是引起志驤恐怖的精神壓力。桂木是影射了作者現實上生活的帶給他恐怖壓力的人物，詳細情形可在下一章看出作者如何要影射國民黨的特務。那麼國民黨的特務，並不可能有日本式的武士道的俠義與古道熱腸的精神。這中間的矛盾，可以解釋為，作者本人利用抗日色彩的設計下，保護自己，卻不願意抗日如資料一的電視劇本那樣的俗套的意識型態的設計，反而將日本特高設計成光明磊落的突顯主角的精神人格。可以說他主要的目的是要寫臺灣人的精神。作者一方面，也利用了現實生活上的恐怖感覺，其中作者琢磨的影射，就如同「朝陽」的象徵一般值得讀者仔細玩味的。

---

[30] 同上註。

三、各式磨練與插天山的形象

　　《插天山之歌》全文描寫份量最多的就是一連串的磨練的設計，包括一開始的跳入大海求生，然後鋸木、作料仔、拖木馬、釣沾魚、勾鱸鰻、成為真正的農人獨立開墾養活自己。李喬言：

　　　　平淡無奇的情節是替主角「修行」設計的精細程序。[31]

　　這些「修行」，李喬賦予了，成長、狩獵、追尋、啟蒙的文學原型人物，直到主角進入深山原野，志驤這個人物才夠壯大、成長（鍾肇政鄉土文學討論會：1993 年 12 月 26 日）。或者是救贖的主題等等深刻的詮釋。[32]筆者對於這些行為總和起來的詮釋，在於以下一段話：

　　　　陸志驤，你不能想到那些，你要逃生。如果能夠，你也還要負起你的使
　　　　命，為苦難中的故土、同胞，做一點什麼，這才是你的一切，想女人、
　　　　想成家、想安逸，那是邪惡的，至少目前不能這樣。你要勇敢地活下去，
　　　　而且要活得熱烈，活得有光有熱……（鍾肇政全集 4——臺灣人三部曲
　　　　下：頁 959）

　　這句話，我覺得最能表達主角的期望。也就是一連串的磨練，都可指向於「要勇敢的活下去，活得熱烈，活得有光有熱。」主角勇敢活下去的人生觀，有光有熱的生活必然的需有珍惜時光、愛惜生命的意義。

　　半年的歲月，在一個二十四歲的人，一年也就是人生的二十四分之一，

---

[31] 李喬，〈小論插天山之歌〉，《臺灣文學造型》，高雄，派色文化，1992，頁 309。發表於 1975 年
　　12 月《中華日報》副刊。

[32] 李喬，〈當代小說的「解救」表現〉，師範大學：第三屆臺灣本土文化國際學術研討會論文集，1996
　　年，頁 391。

半年就是四十八分之一，是我這一生的四十八分之一呢。多寶貴的一段時間，可是學到的，只是做料仔與莊稼活兒，還有就是釣沾魚……這還沒學會呢。做到的事，則更一無所有。志驤想到此，不免有些痛心了。（鍾肇政全集 4──臺灣人三部曲下：頁 1132-1133）

　　為何筆者以「活得有光有熱」來勾勒整個磨練的設計呢？這是對日本精神的正面領會而捕抓到的。這句話關係到整部書光明的、潔白的鼓舞人心的風格。也就是主角的行為、精神指向某種堅強的人生觀。本章題旨「朝陽下盛放的櫻花」其實是出自一首和歌，全文是

　　「有人問日本精神是什麼
　　回答──就是朝陽下盛放的櫻花」[33]

　　朝陽下盛開的櫻花的意境，也就是指向櫻花絢爛地開，不旋踵就絢爛地謝去的現象。而「活得有光有熱」的人生觀是主角在無可如何的環境下所警惕自己的理想。要對主角的理想配合這首和歌詩的說明，此時就必需牽扯到對《插天山之歌》的題目，觀察其象徵意義。

　　首先，插天山在作者的故鄉的觀點望過去，乃為朝陽昇起之處，也就是日出的地方。那一剎那間，新生的光芒，那種潔白是作者的生活作息中常常見到的，故將此情景引起的感動，經常的引用到作品裡面，自然的有作者自然的美感經驗，或是刻意的有作者刻意的象徵。特別是在這部作品中幾次產生了日出與插天山一同出現的句子。

　　太陽剛從對面聳立的插天山上露出臉不久。（鍾肇政全集 4──臺灣人三部曲下：頁 1125）

　　而且插天山這個山的名稱的形象是很鮮明的。「聳立的」也是常與插天山一齊出現。例如第一次在本書出現是：

---

[33] 鍾肇政給錢鴻鈞信，1995 年 10 月 18 日，未發表，已捐給臺灣文學館。

志驤不敢多想像將來的事，一切事都可能發生，也可能不發生，只有硬
著頭皮去闖，臨機應變而已。凝神一看，眼前景象比剛才又亮了些，芒
草花仍然在流逝，白濛濛的一片，而父親的背影卻已遍尋不著了。

去吧，陸志驤，摔脫傷感，堅定信心，勇往直前……他無言地向自己說
了一遍，再看一眼面前蕭索的河道景色就轉過身子，朝那座聳立在眼前
的插天山走去。

對，瞻前顧後，都無補於事，如今就只有向前了。也許，前面是一片寬
闊的天地，縱使艱難困苦是不可免的，但說不定這正是對一個男子漢的
最大考驗。「與其愛柔弱的友人，寧可愛堅強的敵人」，過去他每遇到
什麼困難，都用這西方格言來勉勵自己，儘管這次的「敵人」非同小可，
卻也沒有克服不了，戰勝不了的理由。想著想著，陸志驤居然覺得寬心
起來了。（鍾肇政全集 4──臺灣人三部曲下：頁 925）

　　故，作者設計了一連串的磨練都是在插天山麓，插天山聳立的形象與朝陽
的連帶關係，成為主角精神的成長方向上指引。插天山與朝陽都成為與主角互
相砥礪的象徵。插天山同樣的與桂木一樣成為一種對照，只是現在的對照是一
個自然的景物。

　　換句話說，主角在此毫無可能有所作為的逃亡下的生活型態，我們可以檢
驗其是否符合仍舊是有光有熱，是否在朝陽的磨練下更像一個可比擬聳立的插
天山的男子漢了。是的他在肉體上、精神上的一連串的鍛鍊，他更強壯、勇敢
與堅強：

寂寞就寂寞吧！孤獨就孤獨吧！志驤一股不服輸的秉性又抬頭了。古往
今來，偉大的人物豈不都是寂寞孤獨的嗎？或許耐得住寂寞孤獨的人，
才能成為一個偉大的人。我為何不也試著嘗嘗孤獨寂寞的滋味呢？志驤
的一股不服輸的稟性又抬頭了。陸志驤，以後可能有一段日子，你沒法
離開這深山。深山都是寂寞的，自從遠古遠古以來便是如此。不，山本
身就是寂寞的啊。你一定要安於寂寞孤獨，進而讓自己融入於孤苦寂寞
之中。縱使你不能有所作為，靠寂寞與孤獨來磨練自己，也未嘗不是件

值得一試的事……（鍾肇政全集4──臺灣人三部曲下：頁989）

　　事後證明，除了抗日行動他是無所作為外，他都應驗了自己的想法，接受了孤獨寂寞、種種考驗磨練，直到被捕為止。而被捕之後，很快的臺灣光復了，唱起了雄壯的日本軍歌。在此環山合唱的歌聲中充滿讚嘆主角在精神上有光有熱的象徵意義。即此整部書在《插天山之歌》的總題下，形成一個簡潔有力的象徵。並且在不同的風格與設計下，在無可作為的環境下，仍舊展開另一種轟轟烈烈的生活的形式。

　　這些磨練的描寫，應該特別的指出令人感動的地方，一個知識份子能夠拖木馬，能夠作料仔贏得山裡人青年的尊敬。一個平地人也能贏得山地人的激賞，勾到十五斤的鱸鰻「整個拉號和雞飛的人都在談著你呢。」（鍾肇政全集4──臺灣人三部曲下：頁1164）。「半年來，志驤成了一個道道地地的農人」（鍾肇政全集4──臺灣人三部曲下：頁1254）到了最後：

> 志驤在那林境上半跑地走。上衣脫下來，推在肩頭上，裸露出充滿跳動的肌肉的肩膀和胸脯。來到亂石上，石頭被太陽烤熱了會燙人的，可是他若無其事地踏著他的大步。到溪邊了，把下半身也全脫光，赤條條的身子先在淺處浸了浸，接著往潭裡慢慢走去。只見他上身一沈，就在潭上滑著水泅起來。（鍾肇政全集4──臺灣人三部曲下：頁1261）

　　筆者認為這段最富象徵意義，完全將作者設計的對主角的磨練，成果展現在強健的體魄下，顯現心靈與精神上的平穩。這些設計，葉石濤認為是花花草草：

> 我們看不到他寫抗日反而看到怎麼抓魚捕鰻的技巧，不過我們不能用短篇小說的技巧來看長篇的寫作，長篇小說加上一點遊戲筆墨，加上一點花花草草的裝飾也是必要的。（臺灣人三部曲討論會：1986年，頁226）

　　筆者覺得我們可以說作者描寫不感人，但是這些描寫，應該是故事主軸，

作者用心，作者的親身感受這些技巧、磨練，包括勾鱸鰻都是令作者感動的親身生活經驗與印象（鍾肇政鄉土文學討論會：1993 年 12 月 26 日）。相信有親身去體會過拖木馬的老一輩的人，看到這些磨練的描寫，一定有不同的感受的（彭明輝：1986）。在此文所認為的，是轟轟烈烈的設計。下文也會交代，作者可以說本來就不是要寫轟轟烈烈的抗日的。這些磨練在「保存某些獨特的生活方式」（張繼謙：1996 年，頁 87）的觀點就是作者的創作力展現，除此外更是凝聚主角成為男子漢的精神。

四、小結

上述以日本精神去觀察到的三點，可證本部作品是充滿著男子漢的陽剛性。[34] 主人翁的精神意志，簡單的可以領會為積極樂觀與迎向光明。其藉由一連串的磨練設計，在桂木與插天山對於主角的精神上的對照，綻放出作品的力量。

因此，本書中富含光明面的設計是明顯的。由另外的方向看，因為一開始就設定了臺灣光復的歷史背景，表現出這一代人在此時歡欣鼓舞的心情。以及主角之富於不屈不撓的精神，戰鬥的精神，這也都是光明的。這樣的設計，其實對於作者本身的人生觀也有關係的，簡言之還是日本精神影響作者去創作出正面的臺灣人形象與鼓舞臺灣人心靈的作品 [35]。這個光明面與積極面也正是鍾肇政身為臺灣靈魂的工程師的特色之一。

---

[34] 「鍾肇政先生曾多次表示希望完成一種比較陽剛、乾燥、堅硬的語言。……本書出現的語言，就是這種已經完成的語言。」（李喬：〈小論插天山之歌，1992 年〉故，根據李喬的詮釋，那麼陽剛與堅硬是符合本文日本精神的觀點去詮釋此部作品的。

[35] 對作品富有光明面，也就是富有積極樂觀、濟弱扶傾、堂堂正正、有正義感的精神的設計，可看到鍾肇政本人對此有所說明，此內涵就是來自時代的日本精神影響所致的人生觀。詳見（莊紫蓉訪問：1997 8 21）。在作品的設計中，作者特別善於幽微的光明象徵，例如莊紫蓉指出作品開頭的一段話：在漆黑一團裡，星星看來更玲瓏更晶瑩。（鍾肇政全集 4，頁 879）

第四節　逃亡故事的創作背景與表現

「逃亡」的故事主軸，是臺灣文學一個普遍的故事情節（林瑞明：1982年）。此類故事在鍾肇政創作《插天山之歌》還牽扯到由作者藝術創作的心理部份（鍾肇政鄉土文學討論會：1993年12月26日）。此部「在抗日行動上無所作為」的抗日小說，是否可以說在作者本來就不是要寫抗日呢？或是小說的表現重點，並非在抗日的實際行動上，抗日只是一個時代背景。而「逃亡」的情節設計下，其害怕的心理中，其忍受寂寞與接受磨練挑戰，表達出不服輸的與戰鬥精神，就是本章所領會的主角接受日本教育下所養成的精神。在此意義上，領會主角在「逃亡」情節中表現發展，也是重要的方向。

在此有必要對作者的創作心理作一番瞭解。必可以對於上文所說的，作者無意強烈表現在抗日的行為上，其內心還存有，實際上要反國民黨的意識。作者應該是很容易與《臺灣人三部曲》前兩部的情況一樣（資料四），接到抗日的歷史事件去（鍾肇政鄉土文學討論會：1993年12月26日）。

鍾肇政在1972年末前幾年間，遇到壓過來的危險訊息，不得不改變《臺灣人三部曲》第二部的寫作計畫。如他自己所整理三項分析的：

1. 李喬告訴我在立法院發生了一些傳言，說在臺灣的臺獨有三巨頭，一是高玉樹，二是XXX，第三個就是鍾肇政啦！這在白色恐怖的年代，聽起來讓我非常害怕。

2. 另外，那時候還發生幾件事，陌上桑在臺中辦一份《這一代》雜誌，來向我拉稿，我便以正在翻譯安部公房的小說交該刊物發表。結果陌上桑遭受警告說，不能登鍾某人的文章。過了一期，那刊物便垮了。

3. 還有那時候，我是臺視的基本編劇，每月要寫一篇一個小時的單元劇劇本，為避免故事內容重複，需先送大綱給臺視。當時，我為了有時間慢慢經營我的長篇，我一口氣提出七、八篇劇本大綱，想快點先解決劇本。不料全部給打回票，沒有一篇通過，這在基本編劇來說，是匪夷所思的。這又給我一個衝擊。（鍾肇政鄉土文學討論會：1993年12月19日）

　　這幾件事件，我們對鍾肇政先生個人，不禁產生很大的同情。這點並不在於影響作品的評價，只不過說明他在《臺灣人三部曲》後記中提到的「澄清」後面真正的想法與作法。故「澄清」的心理也不該是對這部作品的懷疑與評價的唯一依據，「澄清」只是戒嚴下的一種對讀者的暗示，希望讀者多多領略作者個人的真正的意味。很可惜的，鍾肇政騙過了國民黨，讀者還是很少能領略「澄清」的意義，進而玩味總題《臺灣人》作品的要表達的精神。這或許在解嚴後的環境裡，鍾肇政在演講會中壓抑不下許多不平的感受，他說明：

> 我是臺獨嗎？我思想有問題嗎？《這一代》不能登我的作品，臺視又不採用我的劇本，我就怕起來！我於是做了一個決定，我必需馬上寫一部長篇，計畫之外的，而且，這個長篇一定要在國民黨最重要報紙──《中央日報》刊出來。《中央日報》不像現在，當時是最重要的報紙，而中央副刊當時也號稱第一副刊。我希望能夠在那裡發表，那麼內容一定要寫有些反日意識的。什麼反共啦、抗俄啦、歌功頌德啦我們不願寫，寫寫抗日的，總可以吧！我心中有個令人恐懼的國民黨，我就趕快寫，這就是《插天山之歌》。（鍾肇政鄉土文學討論會：1993 年 12 月 19 日）[36]

　　這句話顯示很多的訊息，鍾肇政在「我心中有個令人恐懼的國民黨」暗示了與《插天山之歌》中逃亡情節的氣氛和作者現實生活有某種相關。鍾肇政的文學理想，自 1951 年第一篇文章以來，要經過不少難關。文字的障礙、發表的園地，很快的題材的桎梏變成首要問題，尤其是需要長篇的題材，才足以闡述自己的人生理想。日據時代所傳遞的臺灣文學的反抗精神，在鍾肇政這裡有了一個變貌。也就是從反封建、反帝國、追求現代化的批判社會寫實的傳統，轉為型塑臺灣人精神，將筆觸指向歷史，這仍舊是一種反抗精神的文學傳統。

---

[36] 這樣的解說，我覺得是很有必要的，對於讀者的同樣受到戒嚴環境下的影響去解讀，應該作者也要表示自己同樣也有戒嚴的環境的影響。然後讀者才能解除產生對作品的一種戒嚴心態下的解讀，才能多多理解此作藝術方面的表達，或者才能從此領略臺灣精神，與作者寫下臺灣人心聲的使命感。就我個人的解讀，除了對作者日本精神的領略外，其實更是對作者臺灣精神的領略。才能有此篇論文提出的可能不是嗎？我這種特定的意識型態去解讀作品，當然對藝術作品是不應該的。我雖然不應該但我仍舊寫了，希望本文能指出，戒嚴下的閱讀環境（不僅僅是寫作環境）所帶來的某種意識型態去解讀作品與發表評論論文的問題。

　　文學的創作，是需要自由的環境的，為了達成某種自由，只好逃入歷史，處理抗日題材與祖國意識的覺醒，以成為某種包裝與保護。客觀來說，這些題材卻也是臺灣人的反抗精神與臺灣人的時代意識的重要素材。這中間是包裝或者作者的真正的意義，有賴評論者細膩的批判與觀察。

　　一如上面所說的，心中恐怖的國民黨與小說中被追捕的情節，在小說家內心只是有點相關。抗日也好，祖國意識的覺醒，也可能不脫離作者臺灣意識的本位。其實，我覺得這些解釋在乎各個讀者，文學小說本身原本不容易有個正確的答案。在此先也不必為其辯駁的態度。只是常常覺得，這些意識型態的解釋，很妨礙作者真正苦心經營與其美感經驗的表現所在。

　　上面在鍾肇政的訪問稿中透露了寫作前的一段秘辛。一樣的，就在《臺灣人三部曲》後記，也有許多暗示，這些話引起評論者很大的重視。

> 「過了五年，忽然聽到有某刊奉命不得刊載我的文章之說，心中大起恐慌，想到這是出於某種誤會，亟需澄清，乃決定寫一長篇在中央副刊發表，以證實個人絕對不會有問題。匆促間，我就起筆寫插天山之歌，背景即放在戰爭末期，恰與預定中的第三部雷同，心中只好下定決心，就以這書為第三部吧。記得當時，心中有所恐懼，而且諸多資料又無法處理，作此決定雖是不得已，但心中痛苦，實在也是夠強烈的……」（鍾肇政全集4──臺灣人三部曲下：頁1279-1280）

　　此段前面講的「奉命」等話，我在前文已經有更詳細的引用，後面講的「心中有所恐懼」，也不稀奇。倒是「亟需澄清」，這句話，是很有名的。除了可以表達鍾肇政當時的處境外，也被當成讀者拿來閱讀這部小說的背景，想像作者的心理基礎，除了害怕之外，可能還加上政治上的、人格上的對鍾肇政的猜測，更不必講對作品產生的有色眼光了。另外鍾肇政自我表態的說法「**依次下來不無強弩之末的疲態，尤其第三部，實在難免率爾操觚之譏。**」更容易引人還未看，便就看輕這部小說。

　　鍾肇政想要重寫的意思，是否重點在原本的設計在第一部就有的伏筆，通通沒法用上。「率爾操觚」畢竟是作家虛懷自道。讀者自不必受此影響，覺得

作者都如此講，便也覺得不忍卒讀吧。似乎這句話還印證李喬說的「無心插柳柳成蔭」（鍾肇政鄉土文學討論會：1993 年 12 月 26 日）

　　所謂「澄清」的意思，只是說明「他並非臺獨」這一點。（資料五）不過《中央日報》登了鍾肇政的取材日據末時代背景的作品，似乎也是樂於此的。一個臺灣人的代表作家，登在臺灣作家認為是腐臭地方。國民黨似乎也得到某種利益。而鍾肇政的名聲也帶上了不良的影響與不被同情。評論者自然對作品的欣賞染上有色眼光。

　　的確，以上產生種種閱讀上的問題，先就有些成見。我還是要問，鍾肇政是如何經歷整個白色恐怖的時代。在此當中如何實現他的文學理想。其作品，在這樣的狀態下，有何變貌。鍾老是怎樣克服這樣的問題呢？創作上的干擾，如在上面所說，鍾老是逃到歷史中去。開始整個《臺灣人三部曲》的創作，逃到抗日歷史中，算是作者決定全力在此方向創作的因素。

　　關於作品中逃亡的情節，與作者生活上的比對，這裡只講一點最重要的，就是作者改變《臺灣人三部曲》原來的第二部寫作計畫，先寫一部抗日的為保命（鍾肇政對筆者語）而寫的故事，這等於作者在作品，日人警官「苦苦的追捕他，他只好暫時擱下預定中的工作。」的情節。[37] 當然利用一些夢境講害怕的心情，受追捕的情形還可以細細比對。但是最重要的還是逃亡中害怕的心情裡，作品中仍舊是不服輸與一股戰鬥精神，這些就是作者本人受到壓過來的危險的反應，也是不服輸的，也是反抗的，雖然很隱藏的或者是代表很可笑的反抗，但就像書末主角高興的為光復唱起雄壯的日本軍歌那樣，作者似乎還與主角相同得到最後的勝利了，充滿了戰鬥的精神，不斷磨練自己的創作能力，直到能夠完全發揮的日子。作者一如主角都可不算沒有作為啊！只是主角的作為是很富象徵性的表現，很艱辛的。作者在臺灣文學運動上的過程與背後心理是很值得如作品一樣探究的。

　　如果按照目前本章解釋說此書的抗日是包裝，凡事有利於當局意識型態的描寫是要保護自己，事實上是要反抗國民黨的是要寫臺灣人的精神，那麼，評論者之《插天山之歌》指向臺灣的心臟不就是等同作者攻向敵人的心臟地帶《中央日報》嗎？這種比喻雖然有些荒謬，卻是作者親身的面臨危險時的處置啊。

---

[37] 鍾肇政編，《客家臺灣文學選》，臺北：新地，1994 年，〈臺灣人三部曲概要〉，頁 181。

這僅僅是作家微弱的反抗力量。惟其一直受到的精神上的壓力，還能表現出《插天山之歌》隱含的反抗意識與高潔的文風，這是應該對其人格與智慧尊敬的。黃娟有一段有別於其他評論者不同的看法，指出了很重要的主角的表現：

> 論者有謂本書以主角的逃亡作主線，很難寫出這個階段的抗日運動。但是在日本嚴密統治下的臺灣，當時的臺灣人所能做的抗日運動，大概也只有鍛鍊耐力與韌性吧！？
>
> 也有認為陸志驤性格懦弱，不適合做抗日運動的主角，但是陸志驤真的懦弱嗎？
>
> 將近兩年的逃亡生活，他沒有因艱難而叫苦；也沒有因恐懼而崩潰。反而變得「更壯，更像個男子」，似乎不應該給他印下「懦弱」的烙印。他之所以給人「懦弱」的印象，是在與奔妹戀愛的過程，顯出猶疑不決的態度。他的猶疑是基於兩個原因：一是良心上——不敢以亡命之徒，侈談談戀愛或討論婚姻，以致誤了對方。二是世俗的——怕生長在山地的奔妹，包括所受教育在內，會有許多彼此不相稱的地方。但是志驤還是陷入愛河而不能自拔，終於聽從了內心的呼喊，與奔妹認同，與之結合，完成了綺情浪漫的戀曲。（黃娟：1993 年）

故，男主角的個性應該有更進一步的瞭解了，對於作者本人的個性人格相信也有澄清之處。在主角與女性交往的態度上，最後要對黃娟的說法作點補充，除了該指出主角除了富有使命與有光有熱的理想責任感。還怕「誤了對方」這一點，其實這也是受日本教育成長下的很自然的心理，是要正當的、有正義感的。簡單的說主角就是有一種「潔癖」，不容許自己有任何一點污穢與自私的念頭。

第五節　結論

在進行《鍾肇政全集》的校對時，我詳細的閱讀《臺灣人三部曲》，在此

之前，我是較喜歡鍾肇政的另外一部真實細膩與作者個人性格接近的大河小說《濁流三部曲》。但是，我受到了《臺灣人三部曲》幾個轟轟烈烈的場面感動，我似乎也讀到作者該會為自己作品哭泣的情節。我體會到作者的不屈服的精神下，實在是成就一個大工程——建立臺灣人的形象；臺灣人精神的累積，在就此《臺灣人三部曲》豐厚的堆積凝聚起來了。

筆者解讀《插天山之歌》的目的，希望讓讀者能留下一個的印象，即對男性主角佩服。這位充滿日本精神的主人翁，正是鍾肇政刻劃了一個特別的角色，此角色正是那個時代所能產生的人物。雖然是抗日作品，卻根本上是一股有日本精神的人物。

對於作者創作的背景，對其極其曲折的寫作的紀錄詮釋，這個戒嚴的寫作環境，產生作品需要某種包裝與創作者自我的保護。揭開此種保護與包裝，希望能解釋主角的精神表現在作品的精神上，同樣的是在逃亡害怕、在日本精神的根源下不服輸不認輸，苦難中依舊充滿著戰鬥精神、不屈不撓。

本章只是一個對「臺灣靈魂的工程師」——鍾肇政的初步的探究。體會其光明的鼓舞人心的特色，雄壯史詩的主題表達。言猶未竟者以下算是一些延長論題的申論了：

本章有一個並未講明的。為什麼這部作品（還有鍾肇政許多長篇、大河小說）「背後的意識就是臺灣人呢」？前文提到《插天山之歌》這是一本抗日的小說，又表達日本精神，不是挺矛盾的嗎？所以其背後就是臺灣人。以上解釋有冒犯、考驗讀者智慧的嫌疑。這裡換一個問題由發問開始說明。

是否需要日本精神才可表達主角不服輸的、戰鬥的精神的來源呢？這裡要說的是不服輸、戰鬥與日本精神都一樣，在作者與作品來說都只是充滿時代的色彩。前文也都說明了對作者的日本精神成長教育與自然的投影了作者賦予的臺灣人精神形貌——積極光明進取。因此「背後的意識就是臺灣人」也就是需要理解《臺灣人三部曲》是一部有臺灣人作家的使命感與為臺灣人見證的創作。作者的確是將臺灣歷史的時代的特色，自己的特色，予以建構出自己理想中的臺灣人形象。臺灣人精神在日據末時代，作者將之以日本精神彰顯出來。

更進一步的說，「背後的意識就是臺灣人呢」真正的疑問，應該是指向作者在「臺灣人與中國人之間在民族關係上的分野」認識，與作者在創作的意識

上對於「臺灣未來的命運包括是否要走向國家獨立的問題」。其實，這在戰後第一代作家，尤其念念以建立臺灣文學、構建臺灣人形象的作者與經過兩次的殖民經驗，這個答案也是清楚的，完全與戰後第二代的不經過日本統治的成長的作家，覺醒的時間完全不同。筆者希望另成論文證明此點。

　　筆者更進一步認為「背後的意識就是臺灣人」的瞭解，有助於對於作者道德上的質疑的澄清，比如為何要寫很多抗日作品、是否有宣揚濃厚的祖國情節的，並且發表在《中央日報》，這幾點對於有強烈獨立意識的臺灣讀者很覺得疑惑。以上種種層面的答案，本章縱有回答，也只能討論於此，筆者希望也能專對此問題另外發表意見。[38]

　　日本精神僅僅是觀察點，觀察臺灣人接受到外來文化的正面的一面。本章由此切入，觀察到作品表現的情節，到達象徵的境界。在逃亡的故事中，可說是作者不服輸的，堅強的意志力的展現。這種衍生出來的逃亡的故事，是殖民地時代下的臺灣人，很普遍的生存的方式，曲折的反抗故事。由於作者經歷的時代，有此種故事的成立，曲折的創作過程有所瞭解可因此可以更瞭解主角的精神。

　　因為有了日本精神，對於作品的男性主人翁有了不同的理解。對於臺灣人的題旨有了進一步的瞭解。相信對於此男性主人翁其個性的形成，其來源之一有了說明外，還有更多的來源可以繼續探討，也可對於臺灣人的精神的構成有進一步的釐清。就此部書《插天山之歌》的挖掘而言，除了從作者在《臺灣人三部曲》第一、二部累積建立的臺灣人形象外，我們還可以藉由瞭解作者的生活，獲得更多臺灣人原型精神的靈感，對《臺灣人三部曲》欲建立的臺灣人形象，有更完整的認識。比如說耐力、韌性，卻非日本教育來的，此點在作品中也是明顯的。（鍾肇政全集 4——臺灣人三部曲下：頁 956）此種認識可參考鍾肇政著〈風樹篇——牽牛花蕾〉可帶來對《插天山之歌》更多的瞭解。[39]

　　對於女性人物的設計，也可經由對於作者的瞭解，其巨大的女性形象與故

---

[38] 張良澤，《四十五自述》，臺北：前衛出版社，1998 年，頁 115。莊紫蓉整理：1992 年 10 月 18 日，林亨泰發言。〈臺灣文學研究的回顧與前瞻〉，出自清華大學中文系、吳三連臺灣史料基金會主辦：「臺灣文學」研討會第九次研討。張良澤演講，莊紫蓉紀錄。

[39] 鍾肇政發表於《文壇》，192 期 6 月號，1974 年。

事的安排有所理解。例如為什麼女性是追著的陸志驤跑的設計，而並非依照西方「永恆的女性」[40]主題如帶領男性上天堂而得到救贖的模式下，設計成如評論者體會的女性大地之母的形象，女性是男性所崇拜的，引導男性精神成長，一種尊崇與浪漫的西方思想。而兩者有點矛盾。這可以從日本的武士形象來理解，我們看日本的武士小說，男女的關係正是如此設計的，女性就是追著男性跑的（張繼謙：1996 年，頁 64）。故，一種融合西方的與日本的男女關係的設計，在此部書形成。此點很深刻的體驗到作者的思想源流的問題。

我必需透露，我成此篇的緣起與過程。我要感謝莊紫蓉老師，是她讓我下定決心，以挖掘《插天山之歌》為此演講的題材。鍾老在專欄《臺灣的心》發表於 1998 年 11 月 23 日，題目〈臺灣人的心〉提到「我生平創作，率多以塑造臺灣人的形象為念啊！」，也就是回應文中來訪老者希望鍾肇政「多寫一些振奮現今人心」的作品。

我對莊紫蓉所說的，《插》作中的男性是鍾肇政苦心經營的，此男性典型可以鼓舞臺灣人。莊老師反問，為何女性不行鼓舞臺灣人精神呢？這可能是我們性別不同的立場，故各個講了自己著重的部份。不過兩者或許都有道理的。如何鼓舞臺灣人，原本不是要男的還是女的。由本書來看各個都盡了職責，而且這本書，愛情成為比抗日情節重要的太多了，有趣多了。是否可以因純潔的愛情而鼓舞臺灣人精神呢？這又表示鍾肇政有何愛情觀？雖然筆者強調男主角精神的鍛鍊，李喬講作者寫山之深刻在臺灣無人能比，但本書最美的還是愛情吧，默默無言的舊式女子的描述，令人動容。

讀者對於男性主角的「無所作為的看法」，在抗日的行動來講，的確是真實的。對於其懦弱的表現的感受，本章實在也沒有必要以反駁的立場、心態去作討論，而且這些反駁還是拿了戒嚴等等的保命為藉口，說明日本精神無法透明，無法顯明，等於自己打自己嘴巴！但是不嫌囉唆，本章的觀點，的確解釋了，許多矛盾的現象就是造成了一個特別的角色，其精神的世界是代表了日本時代末期的一個知識青年，以及身為臺灣人的一個寫作立場再加上戒嚴時代的保命包裝的問題，所以日本精神啦、武士道精神就算真有，也成為禁忌，這是鍾肇政的反抗精神，也是作家之眼的代表。

[40] 葉石濤，《臺灣鄉土作家論集》，臺北：遠景，1979 年，頁 151。

　　誠如我引用的那封鍾老回阿光頭的信件，《臺灣人三部曲》還沒有解臺灣人精神、形象，甚至作者的《怒濤》也還沒解（資料六）。不過，《怒濤》也的確告訴我們，一個日本精神可以拿出來了，在不會有觸犯禁忌的寫作環境裡，作者告訴我們在二二八的年代，日本精神凝聚的情形。一個不再是只能逃亡的黯淡的年代，受到日本精神洗禮的青年是如何表現戰鬥的、充滿正義感的精神。換個觀點看鍾肇政，其身為臺灣靈魂的工程師，《怒濤》的成立與在解嚴後時代裡的印證，是否讓我們更瞭解他的過去呢！

資料一：

　　「其背後的意義就是臺灣人」這句話，我是看了鍾肇政受訪的一段話有所感慨的：

　　　鍾肇政：

　　　隨著時代的演變，每個階段的臺灣人都可能不太一樣，例如我剛才所說，吳濁流時代的臺灣人，具有孤兒意識，我這代則是樂觀進取的，我有光明的目標。如果加以形象化：我，一個臺灣人，曾經受日本統治，現在回到祖國懷抱，將來要建立一個強大的國家。這是一種包裝，事實上，其真正含意就是「臺灣人」，這就要靠讀者自己判斷了。一部作品完成之後，僅從作品來探討，是一種判斷，如果加上作家生平、成長經過，時代背景等等因素一起考慮，可能會產生不同的結論。

　　　莊紫蓉：

　　　您的作品中所描寫的臺灣人，往往表現出堅毅的精神，家族觀念很強，這是您心目中理想的臺灣人嗎？或是您的周遭就有很多這樣的人？

　　　鍾肇政：

　　　我沒想過理想的臺灣人，或是未來的臺灣人應該是怎麼樣，這是很難有個集中點來思考。不過，我是有個思考的方向，以我而言，在我成長過程中所接受的日本教育，具有樂觀進取、正義感等等人性正面的精神，這不只是臺灣人或是日本人，而是人類共通的積極面的人性。我想，就在這種自然的模糊（不是創造性的模糊）當中，說不定會凝聚成一種形

象。（莊紫蓉訪問：1997 年 8 月 21 日）

　　由此段訪問，作者提供了瞭解他的作品的一個方式，也對其建立的臺灣人形象凝聚為何，究竟是需要讀者各自領會的。這可能不是本章能夠處理完整的。

　　如同需要像在張謙繼碩士論文《鍾肇政《臺灣人三部曲》研究》中正面的態度來詮釋。如頁 15，對祖國情結的描寫認為是「順著情節所需作適當的安排。」張文也表示對鍾肇政寫作當時的處境有進一步的訪談與瞭解。頁 36 表達出理解鍾肇政的臺灣意識是「隱含在作品背後的東西。」頁 48 認為《臺灣人三部曲》寫下臺灣人的反抗精神。張文大致的觀點與本章相同。只有對於主人翁陸志驤依循以往論文的看法（頁 111），如頁 137「志驤反應實在是過於軟弱」，這點與本文不同。因此張文，對於主角沒有抗日的行為無法有進一步解釋。總之，「背後就是臺灣人」的解讀，在白色恐怖之下，不經由包裝符合國民黨意識的話語，而能安然過關是需要有坐牢的勇氣的。在作品藝術的研究之外，相信對於《臺灣人三部曲》在創作者忠於良心，此作可以全然的澄清。

　　資料二：

　　林瑞明教授對《插》作之主角唱日本軍歌的詮釋，讓我想到，《插天山之歌》可以與李喬作《寒夜三部曲》第三部《孤燈》作一個很好的比較。《孤燈》中頁 224 描寫到：

　　　　兩人幽幽的唱起「幼鷹之歌」
　　　　充滿青春熱血，予科練生。
　　　　七顆鈕釦上，櫻花和鐵錨。
　　　　今天又是不斷翱翔、翱翔！
　　　　霞浦的藍天上，希望的巨雲洶湧不已。
　　　　燃燒似的精力銳氣，予科練生。
　　　　臂膀是鋼鐵的，火球般的心。
　　　　倏地飛出，橫越驚浪狂濤的海洋。
　　　　朝向敵軍陣地，筆直俯衝下去！

幽幽沈沈地吟唱著。明基不覺冷淚滿臉。

　　兩本小說，同樣是唱「予科練之歌」，作者領會的意義與表現是不同的。
我們可以猜測，林文或許是受了《孤燈》的描寫模式來領會《插天山之歌》的
日本軍歌吧！當然我猜測，林文也是反日教育的影響吧！

　　我們還可以看到這首歌在鍾肇政著《濁流三部曲》中有記載。或許可以幫
忙領會鍾肇政對此歌的理解。

　　「普通的歌曲也好嘛，來一下軍歌，雄壯的，『予科練之歌』怎樣？」
我不置可否，無意間一看，教室兩邊的窗口都擠滿了人，一隻隻小面孔
爬滿了窗。
　　「軍歌嗎？你不曉得沒有一首軍歌不是傷感的？予科練的歌更厲害啊。」
我說。
我常覺得日本人是厭世的傷感的民族，二次大戰期間新譜的軍歌都充滿
一股悲壯蒼涼的哀調，德川幕府末期有個學者寫下一首和歌，歌詠朝開
夕謝的櫻花，也就是「大和魂」的表徵。他們都憧憬著絢爛地開，不旋
踵就絢爛地謝去的意境。我的傾向於傷感的情懷，使得我對這一點有著
特別深切的瞭解。（鍾肇政全集 1──濁流三部曲上：頁 582）

　　「予科練之歌」（鍾肇政翻譯 1999 年 6 月）
幼鷹之歌
1
年輕的血潮予科練
七顆鈕釦上櫻花和錨
今天也飛呀飛　在霞浦的天空上
好大塊的希望之雲在湧
2
燃燒的朝氣予科練
手腕是黑鋼心如火花

刷一聲飛起越過波濤

往敵陣殺進去

3

可敬的前輩予科練

每次聽到戰果　血潮迸騰

鍛鍊呀鍛鍊攻擊精神

大和魂無敵手

4

不怕死的　予科練

意氣的翅膀也是勝利的翅膀

漂亮打沈的敵艦

好想拍下照片　寄給媽媽

　　兩部小說對此歌的翻譯，有一個地方顯著不同，在表現上立刻有不同的意義。鍾肇政翻譯「往敵陣　殺進去」，李喬引為「朝向敵軍陣地，畢直俯衝下去！」。後者是自殺的犧牲的意味。前者「敵陣」，筆者認為可以領會某種象徵，在以本文第三章的對作者創作心理動向的探討，也可以領會為殺進國民黨的《中央日報》。

資料三：

作者對於怕什麼的解釋，很有文學上的參考價值。故在此引用作註。

鍾：

最後我安排那個場面，為什麼要唱日本軍歌？不要害怕。剛剛光復當然沒什麼好害怕的啊。那是國民黨軍隊來了，恐怖統治開始以後才會有唱日本軍歌會有恐怖的心態出來，中間已經隔了十幾二十年。那故事背景本身不會有什麼害怕不害怕的，不過我在寫的時候、那個時代背景就是我在怕的，我把那種害怕用一句話寫出來。通常的人不會感到有什麼奇怪，事實上這是很奇怪的，沒什麼好害怕的啦，日本人投降了。日本人

剛剛投降，我來唱日本歌，這沒什麼好害怕的。

所以，錢鴻鈞他感受到我那個不用怕、怕什麼這樣的說法，他另外有所感覺。他告訴我，林瑞明寫過這本書的評論，他對我在末尾安排唱日本軍歌很不以為然，他是沒有領略我那種內心裡面很隱微的心理狀態。

這是有關音樂的一些回憶。《插天山之歌》算起來有二十好幾年了。

莊：

您在寫《插天山之歌》時的心情是害怕的，那時經常會出現在您腦海裡的歌曲是什麼？或是對什麼音樂比較有所感受？

鍾：

很可能就是「予科練之歌」，哈哈哈！也許是我想到把那種害怕的心情用那句話來代表出來，所以就用了「予科練之歌」。那以後我就常常唱，有一段期間我常常唱。那首歌很好聽，你聽過嗎？

莊：

沒有。

鍾：

很好聽的（哼予科練之歌，唱完咳了好幾聲）。有軍歌的那種節拍，有一種悲壯、傷感的 melody。日本人就喜歡那個調調，雄壯裡面帶著一種悲傷，很多軍歌都是這樣。

資料四

筆者猜測，這篇故事大綱算是《插天山之歌》的原型之一。很可以參考。

@1969 年 8 月 21 日

鍾先生大鑒：

臺端大作「車輪上」已經審查通過，請拙寫劇本送來一閱為盼並請將故事大綱一併寄來。又「逃亡者」一劇，雖頗富戲劇性，但此類劇本過去已演出多次，目前不擬採用請見諒。專此祝好　　　　童亦慶上八、廿一日

逃亡者　故事大綱　鍾肇政撰　（龍潭南龍路五號）

本劇係描寫日據時期從事光復運動之臺灣青年，由事機不密，遭日閥查獲，

與未婚妻輾轉逃亡，最後以戰事結束，日閥投降，終能重見天日之經過，旨在發揚淪日時期臺胞之民族精神與愛國精神，兼以宣揚該青年未婚妻之堅貞不貳精神。故事大綱如下。

上集　（卅二年）

洪國雄與蔡文啟係留學日本之臺灣青年，奉派連袂回臺，從事愛國秘密活動，不料抵臺後正要與在臺北之負責人接觸時，該負責人已被日閥逮捕，兩人隨即各返家鄉，徐圖恢復。

洪國雄甫抵家門，即有刑警跟蹤而至，幸賴父與未婚妻之機智，僅以身免。洪國雄鑒於危險隨時可能降臨，臨走時留書宣佈毀棄婚約，隻身逃至某地山村，賴打柴刈草維生。鄰居阿土老人對國雄甚為同情，多方協助，國雄始得暫獲安居。

一天，蔡文啟忽尋至，告以已與另一負責人取得聯繫，須於最近期間潛至臺北從事秘密工作，不料追蹤文啟之刑警亦跟蹤而至，幸賴阿土老人掩護，得免受縛。

不久，國雄之未婚妻美華亦來到，表示願偕同受苦受難，萬死不辭，國雄多方勸解不聽，阿土老人亦從旁勸國雄，應接納美華一番好意，至此國雄無法堅持，遂允與美華成親。兩人便在阿土老人主持下，完成了婚禮，然後相偕潛往臺北。

中集　（卅三年）

國雄與美華居住在臺北市貧民區，一面從事勞動，一面將情報利用以拍發報機拍發至祖國某方面，工作尚稱順利，文啟與一二同志亦時來往，洽談工作進展計劃等。

鄰居阿龍係一游手好閒之徒，平時以黑市買賣為業，一日來國雄家賣東西，見美華，欲加調戲，為美華嚴拒辱罵，懷恨在心。

不久，美華有孕，臨盆在即。國雄無計可施，只得潛返故里，求助於丈母。岳家不時有刑警監視，國雄偽稱係保險公司人員，得以瞞過刑警耳目，入岳家。丈母允予相助，唯有一條件，即分娩後須將美華遣回，國雄只好答應。入晚後，

靠美華之弟健華之助，取得所需物品逃離故鄉返北。未幾美華順利產下一男。

阿龍窺見國雄拍發電報，知國雄從事「非法活動」，前往報密。是夜刑警大批前來緝捕。適盟機大舉來襲，國雄夫婦攜兒在混亂中逃出，但已被包圍，無法離去。兩人無計可施，只好束手待縛。不料阿龍中彈重傷，聽見國雄夫婦交談，忽而覺醒，利用暗夜自稱係國雄就縛，讓國雄逃脫。

下集 （卅四年）

國雄逃至某山地，投奔在該地經營農場之昔日朋友，暫獲安全。美華攜兒返鄉，但日警並未放鬆，日夜盤問，美華堅不吐實。然而美華之母不堪其擾，終於說出了國雄現住之地。美華哀求刑警，允伊前往勸夫自首，刑警鑒於山地廣闊，緝捕未必能得手，故允之。

美華攜兒來見國雄，國雄知事已不可為，決一死了之。美華知道國雄之意，欲一起自殺，正欲舉刀時，忽聞嬰兒哭聲，求生之欲油然而生，乃打消自殺之意，雙雙攜兒再次逃亡。

國雄夫婦逃至一小城，住在防空壕內。迫於生活，國雄天天出外尋零工做，但收入總不能維持溫飽，美華亦背著嬰兒出外做工。

一日，美華母子因營養不良雙雙病掛，雖有好心鄰居幫助，但國雄已深深體會到已到了山窮水盡的地步，乃決意結束逃亡生活，前往自首，俾妻兒能返鄉養病。

正在他們話別時，忽然消息傳來，日本已無條件投降，臺灣光復。一對歷盡艱險的夫婦，至此已完全獲得了自由與安樂。

（附啟）：
本劇適合光復節前後做為特別節目演出，如能略增腳色至十名以內，內容將可更精彩，請核示。

作者附識

資料五：
我認為他當然是臺獨的，還是臺灣第一代臺獨者。只是並非在政治上有所

行動的，行為上不怕死的臺獨政治犯。當然這是需要相當嚴謹的學術上的研究，這是一個重要的題目。筆者只是覺得鍾老難道沒想到，國民黨要抓你，還需要澄清嗎？作者從未遭到約談，更未被關，這就是其遭受質疑的關鍵吧！也是他自己一直想不通的事情，當然他是害怕的，極力保護自己的。鍾肇政講：

> 我心目中就只有「臺灣文學」四個字，這是從就從《文友通訊》的時代，1950 年代中葉開始，我就作一個臺灣作家串連的工作。我的黑名單的紀錄很早的。五十年代早期。可是我是搞文學的我跟政治無關，我真的是心裡面是很害怕，不過我不能被這種恐懼牽著鼻子走，我另外要走出一條路。所以我就做起了串連的工作。然後 1965 年，所謂的光復二十週年，我就編出了兩大叢書，在臺灣文學史上是空前的啦。其中十本，叫做本省籍作家作品選輯。（1999 8 29 林建隆主持：文藝沙龍節目，地點：綠色和平電臺，主題：鍾肇政其人其事，電話採訪鄭清文、鍾鐵民、鍾肇政。）

　　這段話中，指出了鍾肇政單純的思維，卻是強烈的一貫的心情，徹底的實踐理想。再回到作品中，李喬說的「無心插柳柳成蔭」，雖然是極其讚賞鍾肇政的話語。但是藝術作品的成立，到底是刻意的，包括有很多不得以苦衷，有深刻的反抗意識，還是自自然然的誠實的捕抓到作者害怕的感覺，這實在需要仔細再研究。

　　資料六：陳俊光與鍾老往來書簡各一封
　　@1997 年 8 月 22 日
　　鍾老
　　電腦開機也好一段時間，而我卻寫了鍾老二字便苦思著開頭語該如何表達。諸如「一久無到汝屋下拜訪，近來好無？」，「鍾老這陣子忙嗎？身體還好嗎？」對於可敬的長者心中總是存在著一股敬畏之情，雖說鍾老平易近人，對年輕輩的也非常隨和，沒有刻意大作家的氣勢。但在我內心或許是得知你那數十百本的著作，或許被你那長篇小說、短篇小說、大河小說所感動，內心敬

畏之情由然而生。與阿鈞頭同至鍾老家拜訪的日子裡，雖然有時會與鍾老說些阿里不達的玩笑，但總是希冀有所消解內心的緊張與不安的情緒。總也有過擔心說錯些什麼話。或許這就是對長者的一種仰望驚懼之狀吧。

《濁流三部曲》終於在昨晚讀完了。這一千多頁細密的文字裡，前後共花去了十個月的時日來閱讀。當然這樣的閱讀習慣是不好的，讀讀停停。所幸閱讀的感覺卻不中斷的厲害。從《濁流》、《江山萬里》到《流雲》這一連續的發展與感觸總還能掌握。當然最近閱讀的這幾個章節所感也最深。「我最喜歡的就是小手槍，一捲一捲的紙條子彈裝進去，便可以碰碰碰地打個不停。另外一種是兩個小鉛球附在一起的，中間放一枚紙子彈，往天空一拋，落地時碰的響一聲。」這是在書中的 1081 頁。文中描寫的小手槍與小鉛球竟是我逝去已久的兒時擁有的記憶。兒時的我是民國六十幾年。而兒時的陸志龍卻是昭和十幾年。他使我回憶起已遺忘很久甚至不記得那竟是十幾二十年前我經常把玩的玩具。日本時代與民國時代的玩具竟是那樣的相像，相隔了四十幾年，跨過了兩個時代，兒時的玩具卻將兩代間的記憶緊抓著不放。在這兩種的心緒交互的作用下，使當時閱讀此段文字的我，心情雀躍不已。還連讀了兩三遍，只是當時身邊無人可以即時傾述內心的歡喜。

前幾日撈阿鈞頭打嘴鼓，知道汝因為寶島客家電臺 ge 事情上法院。問佢到底又樣 e 無？佢講「應該無麼該事正著」。佢還講「阿伯姆講：汝 ge 日本精神，無人請汝去，汝 me 共樣會去 la!」。就係日本精神對 ngai 兜這輩後生人來講實在係陌生 e，對日本精神 ge 體會 ngai 也係從怒濤這本書來感覺。或者係公平正義感、或者係對靚撈美 ge 精神 e 追求撈堅持，當然 ngai 想這應當愛有純潔 ge 心靈正做 e 到。這 me 係 ngai 兜後生條 e 在這隻時代所無 ge 東西。對比 ngai 還那後生 ge 朋友來講，這種精神比天還那遠。這陣 e 社會上發生盡多大事情。社會事件、政治事件、文學政治事件，這按多 ge 事情相信並毋係短時間內所造成 e。社會價值觀 e 代溝應該係主要 ge 原因吧。鍾老長年來將歸隻生命投入社會正義 e 價值觀撈時代精神 ge 延續，起碼在《怒濤》撈《濁流三部曲》當中 ngai 係按樣來體會 e。看怀《濁流三部曲》最直接 ge 認識究係對青年時期 ge

鍾老有多 i-si-e ge 了解。雖然當中有盡多係對祖國 ge 想望撈思慕之情，對現下臺灣 ge 國家、文化定位觀點有一多 e 無相同。不過用 ngai 自家成長 ge 經驗來說，ngai 係作得體會 e。在《怒濤》這本書底背就一清楚看到對祖國 ge 想望撈思慕之情 ge 幻滅。「陸志龍」撈「陸志駿」應該係親戚吧！想到這就感到一鮮趣。撈阿鈞頭打嘴鼓 ge 時節 ngai 還一鮮趣 ge 講「《怒濤》一像係《濁流三部曲》ge 第四部曲」。除忒金庸 ge 武俠小說，《怒濤》係 ngai 第一本讀 e 長篇小說（大約三年前），me 係啟發 ngai 對臺灣文學 ge 興趣 e 第一本書。在 ngai ge 生命底肚不能算係一件小事情啊！

　　這封信似乎寫的過長了點，或許對鍾老的眼睛是種負荷。但仍有些感觸關於《流雲》最末章述說銀妹到花蓮玉里尋找親生父母的結局想與鍾老來分享。花蓮是否象徵著一種新生命的誕生呢？在書中的時代裡花蓮港還有很多待開發的荒草地或許在這裡可以找到新生命根植得住所吧，因為我的阿婆與阿太（阿婆的媽媽）帶著我父親便是在那時期來到花蓮玉里生活的。
　　最後附上一張客家夏令營時幫鍾老拍的一張照片
　　祝
　　身體健康
　　阿光頭　於內壢屋下 1997/8/22

@1997 年 8 月 28 日
光頭：
　　8/22 來信，照片收到已數日，近日忙亂個生活，分我 mo 容易抽空回信，實感歉疚，請原諒。記憶中好像 m 曾 lau 你通過信(我健忘 le，老癲東 le)所以接讀來信，非常歡喜！
　　最感謝你將讀拙作個感覺，心得寫來分我看。《怒濤》確實可當《濁流三部曲》的續篇，也可當《臺灣人三部曲》個續篇。非看過《怒》，《濁》、《臺》兩部作品便 mo 解。當然，《怒》也還 m 係最後個解，《怒濤三部曲》完成，才算將所有的解呈現出來。相信你在品味《怒》，繼之《濁》，對此已了然於

心。

半月以來，因為審查桃縣國中鄉土教材及《文學臺灣》百萬小說獎候選作品（共三部作品），耗費我大多時間、精神，眼睛勞累最深。其實看這些並 mo 算多，只因眼不耐戰，效率差，所以才會吃恁多苦。目前，後者猶在審閱之中。

玉里（鳳林也係）我只去過一次，也是《流》寫出來甚久之後才去。m 過玉里（鳳林也係）地名本身就係美個，《流》選此地名做為銀妹未來、未可知 e 歸宿，即因此美麗個感覺 lau 遙遠個不確定感，當然也飽含新生命，新天地誕生之意。想不到與你身世有若合符節之處，亦是「奇遇」也。

今日暫到此，即祝

愉快 肇政 8/28/'97

第十二章　《臺灣人三部曲》的結構與《插天山之歌》的新意涵

第一節　前言

對於《臺灣人三部曲》的藝術性評價，其在結構上的表現，有重大相關性。結構上的藝術指的是美的表現，在統一與均勻而顯現的力量而言。而結構的研究在本章中所探討的是三部曲整體上的結構，其情節的相關性、歷史的延續性與內容的均勻性來考量。特別在臺灣人精神的主題，三部曲每一部的主題應該點出，又在不同時代如何繼承與統一的。

在過去的研究中顯示，三部曲分開來，每一部的結構都是相當嚴謹，情節高潮控制得宜、起伏節奏感十足、各線情節交纏得宜，雖然少有研究者深入探討，但是也不會去質疑這一點。[1]

可是三部曲放在一起綜論而言，特別是與鍾肇政另部大河小說《濁流三部曲》比較，則認為結構不如後者，如人物的延續性、時代的緊密性來比較。不過，也僅以了了數語帶過，給個結論而已。[2]

而就《臺灣人三部曲》整個來看，最為詬病的就是第三部《插天山之歌》的歷史時代、社會描會的份量以及反抗性，不足以與其他二部比較。另外就是第一部《沉淪》所安排的人物，準備在第二部出現的，也因為寫作計畫改變，而使第二部人物有了新的安排。

但是，說回來，作者計畫改變了，原來的想法已經無法實踐，可是新的三部曲創作方式，難道沒有新的結構的考量嗎？特別在作者鍾肇政是相當重視小

---

[1] 葉石濤、李喬、林瑞明、彭瑞金等研究鍾肇政之相關論文，加入碩士論文的研究，請見參考資料。

[2] 同註1。

說結構的，認為藝術核心、藝術之美，就在於結構之美。那麼鍾肇政在新的三部曲的構思中，如何思考結構的問題呢？這正是筆者要研究的部份。

而之前研究者所論的三部曲結構的缺陷，筆者也不否認存在，但是人物的不延續、或者第三部曲的「缺陷」，是否在新的研究結果中，會帶來對結構上的不一樣的評價呢？

在本書中九、十、十一幾章，曾對三部曲中的每一部書做了評論。分別是針對臺灣意識、法理的抗爭與日本精神的人物分析。每一部小說的結構回過頭來看，則是主題清晰、情節高潮迭起、人物相關性高、各種題材連結性強，主線次現安排的讓故事節奏有秩，讓讀者在閱讀上的連貫與融入、親切樸實，而獲得感動。

本章除延續前幾章的研究外，還可以延續歷史內涵的部份。即在對整體情節結構的探討，方法上乃是採用將三部曲的文本打散，由兩個方式重新組合。也唯有透過重新組織與分析，把有機的作品拆開，才能知道深一層的作品意涵，作品結構之下所凝聚的主題。也因此才能挖掘出這些主題背後所操作的，乃是作者的歷史觀與世界觀。

本章內文分為兩個主題：第一主題，是探討臺灣人的民族文化以及法理的觀念，如何在三部曲中建構起來。最後由臺灣人立場的方式，評斷三部曲中相關於祖國、日本、臺灣的認知，加以組合起來，形成在每一個國家與民族的認同的主題或形象上，在各個時代的轉變。也就是從時間的延續性上，分為三小段來掌握小說結構上的統一性與豐富性。這裡表現出鍾肇政的臺灣史觀在於構造出臺灣魂，或者說是臺灣人精神，並且是根植於臺灣人的文化與生活的反抗精神，而以臺灣人的時代、歷史為背景的。

第二主題，乃是由三部曲所共通的主題，包括族群、勞動與臺灣魂、信望愛。以及每一部的作品，提出時代精神的論法，然後將此時代精神相關的解釋，延伸到另外兩部，以表現三部曲之情節的緊密性與精密性。《沉淪》的時代精神乃根植於臺灣文化的武力反抗，《滄溟行》的時代精神則是臺灣文化的法理轉變與傳統文化的變遷與進步，《插天山之歌》的時代精神則是臺灣的美好與愛。而這三個時代精神如臺灣文化與反抗精神、臺灣人精神的轉變與進步性，以及歌頌臺灣的美好與愛臺灣之心，又都可分別延伸到另外二部。

　　從這兩主題，在本章的主文中所表現的，除了評論三部曲在結構上的力與美外。還有意識上的顛覆性，這部份是相當可觀的。在樸實的文字風格下，鍾肇政力圖在戒嚴時代與統治者周旋而發表《臺灣人三部曲》，試圖在祖國與抗日論述的表現外或者包裝下，整個疊起來的，其實就是構成臺灣人立場、臺灣人的主體與獨立性。並且在細節中的隱藏作者真正創作的意識，在象徵裡表現臺灣的美好。這是不同於《濁流三部曲》的顛覆性，而是又有廣闊的歷史、空間，而構成臺灣的文化與精神。

　　並且以上討論是放在三部曲的結構中，而對《插天山之歌的》將產生新意涵，或者平凡的舊詮釋也將產生更有力的思想與藝術感動。從《滄溟行》中所說的「哪有這麼好的臺灣」「臺灣人的愚昧」到臺灣的好、臺灣的美、臺灣的烏托邦世界的刻畫，充滿愛得力量。最後回應到第一部的故土沉淪與救贖、家鄉之愛，永遠抱持希望與勝利的信心。整部小說象徵了臺灣的重新與新生。

　　並且整部小說，反抗精神如一，且層面遍及個人情慾、社會公益到民族生存，內涵上則有武力反抗到法律和平方式，最後到形上與人類的角度，詮釋反抗背後需要愛，反抗更需要忍受寂寞，力量才越大。第三部《插天山之歌》，象徵了臺灣人獨力反抗、不服輸，忍受了五十年的偉大反抗行動。而使得三部曲一體成形，進行多方面的表現。

第二節　時間的延續性

　　對於《臺灣人三部曲》在人物與情節的接續上，無法照鍾肇政原來創意的作法，並且與另外一部大河小說《濁流三部曲》比較之下，被過去評者認為結構有所不如。但是新的構思中，作者如何考慮結構問題，或者文本中結構為何呢？本章認為從生活與精神的層次上，結構可以發揮比原來的構思更緊密，產生的節奏更活潑，有如探戈的步調。從第一部讀下來，輕巧、愉快，第二部扮演中間、均勻的角色，而到第三部，奇峰突起，欲罷不能，讀者不會疲勞。

　　特別從第二部《滄溟行》，表現出傳統到現代的轉折角度來看，在精神與生活上與第一部的接續，是相當巧妙的。這在本節之第二小題中可以發現。而

第三小題的國家認同的討論，從整個三部曲的時代轉變而承續、而發展來觀察，是更富有意義。

一、文化

　　《臺灣人三部曲》中所描述的臺灣廣闊歷史，通過家族生活、私人內心世界，所謂的小敘事，要與民族意識、時代精神交揉為一整體的小說，是結構上最難以處理的。大河小說更必須帶及兩者，特別是民族的史詩之屬，要將民族文化的特色編織入歷史小說，而不顯得夾帶史料而令讀者感到做作。因此，必須在情節上多所設計、連結，與避免不相關的內涵，是重視結構之美的作者所需要苦思安排的。

　　臺灣文學有臺灣文學的特色，作為臺灣文學最重要的代表作，對於鍾肇政這個目標而言，如何擇取臺灣人的文化特色，是最難為的。也就是說，深入臺灣人的經濟活動、婚喪喜慶等習俗的實際作為，以及臺灣人活動的地理環境，到精神、思維上的抽象觀念也就是臺灣魂的意義，與以臺灣人的時空歷史背景為刻畫對象的作品真諦。鍾肇政需要將作品深深地紮根於泥土當中，表現何謂臺灣是什麼、臺灣人又是什麼。

　　作品《臺灣人三部曲》，無論其含有哪一種源流、吸收與改變，這就是具有主動、主觀的臺灣人意識在文化上的獨立塑造。也就是說，獨立塑造並不一定要排斥過去源流與傳統，臺灣文化特色也不可能憑空出現。至於是否獲得讀者認同、評論者認同是另外一回事。而不假設作者的創作意識，就是從作品內容與精神來詮釋，也可以得到本書主體乃為「臺灣作為獨立主體」的答案。最後獲得臺灣人的反抗精神無需特別理由，而理由就是身為臺灣人。

　　就《沉淪》而言，民族生活的細節，在情節上的安排乃是由家族準備信海老人的壽宴來安排的。在中間置入了雙棚較的採茶戲，以及富有民眾生活的飲食、排場等風俗習慣細膩表現，這乃是相當重要的一幕。

　　在壽宴的安排上，顯示出家族生活細節外，更表現出家族的禮法上，信海老人的崇隆地位、一言九鼎。而在幾兄弟爭議是否出征打日本人，還是逃亡離臺而去？最後就是信海老人做了最後決定，而獲得子弟們的支持。出征前再次

飲食聚集、燒香祝禱，形成壽宴後再一次的高潮，表現客家飲食習慣之場景的接續。

這裡正顯示出大敘事的反日民族戰爭與家族、村人、農作等等的經濟、文化生活面的小敘事，極其自然的交織融合。這是部有血有淚的、有靈魂的作品，也是結構嚴密的小說。

並且小說在壽宴前後的愛情描寫上，放入山歌的對唱，在山坡上是輕鬆風趣的浪漫表現，而戰場上的山歌則是幽怨、思念。不同的族群的女性，當時的髮飾、服裝，內心想法也一一陳現。

且也有在男性角色身上，對比的漢詩吟唱的迂腐一面。唱山歌的自然是勇於戰鬥的一方，這是代表臺灣意識的主流。而吟唱漢詩或者飽讀詩書的，卻是猶豫或者想要逃離臺灣的。

男女婚戀在每一部小說中可說是最重要的存在，又與反日戰爭的民族敘事中，在態度裡、劇情變化中，兩者互相影響互動。

《滄溟行》承續著第一部時屬於茶農的經濟活動。但租售方式已經有了改變。屬於臺灣人發明的製茶過程更前進了一步，那就是碰風茶，足以代表臺灣所特有特殊的，經驗臺灣人的生活與個性所醞釀出來的美。

在劇情上，則是安排主角之一的陸維樑，融入農人的生活方式，向民眾學習。不僅如此，並且以製成的碰風茶，在兄弟隔閡、疏遠之際，作者安排在半夜，兩人對飲，聞著茶香，使兩人感情有了再度親近的可能。也因此之後維棟心情轉變，解救維樑，有了劇情上的中介。並且促使維棟，有了民族意識的覺醒。

使得民族意識覺醒的主題，有了生活的豐富面，表現過程的曲折。不至於過於意識形態，缺少故事的趣味。並且在大小敘事之外，反映出集體的時代精神、社會意識的轉變。更有意思的是臺灣民眾的生活，隨著經濟型態的轉變、時代的進步與變化，鍾肇政在語言、詞彙等表達方式也精心設計，跟著時代而變。促進了寫實有力的一面。

第三部《插天山之歌》似乎改變了之前面對日本人的反抗鬥爭的主題，至少前二部在劇情上是藉由武力與文化的抵抗。而第三部雖然主角也計畫著回臺組織反日運動，可是實際行動卻是逃亡。或許時代真實，臺灣人這時已經沒有任何的反日運動，反而大多數年輕人是認同了日本。可以說，作者並非真的要

寫反日的主題，滿足於反日的故事。反而是反對創作當下的統治者，實際上創作意識反而是親日。

除了抗日主題與否的詮釋外，鍾肇政筆鋒一轉，在《插天山之歌》真正寫的是臺灣民眾的生活。但是也並非是深入反映皇民化時代的臺灣人認同意識問題。中肯的反而是，他們已經是臺灣人了。得以聯絡一、二部的臺灣特殊的民俗與經濟活動的書寫，是在山中的臺灣人特殊的生活方式。有拖木馬、作料仔以及山谷中稻田的農作，還旁及隘勇與腦寮的歷史記憶沉積。並且更特殊的是向山地人學習釣魚、勾鱸鰻的獵補活動。

民俗傳統則安排了婚禮、喪禮。有趣的是，鍾肇政是以回憶方式來細膩刻畫，而對比當下的物資貧乏，婚喪禮儀是精簡多了。僅僅以主角的記憶中，深入描寫，這回應了第一部的民俗傳統，又不會乖離歷史上生活背景。

且三部曲的結構上，最特殊的安排應該是在第一部中，就安排臺灣人從大陸來臺的艱辛開墾的過程，而產生對土地的依戀。可是，作者卻是在第一部集中於戰鬥的場面上，而僅以來臺祖榮邦公的傳奇帶過。而真正開墾的過程，卻安排在第三部的《插天山之歌》結尾的部份，與女主角懷孕生產過程相映成趣。女性的戀愛、纏綿，一如男主人翁在土地上的耕耘與開闢，形成有力的象徵。而在結構上的最後一部，把臺灣是臺灣人所開墾的、臺灣是臺灣人的意涵作個清新、令人意外的突顯。

不僅在民俗、經濟活動上表現了臺灣的特殊性，歷史事件、刻畫的英雄人物當然更不必說。精神層面留在下文才寫。其他屬於臺灣的特色是這些故事、人物的活動空間。鍾肇政刻意還原歷史的地名，細膩描繪地貌之外，在第二部《滄溟行》還以插天山與陽光的方向，作為插敘前後，接續當下時間之前後文的標誌。故事中，則是寫入維樑想要上呈請願書給日本皇太子的方式表現。當然這描述，使得以《插天山之歌》為名的第三部，讓讀者對插天山有了先前的認識，而感到緊密的聯繫。且作者除了在第一部僅詳細的描繪九座寮、靈潭周遭地理、山勢，還有安平鎮、新店（也就是現今中壢），第二部則把地點移到接近中壢的赤牛埔等地，第三部則更細膩的以安排主角的逃亡路線，而從九座寮繞了好一大圈到大溪、八結、湳仔溝等地，重點則在八角寮、新柑坪，跨到臺北州以及臨近番地的所在。過程中，也提及第二部曾經出現的皇太子臨幸的

紀念處所宮之臺。陸志驤繞了一大圈，最後來到最接近故鄉的地方，歡聲高唱勝利之歌。近兩年的刻苦與磨練，象徵了臺灣人五十年來也是獨自對抗外來的統治者，不屈不撓的精神。

二、法律

作為第二部的居中的《滄溟行》，可說用來塑造出臺灣時代精神的扭轉與傳承，是相當適當地。而當時的時代背景，呈現的正是臺灣人思想與行為有別於《沉淪》的另一種型態，那是在現代社會的背景中，最重要的就是法律的觀念，來取代了過去家族的宗法制度。臺灣人的立場來說，從根植於泥土的情感外，也種下了現代社會與國家的現代化觀念，並且也產生了臺灣人特有的祖國觀念的誕生。其反映的時代精神，是從傳統舊社會走向現代社會，有融合的部份、也有選擇性淘汰了舊時代的精神，並且吸收、轉化了新時代的精神。例如臺灣獨特性的一面，就是以反抗精神為核心，造就了臺灣人的存在與臺灣精神的本質，但是從武力反抗的時代，扭轉為法理反抗、現代性社會的和平反抗方式。

而且法律不僅僅是限於讀書人維樑或者法律人黃石順、林呈祿的觀念。在一般的眾人的觀念，也呈現某種法律觀，這部份當然還不夠成熟。但是隨著教育的發達與現代性的覺醒，臺灣人更加的脫胎換骨，比較起來臺祖的年代，這時加上了新的臺灣人的面貌。

當然，與清朝時代、《沉淪》時代的舊律法觀念有了重大差異，那時是可以因人而異的律法，百姓要服從的法，統治者可以不遵行的法。所謂「王子犯法與庶民同罪」，純是平民的幻想。法也是皇帝的法，那是有貴族階級之別的法，而非現代國家的人人平等的法。因此有關法律情節的安排，這部份是與《沉淪》時代，在古老社會中以禮法為本的世界，到了《滄溟行》的時代相比，有相當大的生活上的差異，而造成《臺灣人三部曲》生活上表現中種種觀念的連續與斷裂。

並且在《沉淪》中，鍾肇政刻意用迷信的修辭方式，也就是以全知的敘事者觀念，描述種種在臺灣的奇異景象，諸如在當時五隻腳的豬的事件等，被刻意流傳放大。除了暗示臺灣人在「沉淪」之前的天氣意象外，增進讀者的恐怖

感覺，還造成了刻畫當時的人的思考方式。可增進讀者對於大時代歷史變化的解釋與理解。

另外在描述建築形式、屋場的選定與修正，都經過地理先生來看過。作者做了相當長的敘述，這並非是作者要用一種迷信觀念的宣揚，而是作者描述當時人的信仰、思維的方式，也是一種融合儒道佛的文化觀。更是鍾肇政對《沉淪》筆下時代的刻畫的修辭的方式，這是增進歷史感、時代感來表現作品的豐富。而來臺祖時代留下的傳奇味濃重的神鬼故事，鍾肇政就稍提一下，並未加以描述。以表現作者服從一種理性的態度，而可以呈現這部作品的現代感、厚重感、真實感、莊嚴感。

因此，以法律的進步性來看，從《沉淪》到《滄溟行》，這中間的人們的思維跳躍是臺灣人精神、文化改變最大的部份。也可以說，鍾肇政在此《滄溟行》已經為將來的二二八事件，做了預言。臺灣人的思考模式已經在 1920 年代造就的與仍住在大陸的祖先那邊的人不同。所謂的臺灣民族或者臺灣人，受到日本文化的影響最深的也在此，也是法律觀念的不同，造成了新的臺灣人。

又譬如，第二部作品中的維棟對於工作態度上也是相當負責任的。對於校長交辦的任務，也是不達成就辭職的態度。當然，這有點過火，不過也預示著日本精神的一面。這種負責任的態度，正是構成法律觀念層面裡，同樣的現代社會的生活方式與態度。等於是忠於社會制度、現代國家的態度。而在《滄溟行》《沉淪》也出現多位長工與老人，也表現出勤勞、負責，但是這是忠於雇主。雖說與法律、負責態度，基本上都是作人做事的道理。也可以說兩者有傳承的一面，但是，在現代社會中的負責觀念，比較是抽象的，無關於忠於特定人，而是制度面的。

不僅在《滄溟行》中表現了臺灣人的法律認知，在第三部《插天山之歌》，有關於釣魚開放的時間為四月十六號，為普遍民眾所遵行，甚至原住民也有此觀念。法律的觀念到達了最深遠、普遍的境地。

而《插天山之歌》中的日本特高桂木，追捕志驤不懈怠，並非是以民族仇恨、國家敵人的情感面為之，而是一般性的犯罪，甚至就是所謂的政治犯、良心犯的對待。感覺上追逐的過程像是玩遊戲，其實就是表現為日本官吏的一種責任，工作上的需求為之。這也正是一種依法行事的精神，可以說就是作者鍾

肇政所認知的日本精神吧。

　　再說回《滄溟行》中，所謂法律觀念的普遍化，還牽涉到時間的計算問題。這怎麼說呢？比如警察檢束、法院判刑，以及街頭演講的申請，都與時間有關。並且，時間的正確性，正顯示出法律的科學與進步，也就是嚴謹、嚴肅的一面。這才是真正的法律的精神。除了平等、照法執行外，另外還需要時間計算，該利用到科學上的計時工具。

　　若在《沉淪》的時代背景，作者刻意安排的時間方式，乃是依照農曆。並且臺灣人這方面打得熱烈之時，正好遇到潤五月。而一天的時間計算方式，乃是以子丑寅卯來表現，大致是以日出月落來看時間，這當然是相當不準確，無法有時間的準確與統一性。

　　這在《滄溟行》劇情中的 1920 年代，顯示的日本法律時代，將不可想像。也就是臺灣人不僅法律觀念改變，在作品中，鍾肇政還落實到臺灣人的時間觀念的改變。

　　作者在第三部《插天山之歌》中，還刻意安排主角陸志驤帶著一隻手錶。應該是主角在東京留學時代就有的。照理講，他落船跳入大海、浮沈好幾天，手錶應該遺失，或者當時並無防水手錶，致使手錶損壞、無機會修理。那麼，為何作者甘冒情節的不合理，而常常提醒讀者，志驤帶著一個手錶呢？

　　並且這個手錶還是有秒針的。當主角遇到山地人達其司竄入水中，可以比平地人閉氣更多時間。陸志驤看著手錶秒針，一秒一秒的計算著，書中明白的這麼計算著，這是之前兩部作品所無的時間描寫。終於，志驤對初次見面的達其司佩服不已，思索山地人勇猛天性，又或者後天訓練的潛水技能。落海游泳時也以每分鐘五十公尺的速度，某種物理上的修辭。

　　簡單的說，這是鍾肇政刻意以時間的表現，作為時代空氣的變化。這不必閱讀什麼後現代理論，只憑著作者對於時代的敏感與想像力，自然的或者精心的刻畫而成不同於之前二部的時代風貌。

　　有趣的是，《插天山之歌》還是作者先於第二部寫下來的。第二部的時間，就只出現分鐘的計時方式。當然，第二部也顯示主角也有秒的觀念，只是甚少於劇情中表現出來。

　　除了時間上的現代性概念外，再來就是空間的現代化，重要的就是指交通

工具的進步。除了出發、到達的時間準確性外，就是速度上的要求與舒適便利。這當然也與科學的進步有關。

在《滄溟行》中出現最多的是火車、公共汽車，也出現過飛機，但是那是在東京，也還有腳踏車。當然第一部《沉淪》中也出現過火車的交通工具一次，但是安排中的角色卻沒有搭乘。更重要的差異是，在《滄溟行》中幾次細膩的描寫火車站與火車的進出、還有站務人員。當然《滄溟行》中，也仍有傳統的步行，甚至牛車、輕便臺車的安排，形成傳統與現代交織的場面。

在《插天山之歌》一開始就出現大型輪船與潛水艇的交通工具或者現代式武器。主角回到故鄉則使用公共汽車、火車似乎是令人感到很平常的事情。中間也有過河用的竹筏，因為畢竟場景是在深山中。以及主角望著天空，看到了大量的飛機經過，轟隆隆的，而原來主角以為是地震呢。形成有趣的一幕之外，更是現代進步的一面。

燈光照明設備上，從《沉淪》中用的天燈、火把、宮燈以外，到了《滄溟行》有燈泡。而在《插天山之歌》也有燈泡，此外山中常用的是叫做電石燈的東西，是採用碳化鈣與水反應後產生的可燃氣體為燃料的機械控制的燈火。都形成微妙的時代變動的差異感、進步感。

而在第三部中，莫以為深山中就比第二部落後，因為如志驤講到衛生衣的服飾，雖然是保暖用。但是衛生二字的詞彙，就是相當有現代性。另外山中的限地醫制度，統計學的說法，在在有別於《滄溟行》，第三部更表現一些世界性思潮的講法，而且生活上的細節是有別於過去時代的。

在志驤個人還提出電影泰山、人類為何要戰爭、哲學家尼采、對生命流逝、時間飛逝的感慨，這些思想內涵上算不上重要與深刻，但是這些當成修辭的話，同樣的在時代氣氛上，有比第二部更接近於現代人的思維。而一、二、三部一些迷信上的敘述或者修辭，也是隨著時代的進步，除了主角口中的說法外，在敘事者描述上也是隨著時代而減少著。

三部曲中除法律觀念、燈光、時間、交通之外，還有從大陸的申報到臺灣的媒體，金錢上的幣值、銀行的設置，其他最多變化，鍾肇政特別用心的設計，就是度量衡。從長度到重量都有考量。有臺尺、丈，到公尺、公分、公里的使用，有台斤到公斤。分別在城鄉地區、不同時代上進行種種的表現。

因此可以說，在時代背景的進步的文化角度設計上，鍾肇政是作到相當精確的一面。三部曲中，以第二部為核心，舉出法律和平反抗的觀念之外，在以上提到種種時代風情上表現的細膩程度，增進了結構上的美感。

三、國家與民族

民族與國家的觀念，就是到現代的臺灣人也還不怎麼能夠分辨。不過由於民主選舉的方式執行相當的久。因此民主國家的觀念變成臺灣人未來方向的重大依據，而非血緣與文化的民族觀念。

但是在《沉淪》的時代，鍾肇政在書中所顯示，他們自知是大清帝國的人民，是漢人而並未提及漢滿問題，也小小的有皇帝子孫的驕傲感，義不帝秦的正統觀念。但是，比較重要的應該是與來臺祖相關的，來自於長山的何地，以致於有些陸家人希望回到原鄉。也就是繼續作為、或者已經接受的現狀的大清帝國子民。總之，他們有著原籍的觀念，但是現實上，鍾肇政所賦予的更多是作為一個臺灣人的驕傲。這是一個已經來到臺灣生根一百幾十年，奮鬥開發出自己擁有的土地，一種臺灣住民的觀念。除了不放棄自己的產業，更接近一種整個島上的有著共同命運的、特殊的認同的臺灣意識。

當然這並非今日所言的含有獨立概念與中國分割的臺灣意識。但事實上鍾肇政在小說中也提到日本人將來臺接收的消息，臺北有人提出臺灣獨立的看法。這當然是鍾肇政故意露出來的歷史事實，有意為之，但卻是相當敏感與危險。特別是部份內容已經發表於 1964 年的公論報時代。

而這個臺灣人概念，作為一個相當特殊的身份，來到 1920 年時。臺灣人分別對國家與民族的觀念，又有了相當大的跨步。但是許多層面下，仍然是曖昧不清的。在《滄溟行》裡，如維樑的進步知識份子，已經有現代國家的觀念，即一個國民的公民權，根據的是作為大日本帝國的子民，應該受到憲法的保障。當然這並非說他認同日本現代國家。倒是他的哥哥維棟恐於日本接收臺灣時的大屠殺，決定作一個順民，並以從日本教育所得負責任態度，獲得上級肯定而於社會立足獲得榮耀。當然維棟最後是失敗，為日本人耍弄了，特別是他的堂兄迎合日本人獲得更大權勢，讓維棟相當難堪。他也終於知道他的作個忠誠的

日本人之路是行不通的。

　　而維樑經由書本與先進的指導，他知道民族自決以及中華民國的成立。特別他日後到大陸留學，回到原鄉看看，而非選擇到日本留學，當然是有著民族情感，也是有著這種情感下的祖國意識。雖然他知道他仍是有日本國籍。不過，鍾肇政要強調的他是要為臺灣人而學習與奮鬥的。至於臺灣未來的走向，並非他能夠思考的。重點在於為臺灣爭取權益，要靠自己的力量，是否有期待祖國的幫助，應該是很自然的想法。

　　而在第三部《插天山之歌》，主角志驤對祖國、中華民國幾乎一無所知，異常的陌生。更何況周遭的年輕人，是完全認為自己是日本人了。而少數有反抗意識的會強調自己是臺灣人與日本人不同之外，顯得是相當忠誠的。至於這時的臺灣人概念，僅僅是區隔於日本人的民族概念，雖然都是擁有日本國籍的。不過，作者不斷的強調之下，似乎就別有意義了。特別是在白色恐怖時代的創作當下，以及從整個結構之下來判斷。鍾肇政所賦予的臺灣人意識與精神，似乎是對於認同臺灣的讀者予以教育反抗的意識，鼓舞臺灣人精神，這個臺灣人概念，是住在臺灣人的集體與命運的概念。

　　最有趣的部份，除了志驤在獲知日本戰敗、臺灣地位將會改變的訊息，狂喜的唱了日本軍歌。這代表著主角，或者作者對於日本教育的接受。而更不可思議的部份則是勝利之前，作者安排桂木終於捕獲志驤，而恰好遇到奔妹臨盆在即。桂木不僅允許志驤等待奔妹生產完畢，作者還安排桂木親自幫忙接生奔妹，而非安排祖國大陸回臺的張凌雲。其實作者完全可以這麼做的。因此，這不僅暗示著作者寫抗日小說，意識上卻是親日，甚至還認為臺灣新生兒的誕生，也就是象徵臺灣的新生，日本人是有貢獻的。這在第二部的《滄溟行》的時代，日本人統治之下帶來了現代國家的法律，就顯示了作者肯定過去日本人統治的這一正面觀點。當然這部份原因是比較了創作當時的統治者之外，我們不該天真的認為作者希望日本人統治，或者作者忽視了日本人統治的罪惡面。負面部份，作者已經是不必刻意為之，加以醜化的。

　　雖然說鍾肇政所賦予的陸志驤受到張凌雲的啟示，而突然膨脹了對祖國的感情，以及感受到作為一個中國人的概念。特別是在山中獲得了漢文的書籍，而得到文化上的祖國認同。因此獲得了不少激勵與鼓舞的力量。可是激情之外，

書本上正也顯示出志驤甚至其他臺灣人對於祖國的陌生。當然志驤也感到對於臺灣本身也是陌生的。雖然鍾肇政一直賦予陸志驤作為一個臺灣人的概念。這一切都是基於對臺灣未來的美好與希望的想像而成的概念。而臺灣人意識本身作為精神支柱的最重要動力，也是非常清楚的。

鍾肇政所打造的臺灣意識，方式是靠著歷代的反抗，以及隨著時間的變化而進化的反抗方式，這些故事來造就臺灣人的特殊性。而這個臺灣人的特殊性的認識，其目的是為追求臺灣人的未來的獲得公平與正義、幸福而建構的。

上文就是在分析《臺灣人三部曲》中臺灣的內部族群、男女人物、文化經濟的結構，與臺灣歷史進展的結構，已經由上文說明。而臺灣人立場所塑造出來的祖國、日本的形象為何，特別是臺灣人之所以為臺灣的精神與臺灣魂為何，也就是，鍾肇政在《臺灣人三部曲》中所塑造的臺灣人觀點，對於祖國、日本、臺灣本身的看法如何，並且在三部曲中，不同的時間裡，看法的轉變。以及探討作者的看法為何，以作進一步的詮釋。那將也成為對於作者的創作意識的詮釋。

以上最重要的可謂是臺灣魂的塑造。筆者曾在本書第九章提到，鍾肇政在《臺灣人三部曲》的楔子中，所提到的中華民族魂等待他們去發揚。其實指的是臺灣魂。不過，其他論者似乎不能從筆者從文本外的證據得來的說法，獲得信服。

但是，筆者要說補充的是，在小說文本內，三部曲所表現的精神，似乎找不到所謂的中華民族魂。照筆者領略，中華民族魂乃是繼承漢人抗滿，而後抗日的精神表現，某個角度來說，中華民族是五族共和、後設的思想觀念。獲得多數臺灣人的認知，是戰後的國民黨教育所致。現在在臺灣已經失去正當性。

而更是作者鍾肇政在戒嚴時代，國民黨統治所允許的民族精神的說法，而可以追溯到周公、孔子、孟子的中國法統思想。這與《臺灣人三部曲》要表現的作者意圖，或者說作品主題內涵來看，完全不合。只有在表層上，所謂的抗日情節與祖國意識謀合。

那麼，鍾肇政在楔子中所言的中華民族魂，僅僅是應付統治者意識形態的一種保護，而掩飾了其實要說的是臺灣魂，一如整個楔子的主題、修辭來看，臺灣人才是主體。也一如整部小說的名字，原題「臺灣人」，作者所堅持的名

稱，所顯現的意義，他們必勝、不屈不撓的精神，「他們」指的也就是「臺灣人」。

而臺灣人的祖國情結，另一個角度，在書中加以強調，那是因為祖國情結是臺灣人特有的，屬於臺灣日據時代歷史的產物。

如進一步去推論，作品中還富有濃濃的日本精神，內涵中所表現的並未有反日、仇日的創作意識，那麼這個原先發表時所不存在的「楔子」，其中的意含，更可以獲得解釋，有了作者自我保護，為求順利的心態。作者所一直堅持的就是臺灣人、臺灣精神，外加的，或者保護的，就是中華民族魂。以上論證，多少是從作者的寫作年代，從分析作者創作意識來論的。以及單純從文本以祖國、日本、臺灣的形象表現，來說明臺灣人的認同主題，而獲得深一層的解答。

四、小結與人物的連續性

以上以各部為中心談臺灣的特殊性、歷史時代文明的接續性以及民族文化的主題內涵，在情節結構上的緊密性。而三部曲人物雖然中斷，如第一部所預告將在第二部出現的人物，並未出現。可是或許因此而獲得情節上更加豐富、自由的內涵。說回來，以反抗精神、祖先開拓的精神而言，第一部出現的天貴、榮邦的土霸性格，仁勇、綱崑、綱崙的勇敢犧牲，都出現在第二部、第三部，以作為陸家子弟兵為榮典範，也是作為臺灣人精神的象徵性人物。而仁智的教書先生地位，也影響到第二部的主要人物，特別是維棟。

其實，有關陸家的故事，臺灣人的精神，除了在各部安排老一輩的人物來傳遞，數說歷史故事外，也仍有如第二部出現的長工，後來入贅陸家的鄔牛古來說給晚輩聽。這有關人物表現時代精神、臺灣魂的部份，將放在下文討論。而其實，第一部出現的綱鏗、綱鑑兄弟，可以在第二部出現的維棟、維樑兄弟取代，而且以作者喜以二十歲左右的年輕人為主角人物，而鋪陳愛情故事外，並且年輕人行動、思維也是新的時代精神的象徵。若以綱鏗、綱鑑兄弟為主角，則 1920 年代，都超過三十歲了。就算是張達的小孩出生，在第二部，也將達二十五歲以上。因此，以新的人物架構來撰寫第二部，或許是更適當也說不一定，而不至於太過拘泥於所謂的人物傳承。精神上的傳承，將更重要。

　　如第一部預定幫助日軍的,雖說第二部預定扮演受日本人扶持而輝煌的人物。可是,以鍾肇政撰寫民族史詩的考量,這種負面人物的重要性,應該是弱化比較適當。而實際上第二部也仍有如張達的人物,那就是庄長維揚。回過頭來講,張達在第一部似乎也受到愛情與陸家人英勇奮戰的激勵,他聲稱也從中瞭解到何謂作一個臺灣人了。旨哉斯言,張達也不會是太過負面的日本走狗的人物。

　　而第二部的核心人物維梁去了祖國大陸,或許第三部從祖國大陸回來的張凌雲,可以作為維梁的接續。而且在第三部,可以說張凌雲苟藏在插天山中,卻毫無作為,似乎已經被日本人監視、壓迫,而喪失了鬥志。而主角維梁的奮鬥不懈、能夠忍住寂寞,並且有愛情的力量來支持,似乎人物的結構、對比是顯得更緊密了。

　　而鍾肇政將日據臺灣史,各選三段時間,分別為 1895 年、1923 年、1943 年。從上文分析已經是相當有代表性的。1895 年前從陸家來臺,也約略談了一百多年的經濟樣貌。那麼 1900-1920 之間的故事在第二部也有帶到些武力反抗的遺緒。而 1930-1940 之間,所謂的皇民化時代,除了陸志驤的成長背景約略談及外,或許張凌雲也有相當的反應,可以說這臺灣已經是難有積極、浮出檯面的反抗作為了。也可說《滄溟行》的法理反抗後,之後就只剩下了內心的抗拒、精神上的抗拒。剩下忍耐、寂寞與鍛鍊。而可以進一步的說,陸志驤逃亡兩年間不屈服的故事,可以類比到臺灣人獨力與日本人對抗五十於年情況。

　　因此從這裡可以看出《臺灣人三部曲》特別是第三部《插天山之歌》是無愧於作為第三部,而且確實是奇峰突起,值得從新的角度來欣賞的。也因此,分析到目前,《臺灣人三部曲》的結構,也並非簡單的幾句話、或者僅從人物延續的角度來看,就可以否定的。

第三節　主題

　　在第三部最重要的三個主題族群、勞動與臺灣魂的關聯性,最後是信望愛。基本上這三個主題都在第一、二部也出現,但是並未如此強調。因為一、二部

過分的強調抗爭與英雄主義。而第三部才真正的以這三個主題為核心，削弱了直接的反抗主題，而以愛情為核心。仔細的刻畫出永恆的女性。也就是勇氣、堅韌等磨練都很重要，可是臺灣人真正的救贖還需要愛，這才真正的讓臺灣人帶來希望與信心、以及可以讓讀者真正的欣賞到臺灣的美，願意接納臺灣、深一步的認識臺灣。這也就突顯了《插天山之歌》接續前面兩部的主題以外，其文筆的轉向，更帶來了一股清新的力量，讓整個《臺灣人三部曲》在新的結構安排下更有力。

一、族群

在《沉淪》的時代背景中，是表現著閩客情結的。但是這並反映在抵抗日本人的武力戰鬥上。反而是由客家女性之間的觀點來反映。這是饒富趣味的。因為一方面可以弱化幾百年來閩客不合的問題，而且藉由客家女性在髮型上的討論，分野出客家頭、福佬頭。而客家頭雖然繁複費時，可是客家女性卻在語意上對福佬頭不以為然。另外在客家採茶女，也露出對那些「吃三餐」的工人的排斥。「吃三餐」的意指為外地來的福佬女工。

同樣的在《滄溟行》，鍾肇政刻意以代表家族精神的母親，幾次顯露出長子維棟娶福佬女性的不滿，總是暗暗提及要把孫女養成真正的客家人。表現著嚴厲，又令人感到血緣上的親密與憐惜。造成一種社會底層，閩客之間的衝突，又因為是周邊人物的反映，特別是以女性的角色來表現，這種衝突就顯得不會那麼尖銳，又令人感到閩客的文化衝突是相當深刻與有趣的。

雖然三部曲的視點是客家人，且有時表達出對福佬人的不以為然，出現人物以作為純種客家人血統為榮。但是也仍包涵著閩客的融合，利用一些角色，顯示福佬人救助客家年輕人、閩客共同對抗日本人不分彼此。特別考量在早年福佬人著作中的對客家人信仰義民爺的不以為然，詮釋為客家人協助統治者平亂的力量來源。這種讓在作品中也會強調客家人、義民爺的作者鍾肇政，必然是刺眼而感到憤怒的。不過，鍾肇政在作品中，一點也顯現不出這類不平的情緒。其實以客家人為主體來敘說臺灣反抗史的《沉淪》，本身已經足夠表達客家人的心聲。也不違背整體臺灣人的歷史經驗，甚至足以代表臺灣人的精神。

鍾肇政在最後還寫到，義軍回來，靈潭陂開始「犒軍」，說明這是客嘉義平定林爽文之亂以來就有的傳統行事。把乙未戰爭與打林爽文之事，結合在一塊。

《沉淪》裡雖然提及客家、福佬，也強調陸家血統。但是有別於臺灣初期墾殖的社會形態。鍾肇政更強調臺灣，強調來臺祖，提及的神明多是土地公，更特別的是臺灣特有的義民廟，而非早年移民時期的三山國王廟。也就是陸家家族，其實是臺灣家族的典型，作為臺灣人群體的象徵。也因此，以客家文化、客家精神為表現對象的三部曲，意識上卻是以臺灣文化、臺灣精神來寫。這也正是以臺灣人的團結精神的理想性來塑造的意義。而祖國意識的強調，其實也僅僅是臺灣人的特殊的漢人意識，並不同於反滿人、反洋人與武昌革命後的中華意識。當然作品中的漢人意識並不與中華意識對抗、也有共通之處。卻以作者創作當下的國民黨認可的意識而言，此臺灣人絕對是帶有反抗主流意識，甚至是反中華民族意識的。

有關閩客融合的理想，在第二部也稍有暗示，就是維樑在臺北認識的許多文化抗日的前輩，都是福佬人，卻沒有顯示任何的歧視，而是傾力協助與提拔。而在第三部中，志驤落海，後為海邊的漁民相救。這個福佬漁民，是來臺第三代，年紀已經相當大。在詢問陸志驤姓什麼時，覺得這是在北部少見的姓，所以知道了陸志驤是客家人。而毫無芥蒂，繼續照顧陸志驤之外，並滿口粗話罵日本人，則表現出對客家人沒有任何的顧忌。這種安排，顯然是鍾肇政對於族群融合的理想。

三部曲中，還包括原住民的美好形象，預示著原住民在臺灣這個大家族的發展的可能性。雖然說在《沉淪》，原住民是以客家人眼中的野蠻人、殺頭族出現。這並不違反客家本位的歷史經驗。也因此，在第二部作品短暫出現原住民的剽悍形象，更在第三部表現出原住民的純樸與美麗，原住民與平地人的和睦相處。並寫出書中色色志流說出，平地人、原住民誰也不服誰，這樣的平等地位的描述，預示著原住民與平地人融合、和平相處的可能。

特別是一致對外的態度。而且敘事者在作品中，也強調了臺灣人是懂得團結的。這部份明顯是作者的理想。表示臺灣人能夠服從領導、聚集在一起行動，也懂得和平方式靜坐抗議。

除了閩客與原住民的族群討論外。對於對不同階級的小地主、讀書人、長

工、師傅，算是另類族群，鍾肇政以相當浪漫的方式來處理。表現著一片融洽，地主待長工好，作久了給你一小塊土地，或者招贅進來成為親人。長工也忠誠相待，感謝主人，照顧小主人。小主人也如同兄長、長輩對待長工。而乙未抗日出征時，地主也以徵求而非強迫的方式詢問長工的意願。

甚至也有商人或者過去是土匪身份的也能被納入反日的行列。更理想性、浪漫性的則是一些品行不良的陸家子弟如綱青、綱岱最後也都能投入抗日行列。壞蛋阿熊最後被日人所擊殺成重傷而身亡，也被寫得仍能引起同情淚。外姓人與懦弱者張達也為愛加入聖戰。這些都是作者鍾肇政要表現臺灣人團結的一面。

以及街路上的人、鄉下人都有支持的。城市地區，則自保為重，其原因也不無是城市在日人來攻時，已經大亂難能凝聚了。

不過，讀書人僅指現代知識份子、咬文嚼字、讀古文的、學校教書的，不事生產而非晴耕雨讀的讀書人，鍾肇政則有鄙夷筆調，予以負面地位。更不要說做官的、為日本人做事的。

特別是女性相當支持反抗、革命。願意將自己的丈夫、男人交出去，作他們的後盾。當然有的女性，一開始多少是反對丈夫去送命的，為之擔心安危，很單純的想法。

陸家人也可以說是一個臺灣人的縮影。不僅僅是通過家族史來敘說臺灣史，更是把陸家精神、血統，象徵為臺灣人精神、臺灣血統。有關血統，也僅僅是一個修辭。當然這種修辭，有排斥非臺灣出生、或者說陸家血統，這也僅僅是反映出過去時代的對血統的重視。在作者而言，重點就是把臺灣魂、臺灣精神表現出來，倒並非有血統、排外的觀念。事實上，血統關係到認同，還是相當重要的一環。

有關血統的說法，在《沉淪》綱崑不希望被異族統治的說法之下，作者也有借好這個咬文嚼字的角色說出，我們是黃帝子孫的講法。而這說法，並非作者真正要標舉的，他要標舉的是臺灣人或者陸家人，這假設說是不帶有任何政治意識的，但這個黃帝子孫的說法，在國民黨統治下，就是相當有政治意識的。甚至我認為鍾肇政就是不認同黃帝子孫的說法，才要突顯臺灣人、陸家人的說法。或許作者並非不認同陸家人、臺灣人是黃帝子孫的血統，但是在被作品打

壓之下，還能認同黃帝子孫底下的統治者的意識型態，實在令人質疑這可能性。而黃帝子孫也好、中華民族魂也好，事實上並不能包攬在臺灣的陸家人、或者臺灣魂。臺灣人就說是黃帝子孫中，特殊的一群。所謂「特殊」的重點也就是表示臺灣人就是臺灣人，並不願意被包攬進去而淡化或者消失。其實，因果關係來講，就是臺灣人被黃帝子孫的講法打壓之下，才會有臺灣人的意識，這是真正這本書的標題所標舉的意義所在。

二、勞動與臺灣魂

就現代的臺灣人意識所指的乃是一九二〇年代臺灣大多數人的閩南與客家人對於現代國家下，對於日本同化主義與內地延長主義的反彈。而鍾肇政作品中的臺灣人，首先從《沉淪》觀察，具作者描述臺灣人的祖先來自於大陸，特別是具有代表性的陸家人的來臺祖於一七八〇年代來。而陸家的來臺祖所代表的，乃是大陸人中最具有特殊性的，敢於冒險來臺的。所以，一開始的臺灣人就是特殊的、具有分離大陸人的冒險性格。鍾肇政說這些是開拓者，而帶有霸氣的。作者言中，是相當欣賞這些特質的。

而這些人也是勤儉、樸實的。這部份則是與漢民族、大陸人相同的特質。這部份，將與祖國意識、漢人意識是相合的。而霸氣的部份，呈現了臺灣魂的特性。來臺祖的討論，在吳欣怡的碩士論文中，也有討論。[4] 這些精神，都來自於辛勤勞動的反映。

從臺灣魂的內涵來看，並且是臺灣歷史的產物。這並非中華民族魂，如此宣稱，也不會被同意，只是臺灣魂。因為除了第一部所提到的有勤儉、樸實，這是與原鄉一樣，普遍漢人的精神。而臺灣除此以外，還有特殊性的部份，就是冒險犯難的霸氣。這是在作品一開始的楔子就提到的，也有鍾肇政對來臺祖、開拓者的精神上的認同。

而楔子中所提到的與敵人周旋的精神或者本章所提的臺灣魂，也就是指的在第二部，臺灣人不再以武力反抗，而改以從日本文化、統治方法中所學來的

4　吳欣怡，《敘史傳統與家國圖像：以呂赫若、鍾肇政、李喬為中心》，清華大學中文系碩士論文，2010 年。

法理、和平的現代化、進步的抗爭法。以及日本所帶來的負責任、守秩序等等公義的，參與公共事務的精神。這可以說是臺灣魂的一部份，從五十年的日本統治下，臺灣人所習得的新精神。或者說從作者鍾肇政所體會到的大和魂，而從中轉化而來的，結合第一部所提的勤樸、霸氣的臺灣魂，而成為新的臺灣魂。

並且在第二部，也同樣提到臺灣人的忍耐、接受了命運，來自於祖先的時代。他們是不會被消滅的民族。而我詮釋為這一部份的臺灣魂，屬於來自祖國、漢民族。到了日據中期時代，作者說這些臺灣人也懂得民主、科學、民族自決、自由平等、人權，覺醒了、知道生活不只是忍受。如果仍對人為壓迫、欺詐與剝削，還一味忍受，那便是愚昧。

因此臺灣魂源頭、早期原型與傳統，到了新時代，如何的接受新文化、去蕪存菁，這也正是臺灣人三部曲第二部《滄溟行》所表現的時代精神，以及從中塑造出的新的臺灣魂。其中有傳承、融合與轉化。去除的部份，除了忍受外，還有不認為臺灣好，還有如對可以作碰風茶而發生的蟲害，覺得是很衰，鍾肇政筆下批評說，這是愚昧。

那麼第三部《插天山之歌》所揭示的臺灣魂又是什麼，又有何轉變與融合呢？除了傳承第一部、第二部的精神以外（而所傳承的，由上一節所提到的結構的緊密性，可以得證有此情節。），第三部，所揭示的是由楔子，臺灣人對勝利的信心。因此《插天山之歌》所歌頌的就是勝利、就是信心，就是不放棄拼鬥、充滿了忍耐與希望。而第三部所揭示的臺灣魂，更是一種愛。對臺灣的愛，對臺灣的美好得描寫，讓讀者感到臺灣的好，也愛臺灣，受到愛的激勵。這一切，一如聖經上所言，沒有愛，一切都不算什麼。

所以，在第一、第二部，充滿了反抗的精神。第三部，鍾肇政一改筆法，奇峰突起。在社會意識、歷史展現上，抗爭精神上似乎都比不上第一、第二部，而有所欠缺。但是，在明快的描述中，以最簡單的方式，表現了臺灣魂，最重要的部份，也就是愛，還有信心與希望。也就是說，鍾肇政雖然沒有把宗教故事、宗教說理、宗教人士放入作品當中，但是精神上，卻與鍾肇政身為基督徒，或者第三代在家族中所信仰的基督教，鍾肇政可以說是把宗教精神放入作品當中。或者就說，第三部所表現的臺灣魂，就是相當具有普遍性的、反映人類文明、人類精神上的層次，追求勝利、追求尊嚴，永遠不屈不撓的精神。

　　特別第三部，歷史厚重的份量似乎很不夠，但是卻有突顯了愛情，更突顯了奔妹的女性角色。還突顯了新生命的誕生、突顯了勝利的歌頌。突顯了不屈服、不斷的周旋的過程。內容中，描寫相當多山中奇蹟，還包括刻畫了美麗的原住民的形象。更重要得是主角與奔妹的愛情、奔妹本身的象徵。還有逃亡的場景，象徵了臺灣的美麗與豐富。主角對於各種的生存的方式、變為農民的學習過程，也都充滿了歡樂與愛。

　　在第一部筆下的角色都是重視勞動的，而第二部的維棟則不勞動，相對的維樑雖然願意放下身段，向農民學習。可是實際上卻撐不了幾天，至少外人看維樑的眼光與對他的評價是如此。所以說《插天山之歌》已經不正面的書寫與日本人的對抗，卻是對於勞動的歌頌。

　　因此，勞動在深層的意義來看，與鍾肇政所刻畫出的臺灣魂相聯結，還包括愛的實踐與行動力的見解與表現。就是如何忍得住孤苦寂寞、如何能夠自食其力，一如《魯賓遜漂流記》的忍住孤獨而能夠不發瘋，在平凡無奇的日常生活中繼續生存下去。又如同海明威的《老人與海》，在大山中與山談戀愛，與山作為好友、也是挑戰山，無論如何不能被毀滅。行動上是逃，這久為評論者所詬病，沒有正面的反抗與行動。但是，這在《沉淪》《滄溟行》已經有不少表現。第三部鍾肇政另外構想，本文認為是足以擔當插天山的形象，作為美好、響亮的三部曲的結尾。

　　在這裡，可以說整個《臺灣人三部曲》講的主題是臺灣人是什麼？最直接了當的回答就是臺灣人就是有靈魂的人，臺灣人是有民族精神，他的反抗精神是不屈不撓，內涵是與時並進的。臺灣精神是有行動力的，不斷的受到考驗、磨練，而充滿信心與希望的。

三、信望愛

　　這部作品描述主角的逃亡過程，完全是歷史的虛構，作者所想像出來的故事。除非是以戰後的簡吉逃入山中為想像的根據。[5] 並且表現上一反三部曲前二

5　楊渡，《簡吉臺灣農民運動史詩》，南方家園出版，2009 年。簡吉的名字曾出現在《滄溟行》內容，
　　驚鴻一瞥。畢竟簡吉是因臺灣共產黨之名而被國民黨槍斃，鍾肇政執意放入發表於《中央日報》的

部的反抗主軸。除非將此書解釋為反抗的是寂寞，自己才是最大的敵人，而想要安逸之中，肉慾的誘惑擁有惡魔的力量。特別是第二部的維樑，作者利用鄔牛古的眼光，認為維樑是不能甘於清苦、甘於寂寞，而作一個農人。那麼第三部主角陸志驤，卻一反過去主題，而是以作一個農人為最大的價值與考驗。因此志驤的角色，有其另類英雄的獨特性。

甚至本文將這部作品重新詮釋為逃亡的自我訓練、成長的過程，是考驗主角的信心、增加他的希望，更重要的不是反抗，是愛情，而作為人類最偉大的力量來源「愛」。那麼，武力反抗、和平示威的反抗，若沒有愛，一切都不算什麼。第三部可以作為這樣的反抗精神的註腳。並且，五十年的臺灣人意識，並沒有滅絕，如沉潛於水中，以更深刻的精神意志來表現反抗，其最大的敵人是自己，是要克服寂寞，那麼愛就是恆久忍耐。

這部作品，以反抗、戰鬥的角度，或者反映時代色彩的角度，略嫌不足、輕薄。但是在整個三部曲閱讀下來看，是很有特色的。《插天山之歌》成為另類的精神頌歌。而有關時代色彩，因為作者有另外一部三部曲《濁流三部曲》，其中已經做了鉅細靡遺的時代刻畫。戰鬥情節、抗日情節，則已經有了前面兩部《沉淪》、《滄溟行》，是否第三部換換口味，成為輕快的、美好的、以愛情故事為主的小說，可以以此角度評論。以及在臺灣歷史進入皇民化時代後，臺灣人連和平示威的反抗方式的空間都被壓縮。臺灣人這時所受到的精神壓迫更劇烈，臺灣人並未屈服，這中間的反抗精神，或許《插天山之歌》做了美妙的詮釋。並且擺脫一、二部的反抗格局。

作者正是以人類命運的角度，將臺灣人的歷史放到世界歷史的洪流中，表現出人類尊嚴不可侵犯的層次。臺灣人的精神，也是人類文明、人類歷史中進步的精神。而且，在第一、二部的反抗故事中，作者讓讀者知道臺灣人是什麼，臺灣人的反抗，正因為他就是臺灣人，是作為人的尊嚴而反抗，讓讀者在瞭解到臺灣人的勇敢、美好後，認同臺灣。而第三部，更是直接刻畫臺灣人、臺灣的美好，簡直把臺灣刻畫成烏托邦，是上帝應許臺灣人的土地，臺灣人需要把根深深扎在臺灣，愛臺灣。

有趣的是，這部小說雖然是第三部，卻是比第二部先寫下的作品。因此故

《滄溟行》，必然是肯定簡為臺灣人犧牲的作為了。這也算是作者小小的冒險與突破。

事上，撰寫之初，如何聯繫第一部，或者未成的第二部，是相當有趣的思考。而第二部，在第三部已經撰寫完畢後，如何撰寫第二部，使第二部能夠在風格上，作為前後二部的統合角色，或者綜合角色，也是有趣的思考。

在《插天山之歌》第一章序言部份，主角掉落大海、奮勇求生又保持冷靜，就展現了這本小說的主題，也就是奮鬥磨練的歷程，並且以平淡的筆觸為之，要保持心情的沉著、冷靜，以及愛作為前進的動力，想著家鄉的親情、手足之情與愛情。而臺灣成為得救的方向，頗有宗教的味道。

也就是反抗的主題，似乎變了調。若以如第二、三部的閱讀所預想的戰鬥或者法律抗爭的行動與民族意識的覺醒，這個閱讀的預期，將完全落空。並且不符合作品之初所設定主角的願望，回到臺灣組織群眾、發展秘密基地。筆鋒一轉，而為逃亡的故事，甚且是愛情的故事。有點類似烏托邦的描繪，童話、寓言，相當浪漫性與理想性的刻畫。

那麼，如何解釋抗日的故事的失落呢？而作者另外建構的又是什麼主題？再過去有所謂的花花草草的描繪，甚至是主角什麼事情也沒作，只把女孩子的肚子弄大的調侃，以及《插天山之歌》所唱的歌並非山歌、臺灣歌，而是日本軍歌。過去，已經有論者平反，早先是李喬，在語言藝術、奔妹形象、逃亡目標為臺灣心臟等等討論。近者特別是彭瑞金，對於逃亡過程中的自我訓練、鄉人的支持，以及對作者個人現實生活的影射。也有如筆者從日本精神予以解釋。

總之，最重要的，可能是主題本來就不是抗日，抗日故事僅僅是背景，主要刻畫的是對創作當下之現實的投射，以及永恆的精神，不斷的給予未來的讀者新的時代意義。而回歸到三部曲的主題：所謂刻畫臺灣人形象，或者問臺灣是什麼、臺灣人又是什麼，寫臺灣的歷史。不如說是建構臺灣的歷史，告訴臺灣讀者，臺灣人的英勇、臺灣的美好，讓讀者喜歡臺灣、愛上臺灣，認同臺灣。為這本書的故事而感動，因作品的有力而感到鼓舞。

主角的成長不再是第一部中臺灣人之所以為臺灣人的道理，以及第二部時的民族意識的成長、法理抗爭的學習，表現了臺灣人意識的深化。更重要的是精神本身、意志本身。是歌頌臺灣人、歌頌臺灣，刻畫臺灣的美，大自然的美、女性的美、原住民的美。以作為三部曲的終點。主角最後雖然逃到臺灣的心臟，如李喬所言，但是卻也是在逃亡落腳的地點中，最接近故鄉龍潭的。也就是第

一部所設定的家鄉場景。

如果信望與愛是第三部的主題，那麼在第二部《滄溟行》的愛情安排，並非典型。因為主要的愛情對手是日本人文子。但是這可以象徵臺灣人對日本人的複雜感覺。相反地，複雜的對日本的感覺，本可以投射到女性身上。有趣的還有一種精神勝利法，這次是日本女性來愛臺灣人。最後主角維樑的愛情落到本土女性，表現了作者鍾肇政化浪漫落於現實，產生某種行動力的思想。或者立基於歷史、民俗、凡人，而把現實都給予理想化、精神化的一面。

第一部《沉淪》的愛情故事，部份顯得有點誇張。綱崙可以那麼快的原諒綱岱，只因綱岱也願意誠心誠意參加抗日戰爭，綱嵩也因為戰爭而與綱青和解。但是似乎也反映出舊時代的愛情，或許就是那麼纏綿，但是也容易為國家大事、家族大事而安排到次要地位。

而《滄溟行》的主角，代表維樑在日本帶來的進步的法理統治的學習與認同外，而政治上學習到和平的反抗。但是在文明的價值觀與審美觀上，一開始也是傾向於日本，而選擇日本女性。雖然終究最後選擇了玉燕，象徵徹底的臺灣價值的認同。但是維樑為了事業，仍離開了玉燕，往大海、往祖國前進。也因此第三部《插天山之歌》突顯了愛情的偉大，提昇了愛的價值。使得作為三部曲結尾的《插天山之歌》的地位更形重要了。也就是說三部曲故事發展，一直到《插天山之歌》，愛情才是重點，不僅成為努力的動力，而且有了成果。而愛情的故事，一方面可以說減少了鬥爭、社會面的表現，但是也真正成為三部曲中，美好的力量的重要來源，並且富於象徵性的解釋。

三部中每一部的結局都是飽含希望的安排。第一部中臺灣命運註定沉淪，但是作者卻刻意以反攻新竹城作為結束，陸家子弟兵枕戈待旦，準備出發，信海老人也不落俗套來一句還我山河，要等待外來者失敗之前，他是不能倒的。第二部，主角前往中國大陸學習，為了作更大貢獻而準備。也是充滿信心與希望的。

特別在第三部，之前已經提過成就是磨練自信與充滿希望的。故事發展到中間時，奔妹一路護送陸志驤進入山區，陸志驤發現到奔妹以身相許、擁抱，陸志驤也幾乎想要大聲歌唱，表現自己的狂喜。適當地表現的愛情的力量。最後更以出生一個新生兒的設計，更形巧妙的象徵了臺灣人新生與光明的。而主

角唱出日本軍歌的歡欣鼓舞，這部書可以說就是歌頌臺灣人的勝利與臺灣的美。

第三部出現信望愛的主題，並非偶然，主角就是出身於基督教會所辦的淡水中學，受基督的精神薰陶，並非偶然。主角也瞭解教會人士的崇高理想。陸志驤對於祭拜的食物，有所忌諱，不願意吃。這部份也饒富趣味，反映了作者信仰外來宗教的潛意識。

之後陸志驤四年即時，日本人接管學校，給了陸志驤許多苦澀記憶，但是也仍有許多可愛之處。自然小說中有「魔鬼的語言」作為修辭，來闡明何謂真正的愛。還提到古以色列人對迦南之憧憬與渴懷，前面有一塊美麗的大地是上帝所應許的，因此他要堅強的活下去。字裡行間無不有虔誠的信心與希望。確實，特別在人的寂寞之時，性是男人最大的誘惑，也就是魔鬼的誘惑。志驤突破這些魔鬼的考驗了。而在被桂木抓到之前，志驤又滑進水中，優雅的姿勢，莫非就是新生與洗禮。所以當志驤被放出牢中時，他看到了光，榮耀屬於上帝的。志驤最後以勝利之歌，歌頌這一切。

第四節　結論

本章研究《臺灣人三部曲》結構的藝術性，在情節的緊密性，而最終形成整個三部曲主題形象的有力提出討論。本章第一主題由時間的延續性與時代精神來探討，從民族文化的內容鋪陳、法律反抗的文明進步與愛，在三部曲中的情節聯繫做說明。以及臺灣人對於祖國、日本文化的認同作為問題討論。在本章第二主題，進一步討論，分別是臺灣人內部的族群融合的進程、肯定勞動力與討論臺灣人精神史的歷史構造為何，最後提出作品在信望愛的主題的表現。

特別從第三部《插天山之歌》的角度切入，以弭平整個三部曲人物沒有接續、第三部內容孅弱的疑點提出說明。發現到第三部顛覆了整個三部曲抗日小說的故事外，以及在愛與熱情的持續問題、認同臺灣方向與臺灣結合，在三部曲中歸納起來，顯得異軍突起。將一、二部的反抗意識與臺灣之愛提昇到人類命運的層次。奔妹正是三部曲中在結構上必然產生的人物，也就是作為愛的象徵。

一、《插天山之歌》主題與在三部曲中的結構

　　《插天山之歌》的主題為信、望、愛，對於臺灣人最後必勝的信心，凡事盼望、希望而堅忍不拔、奮鬥不懈，最重要的表現了愛，以男女愛情為敘事核心，象徵了對臺灣大地的愛，對臺灣的熱愛。這部書以最簡單的單線敘事，清淡的時代風景，卻想要包涵更多、內涵更廣的主題。不僅這部書結構完整、緊湊，而更在三部曲中，扮演了一新耳目，超越讀者期待，而又轟然一舉的表現。那是武力反抗、和平反抗之中，為了家族生存、為了公益的動力之外，愛是背後更為重要的動機。而五十年日本統治，臺灣人仍有反抗意志，仍對勝利充滿信心、希望，最為重要的是愛的力量，整部書詮釋了愛是恆久忍耐。這也就是為何這第三部的敘事時間長達近二年，而一、二部則數月而已。臺灣人被統治五十年，獨自獨力抗爭，一如主角忍受了山中的寂寞，但是仍不服輸、不投降，自我鍛鍊。

　　《插天山之歌》寫透了臺灣、臺灣人的美好。在臺灣被統治末期，最艱苦的時代，還有一個烏托邦、桃花源之地，可供臺灣人生存下去。臺灣人互助合作，不分福佬、客家，老人、小孩，還有可愛的原住民，山與水。因此這是一部勝利之歌的作品外，還是歌頌臺灣的美好之書。讓讀者在第一部、第二部，瞭解到臺灣人勇敢、臺灣人學習成長，而知道臺灣的美好，而認同臺灣。第三部則是直接書寫臺灣的美、臺灣人的美。

　　第一部《沉淪》表示出臺灣人五百年將沉入海中的劫難，但是這也是一種洗禮，代表著臺灣將孕育著新生命，而《滄溟行》往大海方向去，獲得成長、進步，第三部《插天山之歌》作者一開始也是安排主角落海，然後上了方舟象徵的臺灣島，並且深入山中如聆聽登山寶訓，那就是信、望、愛，以及恆久的忍耐。而奇妙的是，作者利用龍潭、石門水庫特殊的地貌，越往深山，最後卻離故鄉最近，那是父母親、祖先住的故土，也就是回到第一部《沉淪》描繪的九座寮。

二、臺灣魂與臺灣人精神

　　以《沉淪》表現臺灣人在乙未戰爭英勇反抗，其本身就是臺灣人之所以為臺灣人的理由。鍾肇政選擇戰爭的題材，作為臺灣人精神或者臺灣魂的第一個形象，是相當中肯的。在書中鍾肇政也強調了代表來臺祖先，所謂的漢人的普遍的勤儉性格，更重要的臺灣人有特殊性的一面，就是土霸、霸氣的性格。除了為了生存、尊嚴、保衛自己開發的土地之外，鍾肇政在書中最為強調的，就是如果是臺灣人，那麼就該勇敢的反抗。這也就是當時的時代精神，勤儉、土霸的性格外，如果不反抗，離開了臺灣，那就不是臺灣人了。臺灣人精神、臺灣魂，就是選擇與臺灣共存亡。

　　而第二部的《滄溟行》除了持續肯定祖先土霸、勤儉的性格外，還接續了以仁勇為代表的乙未抗日的英勇精神。書中仍不時的顯露出，如果是臺灣人就應該如何、如何。而這時的時代精神，所表現的臺灣魂就是臺灣人學習成長、進步的精神，而以主角維樑的行為、思想作為整體臺灣人的象徵。在第一部的敵人是外來侵略者，而第二部的敵人則是臺灣人自己，那就是臺灣人懂得團結一致與否。所以團結精神，更是臺灣人學習到法理和平抗爭外，更為重要的鍾肇政所要塑造的臺灣精神。

　　第三部《插天山之歌》乃是完全虛構的小說，並未如第一、第二部與歷史事件為核心的反抗事件。這也說明鍾肇政所要建構的是一個烏托邦、美好的臺灣人世界，主角陸志驤的敵人正是陸志驤自己，是否可以忍受住寂寞。而最重要的精神、動力乃是信、望、愛。也因此反抗精神，若不能忍得住寂寞，是無法經歷長期抗戰的，反抗精神如第一部、第二部的時代精神外，如無「愛」則不會有更大的力量，愛是更為重要的。

三、臺灣文化主體與精神

　　這部作品標榜著臺灣人的標題，顯示臺灣人本身，正是這部大河小說的核心與立場。第一部以武力行動抗爭證明自己是臺灣人，象徵臺灣人的洗禮與新生。第二部在新時代思潮下的覺醒的歷程為開始，並學習新文化，而作為一個

新時代的臺灣人。第三部則是一開始就設定為臺灣人，不必經過行動證明與覺醒，而是持久忍耐與信心，表現對臺灣的愛、臺灣的美好。主角要成為山裡的人，這個意念與山的形象，成為主角與臺灣融為一體的象徵。

祖國情結本身也是臺灣人特有的，住在臺灣這塊土地，在認同日本或者順從日本受到挫折的、或者渴望有自己的國家，是一種反抗性或者是一種無力需要憐憫的心情。也因此第二部的維樑選擇玉燕而不選文子，顯示出對文子一時的熱情，總是虛幻的。同樣的在第三部所標榜的意志力的考驗、長時間寂寞的忍耐、肉慾的折磨，一樣突顯出對祖國的熱情是很重要，但是對祖國的熱情，是支持不了五十年臺灣人的反抗意志，而是對於臺灣的愛。

這是在今日的臺灣意識中，不可缺少的一個過程。也就是今日的臺灣意識乃是過去的臺灣意識但是包含著祖國情結的臺灣意識所破滅後，再次興起、站起來的臺灣意識。而這個臺灣意識仍持續變化著，不穩定。受著時代、世界局勢、臺灣住民的互動與影響。一如日據時代的臺灣意識也是變動的、不穩定的。這在鍾肇政的臺灣人三部曲中可以從幾位人物展現出來。

而臺灣的主體、臺灣意識，也是包含著轉化日本文化、日本精神成為臺灣精神的部份。特別在第三部的結尾，日本人桂木幫忙陸志驤接生奔妹產下的新生兒，饒富象徵意義。這是鍾肇政的作品中所強調的。畢竟，在鍾肇政創作的時代，所反抗的已經不是遠離的日本人。而是創作當下的來自於中國的國民黨，或者是過去祖國情結的對象，來自於中國的中國人。

而臺灣人的主體，當然包含著祖先觀念，那是來自於中國的人，有漢人的勤儉傳統。但是是特別剛毅不屈的、冒險犯難的一群人。而臺灣文化的源頭，除了轉化自日本的日本源頭外，更包涵著中國文化，但是也經由幾代臺灣人的經營，漸漸的轉化，甚而有臺灣獨有的。

臺灣人、臺灣文化與精神，與當下的外省人、以及原住民，鍾肇政在臺灣人三部曲，也有了預設，一如閩客的團結合作，三部曲是預言了現今的四大族群的關係為何。是自由、民主的制度下，共同來愛臺灣、歌頌臺灣、保護臺灣。一如鍾肇政在作品中，包容了日本、日本人，轉化了日本文化與精神。他在創作當下所反抗的國民黨與外省人統治者，也將對未來的臺灣人有了啟示。那是包容與愛，並且相信暴政必亡，永遠盼望著、希望著臺灣的光明的未來。

四、主體的省思

臺灣人是什麼？這個問題，本身就顯示著認同的疑問，而延伸為主體的矛盾。除了是幾百年來殖民體制的，也牽涉到住在這島上的人的自我思考。否則，臺灣人是什麼的答案，應該是臺灣人就是臺灣人，大家就能懂得的。就像賽德克巴萊，就自稱是賽德克巴萊，反抗精神就源於對自我的驕傲。除非要向外來者、新一代的人瞭解，這乃是知識上、文化傳承的問題，而非當代人的認同問題為範疇了。

鍾肇政正是要塑造臺灣人本身，自我的驕傲。不過，除了主體存在與否的塑造外，也有對外來者標榜的必要，作為史詩，以臺灣的民族文化、生活，以及歷史本身，來說明臺灣人是什麼，找出臺灣的特殊性、獨立性與美。是這部書的基調。但是傳遞臺灣歷史精神、歷史故事的，似乎往往只能老一輩的人口傳、實際生活中體會，這是非常扎實的精神教育。但為何無法從更具有主權權力意義的教育、媒體為之？

例如第三部主角，對於自己的話、自己的文字所閱讀的三字經、千字文，而感動，體會到祖國的親切，這固然也是臺灣人特有的心情。但是為何沒有臺灣人的歷史讀物、文化介紹呢？以及，主角陸志驤最後歡欣喜悅，能表現出來的歌頌方式，竟然是日本軍歌，為何沒有臺灣歌呢？妙的是這時候，唱出山歌是委拗的，日本軍歌之曲調才足以表現勝利的姿態。

固然祖國意識、文化，日本文明、進步，都可以轉化為臺灣精神與文化。也可以說，《臺灣人三部曲》內容中所顯示的臺灣文化獨特性的問題？而相當後設的，鍾肇政這部書本身，正是臺灣文學中，第一次解決這個主體的問題。也就是臺灣人可以這部書，顯示了主角沒有臺灣作品可以閱讀，但是讀者卻從這部書的閱讀，獲得了教育的作用。

第四部份
對話、再探與總結

第十三章　對話、浪漫寫實與《怒濤》關連性

第一節　前言

本章主文分為三節，其目的乃因為在總結之前與全書的中間，尚留有三個問題可以探討。

第一個問題是因為本書為不同時間長達十年中的所發表的論文為基礎，而最後再一次的統整起來，形成共通的鍾肇政大河小說論的主題。因此陸續有不同的評論者回應了筆者的論文，也有些是受到筆者的影響而改變態度，有必要在此進行再一次的對話或者記錄。

第二個問題乃是鍾肇政的作品風格一向被視為寫實主義，但是本書卻以浪漫主義歷史觀作為其反抗思想的基礎。因此有必要再一次的釐清鍾肇政的風格與思想的問題，並且說明浪漫主義的歷史觀與鍾肇政所處的時代與成長背景的關聯。

第三個問題是討論《怒濤》與兩個三部曲的關係。《怒濤》可說是兩個三部曲的第四部，不僅在敘事的時間上相連接，且在臺灣人精神上也是延續的。《怒濤》甚至可視為兩個三部曲解讀的鑰匙。特別在本書所提的日本精神的文化視野，在此框架下，等於是探索鍾肇政小說的透視鏡。

第二節　對話與再對話

一、結構與新生

從大河小說的起點的問題的探討。針對在區隔鍾肇政與吳濁流的長篇小說、與鍾理和的《大武山之歌》的計畫。而引導出，鍾肇政最大的不同在於處理了臺灣人族群內部的融合。除了過去熟知的原住民之外，還有閩客融合的苦心處理。

鍾肇政在臺灣文學中的大河小說之一《濁流三部曲》的形式上，自傳體且濃縮時間在三年內，後人無人有能力模仿，而能有此極高的社會歷史意義與接受精神分析的理論考驗之藝術性表現。

這也因此讓我建構浪漫主義歷史觀原則來掌握鍾肇政的主題與書寫方式。反抗性與理想性為其核心的精神，更為重要的是以浪漫的方式書寫過去歷史，更重要的內涵則是介入創作時的當下社會。這也正是所謂的反抗性與理想性的真正精神，也是鍾肇政的浪漫主義歷史觀下的書寫方式。換一種方式來說，就是在吳欣宜的碩士論文中，援引詹明信所指出的「雙重底殖民性格」。

在浪漫主義框架的詮釋下，本書除了從三部曲各部仔細評論，最後還建構兩部書的結構討論。並提出兩部大河小說的結尾的設計，有相同的結構。也就是作者鍾肇政預定了第三部曲作為承接第一、第二部的時間與多個主題的延續外，第三部最重要主題，則是愛情。並且以設計永恆的女性的人物為要件。取代了之前反抗的最大主題。而一改一二部的節奏與強勢的風格。改變讀者對第三部的預期。第三部的主題，以永恆的女性帶來更多的愛、更多的希望與光明，整個提升三部曲，在人類層次上的新生與救贖的主題。

自 1994 年第一本研究由黃靖雅所著之鍾肇政小說的碩士論文，接著有同年的王淑雯、1996 年的張謙繼、1999 年的王慧芬。基本上，他們的研究基礎都是奠基在葉石濤、李喬、林瑞明、彭瑞金的論述與研究上。除了整理過去二手資料外，也展開些新方法，並且提出一己之看法。但是大體上還是不脫過去的批評。而筆者從 1999 年底開始撰寫鍾肇政作品研究與為人處世，到本書完成之間，已經經歷十二年之久。與上述研究對話，或者說是辯駁方式為之。但是，

這仍是奠基於從葉石濤以降到及其大成的彭瑞金的研究許多，受他們啟發。

在第一篇研究鍾肇政的碩士論文之前，特別是李喬對《插天山之歌》與鍾肇政女性塑像的研究，一舉突破過去其他舊有的論調。而林瑞明的《滄溟行》論，說及內容與創作時代的互動。彭瑞金論鍾肇政的鄉土風格，也都各個奠基鍾肇政文學的研究基礎。

而 1999 年以後的有關鍾肇政的碩士論文，也開始受筆者論文影響，與筆者來對話。首先是在 2001 年 7 月談鍾肇政自傳體小說的《濁流三部曲》的林明孝，參考了筆者所寫的〈鍾肇政內心深處的文學魂──向強權統治的周旋與鬥爭〉而對鍾肇政內在世界、創作意圖有新的看法。更重要的是筆者整理的《鍾肇政回憶錄一、二》，還有筆者錄音、莊紫蓉筆錄、鍾肇政講述的《臺灣文學十講》，其中還有莊紫蓉訪談鍾肇政的三篇文章。對鍾肇政的整個形象與時代背景有更確切與完整的了解。因此林明孝的論文與過去批評鍾肇政的作品，在態度上已經轉變。比如在國家認同、在鍾肇政創作意圖，都不同以往評者，帶著新的鍾肇政視角，去解讀如《濁流三部曲》的作品。其後更多新的研究者與筆者對話的，將於下一節述說。

筆者在林明孝的碩士論文之前，已經於 1999 年底時，於真理大學的鍾肇政文學會議宣讀、發表了對《插天山之歌》與《流雲》的看法。但是尚未在林明孝的文章中反映出來，造成對話。倒是筆者參考了林明孝對整個《濁流三部曲》的完整研究論文，繼續深入與前進。

一個視角是筆者建立了有關鍾肇政對日本精神、日本文化的態度，也就是對日據時代中，日本在臺灣作了什麼之外，又留下什麼痕跡的看法。而另外一個則是在字裡行間挖掘鍾肇政內心中隱微的、及可能觸犯創作當下的統治者的禁忌的、又希望能夠突破表現反抗與介入當下社會的意圖。

這兩個視角，一個適合以精神分析作為方法來挖掘，一個則是所謂的癥狀閱讀法。兩個方法實際上都有相關性。若是由後殖民理論下來解析，而非僅過去的二元對抗解讀的脈絡，產生所謂的流動認同的敘述，都是非常恰當的方法。其實，由筆者研究發現，鍾肇政小說閱讀的脈絡，除了中華、臺灣的二元性對抗外，還有日本殖民統治留下的後殖民觀點，但是也有轉化日本人帶來的精神而對抗國民黨的方式。最後，也有在表面上配合中華民族論述的方式，卻也有

符合歷史真實而與中華民族論述產生重疊的地方。所以至少要有四種觀點、四個層面、四個角度才能完整的說清鍾肇政作品的內涵。

雖說如此，這四個層面僅僅是表層的、歷史的、寫實的與浪漫理想的。而其底層，可以看到的作者的意圖是相當堅韌的，想盡辦法突破的，也就是「生為臺灣人」作為一個核心的概念。為何成為一個「臺灣人」倒是其次，而是認知到的後，應該如何行動呢？又會面對什麼挑戰呢？如何回應？最後肯定臺灣人會獲得最後的勝利、或者是永遠可以找到一條出路。這才是兩個三部曲的主題的本質。

除此之外，筆者也開始以史的探討，撰寫了大河小說的起點。以及鍾肇政的歷史觀的研究，部份原因也是回應新一代的研究者，如陳建忠的發言。並且除了將兩個三部曲，一部又一部的以上述視角來討論外。更進一步的則是整體的來看三部曲，也就是結構上的研究方式。而終於完成本書，靜待於未來與研究者再進行對話。並且在思想上、藝術上、風格上，或者其他的研究方法，再挖深鍾肇政的大河小說。

還要補充說明的是，先行研究者彭瑞金，以辯護姿態或者更多的基礎研究、並耗費苦心參考了更多資料如《鍾肇政全集》，又完成《鍾肇政評傳》。還有整編鍾肇政的相關研究資料為《臺灣現當代作家研究資料彙編 14──鍾肇政》。也讓筆者受益許多。

二、閱讀新態度與臺灣魂的建構者

細緻的利用癥狀閱讀法，整個翻轉鍾肇政在戒嚴時期的作品的被詮釋方式。除了上述筆者在評《滄溟行》、《插天山之歌》找到許多文本細節，加以發揮而獲得肯定外。在第三章的〈流雲論〉，我認為影響深遠，使得後來評者，在閱讀鍾肇政的角度與態度都翻轉過來，以新的方式來解讀，藉由一些細節的詮釋與發現，使得《流雲》再次獲得肯定。

如由林瑞明指導林美華撰寫的碩士論文《鍾肇政大河小說研究》，幾乎全盤接收筆者的看法。認為《流雲》象徵了光復初期臺灣人認同的混亂以及該書點出二二八之前的動亂前兆。

　　而戴華萱的博士論文裡與其後摘錄博論而整理發表的論文中，以心理學深化或者包裝來自於拙著從《流雲》所找出的細微癥狀，並且似乎很肯定筆者對這個文本癥狀的解讀，如發自 1946 年 2 月 28 日的信件，暗指第二年的二二八。南京蟲的誤解、如豬一樣的蕃仔、光復節的不滿、旱災的隱喻。這些幾乎是過去的論文都不曾加以從《流雲》中摘錄、注意而進一步解讀的。筆者在前言中已經提到，這來自於筆者從大量信件與作者接近，而構建出來的先前視野，才能看到《流雲》的文本中種種的癥狀。當然，戴文能夠進一步以佛洛依德的行為倒錯來闡釋作者的內在世界，當然筆者也是肯定的，並且值得更系統性、全面的以精神分析來解讀。

　　總之，戴文如同林的碩士論文，在閱讀的態度與方向，已經不採用葉石濤、何欣與林瑞明在早先批評《流雲》的看法，而與個人的論文是一致的。

　　而《濁流三部曲》三部各個的愛情與認同的問題，筆者是發展自比較《亞細亞的孤兒》與《濁流三部曲》，而產生出戀母性、自戀性與動物性的愛情三典型，與搭配陸志龍的國家認同問題。筆者算是第一個這樣處理的。其他評者如戴文，以不同的解釋方式來連結愛情與認同，倒也是有番趣味。至於林美華的碩論則全盤接受筆者看法了。其他也有黃靖嵐的會議論文肯定筆者對小說中愛情的類比方式。最重要的對話則是蔡翠華的碩士論文，指出筆者曾比較《亞細亞的孤兒》與《濁流三部曲》的愛情結構。[1]

　　有了不同的先見視野，看到了顛覆性的解讀方式，然後再一次來閱讀鍾肇政作品，我們可以清楚看出，鍾肇政是臺灣文學作家中，第一個建構臺灣精神，也就是臺灣魂的大河小說家。臺灣魂的建構，特別是鍾肇政在日本精神、日本文化在臺灣人精神的歷史演變，有重要闡釋。在蔡翠華的碩士論文中雖然她講的是吳濁流筆下臺灣人的精神轉變。[2]類似回應筆者在本書附錄一所提的以日本精神抵抗祖國軍隊帶來的暴虐與混亂。吳濁流本人，對於日本精神的態度應該是不同於鍾肇政的。

　　這一點引起了陳建忠在評論拙著〈《怒濤》論──日本精神之死與純潔〉[3]

---

[1]　蔡翠華碩士論文，頁 55。

[2]　蔡翠華碩士論文，頁 64。

[3]　參見附錄一。也可見附錄二，因為除了漢族在日本精神的吸收外，可以比較鍾肇政在刻畫日據時代

的批評，但也啟發我以轉化的觀念來修正原來的看法。並結合吳欣怡指出鍾肇政的開基書寫的土豪書寫，作為本書所構建的臺灣魂的主題的源頭。

筆者並不在《怒濤》的研究，反而是首先在戰前背景中的《插天山之歌》，挖掘出日本精神表現在臺灣人身上的痕跡。對主角在勝利時唱日本軍歌，日本人桂木幫忙接生、指導陸志驤要在那裡幫忙奔妹用力推擠。

翁聖峰在討論高中國文的教材，有關賴和作品的理解時，竟突然引用本書中的發現，來做為解讀作品時的方法上的說明。

> 另以鍾肇政作品《流雲》、《插天山之歌》為例，「《流雲》表面是愛情故事，卻指出臺灣人未來方向，並刻畫出二二八前夕所籠罩的陰影。《插天山之歌》表現抗日的情節，主角人格卻具有日本精神的表現，末尾且唱出勝利的日本軍歌，頗讓人玩味。」[4]文學作品的表面意義與深層意義不見得一致，若僅以表面的文學反映論之，可能無法完全掌握作者的意旨，因此，高中《國文》書寫賴和〈一桿稱仔〉的創作意旨實須注意文學的歧義性與多義性，倘僅以單一觀點詮釋賴和作品可能流失豐富的內容，賴和作品如此，其他作品亦如是。[5]

另外曾玉菁的碩士論文，對筆者在主角唱日本軍歌的勝利心境的自然態度來詮釋，與胡紅波的詮釋為日本文化讓臺灣人留下切膚之痛，兩種詮釋作比較。曾玉菁則另提後殖民角度，認為日本軍歌是悲壯而蒼涼，這是一種殖民經驗的歷史遺緒與創傷。這多少受到拍攝電影《插天山之歌》的導演黃玉珊的看法，認為唱軍歌與小說的抗日主題不大配合。

這也是筆者常常闡釋的，鍾肇政的小說題材是抗日，主題卻非抗日，而是其他如愛情、臺灣精神，以及介入創作當下的社會，反而是隱喻著反抗戰後的外來政權。

臺灣原住民受到日本精神影響的風貌為何。

[4] 錢鴻鈞，〈談鍾肇政文學風格與思想成就〉，《自由時報》，2005 年 1 月 16 日「自由副刊」，http://www.libertytimes.com.tw/2005/new/jan/16/life/article-1.htm，2007 年 5 月 15 日閱覽。

[5] 翁聖峰，〈高中國文賴和教材試論〉，《國民教育》，47 卷 3 期，2007 年。

　　除此之外，在第二部的《滄溟行》，其中日本人帶來臺灣的法理精神以及時間與生活次序的準確、現代化，也是一種日本精神的表現。這兩部作品的研究，整個翻轉過去認為鍾肇政小說是抗日主題的表現。其實，作者並未有抗日意識，反而是一種親日。抗日只是情節的表面，反抗的更是創作當下的統治者。特別讓讀者去比對日本人的正面的精神的法理與純真的一面，相反地國民黨所帶來的是更為糟糕的。

　　這一部份首先獲得丁世傑在碩士論文中的同意。更有周麗卿擴大筆者的解釋，以比較同樣描寫背景的鍾肇政《滄溟行》與李喬《荒村》，構建出日據時代臺灣殖民法律的內化與反思。深化鍾肇政親日的形象，雖然說周麗卿認為這也是鍾肇政呈現了主體的分裂。另外周麗卿也同樣注意到，筆者在挖掘鍾肇政在日本精神的描繪，隱微表現在《插天山之歌》與《怒濤》裡。

　　而作為建構臺灣魂的第一部《沉淪》，有申惠豐與吳欣怡的碩士論文與筆者對話。特別是申惠豐受到陳建忠的評論鍾肇政《怒濤》的論文的影響，認為鍾肇政缺乏歷史哲學「一種尋求臺灣整體歷史的演變規律的形而上思索」。申惠豐認為這是歷史見證與知識份子的主觀的敘事角度的影響。「致使小說中的許多思想意識如同他的小說結構一般曉得斷裂並且缺乏基礎與提供讀者理解的可能」、「鍾肇政對於歷史發展的闡釋顯得十分模糊」。

　　但是申惠豐提出了依附在小說之外的「隱姓文本」的看法，其實就是作者創作過程，當做文本來做為詮釋小說的另類根據。「使得這部小說具有多重的含意，在某個程度上加深了這不小說所欲呈現的主題性」。申惠豐並認為「這些見證的敘事，發揮了重要的影響力，因為這些敘事，見證的不只是一個時代的歷史氛圍，在這些敘事中，也可探查到見證者藏於敘述中的思想與理念，只是這些理念或者因為時代的壓力必須隱藏，或者因為作者的無意識而必須經過後的詮釋與提取，但是這些都是歷史的紀錄，標誌著某種思想的歷史延續性，例如所謂的『臺灣意識』」。

　　申惠豐認為提取見證敘事中的幽微的異質言說是非常重要的。而鍾肇政的《沉淪》在官方民族主義的認同敘事中，申惠豐提取了「土地意識」。筆者要問的是，為何提取的不是「臺灣魂」呢？既然申惠豐認為鍾肇政的作品根著於「土地意識」，這個土地也就是臺灣的象徵，而非大陸。申惠豐也洞悉了鍾肇

政的創作意圖，是臺灣人的故事，而非中華民族的官方敘事。因為後者在鍾肇政小說中的表現太過於「教條與僵硬」。那麼，鍾肇政有什麼「昨是今非」呢？

筆者認為申惠豐比較了《沉淪》與司馬中原的《流星雨》也是提取鍾肇政真實意圖的方法。申惠豐認為在《臺灣人三部曲》中的民族歷史大屋中，內部裝潢的場景，才與其精神意識的真實內涵有關。申惠豐仍認為這是一種土地意識的精神內涵，而非臺灣魂、臺灣精神的內涵。

其實，就算是鍾肇政在解嚴後，開宗明義說他過去的《臺灣人三部曲》真實的意圖在於建構中華民族魂，而臺灣魂是中華民族魂的一環、一個支流。這也無妨於讀者與詮釋者，根據作品與過去時代的歷史脈絡，猶如申惠豐以對比《流星雨》的方式，為作家鍾肇政的作品作更恰當的詮釋。

申惠豐在評論鍾肇政《沉淪》的結語中提到：

> 鍾肇政顯然對於臺灣歷史中勃發的民間反抗力量感到十分驕傲，他耗費巨大篇幅描寫臺灣民間義軍高昂的戰鬥意志與旺盛的精神力量，並認為這是歷史最光輝的一筆記錄，小說中的那些抗日英雄，不論是吳湯興、徐驤、姜紹祖這些歷史上知名的人物，或是胡老錦、娘盛以及陸家人這些虛構的人物，鍾肇政都有意識的將他們形塑成臺灣人形象的理想典範，甚至於將這些人當成臺灣人身份的判斷標準。從這一點來看，鍾肇政所謂的「中華民族魂」即是「臺灣魂」的說法，在此又得到了一次印證。[6]

如此一來，申惠豐不是殊途同歸，最後與筆者的論證的結果一致了嗎？縱然申惠豐幾次認為筆者的論證方式是不夠有效的為鍾肇政文中的民族主義疑慮進行辯駁。那麼筆者可以接受申惠豐的詮釋過程。

不過，回到申惠豐提到，鍾肇政是浪漫的理想主義者，他堅持「臺灣主義」。但是申惠豐又說這個「臺灣主義」是單純的土地意識。當然說作者是浪漫的、理想主義的，並且是實踐的、有實際行動的，就是來自於鍾肇政堅持「臺灣主

6　申惠豐，《臺灣歷史小說中的土地映像──土地意識的回歸、認同與實踐》，靜宜大學，中國文學研究所，2005 年，頁 43。

義者」的浪漫理念。這尚不能推論說鍾肇政就是懷有浪漫主義的歷史觀，以人道精神、守護人類的尊嚴、追求自由的反抗精神、不屈不撓充滿希望，作為推動臺灣歷史進展的歷史動力，建構臺灣人精神與臺灣魂的歷史觀。如小說家的作品的主角不是作者的投影，或者進行刻畫的英雄人物，就是小說家的理想與典型人物。實際上申惠豐已經與筆者從鍾肇政文學中所整理出的浪漫主義歷史觀有彼此印證的關聯性了。

　　而鍾肇政介入歷史、社會的用意，也絕非僅僅是申惠豐所說的見證者、記錄者，而是建構者。鍾肇政筆下的知識份子視角除了與庶民互動的，作為一個有機的領導行知識份子外，也向庶民學習。農民所有用的土地概念並非是鍾肇政小說中最重要的關鍵詞，毋寧說是「泥土」的香味，在鍾肇政塑造臺灣人精神間，「泥土」作為臺灣的象徵，以及作為建構臺灣文學的風格與藝術性的基底，是更為恰當的詮釋鍾肇政文學的角度。

　　吳欣怡認為林美華的碩士論文,相對於 90 年代的王淑雯與王慧芬問題意識環繞在臺灣意識，林主張的鍾肇政作品中，國族認同是流動性的，吳予以肯定。吳欣怡個人的碩士論文，在細膩的家族成員的分析下，除肯定筆者提出的仁勇公為陸家子孫矜誇景仰的傳奇祖先，旁證了陸仁勇在乙未割臺中的重要性。吳欣怡認為：

> 沉淪所展現的表裡重層、歧音含混的國族認同，鍾肇政在複合官方言說、遮蔽引為奇異內裡的書寫狀態下，所展呈矛盾含混的國族圖像，正是《沉淪》的價值所在。[7]

　　吳欣怡還另援引詹明信的的「雙重底殖民性格」，指出鍾肇政作品有明暗兩面的隱喻功能。其實進一步的可以說，抗日乃是虛、中華民族更是虛。而上面所舉的流動國家認同啦，流動也僅僅是反映了歷史事實，還有歷史事實中的祖國認同與祖國愛。真實的，從隱晦中挖出的，作者真正的意圖的，並未流動，也沒有雙重認同。以臺灣人為主體、本位，寫出臺灣人的故事以外，建構臺灣

---

[7] 吳欣怡，《敘史傳統與家國圖像：以呂赫若、鍾肇政、李喬為中心》，清華大學中文系碩士論文，2010 年，頁 107。

人的精神。雖然臺灣人主要是漢人組成、來自於原鄉，這些僅僅是歷史的呈現。鍾肇政的歷史觀，不僅是浪漫主義歷史觀，還是臺灣意識歷史觀與臺灣主體的歷史觀。

　　妙的是，吳欣怡在論文中評論《沉淪》，書中描述日本軍隊現代化武力的經驗，吳是同意筆者認為傳達了鍾肇政對「日本精神」、「武士道」的景仰。那麼那個雙重抵殖民的意涵，似乎傾斜，比較鍾肇政對於舊有的殖民者與新的殖民者，其抵抗精神是差異甚大的。要說這是一種後殖民的混雜現象，也言之成理，但是筆者比較從人性的觀點看待鍾肇政的成長經驗與處理記憶、介入當下社會的反抗方式。其對於日本精神與臺灣精神的轉化與辯證關係，鍾肇政也在《怒濤》中提出了進一步的思考。

第三節　浪漫歷史觀的時代因素與探討

一、歷史觀乃時代產物

　　鍾肇政的歷史觀乃時代社會下的產物。是接近於臺灣民族主義的萌芽，正確的應該是樸素的臺灣人住民的未來問題。歷史小說乃是要回答臺灣人是什麼？也就是創作當下、此時此刻的臺灣人是什麼的一種方法。也等於鍾肇政要問「我」是誰？我們是誰？我們來自哪裡？我們要往何處去？結論就是為不僅是住在臺灣，而是願意為臺灣犧牲才是真正的臺灣人。住在臺灣、生於斯長於斯之外，感受到臺灣人命運的，也就是歷史的、過去的，造成現在的臺灣人的定位，需要努力、反抗外來者。隱隱然，暗示著臺灣人應該互助團結、和平相處。這是一個浪漫的理想，也是鍾肇政浪漫小說觀的自然的結果。鍾肇政以小說藝術參與社會改造，乃是時代社會的要求，本質上仍是浪漫的居多，屬於盧梭、歌德、席勒以降浪漫主義的系譜。

　　葉石濤引用法國現實主義者的看法，認為書寫過去如《流雲》那樣的自傳性小說的作品乃是亡靈，其意思就是一種戀屍癖，葉石濤把過去時間認為是骨骸。鍾肇政看法似乎不同，且葉石濤似乎是一種自省與投射，而現實上葉石濤

的創作也與說法背道而馳。戰後的白色恐怖時代，國民黨的統治，引起了臺灣人的不滿與懷疑。也對於過去日本統治時期的懷念。這在《怒濤》中也有類似書寫，並多少有理想化的傾向，也就是所謂產生了親日的情緒。而與浪漫主義歷史主義者，現實中受到法國大革命的影響，產生民族情感，緬懷中古世紀、編輯民間故事以激勵民族意識，有類似的心情。因此，鍾肇政的歷史小說帶有一股濃濃的鄉愁味。

在鍾肇政的成長時代上，臺灣意識已然形成，在政治上是不斷受到外來者的控制，特別是有相近血緣的外省族群來統治，使得臺灣人大失所望。因此，臺灣人一如十九世紀的德意志民族，從起於文化危機的焦慮，反抗法國啟蒙主義，又經過拿破崙的刺激，從文化民族主義轉成國家民族主義。德國人想從歷史中找到信心與鼓舞的力量。而德意志史學正是發源自浪漫主義與浪漫主義史學而來。鍾肇政從臺灣的歷史經驗，親身的經驗來體會，正如德意志民族所經歷的時代，而發展出了類似的歷史觀。

對鍾肇政而言，創作之初，傾向於受到日本浪漫主義作家影響，這對年輕人應該是很正常的。漸漸的鍾肇政注意於生活周遭不公義的、不平等的事情，予以披露，這就產生批判寫實主義的傾向，如六〇年代前後短篇小說，有批判聯考制度的〈窄門〉、受軍事靶場流彈波及而枉死的〈小英之死〉等。而到了《魯冰花》，浪漫的天才與感傷精神與批判寫實用意，可以說是兩者兼顧。由於名聲漸起，而轉向日據時代歷史，避開現實的政治干預，於是鍾肇政開始發揚寫作之初就有的寫臺灣人、寫日據經驗的自傳小說的想法。

> 我寫出這樣批判的東西，覺得自己是很危險的，以後就漸漸少寫了，寫一些歷史的東西，才有《濁流三部曲》、《臺灣人三部曲》這樣的所謂大河小說出來，批判的東西就不太敢寫了。[8]

因此，從鍾肇政個人創作經驗來看，第一篇大河小說《濁流三部曲》是以個人經驗為題材，但是作品內涵卻是從個人推向時代、社會，並富有臺灣意識

8　鍾肇政演講〈臺灣文學與我〉（1998 年 12 月 2 日），收錄於《鍾肇政全集30》，頁 516。亦見〈一個由日文過渡到中文的寫作者自述〉（2002 年 10 月 27 日），收錄於《鍾肇政全集 32》，頁 201。

與反抗內涵的作品。這個文學意義下的臺灣意識，想要刻畫臺灣人，當可追溯到一九五〇年代創作之初，在本書於第二章所寫的，有關談臺灣大河小說的起點與鍾肇政的創作歷程，並比較《濁流三部曲》、《臺灣人三部曲》與「大武山之歌的計畫大綱」。[9] 而真正以臺灣人歷史來挑戰的作品《臺灣人三部曲》，可自下面一段話觀察，鍾肇政受到時代影響的歷史觀，也就是要刻畫臺灣人的民族精神之意圖：

> 這工作卻也使我更感受到在「臺灣文學」旗號下的一種連帶感。我不得不常常想到臺灣文學的過去、現在及未來命運。我覺得這正是臺灣人的命運。在這種心情下，長久在胸臆中盤踞的生命主題便也明顯地浮凸了輪廓。那就是──臺灣人。
>
> 光復二十周年了，我行年居滿四十。在我的生命裡，光復前我做了二十年「大日本帝國臣民」，光復後成了中華民國國民，也滿二十年。可是，與日本是斷絕了，大陸卻始終在遙遠的地方，因此我一直都祇是臺灣人。那是不含任何政治意識的單純想法。於是，我為我的下一部著作命名為《臺灣人》。[10]

　　文中所指的工作，指的是鍾肇政幫忙《臺灣文藝》的編務，而該刊恰也在1964 年創刊，這一年鍾肇政實際著手創作《臺灣人》的作品。光復二十週年為名寫《臺灣人》，那是作家鍾肇政懂得運用時勢的，掩護政治敏感性高的作品，可以聲稱某種愛國心而寫。一如他在 1965 年編輯的「兩大臺叢」策略。[11] 所謂與臺灣文學的連帶感，當可指臺灣文學的命運，就是臺灣人的命運，那是鍾肇政在《文友通訊》時代，就拚命的要打出「臺灣文學」的旗幟而受挫的經驗。就專注於「臺灣人」的身份時，鍾肇政說這是無關政治義涵的。可是做為中華民國國民，卻要強調「大陸卻始終在遙遠的地方」。這表示鍾肇政所強調的「臺

9　參見本書第二章。

10　鍾肇政，〈蹣跚步履說從頭──卅五年筆墨生涯哀歡錄〉（《臺灣新文化》第六期，1987 年 2 月），收錄於《鍾肇政全集 19》，頁 167。

11　錢鴻鈞，《戰後臺灣文學之窗──鍾肇政六百萬字書簡研究》（臺北：文英堂，2002 年 11 月），頁431。

灣人」可以說是一個單純的臺灣住民的概念，而非浪漫史觀下的民族概念。但是這不影響書寫臺灣人精神史的目的。事實上，這是白色恐怖下的思考與表達方式，如要指出這個「臺灣人」意涵是相對於「中國人」，亦無何不可。因此，要擴大「臺灣的住民」觀念為「臺灣民族」是相當合理的。也就是鍾肇政的歷史觀，是以臺灣民族為出發點的。

而更重要的一點，與這裡所討論而相關的是，這段話不僅詮釋了鍾肇政創作《臺灣人三部曲》的心路歷程，他所經歷的歷史現實。更是他在《濁流三部曲》所表現的，其實就是這一段話的歷史經驗與歷史感受。從也就是國籍從日本人成為中國人的，過程當中的接受與抗拒。這在兩本大河小說共通的第四部《怒濤》中，更是表現出鍾肇政個人、創作當下認同，戰後的心路轉折的總結之作。

而從鍾肇政專注於寫歷史小說做為生命主題的脈絡來看，其歷史觀不僅僅是整個臺灣歷史現實上，民族精神延續自日據時代外，在 1960 年代，二二八事件後二十年，海外也有史明以臺灣民族立場寫臺灣四百年歷史，島內更有彭明敏寫下臺灣人民自救運動的宣言。兩者都是清晰的臺灣人、臺灣民族獨立運動的國家、政治立場。鍾肇政與這兩位都是呼吸同時代的空氣長大的，因此，鍾肇政的歷史觀的建立，與西方浪漫主義歷史觀下，追求民族精神的獨立之時代背景有謀和之處。

二、寫實與浪漫的探討

寫實的意義，除了字面上的照實而寫，當下如實的刻畫、描述而顯現其真實。其內涵則是對於人的行為的解釋，賴自於社會與歷史。而與其血緣相近的自然主義，則以物質，也就是科學觀點下的自然，以生理學、遺傳來探討人的行為的。對鍾肇政而言，結構上的勻稱、敘事觀點的嚴謹，以及樸實的筆法。寫實主義稱呼鍾肇政的文學觀，不如說其文學觀是本土的、在地的、臺灣的，更為妥當。而以浪漫主義文學觀所說的真誠，要比寫實主義的真實來的更為妥切。

特別是鍾肇政鮮少以明顯的批判、為勞農代言的筆法創作，而是以更廣大

的歷史命運，整體的臺灣人形象為主體。進一步的則是鍾肇政有其理想性，作品指向未來與希望。何況，白色恐怖時代，是無法以寫實主義，或者說現實主義來表達其介入社會的理想。如鍾肇政的《魯冰花》就是一個例子。他雖然想介入 1960 年代臺灣的貧窮與選舉舞弊的社會問題，可是僅能微微觸及，讓讀者最為感受得到的還是小說中的傷感性，以及天才的隕落帶給讀者的衝擊。就鍾肇政筆下角色而言，雖然受到歷史命運的限制，可是表現出來的卻是意志的力量與歌頌。以及為愛所引導的精神。之後，鍾肇政轉入歷史小說，就更為遠離寫實主義的文學範疇了。

若說鍾肇政的風格是寫實的，思想是浪漫的，其為人的本質也是浪漫的，來做為模擬鍾肇政的文學觀。以文字而言，鍾肇政的文風是樸實、平時，符合其溫和的個性，批判也是相當的委婉。力道卻是平實的文字背後，剛硬的骨架與豐厚的生活經驗所傳達出來，而不以熱烈的情節與過於衝突的場面來呈現其文學力量。其文字風格，也就不是走浪漫主義時代的華麗、強烈的傷感性，背後的理想性格才呈現出熱烈的浪漫性。

在浪漫主義的歷史觀、或者文學觀的實踐上，可以如詹明信的政治無意識的浪漫美學三個層次來分析。在政治上，鍾肇政擅長讓日本女性如《濁流》的谷清子、《滄溟行》的松崎文子似乎無來由的、主動的、天生的，毫無顧忌的愛上鍾肇政筆下的臺灣男性。這種愛情的象徵，代表的就是一種政治上的勝利。而在社會的階級、兩性，鍾肇政筆下的知識份子與農工階級相處是和諧的。女性則被刻畫的自主、比男性更能承擔苦難，默默的幫助男性。但是鍾肇政筆下仍以男性作為主體，而這種兩性關係，也是浪漫的。最後，在歷史層面，鍾肇政對於臺灣的歷史，最後安排新生、或者總有一條出路，總之是光明的、有希望的，一如《聖經》上的救贖命運觀。在這三個層次上，鍾肇政的小說充滿了浪漫式的解決各個層面的困境的方式。

鍾肇政的小說表現了歷史觀，也含有臺灣意識觀、接近一種民族主義，比較妥當的是臺灣住民自主主義。其實，這就是一個國家意識的雛形。而鍾肇政的小說雖然有著浪漫的理想，但其作品是呈現著如何實踐，而最終不會成為幻想。鍾肇政的小說是不脫離社會與泥土的。

若以臺灣為核心而言，在臺灣文學的創作裡，有兩種方式來呈現，一種是

現實主義（寫實主義）、一種是浪漫主義的。浪漫主義似乎趨向於未來，描寫歷史。現實主義則是當下與批判。兩者差距，在於自我看法的切入點，也就是臺灣人的自我認識的問題。這個自我認知，不該再從皇帝時代、中華民族、漢族的整體看法，而是從臺灣這個島的歷史出發，自然會包含很多族群，除此之外，還是漢族來到這個島的命運的問題，有其特殊性。這個命運與中國、祖先會有相關，但是未來如何在戒嚴時代難以表述清楚，只好立基於當下的特殊性與立基於過去的歷史。這就是一種自決性與自主性，也就是一種獨立性。鍾肇政也寫了以原住民為主體的大河小說《高山組曲》，可惜二部而已，三部曲的計畫未能執行到底。

　　也就是說，鍾肇政、葉石濤都是重視臺灣過去的。鍾肇政所套用的是浪漫史觀的、理想的觀念。葉石濤則是以寫實的觀念、批判的觀念入手。推動歷史的動力，其實都是反抗的精神，一種根於特殊環境的精神，而以臺灣精神名之。而兩人書寫與論述的發展上，自然鍾肇政方面也會有現實面，調查民族的生活。葉石濤也是懷抱著理想的未來面。但是都是以臺灣為中心，思考臺灣人獨自的命運與歷史。也因此，兩者也自然的以農民與扎根土地為主體，類似以此為根據而凝聚一種臺灣的民族意識。鍾肇政更多了英雄主義，以有機知識份子來向農民學習與領導的反抗。

　　但是，兩人也不完全是以民族主義為基礎來發展臺灣未來的可能，比較是一種住民、歷史特殊命運所形構的臺灣人意識與概念。而是仍在思考讓臺灣人、各族群能夠融合，追求臺灣人未來的幸福。民主制度更是一大可能。也就是鍾肇政、葉石濤在戒嚴時代，不敢去談「臺灣人沒有自己的國家」，並且是現代國家，由法律、制度所構成的公民國家的觀念，而非由民族意識所構建國家觀念。當然，其中模糊不清，只能藉由解嚴後的發言與過去發言循環詮釋，加以印證。可以肯定的是，在白色恐怖之下，他們常常發言的有關中國人的民族觀念、國家觀念，他們知道禁忌在哪裡，也當然知道有關臺灣獨立的民族與現代國家的思想，是不能公開，也不能在意識中成形，更無法與人討論與交談。只能看著一些政治人物因為這些觀念被關被殺。餘悸猶存而心中有個小警總。可貴的也是他們一再的去碰觸底線，找尋突破與發表意見的可能。

　　有關浪漫與寫實的理念與風格的問題，鍾肇政甚少提出。但是兩人在創作

上都累積相當多的田野調查與臺灣現實的經驗。而實際寫作上，葉石濤展現更多的浪漫風格的表現，與他在戰後的思想轉變，所主張的寫實主義，從許多層面來看，都與西歐的寫實主義精神差距甚遠，無論是巴爾札克社會精細描繪與典型人物式、亨利詹姆斯的敘事觀點式、或者薩克萊的社會批判式的寫實主義。鍾肇政所刻劃的歷史，乃是國民的歷史、公民的歷史，雖然臺灣尚未是一個獨立國家，但是已經有獨立的意識。至少，在解嚴以後，可以這麼解讀。而這樣的架構與內涵，日後的作家將受其影響繼續寫下去。這也就是葉石濤生前最後的發言所說，臺灣文學將擴展到更大的空間與時間，而非僅限於臺北一地的資本主義支配之下以個人為主的文學。

　　總之，寫實是鍾肇政的風格要素之一，是樸實。其是文字風格，平淡的。為尋求真實性而寫實，表現社會、時代、歷史、風俗。當然也包括其介入社會的批判的思想，但是相當隱微。所以說，浪漫是偏向思想的，也就是帶有理想主義去看世界。寫實是其理想的手段。

　　鍾肇政的藝術觀則是寫實風格與浪漫思想的綜合體。其文學觀包括了其文學上的美感、思想上的深度，乃是以平淡的手法來表現宏大的世界，而不以絢麗的文字、強烈的題材來獲得讀者的在官能刺激上的感動。而希望讀者細細品味而獲得感動。

第四節　兩個三部曲與《怒濤》之間的有機性

　　從作者的書信資料看鍾肇政創作計畫、創作意圖，並且對於《濁流三部曲》於內容的最新詮釋來看，仍認為鍾肇政是從個人轉變到《臺灣人三部曲》中才有了以整個臺灣族群、反映社會時代背景的內涵。這種看法，似乎值得檢討。[12] 也因此，作為《濁流三部曲》的第四部《怒濤》，兩者關連性比較少人研究。並且經常單純的放到自傳性小說的範疇。

　　由鍾肇政介紹以個人生命為主的大河小說，以《約翰克里斯多夫》為例發言：

---

[12] 丁世傑，同註2，頁117。董砡娟，同註7，頁6。

由以上的簡單介紹，可明瞭大河小說是以個人生活為主幹，來描述一個個人的生命史，或者說精神的發展史。這是其中一種。當然，這中間，也不可避免地因為描寫一個人的生命歷程而及於一個時代、一代社會的諸相與演變的歷史。類似的作品，我們還可以看到德國作家歌德的《詩與真實》，英國作家迭更斯的《塊肉餘生錄》等，也都是寫個人的生命歷程，而且坊間也容易買到。[13]

因此，鍾肇政的自傳體成長小說《濁流三部曲》，並非僅止於個人生命與肉體的發展史，而是及於時代與社會，甚至是臺灣的歷史精神。說是屬於鍾肇政所指的第二類的大河小說，以集團為主進行的歷史小說，差距不會太大。而《濁流三部曲》是符合鍾肇政自認為的大河小說：「以一個人物貫串全局，不過描寫對象廣及整個社會，形成一個時代一個社會的縮圖的作品。」或者另文提到：「內涵則或首重個人精神之發展與時代演變遞嬗的的關係，或以集團行動與時代精神之互動為探討的中心。」[14]

鍾肇政在《濁流三部曲》中涉及不少歷史背景，除了元旦、日皇誕辰的天長節、明治節，瓜達坎那爾轉進，塞班島、硫磺島玉碎等戰事的消息，日本內閣的更替與人心的反映外，特別在《流雲》點到相當多有代表性的日子如國慶日、光復節，也影射了二二八，更不要說日本投降這個相當重大的日子，前前後後人心的狀態。這也就是彭瑞金所言，《濁流三部曲》處理了臺灣歷史的沸騰點。[15] 這符合本書觀點，即鍾肇政選擇這歷史高潮點而非更平淡的日子，可謂是浪漫史觀下的取材方式，題材本身就相當有戲劇性。

以同樣是自傳性小說，又是歷史小說的《亞細亞的孤兒》相比，或許時間、空間，還有幾代的家族人物之歷史認知，《濁流三部曲》是顯得狹小多了。但是個人的精神發展與時代演變的遞嬗，是相當綿密，飽涵象徵性，而有深刻的歷史意涵。若以光復與二二八來比，說同樣是大動亂的時代，應該是不差的。

---

[13] 鍾肇政，〈淺談大河小說〉（《自立晚報》，1982 年 8 月 20 日），收錄於《鍾肇政全集 18》，頁352。

[14] 鍾肇政，〈簡談大河小說〉，（《中國時報》，1994 年 6 月 13 日），轉引自林美華，《鍾肇政大河小說中的殖民地經驗》（臺南：成功大學歷史研究所碩士論文，2004 年 1 月），頁 29。

[15] 彭瑞金，〈傳燈者〉（《聯合文學》，1986 年 2 月），收錄於《鍾肇政全集 37》，頁 102。

不管在精神上、肉體上對臺灣人所受的折磨來看，大概只有日人接收臺灣的時代，也就是《臺灣人三部曲》第一部的《沉淪》筆下故事可比了。

一、《怒濤》與《濁流三部曲》

《怒濤》作為《濁流三部曲》的第四部，主要是故事的時間接續《流雲》結束的一九四六年初。這四部的故事發生時間，也都是半年左右。而《怒濤》主角之一的志騤與後者的主角志龍同樣有自卑的個性，並且都是首屆徵兵的適齡者。差別為志龍是私立中學畢業，而志騤是農林學校，為的是劇情安排上，將志騤安排到山林管理所工作。並且兩人都有潛藏的反抗性。

在結構上，《怒濤》則採取與《臺灣人三部曲》第二部的《滄溟行》一樣是兩個主角輪流進行的雙線交織的有機方式。而《怒濤》另位主角志麟是高學歷的書蟲角色。其勉強用功的精神，在志龍身上也有，並且志麟在臺北的生活經驗如看映畫，也反映作者的童年經驗，或者說是陸志龍的童年經驗。因此，基本上，可以說是志龍的角色，其個性與特質拆成兩部份，成為《怒濤》的兩位主角。

《怒濤》全書多少瀰漫著傷感的氣氛，但是主要標榜的價值還是戰鬥的精神。這方面在《濁流三部曲》就有所不同。雖然筆者也論證過《濁流三部曲》還是帶有反抗的精神，而這僅在周邊人物上。主角陸志龍也可說有著英雄主義，可是僅算是反英雄，外在並沒有昂揚的氣質，沒有領袖的風範。僅在內在充滿了壓抑與不服輸的精神。表面上懵懵懂懂，卻是不斷的成長、前進著。《濁流三部曲》的主題之一，乃是民族的自覺。以個性稍嫌懵懂的陸志龍做為主角，以成長小說筆法，是非常適合的。先安排周遭人物都具有反抗性，而終至影響了陸志龍。且也讓我們認識到陸志龍本性也有堅韌的一面。[16] 而作為歷史小說的延續來看，《流雲》所預言的二二八的前夕描寫，在《怒濤》中表現出歷史的延續性。

作為主角的志龍說是反英雄，但也是一種英雄，是另類的英雄。他是現代知識份子，充滿矛盾的英雄。那麼整部小說也可以說是一種反史詩。如荷馬史

---

[16] 本書第八章。

詩之一的個人主角為主的《奧德修斯返國記》，不斷漂流犯錯、接受考驗、充滿肉慾苦惱，最後終於回到故鄉，朝成長目標前進，只是奧德修斯幾乎是神明似的單一性格，極易克服困難表現神性。《臺灣人三部曲》則是屬於戰爭類的荷馬英雄史詩《伊里亞德》。兩者加上《怒濤》都是史詩性質的文體。從結構與人物內在世界而言，這四部是有機的構成。

　　有關祖國的負面形象，一般認為鍾肇政第一次在解嚴後的《怒濤》中得以充分表現，所謂祖國情懷的破滅。鍾肇政似乎是一種復仇心理，在《怒濤》中爆發出來。其實是在《濁流三部曲》，特別是在《江山萬里》中也有對祖國的負面描述。雖然敘事者說那是日本人的「宣傳」，可是作者卻是特意的記上一筆，筆者認為是有意的，甚至作者創作當下也是認同日本人的看法。而在《流雲》中，表現敘事者的親身體驗，雖然多所保留，也算是印證了日本人的「宣傳」。特別裡頭的種種象徵意涵，在另文中為筆者揭發出來，更顯得文學隱喻的力量所在。也因此，在這一點祖國情懷、祖國意識上，《怒濤》作為《濁流三部曲》的第四部是相當有連續性的有機與統一的意義。

　　北京語的學習上，在《怒濤》中表現的是讓臺灣人感到屈從的一面，但也多少點出鄉中人熱中於北京語，而不再與第三部《流雲》相同表現為臺灣人全面主動熱烈的學習。而在《插天山之歌》，也相似的表現主角接觸到祖國文字的喜悅，這大概是作者重要的經歷，特別是想作為一個作家的心路歷程。客語的使用，倒在《流雲》有相當的強調，這與《怒濤》相同。而日語方面，隱然可以發現陸志龍在光復後仍舊滿腦子是日語，並且下意識中也常以日語表現。事實上，主角所閱讀的漢文其實是日本人的著作。這讓作者在日後提到，他靠日人的書來學東西，在正確性、深入兩方面，都不算離譜，而重新體會到，日本人做學問確實是「一絲不苟」的。[17] 並且這與鍾肇政體會的日本制訂了法律與執行是一絲不苟作了同樣的印證。[18]

　　有關戰後社會語言的混亂，象徵著社會與價值觀的混亂，在一本碩士論文

---

[17] 鍾肇政，〈剝狗皮的日子〉，（《書與我》，1978 年），收錄於《鍾肇政全集 19》，頁 367。

[18] 鍾肇政，〈論文講評要旨〉（淡水「臺灣文學會議」，1995 年 11 月），收錄於《鍾肇政全集 30》，頁 484。

中注意到了，鍾肇政在《流雲》與《怒濤》都有表現出來。[19] 只是兩本書都同樣出現主角看到日本零式戰鬥機留了下來，前者的主角所聽到的是鄉人傳說是日本人破壞飛機，而後者是直言接收的祖國軍隊所破壞的。這改寫值得玩味，筆者當然認為鍾肇政是有意在戒嚴時代留下飛機遭到破壞的紀錄，只是僅能以「傳言」日本人破壞的說法來表現。而《流雲》在最後還提到希冀這飛機將來有一天可以飛起來，時代精神中，還表示還留下一點希望與光明。[20]

戒嚴時代，鍾肇政小說中所不見的批判臺灣人價值的混亂、精神的墮落，卻在《怒濤》裸露出來，表現情況是讓人感到相當的痛心。這與《流雲》在戰後的時代精神中略嫌失落感、茫然也是有聯繫。筆者也早有研究指出，《流雲》暗喻二二八前夕，風暴即將展開，這一點上，更可與《怒濤》作為相當圓滑的過渡。只是在戒嚴前，鍾肇政對於臺灣人是不忍於苛責，畢竟民主時代未到，激勵臺灣人精神應該是放到首位。戒嚴後，批判了臺灣人的墮落，實則也緬懷過去有那麼美好的日本精神，卻已經消失不見了。書中末尾，插入志鈞在日本原來有日本老婆、小孩，而志鈞的死也象徵著臺灣與日本精神的聯繫的斷裂。只剩下了日本精神轉化後的臺灣精神，但是作者仍要讀者去思考為二二八犧牲的亡靈，我們是否真正的傳承他們的精神。

比較另外一部大河小說《臺灣人三部曲》而言，《濁流三部曲》作為《怒濤》之前三部的作品，是更豐富於討論臺灣人認同的曲折。自傳性的知識份子視角，但接近民眾，而反映出重要的社會傾向與民眾的生活。從認同日本人的懵懵懂懂中，獲得啟蒙而了然於自己是臺灣人、祖先是祖國來的，最後接觸到祖國的失望，價值觀略略扭曲，而仍有一點希望與期盼。最後在《怒濤》中破滅殆盡，表現出來的是臺灣人反抗來自祖先之地的接收者的時代精神。

---

[19] 陳志瑋，《戰後初期的語文政策與意識型構（1945 年 8 月 15 日—1949 年 12 月 7 日）——以跨時代臺灣文化人的書寫為考察對象》（臺北：臺北教育大學臺灣文學研究所碩士論文，2006 年 6 月），頁 112。

[20] 有關鍾肇政個人所聽聞的講法，見於〈歷史與文化的結合〉（1993 年 4 月 21 日），收錄於《鍾肇政全集 30》，頁 449。又見於同註 23，頁 25。

二、《怒濤》與《臺灣人三部曲》

就史詩的風格而言，《怒濤》以此理由為《臺灣人三部曲》的第四部，是相當恰當的。每部都有英雄式的領導人物，刻畫著每個時代的反抗意志，除從仁勇抗日事蹟，故事一脈相傳之外，還有成長與變化。只是除了《沉淪》刻畫乙未抗日戰爭，《怒濤》則刻畫二二八事件，兩本書都有清楚的歷史印記。《臺灣人三部曲》的第二部《滄溟行》則還可算有日據時代的中壢農民組合事件為背景，而非選擇其他高層次的政治反抗事件為描述對象。且鍾肇政將中壢事件提前四年發生，筆者判斷用意是將作者將日本太子來臺事件作緊密的結合，使得故事更有結構性。最後第三部的《插天山之歌》則根本是虛構的，主題故事中沒有清晰的歷史大事的印記。只有飛機、輪船出現代表時代前進的風味。

《怒濤》雖然也提到《沉淪》的轟轟烈烈的抗日事件，是要顯示志麟的父親維林也有終身無法抹去的夢魘，而僅能當一個普普通通的順民。而此事件皆未影響到志字輩的子弟。在《怒濤》一書中，鍾肇政並不如《臺灣人三部曲》一樣以陸仁勇的故事貫串下來。其中的原因，乃是要強調戰後的時代精神，並非本土所有，而是外來之物。這個外來精神的建構，除了當作是一種「歷史事實」外，也是作者據以將戒嚴以前不敢直接刻畫的精神，趁二二八事件為背景的小說，將之描述，全力發揮，並表達過去所受日本教育但在戒嚴時代所受到的蔑視與羞辱。

更進一步的，鍾肇政也在書中抨擊臺灣人那麼容易學壞，在戰後輕易的拋棄了日本精神。批評臺灣人有「出外人性格」，是來自移民社會的流風。但是鍾肇政這種複雜心情的處理，除了有歷史史實上的精神建構外，也有創作當時的歷史理想性的意識，仍希望藉以激勵解嚴後的臺灣人，進一步的建構臺灣民族精神。留下的尾巴卻是日本精神確實是已經遠去，而臺灣人精神仍尚未建構完整。

所謂歷史前進的動力，應該是臺灣人精神本身。而日本精神實際已經臺灣化了。如鍾肇政所言：「日本精神在臺灣轉化而成的『臺灣精神』。」[21] 也就是雖則說是日本精神，但是其含意帶有進步性，是公義、法律、正義的概念。

---

[21] 〈臺灣精神——講詞概要〉，收錄於《鍾肇政全集 32》，頁 165。

這是一種普遍性的人性光明面。所以說，這個日本精神已經臺灣化，道理在此。且這是有歷史基礎的，並非鍾肇政空想或者主觀為之。當然，也有鍾肇政的理想與義涵在裡頭，臺灣人的精神並非停止於此，日本精神僅是一個時代的精神罷了。日本精神的內涵重點仍是與《臺灣人三部曲》是人性的尊嚴的一面。

　　如同日本精神，在《怒濤》中所表現的祖國情懷與臺灣的關係，也在二二八時同樣切斷。但是破滅之前，志駹與志麟都對祖國抱著熱烈的期盼，希望日本精神可以結合祖國的物力，最後臺灣成為祖國的一部份，我們有一個強大的祖國、中國。這種期盼，雖說天真，但原來也是根於一種奮發向上的精神。在《插天山之歌》也好，在《滄溟行》也好，裡頭表現的祖國情懷，雖然不多，但是除了是刻畫出一種時代意義外，也是一種表現臺灣人渴望獲得安慰與解救與向上力量和希望的時代精神。

　　《臺灣人三部曲》裡頭中華民族精神的說法、祖國意識的關連，似乎除了白色恐怖的因素外，也是作為一種史實留存著。更重要的是似乎作者有意的寫入，作為一種佈局。將來在撰寫二二八時，作為一種祖國幻想破滅的準備。《怒濤》作為第四部，鍾肇政極力要寫下的理由之一。

　　而《怒濤》除了切割與祖國的連結外，也大致切割了日本的精神。那麼為什麼用日本精神，原來不是抗日的精神嗎？可以說，《怒濤》與《臺灣人三部曲》某種觀點，代表一個斷裂，因為《怒濤》的反抗原點，並不起於《臺灣人三部曲》中的仁勇而一脈下來。但是，又可以說連續的，因為第三部《插天山之歌》的時代精神，筆者已有詮釋其內涵，一樣含有日本精神。《怒濤》中的日本精神說，以批判臺灣人的方式來講，臺灣人其實是學壞了，日本精神在臺灣已死，一如作者安排最富有日本精神的志鈞與拖西戰死。並且志鈞的日本老婆與小孩，留在日本。小小一瞥隱喻著臺灣與日本的關係已經切斷。從祖國意識、日本精神的刻畫，鍾肇政的歷史觀，在此是接續而有機的構成。

　　雖然最後安排志麟去了日本。這在志駹來看，有一種微微的不滿。似乎代表著作者批判戰後臺灣人的留學潮，逃出臺灣，或許永久的不回來，不再關心臺灣。而臺灣精神在《怒濤》並未完成，臺灣人的未來、臺灣的命運，仍在未盡之天。但是，也留下了志鈞之死，一如《沉淪》死了那麼多人，為臺灣犧牲了，那一定有意義的。那也就是臺灣一段可歌可泣的故事，代表著臺灣的一段

時代精神，作了臺灣歷史的見證。

　　從周麗卿論文中所肯定的自《滄溟行》所表現的日本精神，並與《怒濤》的時代意識作連結。[22] 其實，這並非是一種主體性的矛盾，既抗日又親日。鍾肇政的創作意識中，抗日只是一種情節素材與歷史背景，但是作者並無反日意識的創作處理。不過，與祖國情結一樣的是作為《怒濤》的二二八發生的歷史解釋的共通因素。兩者都分別代表某個時代的精神。而背後，都是人類共通的渴盼自由與解放的普遍人性與理想。特別是周麗卿所指出的《滄溟行》中所提到的法律意識，也在《怒濤》中作為連結。這個法律意識，正也是鍾肇政所領略的日本精神的一種側面。只是《怒濤》不僅在時代上，是鍾肇政所經歷的。該時代背景與主人翁的心情相激相盪，才是第一次真正的完整的反映出鍾肇政創作當下的心情。

　　從這個觀點來看，似乎從《滄溟行》終究已經暗示了戰後的二二八必然發生。一個有法理意識的臺灣人、並且有著祖國意識的期盼，也有日本精神的正義公理的精神的洗禮。遇到了完全陌生的落後文化的祖國統治，臺灣人的反抗精神，必再度激發而為時代精神。鍾肇政的浪漫主義史觀也再一次的於作品表現出來。

　　換一個角度來看周的論文所提的矛盾，是否正是鍾肇政的浪漫主義史觀之下，正好揭露出臺灣歷史不斷受到外來統治者、或者來自移民社會有多種族的現實，而產生的種種的內在精神上的矛盾，而為不同世代的讀者所質疑而不解呢？但這正是歷史上的矛盾，臺灣人命運的乖謬性與悲哀面。這也正是鍾肇政作品中廣闊的歷史與產生的文化認同意義，而鍾肇政以人類反抗的向上的意志作為整體而統一的理想精神，所產生的閱讀上理解的困難。

三、《怒濤》的特點

　　《怒濤》最重要的關鍵就在於歷史重演的暗示，除了指在太平洋戰爭中臺灣人為日本人打戰，更是道出在《沉淪》中所寫，臺灣人第一次為臺灣的土地

---

[22] 周麗卿，〈日據時代臺灣殖民法律的內化與反思──鍾肇政《滄溟行》與李喬《荒村》的比較研究〉（臺北：東吳大學中文獻上學術論文，第八期，2009 年 12 月），頁 39-58。

打戰，臺灣人獲得了「沉淪」的洗禮，真正第一次成為「生為一個臺灣人」的氣魄。現在更是為了臺灣自己的自主權、正義感而戰，發出了臺灣人的怒吼。

《怒濤》除了匯流了《臺灣人三部曲》的戰鬥精神外，更是導引出《濁流三部曲》中沒有明講的，對於臺灣本身的認同，臺灣的國家與未來的思考。更對於臺灣人精神的反思與對臺灣人根性的批判。

也就是批判臺灣人的劣根性，是鍾肇政在戒嚴時代所沒有出現的角度。雖然在《插天山之歌》有小小的點出了臺灣人意識中出外人的形象。是打拚的，但是賺夠了錢，就要離開當地，而並未真正的想要經營當地的心態。有關批判臺灣人，這部份上文已經有提及。

而在族群的融合部份在閩客、原住民之間，《怒濤》一開始就出現閩南人與客家的青年人在同一條船上，有趣的是最後以日語來溝通。而在末尾，更出現過去是高砂義勇隊的原住民下山，準備投入二二八的正義之戰。雖然這部份僅僅是一句話，但是相當有代表性。而口裡不斷的喊著日本精神的拖西，雖然並未點明是原住民，可是其影像，似乎讀者都認為他就是原住民。

而雖然《怒濤》暗示了臺灣與中國的結合是一場悲劇，更以韓萍最後離開臺灣，作者並讓胎中之子有流產之說，也是進一步的說明臺灣的未來與中國無涉，如葉石濤所評的剪斷臍帶了。其實，雖然志麟最後是離開臺灣，到日本留學。暗示著對戰後臺大等大學的留學生，離開臺灣不再回來的一種批判。也可以說鍾肇政在兩部大河小說與《怒濤》所經營的正義感的、現代化一面的日本精神轉化為臺灣精神外，臺灣與日本在《怒濤》的表現裡，也等於是剪斷了臍帶。

因此在《臺灣人三部曲》的第一部《沉淪》我說臺灣是經歷戰爭的洗禮後，獲得了真正的臺灣人的生命，也就是臺灣精神。而在《怒濤》中，正也就是表現這種精神的重生，臺灣人再一次的因此悲劇而得到洗禮。並且一舉割斷臺灣在祖國中國、母國日本的精神臍帶。那麼，臺灣人的未來是什麼呢？在王慧芬的碩士論文中，相當精準的說，過去三部曲中的祖國意識是在日本殖民統治下的、並且建構於血緣的關係上，思想上與祖國則是相當陌生的。王慧芬說，書中主角所體認到的祖國，乃是民主的祖國，這才是其真正的認同感所在。

而在《怒濤》中，對於血緣根基上的族群意識，已經有了反省。當然這並

非說在之前兩個三部曲，是認同血緣論的。是的，之前的根基，是生而為臺灣人這個基礎，認同的是臺灣住民的身份，住在臺灣的就是臺灣人，而願意與臺灣共生死的才是真正的臺灣人，他們的表現也就是臺灣精神。而《怒濤》不僅是因為解嚴後所寫，不再受限於白色恐怖因素。並且似乎臺灣也是二二八之後，才獲得了在血緣上的連帶感這一點上，真正的反省，或者是獲得了教訓。而臺灣的未來，如書中角色志鈞所言，那就是民主的道路。這也正是符合王慧芬所點出的，在鍾肇政的兩個三部曲中，已經透露出了臺灣人是了解民主的，希望民主的。

　　而這個民主的精神，在《怒濤》中的文字語言的表現，也獲得了實踐，也就是鍾肇政讓北京語、客家話、閩南話，更多的是日語，甚至是英文都一起重現於書本上。這種語言上的多元重現，正也是一種融合的可能，民主的本質。表現在結構上則是每一章的開頭敘事，多是以敘事者以北京語交代時代背景與歷史，然後才以對話方式展開劇情，主要是客語、日語來表現，並且在敘事中也以大量的時代詞彙，增加歷史現實感，或者是敏感的在語言的表現上予以諷刺、批判與質疑。

　　民主的火苗與臺灣未來的希望，在語言的表現上就獲得了象徵。而族群上，上文說中國人韓萍是離開臺灣了。可是韓萍的姐姐韓怡卻是鍾肇政苦心安排的角色，代表著鍾肇政對於新的族群加入臺灣、融合於臺灣的期許。

第五節　結論

　　本書在大多成文後各篇都有了幾位學者回應與批評，或者影響之下，提出他們的精闢見解。因此在第一節，一方面說明本書的特色與貢獻，一方面以對話的方式回應他們的批評。

　　本章第二節以浪漫主義的歷史觀，聯繫日本精神、永恆的女性的小說主題。探討鍾肇政的寫實風格之外，思想與歷史觀呈現的是浪漫的。而這思想與歷史觀有其成長與歷史背景使然。

　　第三節把《怒濤》與兩個三部曲的延續性與有機的結構加以探討。並提出

　　鍾肇政在解嚴之後所寫的《怒濤》的特點何在。特別是鍾肇政第一次對臺灣人的劣根性與三腳仔的批判。在解嚴後，鍾肇政又再一次的與時代對話。

　　雖然鍾肇政對戰後的臺灣時代，有關《怒濤三部曲》的創作，以及寫原住民的大河小說《高山三部曲》都未完成，但是前者的第一部與後者的兩部，已經為戰後的臺灣人精神有了新的見解與期許，更有相當的批判與反省。而原住民的精神也已有觸及，並且在《怒濤》中也有些許的表現，平地人與高山族群的精神的接軌的可能。

　　而對於臺灣人的原型與戰後新的統治者的與移民，除了在《怒濤》中，有大略的融合的想法外，在鍾肇政的另外一部長篇《卑南平原》也有觸及。

　　有關鍾肇政的寫實或者浪漫的風格，其實尚需要對鍾肇政的人生觀與文學觀進一步的整理。基本上鍾肇政受到日本教育與西洋文學的影響，以及客家人的生活環境的影響，並且其為獨子與童年遷徙的經驗，在在造就了鍾肇政在個人主義與集體主義中的矛盾，既是自由與寬容的、有強烈反抗精神的，但是也仍在社會倫理中有保守的一面，是溫和的改革主義者、溫情的人道主義者，而非在兩性與階級意識中徹底的革命者。

　　例如鍾肇政的近作《歌德激情書》與早期的短篇，在性意識與描寫的突破、現代技巧的實驗，但是最終還是回歸到傳統樸實的風格，以及符合社會日常與集體生活的倫理道德。其上進與奮鬥的美學觀與精神體系，終究有其中產階級知識份子的保守性。而甚少有貴族階級所發展出的現代意識中頹廢的一面的探索。其性意識的前衛，僅僅是文學貴於獨創性、探索人性的幽微的文學觀之下的發展的虛構與理想世界，但是與其人生觀中，如何將理想現實化，加以實踐的生活生命理想的觀點，兩者有其差距。看其生活本身除了奉獻給文學與社會運動之外，其日常與家居是相當平凡與保守的。除了為了文學理由的生活體驗，才顯得豪邁不羈小節，事實上鍾肇政個人律己是甚為嚴厲。對他人則顯得包容寬厚，實際上是忌惡如仇，相當克制批判的情緒。因而能在戒嚴時代，一方面發揮個人主張與理想，又能夠想到隱晦方式創作，而為當局所容，為統治者看不清其真正作為與意圖。能有所堅持，又能夠與統治者交涉，有所妥協之下仍能堅持作為臺灣人立場與發表作品，堪稱奇蹟。

　　而從鍾肇政國家意識的內涵，本身在創作當時堪稱前衛，在現代則易被視

為保守，不過從族群融合來看，鍾肇政的創作又有相當大的包容意識。而永恆的女性的精神理想，本身就是保守的古典的觀念，但是鍾肇政又將之臺灣化、客家化。只是在現代女性意識中，仍是多少為父權意識的立場的天使概念，但是灌入客家文化的與女性形象來看，在過去的時代來看又是相當前衛的。

以結構的美學藝術觀來看，在現代藝術強調醜惡之美與後現代的拼貼來看，顯得保守。可是鍾肇政在兩個三部曲中，在第三部又能夠突破三部一致的反抗精神為中心的結構，喚為以愛情與信心希望為主題核心的結構。鍾肇政的作品可謂是思慮周密，與時代不斷的對話前進的創作，不斷的突破但是並不以絕對的激進作為獨創性的唯一表現方式。而是創新技巧與思想的色調上，其風格基底仍是保守而樸實的。

在《臺灣人三部曲》中所表現的國家民族認同的概念、社會的倫理主題雖然顯得保守，但是在當代全球化中仍顯得是當下人類和平共存的方式。只是作品中的反抗精神與無盡的希望與信心，顯得是過於理想、美化而有烏托邦傾向。當然這裡反映了不僅是作者對於追求臺灣人尊嚴的意圖，書中也有對於生命價值的思考。同樣的《濁流三部曲》也表現了作者與社會、時代對話的，對於臺灣人認同的表現，更有對於人類幸福追求的道路，永不停止的精神。兩本書都透過了永恆的愛情獲得動力，與作為理想的象徵。兩個三部曲，一為通過歷史事件、一為自傳題材，但事實上前者也有作者內在的心靈反映，後者也經過光復的歷史大事，兩部大河小說可謂是相互交響著鍾肇政的生命主題。

第十四章　總結

　　鍾肇政的兩個大河小說的三部曲，一為自傳性小說，一為歷史背景小說。有其個人的時代背景與創意。而非受到吳濁流與鍾理和的影響。但是在臺灣文學史的脈絡下，吳濁流的《亞細亞的孤兒》自有臺灣歷史小說的開創性，以及鍾理和的《笠山農場》在臺灣的永恆的女性的首先塑造者。從另外個角度看，鍾肇政也可以說是集兩位作家特色之大成者。

　　特別鍾肇政的大河小說之長篇巨構在結構上的塑造是相當嚴密而又完美的。而其內涵與形式上在歷史小說與成長小說的文類上，實際上衝破這兩者的分類。《臺灣人三部曲》與《濁流三部曲》都有成長的形式與歷史的內涵，可謂兩個三部曲形成一個交響、彼此呼應的整體。

　　永恆的女性做為引導鍾肇政的人生價值的追求，而化為作品中的美感想像。這表現於其浪漫歷史觀中的小說人物的成長，以及象徵了臺灣人精神的高度。並且鍾肇政刻畫的代表臺灣的女性，便是鍾肇政筆下的永恆的女性。

　　過去以為鍾肇政的兩個三部曲的最後一部是最弱的，僅表現在愛情的主題上較為突出，而與前兩部的反抗精神、歷史意涵的接續有所不足。但實際上，永恆的女性一開始就是作為三部曲的最後一部的主題。這在〈大巖鎮〉中已經表現了鍾肇政創作的原型。而愛情也一直是兩個三部曲中，前面兩部的主線之一。不僅如此，這些愛情的題材，也直接連結了民族的認同與糾葛。

　　而第三部的愛情與永恆女性的刻畫，正式引導著鍾肇政所安排的主角，反抗精神仍需要更多的忍耐與鍛鍊，這樣子反抗精神才能夠真正發揮作用、持久，致使在《插天山之歌》中象徵了臺灣人獨力反抗日本人五十年，而《流雲》中則正確的引導主角人生與民族真正該追尋的方向。

　　鍾肇政的兩個三部曲，原本被認為是最弱的第三部，而影響到整個三部曲的結構，這在第一章已經稍作說明，那是鍾肇政刻意創新，扭轉前面兩部曲以戰鬥行為作為主線、愛情作為副線。而第三部則以愛情作為主線，戰鬥作為副

線。但是其實戰鬥的行為成為一種隱喻的表現方式、象徵的方式。並且作者進一步的介入小說中，或者反映了作者個人的生命歷程與戰鬥意志。

隱喻與象徵的解讀，除了可以用徵兆閱讀法觀察敘事語言中的扭曲、變形與矛盾外，更重要的是對作者本身成長歷程的了解，設定了詮釋學中的閱讀視角，然後與解讀作品做正面的循環詮釋。因此，在《流雲》裡對於作者在二二八前夕的表現獲得深入的解讀，並且還援引心理分析做認同與愛情情節的比對。

而對第三部的《插天山之歌》則有日本精神的預設視角，也能夠穿透抗日與祖國意識的情節設定，獲得對作者設計桂木象徵著臺灣的新生，實際上有日本人的幫助。這當然需要在戒嚴時代下的創作脈絡上來解讀。

同樣的以徵兆閱讀法以及詮釋學裡的初步視角，來閱讀《濁流三部曲》與《臺灣人三部曲》發現到鍾肇政在臺灣人精神的建構，以及與時代的對話是一以貫之的。使得兩個三部曲的結構，由於第三部在本書的新詮釋下，顯得更有創意與深化了主題，而結構更加的緊密與優美。

在臺灣文學史的脈絡下鍾肇政是臺灣大河小說的第一人，影響頗大。而鍾肇政文學除了大河小說，還需要短篇小說來觀察鍾肇政的創作全貌。如永恆的女性的概念，其實與性和死的主題有強烈相關。永恆也就是與死亡的反義，女性牽涉到兩性也就與性相關。鍾肇政設法把人類最強烈的情感有關於性與死的主題，導向美好的一面。這一切，就是與鍾肇政的藝術與人生觀有關，表現在鍾肇政的大河小說裡。除了大河小說與短篇最後還得再加上其文學運動的地位，如此才能有全面的定論。也更能夠回頭來了解鍾肇政的大河小說的特色、思想與藝術性。更了解鍾肇政建構了一個純然純美的文學世界。

附錄一 《怒濤》論：日本精神之死與純潔

「我要唱歌！我要唱歌！日本歌也好，怕什麼，只要是歌就好。就『予
科練之歌』吧」（《鍾肇政全集 4——臺灣人三部曲下：頁 1277》
「戰鬥再戰鬥，管他拿出日本精神、皇民精神。為臺灣人的公義死吧。」
（本書作者）

第一節　前言

一、日本精神與作者

　　《怒濤》是一本為見證歷史而充滿使命感的文學作品，重現或者捕捉時代
精神是鍾肇政文學的重點。《怒濤》在作者個人所建構的龐大著作中顯得特別
與重要。引伸而言，這本歷史大河小說最可以代表作者期盼民主的臺灣人國家
的理想，換言之，是作者歷經時代的巨變後而產生一種新的民族感情與生活態
度，需要以新的國家與新的人民的理想來概括之。反過來講，其個人的歷史見
證也就是新國家的誕生的見證。以國家、民族來規範這本小說的企圖，說起來
是很狹隘短淺的，歐美的民族國家主義的建構，臺灣人算來已經慢了兩百多年，
就連臺灣現代文學本身的發展也是慢了一百年吧！不過其中的反抗精神、戰鬥
的血淚所凝聚而成的藝術作品，在人類歷史上永遠不嫌太多的。

　　作者的經歷正是像本書的主角志驤等年輕人，所表現的心情。作者在進入
公學校教育及歷經日本的軍國侵略戰爭時代，被教以全套的日本精神，不過卻
是以逃兵的、被動的心情來面對，但腦中充滿皇民、軍國主義思想也是自然的。
不過，在感受到強烈的差別待遇之後，很自然的瞭解日本精神畢竟是外來的，

因而在同伴之間常以臭狗精神稱之，顯示臺灣人並非都是呆子，不辨殖民統治的真相。但嚴厲的戰局，卻也讓臺灣人經歷了身為日本國民，如何面臨被逼迫效忠日本母國的問題。[1]

　　而在作者的人格陶冶上，一股正義感是特別的強烈，形成一種潔癖。戰後，對於純潔的、高尚的，甚而對於日本文化、傳統有種親切的認同。這種轉變到底是怎麼發生的呢？從原來反戰的、反對侵略的，反對向當時的外國－中國侵略，鄙棄臭狗精神，而在戰後，歷經祖國的接收過程，讓作者對光復後建設新國家新臺灣的心情，萌生完全的疑惑、失望、破滅，對祖國比對於舊的統治政權產生更強烈的反抗心理。於是臺灣人心靈在價值觀與認同上，歷經了劇烈的扭轉。

　　在更上一代有所謂的「亞細亞的孤兒」的命運遭受祖國、母國排斥，不被祖國與母國信任。其後新的一代即有所謂「日本精神」有如一個烙印，成為其矜誇所在，對過去統治者有某種感情上認同的傾向，而對祖國產生很大的鄙視。這兩代之間，精神上的聯繫，著實複雜。不過，兩者都相同的帶來一個思維，即是臺灣人是什麼，該往何處走的思考。鍾肇政、吳濁流、鍾理和等作家，皆為建設臺灣文學而努力，想來這三人的文學作品，是將來建立臺灣人精神史的最佳文本。

　　每一代的青年人都有其時代的精神與傳承。不過，因為政權阻撓，上下兩代往往有斷層的狀態。諸如像《怒濤》所捕捉住的「日本精神」，二二八之後在社會上完全被國民黨所肅清。臺灣文學創作者中，極少人以正面的態度談論「日本精神」等問題，或者提都沒提。綜觀許多作品也只發現到鍾肇政之子鍾延豪於〈高潭村人物誌〉，雖然輕描淡寫，確有某種理解並嘗試探討。其他還有李喬《埋冤 1947 埋冤》，亦以討論與理解的方式讚美「日本精神」，而非直接刻劃日本精神式的人物，但也是值得注意[2]。這些都是另外一個值得探討臺

---

[1]　鍾肇政，〈蹉跎歲月說從頭〉，1968 年 1 月，幼獅文藝 169 期。

[2]　陳千武的《獵女犯》系列作品則因為作者本人經歷過南洋戰爭，筆下人物與描寫，與《怒濤》筆下的人物的思維確實可以互相對照。另有，楊照的二二八小說〈煙花〉，提到上輩人的武士道精神。廖清秀《反骨》則僅僅點到為止討論日本人與中國人的民族性差異，有趣的是「日本精神」性格在廖著中，是體會某外省人有此性格，似乎將「日本精神」指向一種世界性的典範，即有進步性的意義。

灣人精神的傳承與不同作品間之比較文學上的問題。

其實，戰時大量的皇民文學作品，「日本精神」充斥書中，比較起來，若不細細品味《怒濤》的真意，還可能給懷有惡意的人，把它打成一種「小號」的、新的「皇民文學」的污蔑。但無論如何，《怒濤》可以進一步的讓我們理解皇民文學，兩者都是臺灣人的心靈史一部份。回過頭來說，從皇民文學到《怒濤》，在臺灣人精神史的連續性而已，充分表達鍾肇政身為臺灣作家的觀察眼與反抗精神的韌度，令人畏懼。

自《魯冰花》後，鍾肇政是第二度以長篇，且是真正嚴厲的對臺灣人、臺灣社會作激烈的批判[3]。《怒濤》的完成，代表解嚴後，鍾肇政的心聲可以明白表露。而思考臺灣人的幸福與未來、臺灣人往何處去，是他傾一生之力所追尋的不變方向。二二八時代，臺灣人精神到底在如何扭轉、演變，日本精神則是二二八那個時代的心臟，日本精神是鍾肇政的精神故鄉，五十年前至今一直都是。雖然說鍾肇政壓抑了四十多年才寫下二二八與以日本精神作自我表白，不過支撐他不斷的奮力戰鬥、認真生活的，依舊是日本精神。而作為《濁流三部曲》與《臺灣人三部曲》共同的第四部《怒濤》，除了是鍾肇政解決自己在戒嚴時不敢碰二二八的遺憾外，讀過《怒濤》後，相信對以往兩部大河小說能有更深一層的理解，也就是對鍾肇政深一層的了解。

二、本章進行方式

作者把握住以家族形式在此大歷史下所受到的衝擊，反映了整個臺灣人的時代精神，雖說以「重現歷史」方式表現臺灣戰後的社會變貌，但仍舊是虛構的小說，只是那個時代與歷史，有如宿命般罩住主人翁，而時代精神也正是主人翁所輻射出的光芒。作者所抓住的重點是以日本精神為核心，將其視為時代精神。所以，應該探討的是其重現時代的技巧、佈局，如何達到真實與感人。

所謂重現臺灣的歷史，倒不如說重現當時的人，尤其是年輕人的心情。在本章第二節首先探討以刻劃人物的內心世界為出發點進行作品解說。程序是對結構、佈局作探討，而在此敘事結構裡，如何呈現主角人物的心理轉折，並指

---

[3]　請參閱筆者之〈《魯冰花》論〉，2000 年 1 月，國語日報。

出作者所體驗的日本精神是什麼。第三節探討作者對日本精神體驗的深度，由死與純潔兩個觀念著手作進一步的挖掘。第四節為結論。

第二節　人物結構下所突顯的日本精神

作品中人物眾多各個安排有其意義。採用相當多的對照與差異包括祖國與臺灣兩大族群間的生活習慣、語言用詞、細微的動作，甚至名字命名的討論以重現整個時代。不過，最主要的還是表現在日本精神的體驗這一點上。可以說有了日本精神，才有人物內心的掙扎的基礎。這一點就不僅僅在祖國來的人與臺灣人的比較，也在臺灣人內部作比較。來自祖國與臺灣人可當成歷史的背景結構，而在內心世界的意義上，兩個堂兄弟之間交叉的敘事結構，更可以顯現出日本精神的深度與細微的地方。

一、日本精神的一般性描寫

在《怒濤》這本書的第三章，在討論用送禮討人情的方式取得升官機會，由武雄口裡第一次的把日本精神四個字點出來：

> 「不能幹？嗯，也是，像我們這些日本精神滲入骨髓的人，恐怕不容易吧。但是，時代變了。看看他們，一人得道，雞犬升天，只要有關係，想幹什麼便幹什麼，甜頭任你吃。這就是我常說的我國式。這些話，你還是記著吧。」（鍾肇政全集 11——怒濤：頁 329）

此話，含有臺灣人習性已有所改變的意向。另一位托西，接著提到了這句話：「陸兄還是老樣子，充滿日本精神。」（鍾肇政全集 11——怒濤：頁 98）於是志驤開始對日本精神作以下的詮釋：

> 「不偷懶，一切照規矩來。當然，也包括不揩油、不歪哥在內。」（鍾

肇政全集 11──怒濤：頁 333）

「日本人……能在這種精神下，吸收、容納現代思想、現代化，而表現
出來的行動，就是守法、團結、潔白、痛恨不公不義。戰時，這種精神
被利用上了。強調武士道、大和魂，就是死，就是特攻隊，讓純潔的青
年從容赴死。其實，死是高貴的，一個人如果死都不怕，還有什麼事，
不能做，不能完成！」（鍾肇政全集 11──怒濤：頁 333）

在這兩句話中間，還解釋了筆者在序論中提到的。也就是我觀察到的原來
在鍾肇政作品《濁流三部曲》出現的日本精神，在書中被稱為臭狗精神，在戰
後如何在一般人之間，又以日本精神喊出來的心理解釋。《怒濤》回答了這個
問題，那就是「對於新統治者的不滿，而對舊統治者作了比較，所以才會如口
頭禪將日本精神掛在嘴上。」而當戰後解散回來，志駿確實感覺到日本精神依
然充滿在故鄉。在這裡，除了表達日本精神的內涵外，已經暗示了臺灣人價值
觀的扭轉與荒廢。在本書最高潮時，又出現了同樣的反省與評論：

更進一步地去思索這些人之所以喜歡叨念這四個字，原因在乎日本人走
後代之而來的那些人，相較之下太惡劣太差勁了。出自一種失望，也發
自一種鄙視，所以才會把這四個字口頭禪般的掛在嘴邊的。也許也含有
對離去者的懷念，但分明更多的，是對新來者的怨恨與鄙夷。像托西這
樣的年輕人開口閉口都是日本精神，那種心情是可以理解的。不，不但
可以理解，簡直還人同此心，心同此理，只不過像托西這種人喜歡掛在
嘴邊，而像志駿這種人則絕口不提而已。（鍾肇政全集 11──怒濤：頁
543）

以上對於日本精神的解釋，是一種文字上的、一般性的如「守法、潔白、
痛恨不公不義」，這是讀者可以感受到的，尚非屬於小說在藝術領域的表現，
比較沒有特色。有特色的解釋或者暗示，可能只是一種故事性的、情節性的描
寫而轉為一種象徵的作用，鍾肇政將之捕捉出來，在結構上以有機性與整個時
代精神加以聯繫。這正是下一章要討論的，是更細膩的情節、思考與日本精神

上的相關性。下面先以人物探討本書的結構與佈局。

二、人物比較的交叉結構

　　這部作品是以兩位男性的主角志驤、志麟的敘述者為主而構成。一種雙重的敘事觀點，兩者的敘事在字數份量上相當。在《怒濤》整部作品，基本上是交互出現，而穿插約有五次交談的共同出現的場面，包括家族團聚、作平安戲、維林做生日、志麟結婚、志鈞的送葬。這種形式上交叉敘述與交談，可以在讀者心中造成一種對照的作用。因為情節上，兩者也是互有影響的，因而結構上不僅有對比的效果，還使得結構更加緊密。比方同樣的兩個人遇到一件事情，如建設中國與臺灣的憧憬與破滅、純潔的心性與以童貞失落作為成長的象徵。

　　往往在敘述上出現從志驤的角度觀察志麟，卻很少給志麟有關照到志驤而產生反思的機會；直到最後志驤是一個投入二二八戰鬥的勇士，這令志麟感到無比慚愧。志驤算是作者投入自己的靈魂較多的一個吧。而兩人最大的差異就在有無投入抗爭的戰鬥隊伍這一點上。那麼比較這些差異便是作者在小說中所要透露出來的進一步意圖，以及對於重現臺灣人戰鬥的、反抗的歷史的手法之一[4]。

　　比方說，一個是表面上高高在上的帝大生志麟，一個是學歷僅僅農林學校畢業的志驤；高學歷的卻顯得天真，被喚為書蟲，在整部書往往成為嘲諷的對象。而學歷低的雖然懵懵懂懂，卻是較討好的角色。像志鈞邀喝酒時，志驤一下就乾了，書蟲們則沒有，這也暗示了志驤與志鈞的某種契合。所以志驤能與領略日本精神深刻的志鈞一同投入戰鬥行列，也是有跡可循。

　　關於兩人在相同的描述部份，也是代表兩人有相同的年輕人的心裡。如在情節進行上，兩人一開始都有建設新的國家的理想。表現上雖有些微不同，但意義上是一樣的，在志驤的說法是於作品的第三章：

---

[4]　比較鍾肇政以往著作，本書有更激烈的一面，就是「死」這個字。這一點將在下文表達出來。另外，其意義，值得與《沈淪》的戰鬥場面，比較一番。這也是臺灣人精神史中，臺灣人面對死亡、犧牲的看法有何不同。

我們臺灣人是懂日本精神的，當臺灣人的這種精神和中國文化結合在一起的時候，必定會產生一種新的中國精神出來。這就是臺灣精神。有了這樣的精神，加上大陸的人力、資源，一個新的中國必定可以在未來的日子裡出現。那就是偉大的祖國，真正的世界強國……。

志騵也確實有過那種夢。一個強大的祖國，在一個剛剛尋回祖國，或者照經常在報章出現的說法便是：在剛剛回到祖國懷抱的人來說，是憧憬，也是理想，並且只要人人有大國民的自覺，一定可以實現。在這方面，他們這些人差不多可以說是樂觀的。（鍾肇政全集 11——怒濤：頁 334）

　　志麟的說法是於《怒濤》第四章的頁 350，他看到臺灣人的貪婪。此處，作者也先提到了志麟將看到更貪婪的來自祖國的人種。我認為志麟看到臺灣人的貪婪，這是鍾肇政要批判臺灣人，但是終究不忍。所以提早的說出還有更貪婪的。觀察鍾肇政的筆法，很少會拿以後發生的事情來加以評斷目前的事情。這也牽扯到價值觀、社會的變動，大動亂，牽扯到臺灣人的墮落的描寫。更顯示出來，作者構想的《怒濤》第一、二章，原來只是大陸人、臺灣兩邊人的違和與不同調。鍾肇政對於臺灣人的不爭氣，在以往作品，從未表現過這樣強烈的批判，解嚴後這令作者感受變化了。或者，這是解嚴之前，因為不要讓大陸人看不起臺灣人，也是要臺灣人自立自強，作者要鼓舞臺灣人精神，所以再怎樣都要在作品中突出臺灣人了不起的地方的。

　　《怒濤》第四章表達了志麟的祖國夢後，志麟接著看到了被遣返的日本人的表現：

這些人還是這麼井然有序。而那種肅然，幾乎還是莊嚴的。日本人可以喊「神州不滅」，可以呼「一億總玉碎」，也可以這樣默默地走入悲劇之中。日本人原來是這麼從順的，也許，這就是在火山爆發、地震、颱風、海嘯、火災裡掙扎過來的大和民族的民性吧。他們忍苦著，寧願在這種境況裡，不讓人性的醜態表露出來。說不定這才是真正的日本精神呢！（鍾肇政全集 11——怒濤：頁 350）

　　由此更可以感受作者對於臺灣人的批判。臺灣人在戰前說日本人宣揚的皇民意識是臭狗精神，但是日本人在戰後卻承續回復日本人的本質「不讓人性的醜態表露出來。」但是臺灣人在戰後卻似乎也回復漢人文化的本質，劣根性所表現的醜態持續的發作，且一發不可收拾。

　　接著志麟回憶著在東京返臺前與朋友間的談話：

> 新中國的建設，我相信應該從新臺灣的建設開始。也許，當前的臺灣還是不免面臨困境，然而歸根究柢，臺灣在五十年間的殖民地時代當中從日本學到了種種東西，因此中日提攜應該以臺日提攜為基礎才能圓滿達成。換一種說法，臺灣應該作中日提攜的橋樑。我相信這應該是終南捷徑。（鍾肇政全集 11──怒濤：頁 357）

　　志麟、志駸兩個人的理想，都是在其與同伴間交談時呈現出來，充滿對於未來的憧憬，所以是代表當時很普遍的年輕人的心情。不過，在作品中的敘述都是一種回憶，而正面臨的則是理想與夢想的破滅。志駸是在山林中見到貪污氾濫，大家過著醉生夢死的生涯。志麟則在臺北街頭見到了也是貪污如怒濤般湧現與種種政治上的怪現象。這些失望，引起了志麟想回到東京求學，在此作者是作了一個伏筆了。

　　直到發生二二八，在志駸心中對之前的理想，對參加街頭作戰的、反抗抗議的人的心理轉變，作進一步的分析反省，也代表著臺灣人心靈在認同上的扭轉，他回憶志麟說過的話，對那些從支那與南洋回來的復員軍人：

> 是滿懷為建設新的中國、新的臺灣而獻身的熱忱與憧憬而回來的。（鍾肇政全集 11──怒濤：頁 532）

　　這些祖國軍人、接收人員、祖國回來的半山所帶來的怪現象或文化上的不同，其實在第一、二章已經隱約的予以表現出來了，如在握手、遲到、舉止態度上、語彙用辭等等。第三、四章算是深一步的感受整個社會充斥著怪現象了。然後，兩人分別在第五章與第六章失去了童貞，象徵某種精神與肉體的沉淪。

在技巧上，這個失去童貞的「意外」或過程，都經過作者小小的設計，如托西讓志駿繞了更遠的路，不得不因此住在山中；志麟則是無意間帶了韓萍到類似華西街的地方遊逛，回家後，恰巧父親維林等家人都因參加姜云縣長走馬上任的宴會而不在家，因而製造了志麟「沉淪、陷落」的機會。這種意外的安排，似乎是一種命運般的暗示。或者作品中也是早有設計造成這種命運的暗示了。值得令人省思。

三、其他男性人物

其他人物的作用，可以擴大社會時代所描述的層面。其中一位重要人物是志麟的哥哥志麒，可與志麟作一個比較。比如志麟有較濃的祖國情懷。另外交代了其父親維林在 1895 年家族走反抗日之時只有九歲，等於將《怒濤》描述的歷史視野輕輕的推到五十年前。這是作者在《臺灣人三部曲》系列作品的一貫筆法。

事實上志麒，也有表現了日本精神的一面，代表戰後有高貴情操的臺灣人之一，如負責任、一切事情照規矩。卻也因排隊看病問題，不給少將面子，被挾私怨報復了，於二二八發生後被抓走了。自此志麒沈默少語，這又是另外一型的對祖國情懷破滅的例子。

所以，志麒（1914 年生）的角色包括其父親維林（1888 年生）兩人在本書第四章的分析，最能與鍾肇政其他作品作一個連結，討論到臺灣人整個精神史的演變的問題。諸如提到走反與逃難的年代，使得維林明哲保身、識實務。分析了志麒有強烈的祖國意識，與歷經大正民主的思潮。另外也仔細分析了 1923年生的志麟，對於美國、日本與支那的觀感。三個人代表三個時代的典型人物，非常精彩。如下文所提到的：

> 如果說，維林是那個時代典型的客家人——畏縮、消極、明哲保身，固然不算錯誤，然而他有他的想法。一方面是孩提時的乙未抗日戰爭，鄉人們的壯烈犧牲，尤其族裡若干伯叔輩的人們轟轟烈烈的保衛家園的「龍潭陂之役」以及主動出擊的「反攻新竹之役」，在他來說不僅是記憶猶

新，並且也成了終身無法抹消的驚悸與夢魘。當一個普普通通的「順民」，縱然是十分不得已的事，但從勤學苦讀裡，他獲得作一個現代人的素養與認識；再者，從敬業裡也得到服務同胞，施行仁心仁術的自我慰藉。
（鍾肇政全集 11——怒濤：頁 415）

　　因此，我們也可以預測，接下來的作者計畫中的《怒濤第二部第三部》，該是指出臺灣人精神如何的受到二二八、白色恐怖的彈壓，而在往後的「美麗島事件」等等，從《怒濤》第一部所出現的角色將會如何表現呢？反過來說，我們也可以知道像志麒、維林如此的人，並沒有參加二二八的抗暴事件的解釋。

　　另外，全篇批判到臺灣人的部份，有所謂支那人根性，所以臺灣人性格被日本人矯正的部份，可說植根很淺，戰後一下子又回到漢人、支那人根性的地步。相對於解嚴前，作者努力構建臺灣人精神，實際上讓作者痛心之處卻那樣多。作者本身的悲痛，不也象徵臺灣人精神受到了各個外來政權的劇烈的扭曲，沒有好好反省的機會。也因此，前面筆者也提到支持鍾肇政在文學的戰場上奮鬥不懈的是日本精神，其崇仰認同日本精神，不僅僅是其作為成長教育的精神故鄉而已，是反抗意志的矜誇，也是臺灣人精神的砥礪。

四、女性人物

　　另一重要人物秀雲，在與祖國軍人交往的經驗中比對了戰前的經驗，擴大了描述臺灣人與祖國人交往的情況。在鍾肇政龐大的作品群中，顯得稀奇的一點是，女性主角（包括志駿女友阿由米）戲份特別的少，成為附屬的狀態。而在本書「日本精神」的主題中，這些女性都該是配合主題，成為一種純潔的「著色」，純潔的形象，不再是評論家從鍾肇政作品群所提煉出的「大地之母」表現。這裡倒也算貼近日本精神的形象。講明白一點，秀雲、阿由米皆是個日本精神的象徵吧！如《怒濤》的頁 11，提到秀雲是日本少女，也是文學少女。最後暗示臺灣還存在這樣純淨無雜的女性，臺灣算是還有希望。以往鍾肇政作品中那種「大地之母」的追尋，鮮明的女性造成的塑造，不在《怒濤》出現。也反映出作者在《怒濤》中的意圖充滿對臺灣人的批判。

　　於是，《怒濤》在第三章提出了日本老師告誡志駿的「醉生夢死」的意義。那是指無為、懶惰、不思振作。志駿這位純潔的少年，受到誘惑而困惱著，但是仍然守著「最後一道防線」，也就是童貞，是那樣的無力，也正是作者不再積極塑造「永恆的女性」，引導主角的精神向上提昇[5]。不過本書中仍有點到為止的「永恆的女性」。如，志駿也很想離開那個紙醉金迷的世界，在心中隱微的另有一個希冀「能夠接近那個模糊的影子，令人激動的影子。」，而什麼是令人激動的影子呢？

五、小結

　　在這裡可以與作者寫作情況作一個對照，日本精神既然很重要，為什麼在《怒濤》書中第三章才出現呢？是否是作者於演講中表達過的，在原來的構想下，已經寫了兩章，但終究停下來[6]。而後來寫下去，我猜測是因為作者突然被點上兩個會長，於是改變了計畫，才決心寫日本精神，再加上了序章描繪志鈞的個性的份量，作為一種伏筆。而托西此號人物，大概也是已經寫了兩章後，此刻才想加入的吧！童貞做為日本精神是思維的象徵，中間出現在第二章，想必也是一樣的道理。

　　當然，決心寫日本精神，也可另外加在原來的《怒濤》第一、二章中，不過無論如何第一、二章畢竟原始的想法，總有一些所留下來的痕跡可以猜測到。而無關於敘述的流暢與結構的問題。作者原來所困惑的，覺得一、二章都以吃飯的場面安排各類人物逐一登場，非常不滿意。因為決心「拿出」了「日本精神」給大家看，而持續寫下去。雖然一、二章仍舊保持吃飯的場面，不過，第二章已經以倒敘法，場面幾乎都成為志麟與志駿在當夜睡前的回憶了。

　　作者的創作心理，無論如何，以上只是一種綜合作者透露出的零碎資料而加以猜測，實情如何只能靠作者說出。所謂「決心寫日本精神」應該與「作者在創作之前就領會出那個時代的精神」有所區隔。上文提出的托西這個嘴中掛

---

[5]　筆者著〈《濁流三部曲》與《亞細亞的孤兒》〉，發表於新竹縣舉辦，第二屆「吳濁流文學營」手冊，2001 年 7 月 14 日。

[6]　請參考資料 13。

著日本精神的人物，應該在作者下筆之前就設計好了，也是極有可能。所謂「改變計畫、才決心寫日本精神」的道理應沒有這樣單純。因為日本精神與作者是緊密的結合在一起的體驗。所謂第三章才出現《怒濤》該書的重心「日本精神」，也另可解釋為作者各個人物登場的必須先有某種篇幅，直到故事上場，才將「日本精神」予以點出。

相對之下，與鍾肇政同時代的作家，為什麼完全沒有創作出托西此類的典型人物？這似與創作者的社會心理學有關，比如說在中國式奴化教育下的反日宣傳所籠罩是原因之一。相較於與作者同時代的作家，這也突顯出鍾肇政的反抗意識吧。另外，托西這個人物何時開始存在於這位作家的腦海呢？也等於說二二八事件及其時代精神，被埋沒與砍殺了四十年之久，托西這位人物才得真實面目現身出來。而現身之前的形貌為何，考察鍾肇政在戒嚴時代的作品，相信不會沒有收穫。[7]

以上講的重點在於，鍾肇政對寫作計畫的實踐，跟他的不服輸的個性，決心在生活上包括客家民主運動、臺灣文學運動，與文學創作上都展現一種「日本精神」給大家看，發出熱與光，這種創作本身的心理學，值得在此點出[8]。另外，第二章寫祖國的人登場，很自然的與臺灣人就有文化的差異與衝突。這也是很自然的顯現臺灣普遍上有受到日本法治文明的洗禮，與祖國自然是有所不同的。這也是一種時代精神即日本精神的背景吧！也就是說，做為實際經歷過二二八的見證者鍾肇政，經由以上的討論，當更清楚作者的行為與心理，創作下的典範人物與時代精神都是作為其理想的反映。

第三節　死與純潔

本章做深度的觀念分析，以求對日本精神進一步理解。因為這牽扯到作者

---

[7]　可參照鍾肇政《怒濤》完成前後的隨筆，看到一點蛛絲馬跡。〈迷幻的二七部隊〉，1988 年 9 月 10 日，民眾日報。〈重建臺灣精神——寫給鍾逸人著《辛酸六十年》〉，1995 年 1 月 21 日，民眾日報。

[8]　這在作者寫《插天山之歌》也發生過，日本精神作為同樣的創作心理基礎，請參考筆者著「《插天山之歌》與臺灣靈魂的工程師」。而所謂不服輸的個性，依舊源自日本精神。

個人的人格與道德的養成，所謂日本精神深入作者的骨髓的意義。那麼關係到其立身處世，是不用說的。所以日本精神其體會到底是什麼、如何表現。作品中的人物行為、思想模式是什麼，都在此做分析。

一、童貞

作者在描繪志麟與志駃的生活態度是採用下列方式，志麟的表現是：頁 348「這種小便宜，毋寧是他一向所不恥的呀」。另外志麟在日本讀書時，頁 294「可是想到學業，我便不能允許自己過那種生活。」指不能安逸的與日本美女過活。志駃則是排斥「醉生夢死」的生活，而對入山感到自然的厭煩感。而且志駃對於山中生活存有性的誘惑有強烈的吸引，不過卻莫名其妙的拒絕。一次又一次的接受考驗，「道心堅固」守住最後一道「防線」。相對的作者對志麟的描述方式則是「第二次謀面，居然給他那略似潔癖的靜止之心帶來了幾許騷動。」（鍾肇政全集 11──怒濤：頁 362）

童貞是一種象徵。在《怒濤》該書第二章即有童貞方面的伏筆，在志鈞、志麟與志駃兄弟間的言談間加以表現。另外，作品中第五章的標題「純潔的影像」[9] 指的就是與童貞有關的女性。童貞也就是純潔的象徵：

> 「童貞！帝大生驕傲的說過：我還是童貞呢！那時候，他幾乎想說：我也是。可是他沒說出來。彷彿那種話，只有像志麟哥這種人才配說的。」他竟在不知不覺中自承不是那種純潔的族類。已經在社會──這樣的渾濁社會、中國天年的社會，不再是日本天年的社會上打滾過的，豈有保持童貞的！（鍾肇政全集 11──怒濤：頁 410）

所以才會創造出以下的情節，使情節更為合理。這時女性阿由米女變成志駃內心中的純潔、僅剩的良心的微弱的投射。

> 只有想起她──「阿由米」，那愧疚感才會陡地激烈起來，到了不能自

---

[9]　同樣的在陳千武〈獵女犯〉、廖清秀《反骨》，也曾利用「童貞」來表現人物的精神意識。

已的地步。（鍾肇政全集11——怒濤：頁461）

　　這是鍾肇政特殊的觀念與想法，也就是「精神」的有無，更清楚講是人與野獸之別，鍾肇政指出的是人的性靈深處問題，而最尖銳的問題大概就是性愛的問題。就是在能「吃而不吃」的堅持上（指性愛）。作者點出的抉擇問題是相當深刻的：

　　　　聽他談起那些往事，無疑他仍在懷念他們的。只不過他伸手可得而不去取。志駿十分懂得那種心情。換做他，也許也只是讓他們深深地刻進心版上，肉體上的取或不取，都不是重要的事。（鍾肇政全集11——怒濤：頁382-384）

　　而且作者還特別以志駿的眼光，詳細的討論到志麟與自己童貞失去的一刻間的思維，這是非常細膩的表現：

　　　　然則在那一剎那，那是他失去童貞的那一剎那，也就是他進去她那裡頭的一剎那，他究竟是歡樂呢？不，至少那一剎那，他不會是苦惱的。他只是衝動吧。聽任本能行動的吧。那恐怕與歡樂或者苦惱都無關。只是，他與我不同，我是糊里糊塗地失去了。連衝動都沒有。（鍾肇政全集11——怒濤：頁457）

　　剛剛說，這是一種情節的設計。這也是代表作者一種浪漫風的思想，在其筆下常常出現愛情與純潔的女性，作為一種救贖、一種向上的力量。在本書最後的時刻，也是這個純潔的女人，才能夠喚醒他的良知。因此，志駿想「只有在想到阿由米，才痛感到難過。」（鍾肇政全集11——怒濤：頁411），與頁556描述出征前，志駿要先與阿由米訣別。都是很特殊的設計[10]。等於說志駿

---

[10] 該要順便提一下，「純潔的影像」這章運用坐巴士的上坡下坡之間，作者運用意識流的手法，作了相當多的插敘，其他章也多有此種技巧。在這裡提了意識流，並非就怎樣了不起，其實，這已經是一種很平常的技巧，增加文體的緊縮與流暢。

在不能堅持純潔的理想而墮落了，於是志駿有了其他的反省。志麟也因此想著自己的問題，於是點出了「臺灣怎麼了，臺灣人到底怎麼了。」（鍾肇政全集11──怒濤：頁476）

　　童貞，只是一種潔癖，時代的潔癖，真正的日本精神，應該是「死」這個體會。死，也是日本精神轉為臺灣精神的關鍵。

二、死：「戰鬥再戰鬥，管他拿出日本精神、皇民精神。為臺　　灣人的公義死吧。」

　　死在本書的意義大概是心臟中的心臟，死本身，該是一件最純潔的事情了。日本精神的體驗，上面有提到，在於有口頭禪似的講與不掛在嘴邊的人，兩方的差異。而最重要的是暗示了志鈞最後赴死這一點，志鈞的行為是非常令人意外的。不過重看此書可以發現到，這是一開始於序章就佈局好了。在序章，志鈞說到「跟那樣的傢伙，還能談什麼明天？」暗示志鈞的思維方式與許多人相當的不同。由志駿的觀點提到：

> 他簡直無法理解這位老哥了。在印象裡，志鈞似乎一切都不大在乎的，他也幾次不憚於明言自己是個觀察者、旁觀者。他也說過他是個自由主義者。這樣的一個人，怎麼也可能變成眼前穿著一身最「時髦」、最帥氣的飛行將校服裝，指揮一隊由稚嫩的中學生構成的隊伍，即將去作戰呢？這個頗具威儀的「隊長殿」，難道真的就是志鈞老哥其人嗎？（鍾肇政全集11──怒濤：頁573）
> 十分的自由主義派，為什麼會被打死。不是容易激起來的人，而且也不是滿腔熱血、充滿血氣的那一類。這樣的人怎麼可能去參加那種行動呢。又怎麼偏偏是他被打死呢？（鍾肇政全集11──怒濤：頁591）

　　由這兩段的想法，詮釋了日本精神的最高的境界，就是「死」。雖然從未提到日本精神與志鈞有何關聯，卻顯示出志鈞就是日本精神的典範，這也算是文學上一個小小的技巧。另有一段志駿是這樣解釋的：

這是開玩笑嗎？難道老哥真有一死的決心嗎？他是預感到死亡嗎？「武士道就是死」。以為是個自由主義者，什麼都不在乎的，難道也懂得武士道精神嗎？懂得日本精神嗎？（鍾肇政全集 11——怒濤：頁 635）

相對於托西，又是另外一個純潔的典型。托西則是將日本精神常常掛在嘴上，相對於志鈞的行為，都是由旁人來敘述。托西原來只是一種單純的、口頭禪般不斷喊著日本精神的角色。但是，因為托西也與志鈞同樣的去赴死，所以志鈞、托西在這一點「死」的意義上來說，都成為深懂日本精神的人物。「武士道就是死」這句話成為本書最有力的一個日本精神的註解。第九章有一段描寫：

一看，那眼裡閃著淚光。托西，你也懂得了日本精神了，就憑你這兩顆純潔的淚水。志駿突然感到眼角一陣刺熱，禁不住地伸開雙臂抱住了這個身材矮小的朋友。「去吧，托西，咱們兩個……一塊去吧。」（鍾肇政全集 11——怒濤：頁 547）

這算是相當感人的一個場面，表達了主角對於托西的觀感的一個轉變。在終章，志駿向志麟提出一個問題：

「他們是不是白死了呢？我有時會這麼懷疑。」

志麟回答：

「白死嗎？可是我認為不是。不，確實不是，因為這次我會下定決心去日本，就是因為志鈞老哥死了，是志鈞老哥的靈魂引導我的。今後也會引導我，我這麼相信。」(鍾肇政全集 11——怒濤：頁 653)

在這裡，「死」取代了「純潔的影像」「永恆的女性」，成為救贖的力量。幾年前曾經聽過，鍾肇政解釋三島由紀夫的死，他說是三島認為自己的伙

伴都在戰爭中死去，只留下自己。當時就讓我感受到，其實，這是鍾肇政對自己的生涯的解釋。所以也同樣的以為三島也是如此。兩位都是 1925 年生。三島已經自殺前完成其文業了。鍾肇政還一直都沒有，到現在都還沒有。

所以關於「死」這點，這就是鍾肇政體會日本精神最深處的秘密，這就是在二二八中為那些死去的人所抱持的想法。「死」的思考比「永恆的女性」更是鍾肇政提昇自我，不斷磨練自我，勇往理想奮進的秘密。（請參考資料的書簡五）

在《怒濤》該書的頁 393 中，有一段關於過世作齋的場面，這是可以視為情節的需要，為安排志駿與阿由米見面，使他們發展感情。不過為什麼是作齋的場面呢？也是這樣的場面，令人有文化描寫、時代寫實的景觀，不過，是否是作者本身有強烈的虛無感，給予整部的作品塗抹一層灰色的陰影呢？一如滿紙都是雨水、昏黃的燈光的景物描寫。這灰色調就是《怒濤》的佈景所需，也就是說二二八時代的社會色調吧。

總之，死的結尾，除了是主角的特殊的思維外，主要還是要喚起讀者思考未來臺灣人精神的重建的問題。不過最後藉由兩個人的死，暗示日本精神在臺灣也已經死了。

三、小結

小說中，對於故事裡的一切悲哀，有一種宿命的看法。就像志麟失去了童貞一樣也是宿命，因為他明明為之驕傲的，但為什麼那樣輕易的就淪落了。其後，臺灣人碰上了祖國而隨之墮落了，不也是一種宿命嗎？那麼，接下來臺灣發生了重大的死亡事件，死之後的反思，大概就是一種日本精神的餘溫吧。能夠讓臺灣擺脫宿命，並非重拾日本精神，所以作者安排最能代表日本精神的托西與志鈞都死去，似乎也象徵日本精神在臺灣真正的熄滅，因此作者在志鈞死時才寫出志鈞留在東京的日本妻子與四、五歲大的兒子，另外還強調兩人沒有正式結婚。所以作者意圖是讓我們瞭解那個時代的年輕人的心情，或許是一個重生的開始，自我的救贖。也是重建臺灣人精神的開始。

書中人物的有關「白死」、「童貞」的想法，我們一點也無法瞭解，這就

是日本精神的秘密吧！這是作者最有象徵性與觀察力的表現。而那種正義感、負責、守法等等問題，是較給人容易有個感覺。童貞，就不能感覺。白死的問題，也是不能感覺的。但仔細一想，守法、負責，我們都能瞭解，而我們離那種真正能實踐的時代精神，差距有多遠啊！「死與童貞」與日本精神的關係，這都是我們無法感覺出來的事情。只有經驗過那個時代，骨髓裡灌注過日本精神的人，才能感覺到的。鍾肇政就是這樣子體會，並想出了這些表現的方式，這是很富技巧性的一點。[11]

　　雖然說，這是歷史見證，擁有使命感的小說，但是也微微的觸及，從自己活過來的時代、教育、環境出發觸及以何種人格立世與面對生死的問題，也微微的觸及作者自己的理想典範。我們可以說，他成功的建構了時代的精神，賦予日本精神深刻的體會與理解。也等於是他個人的既有特色的，表現其個人風格的要素。這顯然已經超越了真正的歷史與時代，不過，卻因為融合於故事之中，足以成為製作成一種臺灣的神話，值得後人深思崇仰。

　　志麟與志駿兩人的差異與對比的部份，重要的就是抗爭精神的有無。這裡必須提到另外兩個人物，托西與志鈞，前者是不斷的將日本精神掛在嘴上，對志駿產生提醒的作用，另外在《怒濤》頁 407 也提到交女友最常提到日本精神、特攻隊精神。而透過志駿的觀察，志鈞是完全不把日本精神掛在嘴上，但卻代表著體驗更深。兩人的日本精神表現，都是由志駿的眼光在觀察。而志鈞對於志麟就幾乎毫無影響，直到志鈞死去。可以說作者塑造出托西與志鈞兩個典範人物，就是本書一個顯著的技巧所在。

　　比較起托西與志鈞這種同樣是日本精神純粹的典範的人物，志麟與志駿是小說中複雜化的人物，引導情節，代表小說中的人性試煉的一面，但不見得就沒有純粹的日本精神，也可以說需要經過試煉的吧！基本上是那個時代的人物的代表，也就是時代精神的象徵。每個人物都存有日本精神這種集體精神的一部份，日本精神在每個人作用著，本書的觀點大致是正確的。而兩個人從迷惘、迷失而覺醒，正代表兩個人通過試煉或者磨難而終究成長了。這個過程也正是小說的表現的魅力所在。

---

[11]　「白死」的思考與死的救贖的觀念，或者從鍾肇政第一部長篇《魯冰花》，也可以看到作者的思想軌跡與表現方式，或者強烈的批判意識。請參閱筆者著〈《魯冰花》論〉，2000 年 1 月，國語日報。

綜合來說：

1、志鈞與托西是兩個極端。但是因為「死」而拉近了。照理講，這兩位比起志麟與志駸並非複雜的人物，不過卻是顯得更為永恆。志麟與志駸也是兩個極端，但因為死，志駸反而更永恆。只因為日本精神就是死，死代表人類行為的昇華。將虛無之下的人生觀下，仍能努力於散發出有熱有光的人生打破虛無的領略，進一步於人之必死這一點作個了結。而日本精神是整本書的核心。

2、日本精神作為臺灣社會的現象、時代人物的氣質，本書已有充分的表達。滿篇強調日本精神，似乎猶嫌不足以喚醒臺灣人，引起注意。畢竟這是那時代的心情啊！

3、此作確實有「日本精神」的內涵，本章並非是僅出自筆者對於作者的瞭解與作者本人的小說外的體會而已。但是先認識作者與作者的時代，的確對於欣賞本書的構成與佈局有幫助。在鍾肇政另一部書《插天山之歌》中，日本精神的氣質上的表現 [12]，滿篇都沒有日本精神這四個字，相對於《怒濤》這是非常顯著的。這兩個極端顯示出，鍾肇政筆下呈現的豐富的臺灣的人文精神，也顯得他的表現力之充分。

第四節　結論

一、日本精神的廣泛表現

書中，高山原住民帶著番刀下來赴戰場，這一段描述是最令我感動的部份。我在想，二二八是祖國與臺灣人的深仇大恨，關係原住民什麼事情，為什麼也下山帶著番刀來幫忙呢？關他們什麼事呢？

我當然是錯了的。首先高山原住民，也有他們自己的血恨，從霧社事件知道，高山人與平地人似乎有點和平的關係，共同面對統治者，平地人也曾對高山人抱以同情。

光復一年多來祖國的惡形惡狀，高山人也看不過去的，這些高山族群可能

---

[12] 請參閱本書第十一章。

是更為純潔的，更體會日本精神。高山人與平地人，在戰後兩者之間有個共同
的基礎，也就是日本精神。他們擁有久遠的尚武精神，所以義無反顧的下山來
了。這些答案，似乎鍾肇政在《高山組曲》有探討過。[13] 作者原本要寫高山同
胞的二二八事件，也就是《高山組曲》第三部，很可惜並未著手。可彌補的，
或許就是《怒濤》筆下的托西吧！書中的托西，作者雖未明指其為高山原住民，
不過卻隱然有原住民的天真浪漫的形象。托西是很成功的人物，充滿感情與豐
富人性，或許，臺灣人精神的代表，存在於高山族群的血液當中更多更多。

　　鍾肇政描繪的日本精神式的人物，不僅僅於《怒濤》中，所有作品都有此
類人物的影子。比如說 1962 年的作品《流雲》、1973 年作品《插天山之歌》，
即其後的《卑南平原》也隱然存在著，還有寫到戰後農村社會的《大圳》，在
上面所說的《高山組曲》更是明顯。使其整個大河史詩的作品有接續性，成為
一個整體。鍾肇政真是臺灣靈魂的工程師。

二、臺灣人精神史的演變

　　這可從志麟、志駿的描述整理出來。但主要還是由志鈞的口中分析的，於
《怒濤》頁 502，提到出外人根性與排他性問題。而到底日本精神與臺灣精神
有何關聯？日本精神在整個臺灣人精神史又是如何？臺灣人心靈的扭轉部份又
是如何？如同《怒濤》頁 527 提到的「臺灣人怎麼了」、「臺灣人變得怎樣了」，
作者當然想過臺灣人精神的問題，但要怎麼回答呢？是重現了那個時代的特殊
狀況，雖說是日本精神其實也就是指臺灣精神，這意涵是很巧妙的。如同作者
戒嚴前所強調的「中華民族魂」，其實正是「臺灣魂」，戒嚴時代裡，這是更
為巧妙的設計。所以《怒濤》頁 617，志駿從收音機，聽臺灣人反擊的消息，
傳來了「臺灣軍之歌」：

　　　太平洋の空遠　太平洋遙遠的天空上
　　　輝やく南十字星閃亮輝耀的南十字星
　　　黑潮しぶく椰子の下　島黑潮浪花飛濺的椰子島下

---

[13] 請參考本書之附錄二。

荒彼吼ゆる赤道を越過那怒濤　那赤道
睨みて立てる南の睥睨著　巍巍挺立著
守りは吾等臺湾軍守護的是我們的臺灣軍
ああ儼として臺湾軍　啊　凜然挺立的臺灣軍

志駿想年輕人又再一次的站起來，不過，內心不再是一萬個不情願，因為這次可是真的表現了臺灣人精神，臺灣人沒有一個是膽小的。等到志駿親自上戰場，聽著伙伴也唱起這條歌。於《怒濤》頁617，志駿提到：

> 他內心有個體會，真的，我們是臺灣軍呢！這才是真正的臺灣軍呢！就像剛剛志鈞隊長說的，這是「支那軍」與「臺灣軍」的對決。「臺灣軍」三個字，雖然當帝國陸軍二等兵時也經常會提到，或者被提到，但從來也沒有過真切感。這一刻，他彷彿第一次領略到什麼是臺灣軍了。

真是美麗的一段話，令人激動的一段話。或許，我仍然難以解釋給外省人聽出一個道理。不過，像外省人或統派所領會諸如「臺灣精神的主體不該建立在日本精神上」，這種領悟毋寧是怪異的，粗淺的，惡意的[14]，顯現了中國人歷經百年苦難後精神上的狹隘與萎靡。其實臺灣未來的問題，正是《怒濤》所表達的臺灣主體建立在祖國情結上的慘痛經驗，以及反省漢族的卑劣根性。不管怎麼講，鍾肇政身為臺灣文學創造者，臺獨的理想者，就算是懷念日本殖民政府法治社會，也絕不是一種希望日本再度統治臺灣。所以在鍾肇政的作品裡，曾經有以日本精神形象反抗日本人統治的情況。[15]

---

14 徐宗懋，〈日本情結——從蔣介石到李登輝〉，1997年5月，天下遠見。夏珍記錄整理，《愛憎李登輝－戴國煇與王作榮對話錄》，2001年2月，天下遠見。彭蕙仙，〈論《臺灣論》〉，2000年12月25日，中國時報。陳映真，〈等待清算的後殖民臺灣歷史——評「皇國少年」李登輝〉，1999年6月，海峽評論。許倬雲，〈文化邊陲與反省〉，2001年3月5日，中時電子報。「扭曲歷史與人權，適足以傷害臺灣主體性」，2001年3月2日，聯合報社評。「戴國煇和小林善紀：定位臺灣主體性的兩種思維」，2001年2月12日，聯合報社論。王曉波，〈臺灣人殖民地傷痕—「皇民化」的歷史與真相〉，2000年9月15日，取自〈從「皇民化」的李遠哲說起〉附錄，李敖電子報。

15 同註12。另外進一步說明：以「日本精神」作為二二八時代的精神凝聚點。臺灣人在經歷了從以臭狗精神視之，到接受日本精神的心理扭轉演變過程，臺灣人算是吸收了外來的精神，這是一種戰後反彈外來政權的心理，產生一種矜誇的現象，如好講日語、寫日語信等，這正是延續臺灣人精神

　　鍾肇政提出來的是「民主」的理想，臺灣人 [16]（包括外省人）才有權力改變臺灣的現狀，決定臺灣未來的前途。鍾肇政已經輕輕的點出來了。如同在《怒濤》頁 639 所說：「民主，對，只有民主。是新的出發。人類非如此不可。」

　　不過，既然能為臺灣人死，為何還說是一種日本精神呢？問題在於「日本精神」是接受了完整的皇民化教育的這一代人的靈魂、精神的故鄉吧。

　　在張炎憲所編輯有關受訪的二二八口述歷史，就有婦女提到，「該要拿出日本精神去跟他們拼戰」，[17] 非常令我感動。或許，這就等於是皇民精神。不過，她可並沒有說拿出皇民精神跟中國人打，她是提了日本精神四個字，狹義來講就是正義感與戰鬥；廣義來講，與日本千百年來構成的美感經驗有關。或者就是臺灣人體會到的日本一板一眼的法治風度。其實日本精神也就是二二八當時臺灣人戰鬥精神的投影而已，或者講特攻隊精神、崇拜日本神風特攻隊典範，當時若以日語喊出臺灣精神倒怪怪的不知意指為何。而，這位婦女指的拼鬥，並非為日本效忠的問題，而是為臺灣人效忠，為臺灣人而死、犧牲該是可以肯定的。

　　而這位婦女提到日本精神的心情，不就是鍾肇政於 1990 年接任兩個運動型團體的會長，帶客家人、文學家上街頭打拼，鍾肇政心中喊出的正是拿出日本精神來。所以《怒濤》著筆剛開始停頓下來，後來繼續創作下去心理也就因此在鍾肇政心中形成了。

中的反抗性與韌性的表現。而日本精神的吸收，除了是受皇民化教育的一代，在一種民族的進步性追求──也就是根除漢民族的劣根性，而邁向現代化公義法治社會的進步精神的吸收。這就是老一輩人誇口日本精神的真相。是臺灣人最矜持的一部份，一種反抗性的矜持。而且從臺灣民族性吸收日本精神後的表現，以此觀察，也可進一步的反應閩客的民族性的不同，更大的分野可自原住民民族性吸收、接受日本精神的情況來觀察。這也是作者在解嚴前的創作，往往高舉臺灣人或者漢民族的反抗性與韌性的良善面，而不想寫臺灣人、漢民族卑劣的部份，不願批判太多劣根性的原因。這種不願讓外來政權看不起臺灣人的創作心理，其實，這也是一種矜持的表現。

[16] 這裡的臺灣人，在鍾肇政的說法是包括外省臺灣人的，在書中韓萍的姊姊韓怡留在臺灣，並多做正面的描述，已稍稍的暗示，在這樣激烈的二二八反暴中，鍾肇政仍不失於 1990 年寫作時，該有的關照。

[17] 參考張炎憲主編，《嘉義北迴二二八》口述歷史，1994 年 2 月，自立出版社。

三、作者本人的生命與心靈

　　日本精神在鍾肇政來講，已經不是什麼效忠日本的問題、認同的問題。而是「要拿出來給人家看的問題，我們臺灣人並非都是怕死的族類」。在苦難當中，越是苦難越要堅忍、向上精進、奮鬥。一般老百姓的講法，則是很驕傲的說我有日本精神，是的，他們表現的很好，如守時、守法。還有一種是，日本時代多好，哪像來的中國人那樣貪污等的講法，緬懷過去的統治者。當然鍾肇政有更多的失望，臺灣人怎麼那樣容易學壞，本來被日本統治者有點矯正的，卻變得那樣快。我們大概還是中國人根性吧！面對離開的日本人，感到真是羞愧。「羞愧」這也是日本精神的真諦吧！

　　戰後的臺灣人受到太多委屈，像鍾肇政藏了四十年什麼也不敢直接講、大聲講真正的心聲，這是因為連愛臺灣都有罪。臺獨的指控不斷的威脅著鍾肇政[18]。我們要在這種觀點上，這一代人無論是感謝統治者、褒揚前統治者，鍾肇政說的自己有日本精神，都必須有「四十年都不敢講出心聲」的問題上予以了解，而不是同情。因為是他們所值得誇耀的，其中正有寶貴的感情。另外，必須知道，了解他們，如同了解土地，正是了解自己的方式。我高度同意，鍾肇政是有日本精神，當然至今仍存在。其實那就是臺灣精神。就如同他在 1957年《文友通訊》上說，他這一代如不建立臺灣文學，就要給下一代人恥笑，那當然不是日本文學。我絕不敢恥笑，因為那也等於恥笑自己罷了。

　　《怒濤》雖然是譴責中國人、祖國，也批判臺灣人。積極的態度，應該是對那些死去的人給我們臺灣人重生的思考，認識自己的命運。鍾肇政在其整個的作品架構，卻是少見的、或者沒有出現的，譴責臺灣人自己。解嚴前，鍾肇政在作品中一味的標榜臺灣人的反抗精神，解嚴後也是，不過卻也帶有對臺灣人精神、卑劣的部份，相當的不滿與悲憤。不過，事實上，像三腳仔的問題鍾肇政還是相當的予以保留。可能是吳濁流、第二代作家，很多人都提過了，基於創新的文學理念，不再重複，也是可能的。或者，三腳仔問題更讓鍾肇政感到難過呢？而對於半山隱藏自己是臺灣人的身份，冒充中國人的心理，也有點同情嗎？

---

[18] 筆者著〈1965 年的兩大《臺叢》〉，2000 年 10 月，臺灣文藝 172 期。

如今，陳水扁常常喊臺灣精神，客家人則喊硬頸精神，而硬頸精神也出現指的是整個臺灣人精神的說法。相對的戰後，國民黨喊過戰鬥精神類似於日本精神的意義，教育學生要作一個堂堂正正抬頭挺胸的中國人，卻完全是一個口號與笑話。對於建立臺灣人精神史的意義上，《怒濤》是一本非常必要的作品，讓我們真正重建臺灣精神、了解那一代人喊出日本精神的心情。

後記：

筆者會提出日本精神的看法，並非偶然的，這一點已於本書中有說明。有必要多說明的是，如同《鍾肇政全集》編輯莊紫蓉說明的，她早知道「日本精神」的講法，所以閱讀《怒濤》之時，並未特別注意到書中明顯佈滿日本精神的詞彙。同樣的，筆者翻閱過往對於《怒濤》的評論，幾乎可說是未曾有人提及這點。只有陳萬益教授稍稍觸及。另外林柏燕也提及，但林觀點怪異，似乎並未仔細閱讀《怒濤》即提出批評，或許那只是一篇隨筆罷了，本非嚴謹的態度。

而我感到疑惑的是：真的是因為大家都知道「日本精神存於老一輩臺灣人的心中」這點是一種常識嗎？或者，還是在國民黨時代的反日教育，令後代臺灣人所看到的日本時代活過來的臺灣人，表現殖民地遺風、負面的性格，而領略為懷舊親日而有點不以為然呢？還是同代的作家對於日本精神的有另種看法呢？還是鍾肇政在書中的表現仍舊未能使讀者注意到「日本精神」，而加以探討呢？很妙的，評者認為鍾肇政過去的作品總在批判日本人殖民統治，但事實上，鍾肇政的文字底層所表現的對於日本文化倒較傾向於認同的、崇仰的。

而日本精神在戰後的臺灣社會完全被肅清，只藏於老一輩人的心靈中。正確的講，戰後日本精神不能講，但是從老一輩的言行還是會流露出來，無形中也影響了下一代。所以中國家庭出身的年輕人和臺灣家庭出身的就有所不同。只是經過國民黨的教育，日本精神越來越淡了。至於，那淡淡的東西如何傳播到下幾代的 [19]，與舊日皇民文學的關係尚未被學術界論及，文學上具有代表性

---

[19] 從被視為皇民文學作品的〈奔流〉，有一段話很值得玩味：「他站在中學校的教壇，堂堂地教授國文。……。在感受性很強的中學生們的心中，植下有如古代武士的精神。」陳火泉於 1944 6《臺灣文藝》寫：「如果身為日本人，不得不說『志』是指『大和魂』，那就說是『大和魂』也無妨。所以，如果我能寫些什麼，希望寫的是有益人生、安慰人們、給人們希望的文章。」鍾肇政文學所指

的對臺灣有日本式的人物的描寫除鍾肇政外，只有鍾延豪、李喬、陳千武等提出而已。直到最近日本漫畫《臺灣論》始受到廣泛注目與報導。但在文學作品上以「日本精神」為主題的探討仍少，令我一嘆！鍾肇政這一代人的心靈世界，仍舊是隱諱的，著實的令人感到臺灣人的心靈世界的代與代之間的斷層。而或許那種對很多老一輩臺灣人看似平常、普遍的「精神」，要在文學中表現、深化，其實是相當的困難，但是講明白了，反而就不稀奇似的。

　　最後感謝莊紫蓉老師、好友陳俊光，對本章提供許多寶貴的修改意見，甚至文章中有多處完全是莊老師的發言。還有黃娟、李魁賢、曹永洋諸位先生肯定的回應，鼓勵很大。林韻梅、沈冬青兩位老師閱稿後，給予大方向上的指示，對本人往後繼續鍾肇政研究，甚有意義。並感謝本章成文後，周婉窈博士寄來大文〈美與死──日本領臺末期的戰爭語言〉，令筆者甚有所感。此記。

　　資料：（選了諸多書簡，除了分享鍾肇政與文友之間友情的款款人生味外，我也因《怒濤》的研究，更懂得這些信中是充滿「日本精神」味，讓我更佩服鍾肇政，他不僅僅在作品中談，乃是切實的體驗者、實踐者。就如「友情」問題，其亦是「武士道」的顯現之一，這是我在黑澤明的「七武士」電影中才瞭解一二的。）

　　書簡一：1982 年 3 月 8 日
　　萬鎰先生：
　　三、二來信收到了。很高興、很感動，想像中你是個喜歡看書，好學深思的年輕朋友，是不？一個人活在世上，必須有個目標、理想，並為此而不斷努力，否則就是醉生夢死了。來信中對我誇獎的話，愧不敢當，我也是為文學（我的理想）而盡其在我而已。這是一條艱難的路，所以必須努力。以後希望多與你互勉互助。
　　匆此，敬祝
　　進步

　引的光明與希望，不就是與更上代人所寫的「皇民文學」上所指種種很有關連嗎？那麼，鍾肇政文學又給下一代人什麼啟示，是另外值得人玩味的。鍾肇政筆下人物是懦弱、膽小、猶像不決的嗎？

鍾肇政叩　三、八(1982)

書簡二：1982 年 3 月 12 日

郭萬鎰先生：

昨天北上，順便到泛臺去看看，小犬交給我你寄來的三本日文書，真是太感謝了，草枕與曉寺早已看過，川端的未讀，不過不管如何，你的好意都使我感動！想送你一本我寫的書，不知你買了中國古典名著精華沒有？或者你告訴我想要我哪一本書。目前我手邊只剩「原鄉人」「鍾肇政傑作選」而已，請來函讓我寄來請教好嗎？　匆匆拜謝，祝

好

肇政　三、十二　夜

書簡三：1982 年 3 月 30 日

萬鎰老弟：

快信收到了。很抱歉上信沒有回你，一方面，我確是很忙碌，不過我從未因忙就不回朋友的信，而是我有點捉摸不透你的意思。你的信，總是寫得那麼誠懇，常使我感動，不過有時也有點難以明白你的意思之處。你現在是與友人共同從事電器唱片行的工作。你馬上可以離開目前的事業嗎？我答應為你介紹到出版社工作，我以前也說過，現人浮於事，所以無百分之百的把握，光是介紹，是輕而易舉的事，成不成則難說。而且我也要你寄「簡歷表」給我，這是介紹工作不可少的文件，你又不寄給我，所以我就想，也許你理想歸理想，未必真的想改行。你也提到想從事編輯工作，我明白你這方面的意願，可是事實上，現在是學歷至上的時代，許多文學士想謀得編輯工作而不可得，這也是一件困難。我怕替你介紹了，未必如願以償，能當一名編輯。

這些都是閒話，如果你真要我介紹，請即寫一張「簡歷表」給我，並註明：志願擔任工作一、編輯，二、什麼什麼，一切要寫明白。過去在出版社做過什麼工作，也一定要寫明白。這是說人家想邀聘你，有了這些資料，才可以考慮給你什麼工作才恰當。

我確實相信你是個肯上進、誠誠懇懇的年輕人。這是極難得的。人生社會，

總要靠這些，才能安心立命，希望你永不失去這一份純潔的心靈努力下去，則成功在望了。

勿勿祝

好

肇政　三、卅、

書簡四：1983 年 7 月 21 日

萬鎰老弟：

信收到了，隔了這麼久又有了你的信息，好使人高興。謝謝你的慰唁，家母喪事全部料理停當了，人也漸漸從空虛中恢復過來。自三月初母親臥病時起（九二高齡、肺癌）三個半月之間（加上居喪便是四個月了），我一直都在家，足不出戶，許多事（包括寫作）都擱下來了，不過也點點滴滴地翻譯了點東西。為親人送終，是正常人生必經之路，何況為老人家盡一點心意。我會漸漸地抬起頭來，回到崗位上的。老兵不能死啊，對不？承你關切，去秋起我就恢復了寫作。因為《臺灣文藝》決定交給年輕朋友去辦，我的負擔都交卸了，所以我就回來寫長篇了。《臺灣文藝》已面目一新，今年元旦起就由新人出了。而我也有《高山組曲》第一部與第二部寫成，已在《中華日報》連載完（連載了約二百來天共 26 萬字）。正要寫第三部時，家母病了，便停頓下來。我還要出去山裡跑跑，蒐集資料，一經蒐全便要開始寫的。老夫依然健在，你老弟放心可也。

別說你一事無成。年輕就是最大的本錢，因為有一切可能啊。對不？好好努力下去。　即祝

暑安

肇政七、廿一、深夜

理和紀念館在八、七、舉行落成典禮，我也要南下參加這個盛會。又及

書簡五：1994 年 10 月 18 日

萬鎰老友如晤：

我和三島確實有同庚之誼。在日本，那是最後一屆徵兵適齡者，在臺灣則

是第一屆也是唯一的一屆。三島有未能趕上最後一班死亡（陣亡）列車的悲憾，他對戰後日本的變化深為不滿。他是最後一個日本魂，他選切腹之死，是有其精神原因的。我因同齡，所以另有心感神會之處。

做為一個臺灣作家，有其宿命的悲哀，這與李登輝所說的臺灣人的悲哀，有著一脈相通之處。不過我已在這種悲哀裡過了四十餘年的作家生涯，已不再去多想。我不是個宿命論者，但卻明白有這種宿命。這是矛盾說法，但確實如此。

《怒濤》完成之後（已兩年多了）下一部作品早已在腦中，卻無執筆的時間，精力與勇氣。也許就如此腐朽了！

簡單寫幾句如上。

匆匆祝

好

肇政 10/18/'94

書簡六：1994 年 10 月 21 日

鍾先生：您好：

萬分喜悅，速速即有您的回函，在陪父親上「長庚」門診之前，迫不及待，展讀來鴻。心頭不禁悠然浮現，熱血男兒──三島由紀夫的形影。「佐藤榮作」講他是最殘暴的知識份子。從《宰相夫人祕錄》一書中得知。託「延豪」兄予先生之「曉寺」，想必鍾先生看完了！「大江健三郎」得獎，令人想起了失之交臂的「三島」不勝令人欷噓，也許缺憾還諸天地。他參加過的「自衛隊」，也在展示兵力，慶祝建軍四十週年。他也講他是舊皇軍遲死的青年，他的「違和感」，他的憤世疾俗。無怪乎他會講他是失敗的悲劇演員，沒有賺人熱淚，卻是博君一粲的，匪夷所思。

世界上有太多「作秀」的人，但沒有那麼多敢像他一樣玩真的，把命都豁出去了！臺灣是「李鴻章」講的一塊傷心之地。以前書架上，「鍾先生」編的《臺灣文學》（遠景版），怕也成為千古絕響了！「鍾先生」要「百尺竿頭，更進一步」，真的，長埋草萊的「鍾理和」，他不是倒在血泊裡嗎？「張良澤」先生編撰此書，他曾經如此熱愛兩位筆耕者，也皆英年早逝，至死靡他，「鍾

先生」！「山本五十六」一一回信，真是值得汲取的好經驗，他並不高高在上，能行尊降貴的人也不多了！那一個不是「捉刀」或央人寫字畫、匾額……太虛假了吧！謹祝

安好筆健

萬鎰拜　1021　0918

附錄二 高山組曲第二部《戰火》 ——日本精神與賽達卡精神

鍾肇政先生表示：贊同設立「高砂義勇隊紀念碑」；對於碑文內涵意見為：「原住民精神是臺灣精神之一。」（鍾肇政回答筆者問題）

第一節 前言

鍾肇政認同日本的文化，認同日本人在殖民時代所給他的人格教育。他並非是認同這個統治者。只是這樣的說法，是戰後的鍾肇政經歷過二二八與外省人相處，而轉化後的思維方式。帶有回憶般的經過時間的沈澱，加以印證存在目前心中的情感，如正義、純潔、守法等所謂的日本精神、武士道精神。戰後的日本仍舊是強國，很快的從殘破中回復過來，這也是讓鍾肇政更印證了那是因為日本人的精神，所以臺灣人正是需要這種日本人統治後留下的精神。而戰後的鍾肇政本來滿腦子就是日語，經常仍以日語思考、吸收進步的知識，維持了相當的日語藝文修養。以日語內涵中所含的文化價值觀作為力量來砥礪自己，讓日本精神成為生命前進的動力之一，是很自然的。[1]

筆者認為鍾肇政便是以「日本精神」的基礎來思考、描述同樣受到日本殖民統治在二次大戰時的原住民精神，也就是「高砂義勇隊」所表現的內在精神。很久以來普遍的不分日本人、臺灣平地人經過實際接觸，都肯定原住民獵人性格中的英勇、純潔、誠實。[2]而原住民的行為模式被解釋為是日本精神，這是很

---

[1] 參照本書附錄一〈《怒濤論》：日本精神之死與純潔〉、第十一章〈《插天山之歌》與臺灣靈魂的工程師〉。

[2] 參考：葉石濤，〈塞達卡‧達耶的英雄史詩——評鍾肇政的《高山組曲》〉，1985 年 5 月 1 日，中

常見的說法。當然，這也可以說是他們原本的精神。去年，下村教授在霧社事
件研討會就有如下發言：

> 戰爭時期，山地原住民還組成了「高砂義勇隊」，義勇隊這一種奮戰的
> 精神，在當時來講，被當作是一種日本精神，現今存在原住民當中，都
> 還可以看到的精神。
>
> 問題是，這種義勇隊的精神是原住民的 gaga 的精神，而現在卻被認為是
> 日本精神。從這一點來看的話，老實說，現在原住民所擁有的，被認為
> 是日本精神的，其實是原來他們 gaga 的精神，而這樣的一個 gaga 精神
> 被誤解，事實上也是等於說，從這點來看，我們就可以知道，當時日本
> 政府的罪惡之深了。[3]

　　下村是非常富於反省能力的學者，內心有的是強烈的人道主義關懷。我認
為，他的說法也是講給在場的原住民聽吧！尤其面對仍多少有反日情緒的聽
眾。下村是個日本人，因此他的發言，多少也小心翼翼的表達尊重這些人的感
情。

　　我必須承認，我是看了下村的講法，我才感受到鍾肇政創作《戰火》的內
涵，事實上是更廣泛的，除了日本精神觀點外還有更重要的課題，如原住民精
神的本質。只是，鍾肇政並沒有強調如下村批判日本政府的殖民罪行。在鍾肇
政文學中所存在的批判，該是自然帶出來的，不會有強烈的字眼，批判日本殖
民統治不是他創作的主要目的。《戰火》詮釋的重點，應該在：1、高砂義勇隊
的認同是什麼，2、怎樣的環境與時代造成這種認同行為，3、進一步探討原住

華日報。杜偉瑛，〈從鍾肇政的原住民小說《馬利科灣英雄傳》──談泰雅族〉，1999 年 8 月，真
理大學，淡水牛津臺灣文學研究集刊第二期。鄧相揚，《風中緋櫻》，2000 年 10 月，玉山社。阿美
影展第五場 Pakongko，2000 年 11 月 25 日，地點：臺北市政府多媒體放映室，影片「我們為了日本
而戰爭──花蓮壽豐的三個老人」。http://www.realpangcah.net/record/5.html。陳淑美，被淹沒的島
嶼戰史：高砂義勇隊，http://www.sinorama.com.tw/ch/1999/199903/803078c1.html。戴國煇，臺灣史
探微──現實與史實的相互往還，1999 年 11 月，臺北：南天。布興・大立，《寧死不屈的原住民》，
1995 年，信福出版。蔡森勇，〈大武戰將──悲戀高砂義勇軍〉，2000 年 4 月 10 日，臺灣新聞報。

3　施正峰等編，《霧社事件──臺灣人的集體記憶》，頁 174，下村作次郎發言，朱教授翻譯，2001
年 2 月，前衛出版社。

民精神的本質。

　　這裡可以先這樣講，單純以 gaga 精神、原住民精神來詮釋《戰火》，並不能切合的說明「高砂義勇隊」的認同。這中間有很多人性的光輝、高貴之處以及痛苦的煎熬。例如本文將要以《戰火》來論證的情況之一：原住民本來就備受背負種種的歧視。霧社事件的後代遺族更帶有「罪」的意識，為了洗刷來自統治者給予兇番的污名歧視，產生某種心理，便血書自願上戰場，發揮忠誠的秉性為爭取族人的平等地位。這心理有來自於血液中正義感、重榮譽。而戰爭喚起獵人勇士們以馘首、祖靈為道德基礎的古老記憶。這時要說血書志願等行止是由於 gaga 精神，當然是很合理，但是問題就在於以忠勇、誠實、榮譽為道德基礎的 gaga 精神或者獵首精神，在戰時，與效忠日本帝國的日本精神內涵，兩者是非常切合的。

　　相對的來自日本統治者統治政策，除了汙名化、歧視原住民，也善用了原住民的武勇、重榮譽的氣質，美化皇國體制與強化社會壓力諸如讓女子崇拜武勇的男子轉成崇拜從軍志願。可以說日本人灌輸高山族以日本精神是比平地人成功的。以今日的觀點與高山族的立場來回顧，當時效忠日本政府比起效忠後來的支那政府是光榮太多、有意義太多。這給我們平地人的疑惑，在於高山人自從霧社事件後很久都無法為自己作戰。假如他們有機會，那麼高山人會表現的比平地人勇猛、優秀應是確定的。

　　也就是說參戰行為就算是「被迫」，而平地人、山地人所存的心理是非常的不同。[4]事實上當時他們為日本人打戰，其實正是為了提高族人的地位，所以要表現比日本人還要富有日本精神。以平地人觀點，在衡量高壓的環境，他們也僅能以日本精神的價值標準來與日本人作一番公平競爭。這種心理邏輯與觀點是本文要一再強調的，也是作者鍾肇政在《戰火》中敘事觀點。

4　鍾肇政著《濁流三部曲》中人物——李添丁所表現的行為。另外，我不是很同意戴國煇的講法：「有關血書志願背景的詮述，教著者頗有「隔靴搔癢」之感。能否借用精神分析並運用社會心理學之方法，加以分析霧社事件後流傳於原住民社會的普遍性恐懼心理及「在劫」（日警之生殺予奪威權壓境下）難逃，逼迫下，他們獨一無二「求生口」屬性的抉擇。既是唯一的「抉擇」，為何不「阿然力」（乾脆的日語）地去逢迎及討好將率領前赴戰場的駐在所日警之最愛。人之相知，貴在知心，要企盼真正認知原隊員愛恨交雜的心理創傷和深情，豈是易事？」我認為那是平地人的想法。大概就是李添丁的模式。本文是偏重於榮譽的自願的日本精神觀點，而不採被迫而後生的日本精神觀念。而是主動的積極的。

　　以歷史小說《戰火》的文體，處理以上的心理糾葛是非常恰當的。小說將歷史大事底下的人情事故加以重組，以虛構的技術如塑造人物、情節令人感到真實同情。讓讀者自行領會此歷史大事底下的人的生活、感情為何。這中間，事實上是有作者的強烈主觀意識，也就是小說作者的主題意識。另外，作者以此主觀意識與文藝思想將客觀的歷史素材加以重新組合。讓讀者挖掘的過程中感動與思考。不過，讀者自然也有其依照個人背景不同而做出自己的詮釋，不一定要符合作者的意圖。無論如何，瞭解作者的創作態度，是解讀小說的一個方便之路。

　　本文第二節說明鍾肇政《高山組曲》作品成立的經過，與創作的心理基礎。對藝術作品評價的基礎之一，可以從重現時代的真實性與感人來反映。另外也可以從作品組織的緊密來批評，也就是作品的結構來觀察反映真實的情況。我所詮釋的主題，是從作者的觀點出發，這觀點也是推展出他虛構藝術的技術所在，尤其是牽扯小說結構部份。

　　第三節：前人評論《戰火》如呂昱作了最多的研究，是詮釋《高山組曲》的開創之論。然則與本文詮釋有所不同。本文是在其基礎之上，作不同的解釋，本文認為戰火下原住民認同日本精神與日本統治者，其中正是有許多值得敬佩之處與含有細膩的思維。但是呂昱認為是奴化，認為鍾肇政的創作意圖在批判殖民統治者。在作者並沒有直接給我們清楚的答案，小說的主題原就需要讀者去尋找、思索。越多不同的答案，正可顯示這部小說的豐富性。所以，站在前人的詮釋之上，可以瞭解鍾肇政創作當時的反日時代環境，可得知創作者所謂寫「抗日小說」苦心所在，並進一步得到詮釋《戰火》的可能。本文也列舉傑出的歷史研究者黃智慧博士對「高砂義勇隊」的看法，這可為《戰火》重現歷史的真實度相互印證。

　　第四節：鍾肇政如何表現、歌頌原住民。這裡分兩點說明作者的技術。描寫觀察這是小說家的基本功力所在。使得不知道原住民英勇的讀者，在此可以得到深刻印象。這些行為正是原住民精神的外部的、一般性的表現。再分析作者以「番刀」為象徵的手法，表達原住民比日本人還要強悍，在這觀點上《戰火》是充分表達原住民精神而不是日本精神。以小說的結構而論，「番刀」也是使這篇小說產生有機性與嚴謹，番刀的象徵是相當重要的核心技巧。

第五節：分析主人翁林兵長的精神內涵與霧社事件以來的精神傳承。林兵長是作者所塑造的典型人物，是作者的觀點所在，表現了高砂義勇隊的典型的、最深刻的心理思維。林兵長在本書花費作者最多筆墨來解釋其心理。可見林兵長的認同，正是本書表現的關鍵，也是最難以處理的。而林兵長要「比日本人還日本人」的皇民認同狀況，這個觀點突顯了林兵長是富有日本精神的。最後要探討馘首文化的消失與原住民精神的傳承。

第六節：結論。

第二節 創作者的心理基礎、素材與作品結構

一、作者成長背景

檢閱鍾肇政描述平地人反抗外來統治者的巨著《臺灣人三部曲》。首部以《沉淪》描繪 1895 年客家人以落伍農具當武器抵抗日本人的侵略，象徵臺灣人堅強的自我意識，歌頌臺灣人反抗意識的高貴情操。

臺灣人「走反」的記憶，最初來自於鍾肇政家族與父親所傳說的故事。同樣的，鍾肇政今日仍對六歲時所發生的霧社事件有清楚的記憶，當時家族大人鬧哄哄的，屋內是洋溢興奮、激動的氣氛，大人們小聲翼翼的談論高山人大舉向日本人出草了。鍾肇政在就讀淡水中學時，偷借圖書館藏書，特別對描述「霧社事件」一書有莫大的興趣。在筆者檢視鍾肇政資料時也發現他在 1960 年的心得筆記本，因為向友人借到一本探討高山人人類學的著作，在歸還之前，將閱讀心得、重要資料傳抄在筆記中。另外，鍾肇政在中學時，家裡搬到了今天進入復興鄉裡的八結一處，地處番界。有被當地美麗的泰雅族女子魅惑、或者黥面泰雅老婦以語言戲弄過的深刻印象。

因此在 1970 年前，屆臨霧社事件四十週年，鍾肇政寫下《馬黑坡風雲》長篇，是以上的心情作為基礎的，除了對於反抗者的崇仰外，更深的有對於寫作當時抗議外來統治者的心理。鍾肇政於 1975 年完成見證臺灣人歷史的《臺灣人三部曲》之後，在 1982 年也因《臺灣文藝》交付出去有了自己的時間，而承續

《馬黑坡風雲》的故事，正式《高山三部曲》計畫進行幾次緊密的山地採訪，接連有《川中島》《戰火》兩作。這中間存有一種為原住民代言的心情。在鍾肇政文學表現裡擴大了臺灣人的精神建構領域，將原住民精神包含進來。並有寫作計畫將臺灣人、原住民的反抗精神匯聚於戰後的二二八事件，表現於《高山組曲第三部》。因在戒嚴時代資料蒐集困難未能及時完成，成為鍾肇政一大遺憾。解嚴後寫出了《怒濤》，其中隱隱的將其中一人物賦予原住民的形象，在二二八裡表現了天真、浪漫、正義的精神，書中也提到嘉義的高砂義勇隊下山參與反抗的情節。這時算稍稍將整個臺灣人的精神，做了平地人與高山人在精神上的連結。

　　鍾肇政在回答，解釋自己都不了解自己為何寫了那樣多原住民小說，他說是因為愛原住民的正義感與美，認為原住民是羅曼蒂克的族類。[5]我的解釋為鍾肇政在原住民的身上，看到許多自我。換句話說，鍾肇政將純潔、正義的理想，寄託在塑造原住民的形象身上了。更進一步講，這與原住民富含日本精神的風範，使鍾肇政隱隱然的感動心儀。

　　這說法且舉一個例子。原住民對於體育活動有所偏好，其中對於運動精神是他們所強調的。所謂原住民精神到日本精神，到今日的運動精神，都含有尚武的本質。但是最符合鍾肇政所想的，大概是一個「誠」字，來貫串整個原住民的精神。鍾肇政說：

> 郭氏當年曾是在日本甲子園球場馳騁過的棒球名將，五十年後的今天，仍念念不忘往昔鐵血訓練體會的運動精神。他認為一個「誠」字是可以貫串一個人一生的基本精神，而這也恰是今日人們所最缺乏的。他深深相信，阿美族人的傳統道德基礎，正也可以用這個字來概括，而運動精神更可以用這個字來做為代表。
>
> 對筆者而言，這真是一項驚奇，也著實為之感到醍醐灌頂。不錯，筆者在少年時期（指日據時期）所模糊感覺到的，不就是這個嗎？[6]

5　《鍾肇政全集9──戰火》，《高山組曲》自序。

6　鍾肇政，日安，卑南，1985年12月21-23日，自立晚報，收錄於《願嫁山地郎》，晨星出版社。。

　　鍾肇政體會出「誠」是原住民傳統道德基礎。因此日本精神自然的只是將原住民精神附加以近代國家意識。鍾肇政對郭式「誠」的體會，熱烈加以回應不是沒有原因的。有一個現象是，在鍾肇政當他思考到臺灣人精神時，鍾肇政認為由於沒有自己的國家，因此沒有臺灣精神的共識，當他這一代人思考到臺灣精神時，不免模糊，然後在自己心理泛現為更為清楚的則是日本精神教育。因此，鍾肇政圖思將日本精神轉化為臺灣精神。[7]

　　很自然的，鍾肇政以所謂的「日本精神」觀點來創作原住民的史詩。其實所謂的日本精神是鍾肇政在經過二二八後，體會到中國人遠遠比不上日本人，重新看待自己所受的日本精神教育。基本上有反抗中國人一味的仇日的意識，而重新肯定自我。因此戰後會產生一種觀察「高砂義勇隊」的結果，鍾肇政認為「高砂義勇隊」比自己更能體會日本精神的想法。原住民本質上就是尚武、勇敢的，在戰前經過進一步的國家思想教育，踴躍參加太平洋戰爭。回顧自己，鍾肇政這種平地人應對戰爭時逃兵、避戰的狀況與原住民大不相同。[8]鍾肇政說明自己在戰爭時代，是日本精神灌的不夠徹底。只是這與自己後來所說的日本精神範圍不同。[9]

二、歷史見證

　　除了從鍾肇政的日本精神教育背景與生活經驗，來觀察《高山組曲》的寫作背景外。這裡從歷史見證的觀點來觀察鍾肇政創作的心理基礎，在蘭亭版的《川中島》、《戰火》書後面的介紹：

> 川中島，位於南投縣仁愛鄉北港溪畔，青山翠谷，碧流蜿蜒，是夢幻般美麗寧謐的地方。此地正是五十年前，霧社事件後倖存的老弱婦孺被迫

---

[7]　鍾肇政，臺灣精神（講詞概要），2001 年 8 月，「臺灣與日本的詩」節目書，「祈和平」交響樂訪日團。

[8]　參考《鍾肇政回憶錄》，前衛出版社。與鍾肇政著：《濁流三部曲》─《鍾肇政全集 1──濁流三部曲上-2》，桃園文化局。

[9]　筆者訪談於鍾肇政宅。2001 年 4 月 1 日。

移徙之地。這些遺族如何熬過劫餘的艱辛歲月？如何在十年之後，年輕一代竟那麼踴躍投入太平洋戰爭？本書根據作者縝密而廣泛的查訪，為此段悲壯的史實作一見證。[10]

這裡提示書中探討的主題有關霧社事件遺族的悲慘生活與精神的變化。因此《戰火》接續《川中島》，當要解答川中島遺孤如何又踴躍踏入太平洋戰爭。當《高山組曲》發表在報刊時，文前有一段介紹文字：

這長篇鉅構根據作者縝密而廣泛的查訪，為此段業經埋沒草萊的歷史作一見證。也是為這些最純潔，最矜誇的山之子民所譜下的一首莊嚴的安魂曲。[11]

從這些角度來觀察高山故事系列，鍾肇政史詩構思是雄壯的、嚴肅的。其敘事高雅、故事感人，探討問題非常複雜與深入。這幾段話中很明顯的鍾肇政是以歌頌原住民作為敘事筆調。如同《臺灣人三部曲》，都是建構在可歌可泣的歷史事實為基礎。作者主觀上有建構臺灣人精神的目的，而絕少以批判臺灣住民的角度。其實作者的敘事策略正是超越批判後的深思熟慮，有其現實上抵抗當時的統治者的創作目的。作者這點「苦心」必須加以注意。也就是說川中島遺族，踴躍踏入太平洋戰爭，鍾肇政是採取了相當正面的、深入解釋。這一點值得注意。而這並不是說鍾肇政與其筆下的原住民都不懂日本統治者的統治策略。

我們從鍾肇政給呂昱的信中，可以解釋筆者指出作者的「苦心」。就是說在作者本人創作前後都是受到很大的壓力的。因為一方面所謂「正面」的解釋「高砂義勇隊」的精神，這很難讓讀者的「奴化」觀點很難釋懷。讀者很難體會當時原住民心理上的處境。也對原住民的精神本質可能持以負面的態度。另外，讀者對《戰火》進一步思考，很容易認為鍾肇政在寫反日文學，批判日本統治者。而終於只得到「奴化教育」的批判性解讀。而「奴化教育」的解釋，

---

[10]　《戰火》、《川中島》，蘭亭出版社，1985 年 4 月 15 日出版。收於《鍾肇政全集 9──戰火》。

[11]　1983 年刊登於《臺灣日報》。

又等於批判了原住民的「愚蠢」。

鍾肇政在信中向好友說明了在 1982 年暑假曾告訴第一位在學界研究臺灣文學的塚本照和教授：

> 我曾告訴他有個新的「主題」，是在一些雜讀過程中想到的：霧社事件後十年，為什麼高砂義勇隊的隊員，尤其事件的僥存少年，那麼踴躍地出征去了？也許我會寫寫這個作品。這也正是《高》作的直接動機了。塚本聽罷撫摩胸口說聽了我這，心口便發疼了。意思該是我又要拿日本人過去的「罪惡」來開刀，他以一個日本人立場，不免感到痛苦。我與塚本友誼至深，這反應頗出乎我意料之外。當然，我相信不會是碰到日人罪行被揭露就會痛苦的那一類人。[12]

1980 年代臺灣社會在經歷美麗島事件後，一方面是民氣昂揚，一方面也是肅殺的氣氛。鍾肇政本著三十多年來寫作的態度，不敢踰越統治者禁忌，但是臺灣文學旗幟清晰，孜孜矻矻詮釋臺灣人的民族精神。但題材局限於日據時代，而使得後輩有點不耐不解。[13] 與鍾肇政同輩的人因為有親日的傾向，因此對鍾肇政以抗日為題材的創作而反感、解釋為迎合討好國民黨，無法了解抗日只是一種掩護，穿透在文學上這種膚淺的外衣而與鍾肇政有所共鳴。其實誰知道鍾肇政是親日的、認同日本精神，也是天生的臺獨主義者。以致產生了作品表現為「以日本精神抗日」的矛盾、微妙的有趣現象。這些矛盾，反而是深刻的重現日據末期的臺灣人生活與意識。[14]

鍾肇政的寫作重點，是有「苦心」的，作品值得深一層去領會。所以鍾肇政在給呂昱信中，表達他寫所謂的「抗日小說」正是身為「弱小」者的悲哀：

> 寫光復後立即面臨的是一堵厚牆，我也沒有良方去衝破它，這堵牆衝不

---

[12] 1983 年鍾肇政致呂昱書簡，見本文所附資料。

[13] 《望春風》後記，鍾肇政說：「寫《滄溟行》的當兒，我屢屢覺得自己所寫多以日據時代的故事為主，恐怕已有人認為我只能寫那種東西。」

[14] 第十一章〈插天山之歌與臺灣靈魂的工程師〉，第四章〈流雲三論〉。

破，光復後的臺灣只是一假象而已。這是身為「弱小」者的悲哀！[15]

真是一語雙關，既牽連自己被認為是迎合、討好國民黨，也牽連「高砂義勇隊精神」的被稱為是受到奴化教育，但其實有豐厚的可敬本質。

三、創作素材

從《戰火》的素材來源來觀察。在《臺灣文藝》出現了鍾延豪採訪霧社遺族的文章。鍾延豪講：

我們不禁沈思起來，他們的父執輩戰死於抗日的光榮中，但他們卻也懵然不知的開赴南洋，為殺害他們父母的兇手犧牲生命，這不是宛如戲劇般的令人啞然嗎？[16]

這與鍾肇政告訴塚本的想法很類似。這並非巧合，因為很大部份，是鍾延豪根據父親鍾肇政以口述翻譯日本人的資料所寫下的報告，而且鍾延豪不懂日語，不至於能與義勇隊隊員深入交談。這段話有趣的地方是，鍾延豪所抱持的態度除了疑惑外，多出了責備的口吻，完全是平地人的口氣與思惟。很明顯的對於日據時代的人物心理與精神仍不夠瞭解，鍾肇政的觀點比起兒子是悲憫的多。這是來自鍾肇政與高砂義勇隊同時代的心情，鍾肇政體會更深。無論如何，這部書可以預見的是，鍾肇政小說《戰火》所本的資料，也大致是鍾延豪所報告的文章所引述的資料。事實上鍾肇政也親自採訪了多位重要歷史人物如高永清、初子、高光華，其他如高聰義等等，也親自到了川中島看了當地的山勢、矮屋。唯一遺憾的是見不到高一生的後代，因此第三部書無法執筆。

話說回來，從這些文學外緣的資料，可以了解鍾肇政是怎樣編故事，以及他下筆時所抱持的態度。這裡先比較一下《戰火》與「鍾延豪報導」，各個人物的對應關係。在《戰火》出現的三兄弟，分別是阿外他利（山下太郎，日語

---

[15] 見本文所附資料，鍾肇政致呂昱書簡。

[16] 鍾延豪，〈霧社今昔〉，1980 年 3 月，《臺灣文藝》革新號 13 期，總號 66 期。

演講高手，1921 年生）、沙波他洛（山下次郎，割手指寫血書，1924 年生）、阿烏伊吉洛（1928 年生）。阿外三兄弟對等了鍾延豪報告中的高家三兄弟。其中老大高聰義也是 1921 年生，與阿外相同且受教於帝大農學部。阿外三兄弟代表不同的年齡階層，反映出不同的時代意識。我認為鍾肇政塑造以高山族的菁英份子，為小說的觀點人物。目的在於提升讀者對原住民的知識份子的印象外。在探索高砂義勇隊的微妙認同意識下，也唯有善於以日語演講、懂得探索問題的原住民可以擔當。

另外作品中的阿外也揉合了鍾延豪報告另外一位阿烏依。因為兩人都深知霧社事件的深仇大恨，阿烏依說：

> 我當然知道我的父親，是被日本人殺死的，但是我可以說「不」嗎？[17]

其實，阿烏依是面對質疑，才做這樣的「謙虛」的反應，不想反駁對方。局外人不解當時受歧視的狀況如何。在那情況下自願參戰，本來就是無罪的。而為了爭取平等與榮譽，這種人性的高貴面，本來就該受到尊敬的。因此《戰火》中的阿外，雖然勇於參戰，但是也深知仇恨。所以，鍾延豪的報告裡也提到：

> 日本殖民地統治所支配的臺灣，在皇民化運動下，正如老人阿烏依所說的：「誰又能說他們錯呢？」一批批的高山同胞抱著「皇民」的熱誠出發到南洋戰場，他們無疑的都成長在日本文化之中，雖然有時仍不免憬悟到自己血管裡流的是泰耶魯的血液，但對他們來說，為天皇效死的決心，正可彌補這種生而不是大和民族的遺憾了。[18]

從這點來觀察，「高砂義勇隊」可以說是結合了泰雅魯精神與日本精神。這一點也不矛盾。這是人性最奧妙的地方，可以說是青春無悔的心情吧！高聰義戰後努力於代表臺籍日本兵向日本人求償的行動。他曾在臺灣總督府擔任雇

---

[17] 同前註。

[18] 同前註。

員，後入臺北帝大附屬農業部進修，前後就曾擔任過南投縣仁愛鄉鄉長、南投縣縣議員多年。接受訪問時，他表示：

> 當時年輕人被問何時當兵？就像今天問人「吃飽飯沒？」般自然，霧社七十八歲布農族原住民高聰義（日本名加藤直一）說，當時大家都覺得當兵是一件光榮的事，即使戰死也心甘情願。他在一九四三年七月寫了血書，參加第七回高砂義勇隊。[19]

另外也可以說高聰義三兄弟除了是阿外三兄弟的模特兒外。高聰義也是林兵長的模特兒。因為高聰義是布農族的，與林兵長背景相同。而林兵長的塑造，除了高聰義外，應該還有其他的真實人物。林兵長也是鍾肇政預定在《高山組曲》第三部中，於二二八攻打嘉義機場的主角。高聰義可說是小說外標準的參考人物。在《戰火》內化為幾個重要人物。

四、觀點人物

小說中的觀點人物也關係到作品的結構。從第一章到第六章《場景在川中島，觀點人物為霧社事件後的重要人物畢荷，實際的模特兒就是高永清。描述重心為畢荷肯定了在阿外的內心裡，依舊記得在霧社事件發生後對日本人充滿仇恨的意識。阿外是這幾章中為人所景仰崇拜的青年。第七章到第十四章場景都在太平洋戰場上。刻劃活動與內心的主角變成了林兵長，而不是阿外。阿外從被畢荷澄清後有反抗意識的角色，成為一個固定的類型。作者以阿外為觀點人物，從阿外角度觀察林兵長、理解林兵長行為。林兵長成為比阿外更為強悍、奧妙的角色。

對於全書場景的處理，其實可以嘗試兩個場景交叉進行比較平衡，不過終

---

[19] 參考：陳淑美，被淹沒的島嶼戰史：高砂義勇隊，http://www.sinorama.com.tw/ch/1999/199903/803078c1.html。也可參考蔡慧玉編著，走過兩個時代的人──臺籍日本兵，1997 年 11 月，中央研究院臺灣史研究所籌備處。有更多關於高聰義的介紹。

於採用前半在川中島，後半在南洋戰場，只單純在第六、七章以一封信作為轉移場景的聯繫。為了解決這不平衡的敘述，鍾肇政在第九章插入阿外與來自川中島的女子相會，得悉川中島景況，以與前半部做結構上的連結，並讓阿外知道他的弟弟在戰場上的消息。如此川中島上提到的許多人物在第七章以後才不會消失的太令人意外而使讀者掛念。因此在第四章阿外與女子細講之愛情的種子成為一種結構上的佈局，而在第九章萌芽。此女性扮演角色，除結構上需求外，情節上也表達男子為了爭取愛情，而爭響應高砂義勇隊，達成勇士的願望。而女子在意識上代表的，大都為殖民者的宣傳所影響，較少做太多反省與思考。這是鍾肇政在處理認同問題，女子所扮演的角色大多數典型。直到最後，此女子的消息又出現，而沙波大概在第九章就死了。細講未死大概是為了《高山組曲》第三部作為準備的。

　　觀點人物或者主角人物在一部書中轉換，這在文學上不是很理想的現象。大概是《戰火》需要一個全知的有反抗意識的觀點人物遠赴戰場，而不直接由作者本身充當全知觀點，這會顯得更有臨場感。只是為什麼不完全以阿外作為觀點人物與主角，由作者直接刻劃、領會阿外的心理，而又要另外設計林兵長。或許「高砂義勇隊」的殖民認同太過於複雜，由一個有複雜意識的人、且是高山族自己來作為「客觀的」觀點人物，更能切合的描繪更複雜的人物，了解原住民心理。

　　進一步說明，只用阿外作為主角來表現勇猛、鎮靜、在叢林吃得開、高智識水準已經是綽綽有餘了。假如說主題在於日本精神與高山精神的辯證，阿外的仇恨意識太過於明顯。那麼不足的地方在少了那麼一份模糊的、為了部屬的、為了下一代生活的激昂的心情。而且製造了林兵長，可以更顯得有比阿外還要厲害的角色。反過來說若只有林兵長而沒有阿外的觀點，而是以全知的觀點來看林兵長，較使人體會不出來林兵長的心情上的煎熬！阿外成了旁觀者，或者該講，是作者讓阿外努力的使自己在心理成為一個客觀的旁觀者、見證者。作者以阿外來觀察林兵長的複雜的心情，這是很特殊的設計。

　　另外，鍾肇政有意創作《高山組曲》第三部，主角人物就利用林兵長的角色，所以設計了林兵長。還有一個解釋就是，雖然觀點人物不同了，但是幾個觀點人物在精神上則是統一的。以統一的精神作為觀點，也就是人物的精神意

識傳承了。而在根本上作者所抱持的觀點與精神，都是一致的。

　　其中有一個精神上的傳承，關係到觀點人物的立場在第六章。當場景與觀點人物即將轉換之時寫到，阿外來信向畢荷說明已經完成了三個月的鐵血訓練。問到畢荷看病以外，還忙什麼。這暗示畢荷要記錄莫那的話。要記錄霧社事件與川中島的生活。書上強調畢荷說的話：

> 把生死看得很淡，但是熱愛生命。熱愛生命又視死如歸，這一定要讓人家知道。（鍾肇政全集 9——戰火：頁 324）

　　而第七章也指出阿外要將義勇隊、志願兵的事情也寫下來，在戰場上作一個觀察者。兩個人互相約定要為了子孫將好多好多事情，一件件的寫下來。畢荷也要阿外，一定要活下來，從戰場上生存下來，回來才是勝利，不要死在戰場上。「不要死在戰場上。」這想法是有別於日本人灌輸給高砂人的，這象徵著高砂族雖然英勇赴死，但並非盲目為日本人去死。

　　又例如畢荷想不起來有關婚姻問題官方須要雙方同意。但是終於意識到了官方的讓步。而這個讓步正是「高砂義勇隊」勇於參戰的關係，讓原住民的地位小小的提高了，是很微小卑微，不過卻是可貴的。這點反抗的、質疑的意識，非常的重要。一直到最後都是一種經常出現的伏筆，這也是各個主角人物精神傳承的重點之一。

　　這點細節顯示出小說中全知觀點的優點，這時是作者引入的觀點意見。這在歷史、政治的學術研究是不會給人有這樣細膩的感覺。藝術創作給予了小說人物一種活生生的反省的動力，給予讀者一個啟示。其實，阿外、畢荷這種記錄的、見證的工作，不正是鍾肇政身為作家為臺灣人的世代子孫作一樣的工作嗎？而畢荷、阿外要傳承的精神。要人家知道的精神：「把生死看得很淡，但是熱愛生命。熱愛生命又視死如歸」。這也就是鍾肇政所要塑造的高砂族形象，這與來自日本統治者的教育改造是不同的觀點。

第三節　前人評論研究與歷史學者的解釋

一、呂昱評論

　　從小說第一章知道鍾肇政抱持的寫作態度。呂昱是對《高山組曲》下過最多工夫的研究者。問題是從鍾肇政與呂昱往來的書簡，或者現有的評論，常常出現「奴化教育」批判原住民的天真浪漫的一面，或者對於帶有「抗日外衣」的文學作品，抱持排斥的態度。這牽扯到 1980 年代的臺灣處在國民黨的仇日的教育體制，所以思考上都有單一民族的忠誠意識。似乎對仇日教育體制有思考，不過卻未能真正領會鍾肇政探索日據時代臺灣歷史的苦心，與體諒鍾肇政無法對如二二八事件，或者大膽放手對現實的社會做批判。而鍾肇政寧願從探討臺灣人本質、原住民本質做出發，一方面培養自己的實力，以待河水之清。再方面鍾肇政認為日據時代可歌可泣的事情，再不寫，也恐有淹沒之虞。事實上高砂義勇隊、霧社事件幾個大歷史的原住民故事，至今，臺灣的文學家是少有人敢碰的。這些「苦心」終有澄清的一天吧。

　　檢閱鍾肇政在《臺灣人三部曲》底下，所描繪日本人殖民統治的罪惡，相較其他小說，並未出現令人感到強烈的罪惡的描繪。而且還往往是可敬的，以此基礎表現臺灣人比日本人還強悍的抵抗行為。事實上來自日本統治的罪惡，並非鍾肇政所刻意描述的。只是一種簡單的背景。其重點仍在於主人翁的不屈不撓的精神，而套以發揚民族精神的外衣。真正的進入當時人物中的內心掙扎並賦予可貴的理想造型，這是鍾肇政的文藝思想所在。

　　呂昱在評論《戰火》表示，閱讀前面幾章，感到念不下去，他說：「冗長沈悶的實描，充斥軍國主義的思想和教條口號，差不多佔去了全書四分之一的篇幅。」所謂充斥軍國主義的思想和教條，我倒認為這種開頭，正是表達高山同胞在受到現代國家教育的影響，而認同意識自然隨著大環境而賦予近代國家色彩。不過呂昱的講法，也反映了他自己抱持著單一的反日觀點。因此誠如上一章提到的人物觀點、場景轉換的結構問題，正是使得呂昱這類讀者難以讀下去的原因。雖然呂昱後來讀第二遍了，認為鍾肇政文字背後隱藏著「要對奴化教育再算一次總帳。」這種為作者辯護的說法，卻不一定可以進一步體會作者

的用意。不過呂昱的詮釋，在小說的世界中並無所謂的對錯。這是詮釋者的權利。只是呂昱的觀點與筆者的觀點，可說恰恰相反。呂昱說：

> 無論在古今中外，任何一個強權殖民政府都只能容許兩種族類生存：奴才和順民。奴才是善觀政治氣候的投機人，歌功頌德或前倨後恭的糗行，本來就是這族類用之撈取實利的敲門磚。風向一轉，其態度和說詞就會立刻跟著變；而順民則是強弱寡眾過份懸殊時的退讓與妥協心態。兩者之間縱有抗爭也只好異化變形。這是普天下弱小民族至今由難甩脫的共同馱負，有豈獨臺灣的漢族與高山族為然？[20]

所謂奴才的譴責與認定必須非常小心的，而在奴才與順民之中，呂昱說仍有變形的抗爭者。這點，呂昱的眼光是非常的銳利，只是我感到鍾肇政在高砂義勇隊所塑造的典型，以上三種類型仍難以說明。而呂昱在探討林兵長的認同意識時表示：

> 作為一個皇軍士兵而論，大致可分為「皇民型」和「仇恨型」兩類別。前者是奴化教育的必然產物，對日本人有著深深的憧憬；後者則有「不能離開家鄉的理由，卻是被逼了才志願的。」其實皇民型也好仇恨型也好，充其量全都是聽憑命運之神擺佈的龍套角色。倒是出身布農族的林兵長才稱得上是這場戰爭的悲劇化身。他身先士卒、奮勇作戰；他冒死持救和田曹長，盡力和長官（悉數為日人）和睦相處，建立朋友般的袍澤之情，並贏得統治者的高度信任。
> 奴化教育使林兵長在思想上積極地向「神國」日本認同。皇軍制服和戰地平等生活的感受，則使他的皇民思想得到具體印證與肯定——被殖民者的自我爬昇的美夢找到了落實點。

林兵長是奴化的人嗎？也就是皇民化的人嗎？皇民化也與奴化應該有差距。而且呂昱認為林兵長是悲劇人物，因此呂昱也一定認識到林兵長高貴的地

---

[20] 參考：呂昱的評論〈歷史就是歷史〉收錄於《鍾肇政全集9——戰火》。

方。「他努力作一個日本人，皇軍的榮耀，乃是為了提高同胞的地位。這麼說來，林兵長豈不是最純潔的人類嗎？」雖然呂昱也加以肯定這一句話，不過批判味道仍在。我覺得呂昱是受限於時代的的仇日情結，因此無法深入的體會林兵長、高山原住民的高貴所造成的「悲劇」。相反的，鍾肇政更深一層體會原住民的誠實、純潔的本質，我知道鍾肇政為創作此「悲劇」，他是常常流淚與跟著痛苦的。因此才產生鍾肇政有更獨特的觀點：

> 從莫那魯道───畢荷───阿外，到林兵長，性格有異，精神該是一貫的───幾乎也是這相像的精神促發了我立意寫這部「三部曲」。[21]

　　呂昱以「奴化」認識林兵長似乎與作者意圖不大相同。所謂林兵長與莫那精神一貫，其中都有高度智慧下的選擇並牽連原住民天生的榮譽感。也更令人體會出林兵長精神背後的複雜的時代的背景。事實上林兵長的認同應該與阿外是相同的，這將在第四章討論。只是這裡要先強調的是並非奴化教育使得林兵長認同皇民、皇軍，而是林兵長有必要去認同日本國籍。林兵長了解統治者的手段，不過也正是因為了解，所以他要更勇敢的參戰。在此基礎上與日本人競爭，爭取平等，可以期待的是這種人物在將來，獲得平等地位後，將進一步求取自治與獨立的地位。一切，都是為了族人與下一代而奮鬥的。

二、回應呂昱

　　對於回應呂昱的看法，要進一步的體會所謂的「奴化教育」之說，從《戰火》一小段故事，可以獲得某種認識上的困難。這可看出只有文學才能表達當事人悲哀的地方。其中心情很複雜外人不得知道全貌。

　　書上寫，第四批的高砂義勇隊在昭和 18 年 3 月。川中島有三個去。其中有達巴斯庫拉 26 歲，改為日本名中島俊雄。因被日本人譏為家裡有小孩、年紀大不適合志願，這使他激起一把烈火而非要參加不可。畢荷去勸他，叫他達巴斯他不講話，改叫中島俊雄、用陸軍式正經的口吻，他卻站起來。這是相當有意

---

[21]　見附錄：呂昱致鍾肇政書簡。1983 年 9 月 18 日。

思的心理。叫日本名才站起來，這暗示了某種抗議與不服輸，我覺得達巴斯非常了不起，我相信他自願勇敢參戰，我不願說這是受皇民、奴化思想，與日本人的統治陰謀，這該有更深的原住民精神為基礎，值得我們更加思量。

這次的畢荷勸阻達巴斯的經過，過程是壯烈令人心驚。讓我充分知道高山族的精神、心靈世界。達巴斯的心理表現於他回拒畢荷苦勸所說的幾句話：

> 「皇國青年，每一個都要志願。」「發揚日本精神，這就是大和魂，先生，我是個男子，皇國男子，也是個賽達卡男子，一個男子就應該在戰場上，像櫻花一樣般地散落。我這樣做，不對嗎？」（鍾肇政全集9：頁329）

後來更戲劇性的是，妻子伊瓦利拿山刀來，要達巴斯乾脆殺了她，將她與兩個小孩的頭都鏟了。達巴斯眼睛露出兇光。壯行會時，達巴斯小孩討著要抱，作者描述他眼光異樣，有迷惘、有悵惘，也有懊悔與留戀。但是達巴斯咬住大牙，緊緊用力。這其中的心情可是一句「奴化教育」可以體會呢？若非以文學敘述，可真是沒有人可以瞭解的。昭和 18 年 7 月末，達巴斯戰死。是在船運輸途中就死。令人感到悲憐之至。

所謂奴化的觀點，這是臺灣精神世界裡最神秘的，最隱諱的一面。也就是其中摻雜有日本精神觀點的複雜性。這僅僅只有鍾肇政這一代人的想法，是被壓制了四十多年的觀點聲音，反映出非常寶貴的歷史真相更深沈的一面。不過，鍾肇政的日本精神想法，畢竟是戰後產生的對自己所受教育新觀點，與高砂義勇隊在戰前就有的認同畢竟是不同的。這又多了一層的複雜性了。

劇情發展到達巴斯的老家人自殺了，是為達巴斯而悲傷，也是體恤少了自己一張嘴，對女兒會有所幫助。鍾肇政這時寫到畢荷對這件事情的體會：「賽達卡・達耶，不論是男是女，總知道什麼時候必須死，選擇死！」這就是賽達卡精神，而且誰又能說這不就是日本精神嗎？

事實上，奴化教育，站在反日的觀點，這是受中華民國教育者很容易採取的觀點。但是對於當時的人不公平，也是很淺顯的「瞭解」而已，並且抹煞了人性的幽微之處。批判統治者的作惡，從來不是文學藝術所應該大力為之的，

自然那只是一種歷史背景。寫下這背景，便自然的帶有批判了。文藝描寫重點應該在於苦苦掙扎之下的人們本身。以另外一種情況來比較，戰後的中華民國教育下的中國大一統漢人統治者認同，驅使臺灣人作反共復國的大業，這不也是一種奴化教育嗎？何況中華民國教育，講一套作一套，在生活上就教人感到是一場大騙局。到了今天其歷史、地理教育遺毒還在繼續著，這比日據時代的皇民化教育更值得批判的。反倒是皇民化教育的批判，隱諱了很多的歷史真實面，也誤解了受過皇民化教育的一代的苦楚。必須還給這些人公道。「高砂義勇隊」也是其中一個例子。而首先要認識的是對於認同日本人、效忠日本人這仍舊是值得尊敬的。他們仍舊在嚴肅的生活著。

　　而且生活在日本時代的人們，早就經過了反省，獲得了新的自我認同了。而受中國人、中華民國教育的，卻仍停留在單一民族漢人國家的思維空間中。例如第一任的原住民委員會主委尤哈尼所理解的：

> 日本運用皇民化，學校教育。運用頭目，以夷治夷。造成人格扭曲。我相信正常的人，過去效忠的對象是對自己的人民。效忠的對象若是天皇，這是因為人格扭曲。這是皇民化、奴役化。加諸恐嚇醜化。甘願背離自己的族群是人格扭曲，高砂義勇軍，表露無遺。[22]

　　這是非常可悲的平地人式的理解方式，講給平地人聽的。明顯的制式的戰後國民黨反日教育所造成的。這不是另外一型戰後的奴化教育使然嗎？以他理解戰前效忠日本政府不對，戰後效忠中華民國政府的合理性又在哪裡？

　　另外呂昱在給鍾肇政的信有一段話，是很寬廣正確的。印證《戰火》中阿外、林兵長等人的人格。以及書中描述日本軍官和田深入理解原住民的內心，敬重原住民，這可說是超越了民族的不平等了。呂昱說：

> 《高山組曲》的成就除了做為泰耶魯的史詩（第一部）之外，對殖民地

---

[22] 參考：黃智慧等，胡婉玲主持，悲壯的歷史──還原高砂義勇隊真相，2001 年 4 月 8 日下午 4─5pm，民視新聞臺，來賓：尤哈尼、藤井志津支、楊新宗、翁瑞鳴、黃智慧。索克魯曼，真正的驕傲，2001 年 5 月 30 日，《中國時報》。也有相同的看法。

人民（漢人以外的山地人）在殖民統治下尋求民族（種族）生存和個人
掙扎（靈肉）圖存和人格攀昇的意念上做了充分的描繪，也就是說，縱
的在於找尋新的態度去對待自己的民族和歷史承傳，橫的，則努力和無
力反抗的侵壓者，建立平等友誼，並提高族人的人格地位。唯有在這種
寫作意念上才能找到真正的，包容的人類之愛。（而不是恨）[23]

　　只是呂昱這段話，似乎在強調《川中島》創作的意圖，而與第二部《戰火》
無關。從他給鍾肇政的信知道，他從《戰火》得到的結論只是批判「奴化教育」。
我還要強調的是，在殖民統治下的子民，本來都是日本人的奴隸。這原本就是
被迫的。是沒有人願意如此。順服後仍有人是清醒的，而且是反抗的帶有仇恨
的。而表面是效忠，本質卻是競爭，反抗「奴隸」的身份。如作家使用文字工
具戰前為日文、戰後為中文，不得不使用統治者的語言一樣。這是在平地人常
見的反抗策略。對於原住民有較屬於「皇民化」的，我則相信他們誠懇的效忠
統治者，這或許就是秉持「原住民精神」之誠實者的命運吧！反之，那些「有
仇恨心」的原住民，也誠意效忠日本人，這就是原住民精神真正神祕的本質，
平地人難以跨入太多了解。

三、引述黃智慧觀點

　　本文所採用的觀點，似乎與歷史研究者黃智慧博士所言的一致。雖然她沒
有閱讀過《戰火》，她是從日本人所著約十本描述高砂義勇隊的著作以及數十
位高砂義勇隊田野調查的結果作判斷。這與筆者從《戰火》領略到的一致的現
象，似乎正表示出《戰火》在時代重現與原住民心靈世界的表現上，與黃智慧
在田野調查得來的資料符合：

　　　　站在事後先知的角色說，這是殖民者批判殖民主義的罪惡。殖民主義當
　　　　然可以批判，但是我們要站在什麼角度去想。我不會看老人家去當兵是
　　　　被騙的過程。小部份有警察威脅利誘，但大部份其實是非常自願要去，

---

[23] 參考：呂昱致鍾肇政信。

覺得很光榮。他覺得不去就不是男人，在部落中會被訕笑，部落裡其他
人都去了這與部落中的勇士精神是一致的。在泰雅族認為，要出征時勸
阻是不吉利的，他會戰死。當時想要去當兵是想爭取一個一等國民，大
家都一樣是為國犧牲的國民，不是「番人」。所以去當兵是讓自己地位
提昇，也是一種抵抗的精神。紀錄中他們看自己，或日本人描述，他們
比日本人勇敢，是真正實踐大和魂的。在戰場上發現自己其實是很屬害
的，比日本軍官屬害，能實踐不怕死的日本精神。戰後很願意繼續保有
日本精神，因為國民政府也歧視他們。這也是一種對抗，能講日本話、
懂日本事情，比他們國民黨等等那些講聽不懂的話的高明。雖然外面時
代不斷的變化，其實他們是不斷地在實踐這種抵抗的精神。[24]

　　雖然黃智慧沒有閱讀過鍾肇政的《戰火》，我感覺到卻是詮釋《戰火》很
好的材料。學者閱讀了史料與田野調查。鍾肇政也閱讀了文章與親自調查採訪。
從學者的講話或者論文，我們可以清楚的感受到小說的魅力。有故事、情節，
有人物的。最重要的是一個有機的結構，而組合成時代的重現。這在下面兩章
予以表達。

　　在今日多元文化、心靈自由的時代裡，我們可以清楚看到，無論解嚴前、
後對《戰火》的內涵理解如何不同。這是站在不同觀點、立場所看到小說表達
的不同的層面。這兩者是沒有矛盾的。另外，作者也有他的主題思想放入小說
中。這些都顯示出小說重現歷史真實、表達人民心靈世界的特性。作品的詮釋
越多元豐富，越表示出作品的重現時代人心的廣泛與深刻。

　　而本文從辯證日本精神或者賽達卡精神著眼來詮釋《戰火》與高砂義勇隊
的表現。有關日本精神當然是清清楚楚在書中存在的。而鍾肇政小說所描述的，
並沒有什麼「高山族精神」的講法。就說「我是泰雅魯」或者「泰雅魯中的泰
雅魯」。這已經讓我們感受到他們是有靈魂的，不會污辱整個部族的自傲。而
且其中鍾肇政在《川中島》一書以「頭都要被人獵光了」這樣來表現以獵首為
基礎的道德，意義是很深遠的。

---

[24] 參考：阿美影展第五場 Pakongko，2000 年 11 月 25 日，地點：臺北市政府多媒體放映室，影片「我
　　們為了日本而戰爭──花蓮壽豐的三個老人」。http://www.realpangcah.net/record/5.html。

　　我必須承認的是，黃博士在講解「高砂義勇隊」的方式，比起我的表達是更為簡潔扼要的。我要再繼續引用黃智慧於公視節目的五點發言，以幫助讀者解讀《戰火》的方式：

1. 大多數高砂義勇軍是志願的，至於在怎樣的大環境下而有志願的情況，有待進一步探討。

2. 高砂義勇隊在南洋戰場上充分發揮了日本精神，這是他們的一種抵抗，為了要表現得和日本人一樣以掙脫身上的束縛與達到和日本人同等的地位。

3. 高砂義勇隊所表現的日本精神——純潔、勇敢、犧牲——和原住民精神很接近。換言之，原住民對族人勇士的要求就是如此。所以也可以說是阿美精神、泰雅精神……等等。因而他們在戰場上表現的甚至比日本人還勇敢。

4. 目前建在烏來的高砂義勇隊紀念碑，是日本民間自發性的協助下建起來的。原民會的處長（阿美族）雖不喜歡它似日本神社有濃厚日本味。但黃智慧認為高砂義勇軍和日本息息相關，不能將日本排除在外的。日本民間一些歷經二次大戰者，所以至今仍念念不忘高砂義勇軍，因為他們當時很多人被高砂義勇軍救了一命。他們以這種感恩、救贖的心來協助建碑，是很好的。而且是發自於民間自主的。

5. 將來建碑可以考慮擴大範圍為所有臺灣人，而不僅僅高砂義勇隊。因為當時也有約二十萬漢人被徵兵的，不是只有原住民。[25]

　　我相信黃博士是相當進入高砂義勇隊的時代與心靈世界的，且與他們站在一起而備受心靈折磨與痛苦，也一起分享了他們的榮譽感的喜悅。現在就來看看《戰火》的表現如何了。

---

[25] 2001 年 4 月 2 日公共電視節目，原住民新聞雜誌「部落面對面」，討論主題「高砂義勇隊紀念碑、館該怎麼建」黃智慧博士發言，莊紫蓉老師整理。

第四節 高山族形象與番刀

一、高山族形象

開頭我說過，基本上高山人勇猛的形象、特異的作戰能力、求生能力是很被傳誦的。在南洋的叢林裡，有如在自己故鄉山林，而發揮了最大的戰力。作者的敘述的要點主要有以下兩點：

第一點：屬於原住民的求生本能、夜襲偷襲的本事、能躲避地雷。擅長於山林中找尋食物、辨別方向。如日本長官和田曹長帶隊偵察時，羅盤丟了無法辨別東西，當布農族林兵長認定方向時，和田不大相信，終於林兵長最後找到方向。林兵長說山是我們高砂族的天下，解釋了和田對於高山族異能的疑問。除此外，在找尋糧食方面：水中有鰻魚、樹上有椰子，林兵長向和田解釋有豐富的糧食可以供應作戰，也有把握去獲得這些吃食，當然也包括獵捕山裡的野獸。

第二點：是有關精神上的，和田告訴林兵長，當日本軍官們在開會時，原本要採用高壓手段對付隊員們。但認識到高砂兵是誠樸、真純、忠心、勇敢的一群，覺得與高砂兵在一起非常的幸福。和田自省以往對高砂兵是馘首族的印象，覺得很慚愧。林兵長回答說大家都是為陛下的赤子，完全平等。冒死時人人冒死，缺糧時，人人餓肚子。林兵長誠懇、誠心的態度，令人感動。

在第一點，作者說和田可是打過大陸戰爭作戰經驗豐富，而被稱為「鬼曹長」，作者卻讓和田曹長經常的誇耀高山族，以此顯現原住民作戰能力的真實性與客觀性。這些描述都是以細膩的筆調刻畫的，作者是經過嚴密的調查與參考資料而成。書上原住民異能的描述，給我們很詳實的印象。

有關第二點，顯示出高山族高貴謙虛的地方了。作者在這裡顯示出，林兵長為爭取高砂族平等地位的用心，已經獲得實踐了。而這種爭取地位的平等問題，也不斷在阿外的觀察中獲得肯定。但是阿外也想到，如鰻魚、椰子當作糧食，阿外自己也是知道的。阿外想，到了缺糧時，不是也應該將這些資訊當作秘密，而餓死那些日本人。林兵長所為是否邀功、諂媚，或者如賽達卡一樣，是一個有強烈矜持的布農。阿外以此進一步思考了林兵長的為人。而當和田受

傷被遺留在戰場上，內心中確定有仇恨心的阿外，也主動冒死去救援。阿外發現自己也並非就是要邀功，他與林兵長一樣都充分表現出「仁義」的本能。

在劇情發展到戰鬥的末期，日本軍隊失去戰鬥力，只能轉戰求生、在缺糧中找尋食物。作者特別以一小段，描述比林這個人比內地人還強，也比祖父還強，強化讀者對「高砂義勇隊」戰鬥能力的印象。比林是馬力科灣的泰雅族。在出生十幾年前，日本有五年討伐計畫中，當時祖父頭目戰了兩年。比林的國語（指日語）最差勁，不過義勇隊、打仗是他的青春的唯一寄託。特別誇耀的講著自己手上的刀是祖父傳給他！在以前砍過多少人頭。有趣的是這些人頭就是日本人的。作者安排比林是死了，不過非餓死的，而是戰死的，因為受到槍傷，流血過多，支撐了好長一段路，沒有受到救護所致。而且死時身上抱著裝著大包的糧食。忠誠的死狀，令人非常感動。

這些比日本人還強悍的表現。我們可以說都是原住民精神的表現。在對比林的描述裡，有關於原住民象徵物「番刀」，相同的一把刀當年砍日本人、今日卻幫日本人打仗，付出忠誠，值得進一步加以探討。

二、番刀象徵

鍾肇政以山刀表現了原住民本質上的象徵，正是上一節中原住民形象所描述的尚勇、異能的象徵。也就是賽達卡的精神，也是霧社的精神。鍾肇政以山刀探討各族個性的不同，但是也有共通的地方。番刀正是一種原住民主體的顯示。鍾肇政的文藝思想不同於一般的反殖民文學所強調傷痕主題，如以女性被強暴做為痛苦的象徵。鍾肇政以「番刀」的形象，不斷的強調比日本人的象徵「武士刀」還要有用。這形成一種文學所創造出的原住民文化典範，非常有意義。

不可否認虛構的文學語言的創造歷史重現的能力，趣味只是功能其中之一。重點在重現之外還有美學價值。象徵是整個小說的靈魂部份，即以實體表現抽象的精神。鍾肇政能保握住「番刀」這是非常高明的技巧。不僅為辯證高砂義勇隊是日本精神或是原住民精神，而帶來思考。也在歌頌原住民上有特殊的作用。整個作品形成有機的結構，皆靠「番刀」的聯繫。美感也產生於「番

刀」的描述上，並擴及整個高砂族的共同特徵。在小說開頭第三章，場景於川中島，就同時出現了番刀、日本刀的比較：

> 黑田主任是第一個把「日本刀」帶進川中島的人物。他說這是祖傳的「銘刀」，是有歷史的。其後效尤的有「取締」佐伯部長，以及谷川巡查等人。這是日本刀流行的年代，好像沒有這麼一把，便無法顯示其作為一名帝國臣民或帝國軍人的威嚴。
>
> 日本刀原本是在軍隊裏流行的。事變（指「支那事變」）開始以後，那些佩刀的軍官喜歡用這種笨重的刀來代替原本輕巧的洋式指揮刀，於是風氣一開，成為日本刀氾濫的局面。日本刀也被說成是世界第一的刀，即最鋒利、最好用、最名貴的刀。這是「國粹」的時代，西洋的東西都是「敵性」的，全在鄙夷，乃至摒棄之列。
>
> 不過在川中島卻流傳著一種說法：黑田主任的那一把，可能是從內地帶過來的，但是否有來歷，沒有人知道。至於後來才出現的幾把，是在埔里的打鐵店打的。哇，那些打菜刀、柴刀的本島人鐵匠，也會打日本刀嗎？為什麼不？日本刀也好，菜刀、柴刀也好，打起來還不是一樣。不過是樣子不同罷了。村民們對那種又笨重又長的東西，雖也有驚詫、好奇的心情，但是他們仍然祇信任他們的山刀。他們也有代代相傳的，也都是有來歷的。例如幾年前，在某地馘過幾顆人頭。（鍾肇政全集9──戰火：頁267-268）

　　黑田第一個把日本刀帶進川中島，是事變後取代了洋式指揮刀。作者嘲諷了日本刀的不明來歷，認為是街上本島人打的。村民覺得還是信任自己的山刀。這時雖然以日本精神為基礎去評價，但是卻是頌揚番刀，嘲諷日本人對武士的虛榮心。這種嘲諷的口吻，成為本書中一貫的基調。

　　村民利用高砂義勇隊出征的壯行會，授予戰士們山刀。作者強調，本來這種儀式是被禁止的，卻在戰時回復了。這很明顯的暗示了，高砂義勇隊勇敢的參戰，這種經驗，帶給高砂族獲得平等、尊重的可能。

會上，最莊嚴的一幕，是授刀儀式。過去，一個少年長大了，例須由頭目授一把山刀，表示從此這個少年可以躋身戰士之列。許多年以來，這項在山村裏曾經是重要行事之一的儀式，隨著「戰爭」與馘首、出草等事情絕跡，加上官的禁止，無形中已經停辦了。但是，自從第一次義勇隊出征時，官方特許「出征」者攜帶山刀以後，每次壯行會便都有了這麼一幕傳統的儀式——其實，也算不上什麼儀式，祇不過是當眾由授者把一把山刀交給受者，並由授者說幾句話，便算完成了。
「我，川中島頭目，烏他歐，把這把，山刀，授給，戰士，阿外‧他利，山下，太郎。這把，山刀，是，是……」
那是最最莊嚴的一刻，祇可惜這莊嚴的意味，在川中島的人們來說，卻有截然不同的兩種感受，一種是屬於大約二十歲以下的年輕一輩的，他們懵然不知他們的歷史，也不太認識老烏他歐所提到的兩個名字。他們有一種本能上的希冀與渴求；日本刀才是最了不起的，但他們做夢也不敢想擁有那種東西，那麼退而求其次，一把山刀也不錯了，因為那東西可以滿足他存在於內心深處的原始慾望——殺敵人！（鍾肇政全集9——戰火：頁268-269）

在莊嚴的儀式中授刀，頭目說明不可辱沒祖先之神靈。作者在安排頭目講話時稍稍頓了一下，暗示這山刀的來歷，砍過日本人的頭。這是非常幽默、有趣的一筆。而二十歲以上的原住民都瞭解此點，原來不敢提那些砍過日本人的頭的祖先，這時頭目在停頓後卻大膽講下去。這是意味深長的，也是戰爭時代的特殊現象，是大家勇於參戰的結果。而二十歲以下的人，認為日本刀才好，說明年輕人不知道自己的歷史。不過年輕人覺得沒有日本刀，有山刀也好。

敬畏的偉大人物。如果那把山刀真的是這一對父子用過的，那就真是一件了不得的事了。當然，村民們不會有人懷疑老烏他歐的說法。許多人都看到了，當滿頭白髮，整個臉部皺巴巴的老村長提到這兩個名字時，聲音好像微微顫抖著。心中的激動，雖經極力的壓抑，明眼人依然可以看出來。如果有人想去探查這把刀，曾經創造過怎樣的輝煌事跡，經過

怎樣的曲折才到他手上，又如何能保存到這一刻，那可真是一部活生生的塞達卡的歷史了。

戰鬥帽，一身青年服，背上一隻背包，背包上插著山刀，綁腿，「地下足袋」──稍嫌瘦小的阿外・他洛，就這樣走了。(鍾肇政全集 9──戰火：頁 269-270)

　　刀成為一種意識的象徵，支撐整個作品。在精神意識與美感之間，做了正確的連結。突顯了日本精神與高山精神的差異。作者也設計說，刀的歷史也就是塞達卡的歷史。

　　1942 年 3 月 10 日阿外的弟弟沙波遭去高雄，即將出發到南洋。之前沙波是以寫血書來爭取志願。這時作者就加入了象徵的手法，將番刀點出並象徵番刀的鋒利與原住民豪爽的態度，也暗示了番刀將比日本刀還有用。沙波告訴哥哥阿外：

……我是用山刀割的，輕輕地這麼一劃，就割成這個這個樣子了。哈哈……。沙坡生動地比了個手勢。

他笑得開朗、豪爽。山刀鋒利無比，是很可能造成那種傷勢的。這些說法，都算合理。(鍾肇政全集 9──戰火：頁 300)

　　結果番刀的鋒利如同沙波的優異表現，在下面幾首報紙的標題暗示出來。也正是講出精神面與象徵面的聯繫之處在於番刀。

「仰望太陽旗，吾將含笑赴死

高砂挺身隊，乘風破浪南行。」

「高砂挺身隊，披瀝烈烈祖國愛

決死赴菲島，不打勝仗不回來。」

才過了三天，新的消息又傳出來了。

「高砂義勇隊，發揮天生神勇

人手一把番刀，開闢衝鋒路。」(鍾肇政全集 9──戰火：頁 314)

標題只強調效忠於太陽旗與祖國，但是已經暗示了高山人的真正本質的精神，也是番刀所代表的精神。

在《戰火》的第五章這裡，作者以倒敘的手法，讓哥哥阿外來分析沙波為什麼要勇於參戰，以血書明志，有以下三點原因。第五章為劇情做整個連結，做為整個結構的心臟。讀者可據此出發，瞭解到了南洋高砂義勇隊的英勇。而又與川中島情況做連結。對於原住民的形象與精神認同問題，作者在此做了第一次重要的分析。為以後幾章做為深入挖掘的基礎：

1. 贏得榮譽的方式，經過這些年來官方使用一切辦法來灌輸新的想法，結果由打獵，甚至取人頭，轉變而成另一個方式了。就是：作一名堂堂正正的皇民，去為天皇陛下而死在戰場上！

2. 為了讓血歡騰跳躍，為了成為勇士、英雄，一個賽達卡正是只有去喊「為陛下而死」、「像櫻花般地散落」這些口號，並進而付諸實施。

3. 為了美人的青睞，沙波想藉此贏得少女的愛。這是成為一名勇士、英雄所附帶來的。

作品到了真正刻畫高砂義勇隊的戰力，「番刀」也跟隨高砂義勇隊在進入太平洋戰爭，表現了與日本刀的差異。原來隊員們對於日本人的崇敬，知道日本人武力的強大，年輕人崇拜日本刀，到了南太平洋的叢林戰場，才發現自己的刀竟然更好用。這象徵著，年輕的高砂族開始產生了自己的精神，也更認同自己的部族。因為他們發現了自己比日本人還強。這是一個重要的主題。

> 步槍、背囊，背囊裏有乾糧。腰邊，和田曹長佩著一把日本刀，其餘的人是衝鋒時加在槍口的短劍。這就是小隊長與他們不同之處，但最大的不同，該是這些高砂族人人一把插在背囊上的「山刀」了。
> 哈哈，日本刀。在內地，在臺灣，祇要一把佩在腰邊，就顯得那麼威風凜凜，神氣活現。在戰地也差不多，幾乎每一個軍曹以上階級的都有那麼一把。有些伍長也有，卻好像不太敢佩的樣子。但是，這些高砂族人心中委實不太恭維這種又笨又重的傢伙。他們不以為真地幹起來，日本刀能贏得過山刀，開路、劈蔓藤枝椏時更不用說了。特別是當那些官長佩著日本刀走路的姿態，簡直可笑極了。因為刀長，又不能隨時用左手

握著，刀鞘就垂在兩腳之間，所以幾乎沒有例外地開著雙腳走路，令人時時為他們擔心，一不小心會絆一交摔個狗吃屎。

高山族對山刀的一往情深，幾乎是人同此心、心同此理。他們都是在「出征」時，由族長或家長，把傳家的寶刀授予的，因此連在椰樹下的片刻假寐時，都要抱緊它，夜裏當然也片刻不離身。有個這個第二游擊隊人人都知道的故事：來到摩羅泰島第二天，也是一個布農出身，本名叫巴羊，他那比馬的佐藤信夫二等兵，在午間假寐時，緊緊地把山刀抱在胸口上睡，教八木原伍長看到了。（鍾肇政全集 9──戰火：頁 345-346）

八木原伍長笑巴羊，抱著山刀好像抱女人。巴羊對「武士的靈魂」被比為女人，很生氣。這裡就暗示了八木原對原住民輕蔑，也對「刀」不是真心的尊重。將來八木原被巴羊所殺，似乎在這一刻就注定了。而除了精神上的象徵外，「番刀」也的確是造成劇情上人物衝突的核心，所以我說「番刀」起了整部作品結構緊密的作用。

接著寫了林兵長與松村在欣賞、品評「武士的靈魂與刀」。我們更知道了林兵長比內地人更領會刀的靈魂。而在日本人間刀的崇拜的復活，在軍隊中恐怕更多的只是炫耀。

這裡又比較了一次日本精神與原住民的精神。作者將原住民更領會刀，來影射更領會日本精神。比日本人更強這一點讓讀者領會，其實這就是高山精神的本質。不過也可以這樣想，巴羊脫口說出的刀是武士的靈魂，若以本文的觀點，那也是一種日本精神與高山精神的融合吧。或者這句話只是一種原住民精神的外衣。武士的靈魂，實際上指得正是高砂族的武士，只是在那個日本人統治與教育之下，喊出武士的精神、日本精神而不是高砂族精神是非常的正常。[26]

---

[26] 參考：蔡森勇，〈大武戰將──悲戀高砂義勇軍〉，2000 年 4 月 10 日，臺灣新聞報。作者蔡森泰說中華民國應該以更宏觀的民族歷史角度來思考高砂義勇軍，而今日的臺灣特種部隊、蛙人、傘兵也都值得到高砂族義勇隊紀念碑作參拜、效法，以學習高砂義勇隊勇猛的精神。這是非常有意義的說法。因此領會、紀念、懷念高砂義勇隊、高砂紀念碑的意義之一，正是紀念這種更能領會刀的靈魂、更勇猛、更忠誠、更矜持、更有榮譽感的族群。

是哪一天了呢？阿外有鮮明的印象，卻記不起是哪一月哪一日了。傍晚時分，預定的工作意外地早完，和田小隊長破例地下令提早休息。幾個人聚在一塊，吸吸菸閒談起來了。是松村上等兵那把山刀，開啟了這一場趣味盎然的談話的。

「松村，你的番刀，真是百看不厭。借我看看吧。」林兵長老實不客氣地伸出了手，就要把刀搶去。

松村的刀，刀柄、刀鞘都有精緻的雕刻，還嵌著一些發亮的東西。是什麼寶石或者貝殼之類吧。此人是排灣，來自臺東廳的山區，原名卡瓦克・羅西桑，膚色比大家黑些，身材不算高大，卻有一身的肌肉，看來精壯極了。

「幹嗎？」卡瓦西上身一扭，握住了刀柄。

「怎麼嘛，看看而已。」

「武士的靈魂哩。」松村裝出了不許隨便碰的嚴肅面孔。

「哇，你也學佐藤的話啦？」

「本來就是嘛。」

「好好，武士的靈魂，讓我拜一拜，總行吧。」

松村總算把刀交給林兵長。林細細地端詳又端詳，前看後看，撫摩刀柄上的鑲嵌花紋，然後才拔出了刀。刀身亮極了，沒有半點污暈。卡瓦克每天都要細心地擦拭幾次，夜裏也抱著睡，完全當寶看待。

內地人經常把「刀是武士的靈魂」這種說法掛在嘴邊的。據說還是武士時代就有的說法，如今日本刀流行，這種說法也完全復活過來了。高砂族重視山刀，與內地人無分軒輊，不過阿外倒也另有意會。高砂族對刀的心情，是與古代的武士更相近的。至於當今軍隊裏，那些把這話掛在嘴邊的人，恐怕對刀未必有真切的領悟吧。

「哈耶西，你在鑑賞番刀嗎？」

是小隊長和田曹長，好像是路過。林兵長觸電一般地，正要起身喊口令敬禮，卻被和田制止住了。

「真是美麗的刀呢。」和田又加了一句。

「哈！」林應了一聲說：「是松村的，確實是把好刀。」如果是阿外，

這種場合，一個「哈」便完了。以下的話，是林兵長才能說出口的。

「是有來歷的啦？」和田接過了刀，轉向松村問。

「哈，我也不知道。」

「唔，一定有的吧。哈耶西，你的也借來看看。」

和田依次接過了幾把刀，仔細地看了看又問：

「怎麼祇有松村的這麼美，其他的多半沒有裝飾呢？」(鍾肇政全集9
——戰火：頁360-362)

　　林兵長為和田說明各個部族的特性，這也是由山刀的討論引起的。也是因為山刀才將高砂義勇隊中除了泰雅、賽達卡、布農外，還討論了阿美、排灣各族的特性。也由此討論了整個高砂義勇隊精神上認同的問題。而在山刀的討論裡，稍稍講述了各族的對於藝術的看法。因此，山刀也正是牽連到作品裡對於美學的品評。也暗示了原住民本身不僅是英勇的，也是羅曼蒂克、藝術的化身。

　　戰爭到最後，日本人都靠著高砂義勇隊生存下來了。靠的正是高砂族的異能與忠誠性。而作者還是不忘提到山刀的高貴。一般的日本幹部，也從高砂義勇隊學會「番刀」使用方法，就徵用當地的原住民的「蠻刀」，而這些蠻刀與山刀非常的相似。

大家都能征慣戰，勇邁堅強，而且不分內地人、臺灣人、高砂族。衣服破爛，也是大家一樣，餓肚子呢，也無分彼此。這一點在他們是最大的安慰。有些人還更進一步，偷偷地在內心燃燒著矜持與誇耀；高砂族才是真正強的。真的，他們祇要一腳踏出營地，進入叢林，便可以找到東西吃。他們知道哪裏會有一些小野獸；怎樣的植物，可以吃果實、嫩芽。當他們能把弄到手的東西，分一些給長官和內地人同袍吃的時候，他們感到最高的榮耀。他們總是那麼勤奮、慷慨，而且還謙虛呢。

林兵長和阿外還好好地活著、作戰著。還有老夥伴卡瓜‧馬那歐（平岡新太郎上等兵）、他愛‧沙坡（石田實上等兵）、老排灣卡瓦克‧羅西桑（松村隆上等兵）和他那把美妙高貴的山刀，都還健在，而且形影不離。昭和二十年元旦，在戰火中，阿外和巴羊都晉昇為一等兵。川島部

　　隊長還表示，最近期間要把老兵們昇為兵長，對林兵長則說：陸軍省的
　　命令一到，即可加一顆星，成為伍長。軍服都破了，有星沒星，還不是
　　一樣？林兵長看到大家歡悅的樣子這麼說。（鍾肇政全集 9──戰火：
　　頁 438）

　　並且，最後只有阿外與林兵長還有八分元氣。且還帶有兩隻卡賓槍的神氣。
但是兩人表現恭順、熱誠、無私。最後終於兩人將卡賓槍給丟棄了，因為卡賓
槍也與日本刀一樣沒有用而只留下了「番刀」。又再一次的強調了「番刀」的
價值。而有趣的是最後連日本軍官也跟著撿了一把原住民的刀。此時此刻，似
乎象徵日本人被原住民「同化」嗎？頗值得玩味。

第五節　典型人物林兵長與獵首精神的傳承

　　在前一節對於原住民一般性的形象描述後。這裡是進一步的精神探討。《戰
火》這部書有相當多的人物，而日本人的部份實際上角色是非常次要的。而原
住民的主要角色有關見證者的性質有畢荷、阿外，以及眾多英勇、高潔的義勇
隊隊員。其中最為關鍵、最強悍的人物，要算是林兵長。而意識上最為複雜的
也是林兵長。

　　原住民在太平洋戰爭一段歷史時，林兵長可謂將抗爭的、原住民的矜誇的
態度，發揮到極致。另外有幽默、謙虛、忠誠的表現。從林兵長的形象所表現
出謙虛的、深厚的反抗意識，在鍾肇政文學裡值得加以觀察。

　　一般認為只有受過完整的日本教育，才可能有日本精神。事實上，原住民
骨子裡，就有日本精神的品質。也因此更容易體會日本精神。日本精神依照鍾
肇政的解釋，很簡單，就是死一個字而已。並非什麼複雜的精神。[27] 事實上，
《戰火》在前面幾章，鍾肇政也不斷的暗示，好些原住民的日語程度、用功努
力的程度是值得讚賞的。在《川中島》時，也有畢荷與花岡幾號高智識水準的
人物。不必將原住民看成未受近代化教育的角色。事實上在《馬黑波風雲》鍾

---

[27]　參考本書附錄一。

肇政也刻意的將莫那魯道描繪成有高度智慧，也懂得日本人的強大，完全知道自己所從事的戰鬥的目的與結果。

　　日本精神或者是賽達卡精神？這種辯證論的答案不該是非彼則此式的，也無法以各含多少數量去衡量。不過可以肯定的，是通過這種辯證的過程，能夠從《戰火》這本書，體會高砂族民族性的豐富。

一、阿外觀點

　　在《戰火》第七章，故事的場景、人物觀點轉換之際，阿外聽了發生塞班島玉碎的消息，阿外禁不住想：

> 「當年在馬黑坡，在波阿隆，同胞們也是那樣的。我那些同胞們的想法，真跟內地人有一脈相通的地方嗎？」(鍾肇政全集9──戰火：頁336)

　　這雖是阿外想的，也就是鍾肇政提出了「日本精神」的問題讓讀者來思考。在川中島時，畢荷要阿外牢記的一句重要的話：「賽達卡・達耶是把生死看得很淡，但是熱愛生命。熱愛生命又視死如歸。」視死如歸可以說是日本精神，熱愛生命則代表原住民精神吧！到底如何，可觀察代表人物林兵長正式出場後，作者以阿外觀點作精密的分析描寫各個人物的認同類型：

> 雖然是近乎天真的閒談，不過阿外聽在心頭，卻也有了另一番體會。阿外倒寧願從另外一個角度，來思考伙伴們的心態。部族不同，的確有不盡相同的個性，林兵長所說，是一般性的，大體上不算離譜，而且還有幾分真實，不過做為一個皇軍兵士，與部族性格無關地，倒還有幾種類型。其一是完全的皇民化型。這種人是真心想做一名皇軍，並且以此為榮的。他們志願當一名志願兵、義勇隊，是自發的。對日本人有著深深的憧憬，來到戰地，聽到敵人逼近，或者看到敵機敵艦肆虐，便燃起敵愾同仇之心，奉到出擊命令，也會踴躍上路。這種人恐怕居大多數吧。阿外對這一類人還有個異想天開的想法。自從故鄉沒有了戰爭和馘首以

後，那種代代相傳的尚武精神，說不定還存留在許多人的血液裏。在長
久的壓抑之後，他們來到戰場，硝煙味、血腥味撼醒了潛存的本能，於
是血液沸騰起來了。還有，在艱苦與恐怖裏，他們感受到被人家當人看
待的滿足感、平等感，於是戰場對他們來說，成了青春的唯一寄托，使
他們那樣地讓青春的熱血燃燒。這樣的觀察，難道太荒謬嗎？(鍾肇政全
集 9——戰火：頁 364)

　　這分析在此書是最為精彩的部份。所謂皇民型大概有沙波、達巴斯、比林
等等。說到皇民型這是效忠日本天皇之意，可以說日本國民應該都必須效忠天
皇的，而並非奴才這個觀點可以掌握。其實那有奴才願意死而無憾呢？並且阿
外並沒有批判任何人，因為阿外瞭解其中有原住民血液的部份，效忠日本人似
乎是原住民重視榮譽的命運。而敢於死的，以奴才稱呼並不恰當。事實上他們
隱約間仍知道他們是被統治的奴隸，所以他們要爭取平等、獲得尊嚴，所謂這
些皇民型，在本質上仍然是原住民英勇不屈精神的代表。
　　分析中，阿外作為一個觀察者聯繫了「馘首與戰爭」的關係，在作者安排
下阿外的思考力是驚人的。這在川中島的場景時，作者也安排阿外觀察了弟弟
沙波，有了同樣的結論。
　　仇恨型有巴羊、阿外。不過阿外比起巴羊還是更有智識的一面。而若不由
內心來觀察，我們也不知道阿外、巴羊真正內心在想什麼。所以外表上阿外、
巴羊與皇民型的沙波，對於表現日本精神、效忠於日本軍隊，自願從軍的情況
沒有太大的不同：

另一種類型是仇恨型。這種人有不能離開家鄉的理由，卻是被逼了才志
願的。他們有所牽掛，思鄉之情特深。他們忘不了在故鄉的深山裏所受
到的諸多欺凌迫虐，那些山地警察，永遠使他們對日本人懷有一份仇恨。
這種人少言笑，有點落落寡合的樣子。像佐藤信夫，被調侃了一句話就
忍不住了，向八木原頂嘴。那一次，巴羊是默默地承受了兩個巴掌，然
而阿外能從他眼裏讀出隱藏的仇恨。這種人一旦有事，可不知會幹出怎
樣的事態來呢。(鍾肇政全集 9——戰火：頁 364-365)

下面還有所謂「莫測高深型」的林兵長，就一度被阿外認為是皇民型的：

還有一種，林兵長是最典型的了。乍看，他是忠誠、勇敢又有機智，是
優秀皇軍一員。可是骨子裏倒不無令人莫測高深的感覺。阿外還不能舉
出具體的例子，不過倒也感覺出林兵長不是那麼單純的。至少他有他的
一番見解與抱負是錯不了的。並且，這種人還保有著高砂族的矜持與優
越感，說不定對日本人也祇是表面恭敬，骨子裏卻有著若干輕蔑的成份
呢！（鍾肇政全集9——戰火：頁365）

當然阿外深深的尊崇林兵長，他有了對林兵長的精神作進一步分析：因為
軍隊裡頭是平等的。不分哪裡人只看軍階。而且上面軍官也一樣的幹。在族中，
警察多麼高高在上呢！阿外，實際觀察到的林兵長爭取到種種與日本人的平等
地位。這些進一步的解釋，作者仍安排好幾個場面來表現：

第一：夜襲的命令下來了。這又是給高山族表現的好機會。阿外強調林兵
長外觀若無其事有大將之風。阿外仔細觀察林兵長上前偷襲的情況。一位上等
兵平岡新太郎是阿美族的。當小隊長受傷了，平岡沒有背小隊長回來，放他一
個人在戰場上。引發林兵長大怒，認為平岡貪生、沒有盡到責任。林兵長志願
去救回小隊長，阿外很自然的跟著林兵長去救人。阿外思考，自己想作英雄嗎？
但並非如此，這只是本能。阿外自問自答：

為什麼要自告奮勇呢？他不懂為什麼莫名其妙地會自告奮勇參加這個救
援行動。出征前，還有來到前線後，這一類勇敢的「武勇談」聽得太多
太多了。想做英雄嗎？不，絕不，阿外確實知道在向林兵長表示願意同
行時，心緒是平靜的，甚至也是空白的。祇不過是咄嗟間的一種本能反
應罷了。可是林兵長呢？他是想做英雄嗎？在部隊裏，他早已是近乎英
雄的存在了。難道他想藉此益發地表現出他的英雄本色嗎？可是，他明
明是憤怒的。或許，祇是長久的戰場經驗，促使他做了這種反應。換一
種說法，這是戰場上同袍間的一種仁義吧。(鍾肇政全集9——戰火：頁
415)

　　阿外想著林兵長也是基於同袍的仁義。林兵長對平岡那樣憤怒的，在救回長官來後，平岡反駁林兵長，諷刺他要討好上官。這時平岡被林兵長打，分隊長去勸阻林兵長。林兵長說：「分隊長殿，這傢伙、、一點也不懂我的心。我在拼命，我是為誰。」林兵長哭了。和田長官感謝林兵長，安慰他並告訴他：「你們需要同心合作，真正成為一體合作。」「是為了皇國，同時也為了你們十萬個族人。」似乎和田能夠瞭解林。藉由阿外的眼光，我們知道既然林兵長已經是英雄了，所以他根本不是要升官的。林兵長所求的應該是更深沈的。

　　第二：早先的劇情有八木原伍長笑巴羊「抱刀如抱女人」，惹了巴羊生氣。八木原打兩巴掌，巴羊表現仍有不屈的性質。這是一個小說伏筆。故事到後來發生了巴羊受不了上官八木原的虐待，而殺死上官八木原。林兵長問巴羊，有砍下頭嗎？巴羊說沒有，只有殺死。原因是八木一向要欺負他、侮辱他。他背八木，但一直被踢被打。後來巴羊故意摔倒八木，八木要槍殺他，但是嚇嚇他而已。巴羊終於反身殺了他。

　　日本軍官在屋內開會討論，而和田為巴羊辯護，終於無用。屋外林兵長與巴羊談。書本上強調林兵長第一次用自己布農的語言，是破例的使用。因此也暗示出作者相當強調語言的問題，作者是可以用些布農族、泰雅族的文字，以拼音的方式也好。甚至可以多用日語來表達。可惜當年的創作時空不允許。否則在寫實藝術上的成就當可令人驚喜。

　　臨刑前巴羊以布農族的名字喊林兵長歐郎，林兵長眼光露出異樣的光。巴羊哭了，林要他死的像布農。巴羊則要林向部落說他是戰死的。在巴羊槍殺的事件，阿外想，假如林兵長是軍官，就有能力為巴羊講話了。這也印證了林兵長思維的正當性而並非為自己牟利。而事實上，如林兵長所想的，真的是可以有為族人講話的可能。因此林兵長與布農族的左藤巴羊交談的一段話，也是表達林兵長更進一步的心理了。作者便是一步步讓我們隨著阿外的眼光，瞭解林兵長的內心世界。

二、林兵長

　　林兵長作為典型人物，而特別以阿外的眼光來觀察的用意，已經顯現出來

了。但是假如據此說林兵長沒有日本精神，完全是高砂族精神。或者講，林兵長並不認同當一個日本兵、一個皇軍，而面對和田的忠誠態度是假裝的，這並非正確。作者安排日本投降後，林兵長有兩個反應：

第一：和田告訴林兵長：你真是最皇軍的皇軍。林兵長問和田，在內地的報紙會這樣寫嗎？林兵長這種心理，是很可以玩味的。當要分開日本人與中國人俘虜時，林兵長卻被分到中國人那邊，這使林兵長發狂的說「我是日本人」，而被黑人美軍打了胸。這時候的林兵長的心理，最微妙了。誰能瞭解呢？作者使我們平地人的腦子轉了一圈又一圈。

林兵長變得落落寡歡、輕浮、自暴自棄，沒有了布農的矜誇。其實，這是象徵多數的原住民的戰後的因為不被了解的景況，是作者的一種同情。這需要大家去共同思考。皇軍原本是唯一可獲得榮譽的方法。但是，問題的答案並非是不能皇軍了這樣的簡單結論。

第二：在阿外對林兵長的思考中：「雖說變成最差的支那人。但是布農還是布農。排灣還是排灣。」這可能是平地人作者鍾肇政要給這些善良的高山人的一點意見的。林兵長把：

> 「這一份矜誇。從布農轉變成日本人的、皇軍的、因此當一名最好的日本人、最皇軍的皇軍，也就是他發自心底的最深處的願望。」

我們僅能據此瞭解此時的林兵長，只是一時的不適應而已。從阿美族平岡、布農族巴羊等等事情中可看出，他要提高同胞的地位。這是最為純潔的高砂族。鍾肇政靠阿外解釋說林兵長在十多年來，以生命做為賭注。如何能夠不心灰意冷呢？[28]

當林兵長消沈了。他的心情我們真能瞭解嗎？這就我們要思考的。鍾肇政也可以很輕易的寫他不消沈。重點在於我們若是就這樣判斷他是奴化，那麼這本書的意義就等於零了，這就是鍾肇政設下的思考陷阱。然而這樣子，或許表

---

[28] 這類人物，鍾延豪也在〈高潭村人物誌〉寫過。但是鍾肇政認為延豪並未徹底瞭解日本精神。主要的在於阿外相信林兵長會繼續活著。也預定將來在二二八找到新的生命吧！鍾延豪所塑造的日本精神式人物，未免過於悲情了。

現力還不夠，鍾肇政仍舊再解釋一次：

> 為了那個阿美族人平岡新太郎，把受傷的和田小隊長留在火線上，林兵長一怒幾乎把平岡殺死。林兵長那一場號啕大哭，幾乎是驚心動魄的。他不祇是為了自己，也是為了全部的高砂族而努力奮鬥過來的。他力爭做一個日本人、皇軍的榮耀，乃是為了提高同胞的地位。這麼說來，林兵長豈不是最純潔的高砂族嗎？
> 這樣的一個人，一旦曉得了過去幾年來，以生命為賭注所做的努力，成了白費心機，又如何能夠不心灰意冷，消沉頹唐呢？（鍾肇政全集 9 ──戰火：頁 471）

若不是林兵長努力的幹，很多人早就死了。包括仇恨型巴羊、皇民型的比林也死了。只有林兵長最強。雖然林兵長也是屬於一種皇民型的。但是終究知道自己是傻瓜。

掙脫作為奴才的身份，為爭取平等。林兵長當然知道這是統治者的競爭規則。但是他也沒有其他的方式，只有拼只有幹的表現日本精神一途，所以我說這是原住民精神的命運與悲劇。也就是說，原住民第一次進入了日本近代社會、國家主義的時代，特別在戰爭時期，要如何爭取族人的地位，原住民的思考是很樸直主動配合的。比較平地漢人的思考方式就偏於「好死不如賴活」、「遲早要抽調、就先自動報名吧」的被動思惟模式，或是有更多的表面化的哀怨與令人同情的心境。

假如作者不安排戰後林兵長的對沒有皇軍的榮譽的失望。那麼可能不會產生評論者呂昱對於林兵長受到「奴化教育」的影響的結論。所以鍾肇政的苦心不厭其煩的說明林兵長的心理狀態，似乎並沒有獲得呂昱的肯定。而鍾肇政所以不厭其煩，也正是因為林兵長某種深刻的認同的事實。這「不厭其煩」的說法，大概是因為我專注在「認同」的主題探討之故，事實上在情節上的安排是很合情理的。而這就是鍾肇政主題與觀點所在的核心了。這也是歷史學者比較無法把握清楚的地方，所謂小說虛構的重點的目的也應該在諸如林兵長這一點「心理意識」。而這應該很值得被瞭解、富於原住民民族性的部份。

　　日本軍官要回日本時，大家來感謝林兵長。林兵長不肯看大家，望著大海。終於，林兵長說傻瓜，一群傻瓜，似乎領悟出什麼。阿外想，林兵長性命既然保住。傷都會好的。無論如何，林兵長最後終於回復自信，願意再勇敢的迎向另一個時代中接受挑戰：

> 很多次，阿外都用言詞來鼓勵他、安慰他，卻都未見功效。阿外不得不在這件事上面感到自己的無能與無力。然而，阿外倒也領略到，一個時代已經結束了，新的時代雖然還不知道是怎樣的，但一定是不同的，而林兵長在這個舊的時代裏，是一個悲劇英雄。悲劇英雄恐怕命中註定必需隨一個時代而滅亡，然後從廢墟中重生。林兵長會活過去的，並且也像過去的好長一段歲月那樣，他必定是個最堅強最勇敢的生存者。（鍾肇政全集 9──戰火：頁 471）

三、獵首精神的傳承

　　霧社事件以來一貫的精神表現在莫那傳承而來的賽達卡精神，反抗強權、為了下一代必須努力甚至犧牲的魄力，由花岡一郎、二郎、高峰浩、阿外、高峰新作、林兵長一路傳遞。因此由霧社事件的精神，應該有高砂義勇隊在太平洋戰爭中的精神相呼應、連串之處。

　　原住民的精神裡，對於番刀崇拜只是次要，獵首崇拜才是主要的。在《戰火》已經暗示了這個問題。或者應該講番刀原來是離不開獵人頭的戰鬥工具。這與原住民的祖靈的信仰有關。

　　而在小說技術上探討。血液的沸騰、獵首的風俗，這就是鍾肇政所揭露的民族的潛意識層次了。但是鍾肇政文學上是以直接的表現、解釋外在的現象，而非採用動作演練出來讓人直接了解，也沒有讓人了解這種意識狀態的微妙之處，意識上的混亂之處。不過直接解釋，本來就是小說的技巧之一。以意識混亂的表演、動作表演，可能太過隱諱、繁複。鍾肇政不想表現其瘋狂錯亂的一面，寧可抬高他們的身份形象，以觀察智識份子的行為來描繪，高砂族在所謂的文明社會裡的追求生存的方式。而且這本小說的目的在於歷史的重現、民族

性的解釋、歌頌，予以簡潔的客觀的表現，是非常適當的。

在書中，阿外分析 19 歲的弟弟沙波‧吉洛，仍不脫稚氣。吐露出話，分明有所保留。馘首的榮譽感是存在弟弟的血液之中，但是已經轉換為日本精神、榮譽，這是《戰火》很深刻的分析。

林兵長在詢問巴羊殺死上官，是否也連帶的砍下八木原的頭，這真是作者神來一筆。表示了作者對原住民史詩的建構，把握住了「獵頭」的問題，細膩而深刻。是的，獵首的崇拜終於在二次大戰的時候消失了。獵首崇拜的消失鍾肇政討論的很多。從《高山組曲》第一部《川中島》即以畢荷的眼光探討原住民是如何改變獵人頭文化，畢荷小時候，對於「突奴」（首級）就有了嘔吐的感覺。當時也以：

「塞達卡‧達耶的戰士都是視死如歸的。應該死的時候死。」

來思考莫那的行徑。從教育進化改造到畢荷的精神、心理的變化，最後畢荷成為一個原住民歷史文化的見證者。有趣的是霧社事件當時，同樣是泰耶魯的套乍社有的人持了「打不過突奴，為什麼要打？」這樣的想法，沒有參加。但是，套乍社另有人看到別人在殺，很激動的說「我們，連一個頭，也沒取到！」也充分反映出原住民的思考方式。而早在《馬黑坡風雲》出現師範教育畢業的花岡一郎也同畢荷一樣，因為進步性教育帶來了脫離獵首文化，而產生許多心理矛盾，作者也充分探討了。

從《馬黑坡風雲》到《川中島》到《戰火》這幾部書中漸漸的表現出原住民失去了獵人頭的風俗與祖靈的信仰。但是爭取榮譽的心理是保存著的。由這點看來，在太平洋戰爭所發揮出來的精神，說是 gaga 精神，不如說是因為現代國家意識的影響，而轉化成的日本精神。

在鍾肇政的小說對高山人精神的設計裡以「高山族人的命名、打獵的本事、對日本人的仇恨、泰雅族人的血液、馘首、番刀」作為代表。相對的日本精神的象徵為「日本刀、日本人名命名、日語教育」。還有兩者精神上的重疊部份有「正大光明、正義感」等等。那麼所謂的林兵長傳承莫那的精神，由許多的配角予以襯托出來的，就是莫那、林兵長是有更高的智慧與日本人周旋，且為

整個族人而不為自己風範。因此可以說莫那與林兵長都是超越了一般性的原住民精神與日本精神的代表人物。

第六節　結論

第一：我認為的原住民對日本精神的體會是很深的。雖然說他們不一定人人都懂得表達日本精神的內涵，但是他們天生就能夠表現出日本精神崇尚正義感、武勇、誠實的本質。而且他們認同日本政府，其中有典型人物如林兵長認為在戰爭中爭取榮譽，將是改善下一代族人地位的關鍵。而且所以會有林兵長這號人物，更是由於有阿外、巴羊、沙波等等許多人都表現了優秀的原住民的精神。這才產生出林兵長這種典型的原住民精神人物。

第二：鍾肇政在《戰火》中刻劃了原住民形象的勇猛、純潔的本質。傳承了霧社事件以來的反抗精神。而高砂義勇隊在太平洋戰爭的艱困時期所表現的日本精神仍舊是一種反抗的、競爭、追求平等的高貴意識。鍾肇政觀點切合高砂義勇隊內心深處，並以浪漫手法繼續發揚原住民精神。本文的結論與黃智慧博士從田野調查、日文圖書資料所得的結論，互相印證。對於鍾肇政在《戰火》塑造人物的正確性，以及時代重現的細密，一般讀者與歷史學者簡單的從《戰火》一書可以知道高砂義勇隊的心靈世界。

第三：我是以過分強調的方式，認為作者想表達高砂義勇隊的日本精神。事實上，這只是作者很認同的精神，他對於高砂義勇隊的勇敢非常的佩服。本質上他認為高砂義勇隊在南洋戰爭時比日本人還強，自願時血書的表現，他們之富有日本精神應該是非常肯定的。而這原因是他們本來就有的榮譽感。雖然他們也知道日本人是統治者，而且也知道仇恨。但是為什麼他們還是會參加戰爭，幫日本人打戰呢？在這思考當中，鍾肇政發現高山民族是非常奇怪的民族。所謂富於矜誇的民族，充滿驕傲、榮譽心，他們要比日本人還強，掙脫被歧視的、不平等的地位。

一般平地人會很同情他們。在霧社事件後遺族的生活辛苦，認為他們生存的意義只在圖謀生存。這在平地人的眼光是很平常的看法，這種眼光基本上並

沒有錯，不過畢竟這是平地人的眼光。也有人以相同的眼光將他們看作奴化、受到灌輸的結果而志願作戰。鍾肇政是不這樣看事情的。他在想，一個原住民在那樣環境下成長起來，然後志願去死。是否有更深的一層可以去探討的呢？事實上作者本人在經營這部作品，跟隨著筆下人物的心情，常常讓他非常的痛苦。超越平地人的眼光，重現高山人重榮譽的心靈世界，確實很辛苦。

我大概是受了近幾年來從鍾肇政身上與報章雜誌中報導，體會到了日本精神的美好一面的影響。事實上，我也是發現這個寶藏，認為這是了解鍾肇政這一輩人內心的鑰匙。所以，我才會有這樣論證性的題目而去了解「高砂義勇隊」。文學所處理的當然更深的一步重現原住民的心理、成長變化的過程，即所謂的原住民的民族性。也是塑造感動的有苦悲、歡樂的東西。我也試圖在討論鍾肇政帶給我的原住民心靈世界的問題。我也試圖在爭解似的，為「高砂義勇隊」的榮譽來定位。《戰火》的確是表現很深刻的作品。

第四：我是從鍾肇政認同的「日本精神」而出發，來詮釋《戰火》這本書。實際上反過來講，我們也因為《戰火》這本書更認識了鍾肇政這位作家的精神。除了日本精神的認識以外，就像林兵長呼喊過：「這傢伙一點也不懂我的心，我在拼命，我的努力，我是為誰？」倒是不曾看過鍾肇政這樣喊自己為了臺灣文學作過怎麼多的努力。不過也可以了解林兵長的思惟模式，來接近身處戒嚴時代下的鍾肇政的精神與思惟。

雖然解嚴後鍾肇政已經受到很多肯定，解嚴前發生的很多誤解諸如「討好、迎合國民黨」的說法，並不一定獲得澄清，而鍾肇政也一向不在意。但是我還是覺得很不平，必須把握機會多作說明。所以，如同一些對純潔的「高砂義勇隊」的誤解，有一些難以跨越的隔閡，高山人的心理境界畢竟不是平地人能夠體會的；而對鍾肇政的誤解，他的文學作品本身還是最好的說明。我要強調像鍾肇政給呂昱信上所說的：「我們對文學仍存一份理想，且是真純的理想。其他種種，何必去記罣。」其他種種，何必去記罣──這是看似平常的境界。《高山組曲》的存在是鍾肇政衝破了許多認為「只會寫抗日小說」的批評，但仍寫「抗日小說」而成，其創作本身就是鍾肇政精神的最好見證。這過程如同戒嚴時代，不准寫「臺灣」人，他更要寫《臺灣人》，諸如此類的鍾肇政式的心理。

目前鍾肇政仍在遺憾沒有完成《第三部高山組曲》，而且心中還有很多故

事在推展，在腦中活潑跳躍著，也擔心這些話可能沒有機會說出來了。（不過他認為他的字、他的書法，目前還非常的漂亮。也仍對他的日文能力非常得意。）從以上可以知道，解嚴前、幾十年來他是如何不顧批評而努力的寫寫寫了。也因此，近來鍾肇政在祝賀葉石濤獲得國家文藝獎的一段訪談上，他也以「他能夠不顧一切的寫」這現象，而第一次以同意的角度，回應了葉石濤對鍾肇政擁有「獸性」的解釋。[29]

資料：

信一：1983 年 8 月 17 日

昱弟如晤：

接連收到「解開……」與八月十四日晚來信。一如往常，總是受你精神的鼓舞。你說得一點也不錯，現在許多年輕一輩的寫作者，都掙脫不開名韁利鎖的羈絆。這恐怕是當前最令人憂心的風尚，而這也造成我們對未來我們文學發展的隱憂。我編眾副時，稿費雖低，卻能讓諸多年輕寫作者，把作品一篇篇地交來，形成了一番欣欣向榮的景象。這使我想到，光是鼓勵是不夠的，必須有實質的回饋。只要寫得差強人意，便可以獲得發表，於是名利便被排在第二、第三了。當時，我還設計了用單行本的出版，來做為青年作家攻長篇創作的激勵，即不必先經發表而逕予出版。我曾下定決心，出版社或泛臺一經穩定，便付諸實施。這也成為我過往的夢想之一了！或許你將來有此魄力，可以替我完成這個心願，讓有潛力的，願意真實下苦功的年輕人拚拚，不也是蠻有意義的嗎？

「解……」已匆匆過目兩遍。寫得很好，把川中島重要的企圖全部挖掘出來。我也確實覺得，要你在一定字數內發揮出來，實在是不合理也不人道的。我太遷就發表，這是我的毛病。我領略過編輯的苦況，字數適可的文章，是處理起來最舒服的了。可是這不成理由，對不？以後為文，請千萬不要太勉強壓制自己了，要刪也要找那些枝枝蔓蔓的部份——其實這也是極重要的修辭工夫吧。（你的文字，到「結網」為止，尚偶有冗蔓之處，到了「血染」與「解開」已緊密多多了。不可不認定這是一大進步。）當然，例如「結網」裡的月旦人

---

[29] 參考：2001 年 9 月 28 日，「貴族與乞丐」自由報時副刊。莊紫蓉整理。

物部份，那是基於某種顧慮而出此，並不在此限。還有，被人家刪除部份，將來印單行本時仍應補回去，自己為了考慮發表方便而刪汰的，也可以如此處理。

另外，這個高山組曲一、二兩部，我的最大的企圖是讓它們有普遍的壓制者與被壓制者之間的衝突。我雖無意與所謂之第三世界掛鉤，但卻有站在「弱小」者立腳點來執筆之意圖。如果這一點未達到預期的效果，那我這部作品依然是失敗的。它只不過是一個小小部族的受難圖而已。不知弟臺亦有見於此否，使我無限懸念！

周日為參加中學同學會赴中，回程本想去看李喬的。結果在臺中先見了王世勛，王說要同去，又約了豐原三民書店店東利君（年輕人，文學愛好者與王極要好）同往。結果是人多了，便天南地北起來，未能促膝深談，覺得好可惜。李對弟臺也推崇備至。我們對「真像」一文的開頭，也有了小小爭執與討論，結果是誰也沒有說服誰。王、利兩人慫恿李出面在豐原辦「國語日報作文補習班」，只掛名（也需要以李的身份去該報交涉）每周末赴豐一次，其餘一切由王、利兩人及他們的班底（他們在豐原有一家考高中為主要對象的補習班）負責。我倒表示不妨一試了。李的積蓄被倒了幾十萬，目前不得已在寫武俠。他還慨嘆，將來年老，不像我，寫不出東西時可以翻譯，生活豈不陷絕境？！我與李談起來多半嘻嘻哈哈，可是這話含著多少辛酸啊！我也玩笑似地說，將來讓呂昱來養你好了，不用多擔心。唉唉，說起來一個文學工作者，如果以全心靈來投入，誰又可免去這種徬徨與危懼感呢？一嘆！

你一定想不到我這些日子裡在忙的事。本鄉將創刊一份「鄉刊」，叫《龍潭鄉情》，暫定為半年制，是要發給鄉中每家戶及出外鄉親的。我被央擔任「總編輯」。自己鄉裡的事，無法推辭，首期「龍潭鄉介紹」、「發刊詞」文藝作品，都也只好承擔下來。前二者已成稿，共一萬四千字。鄉土人物介紹了鄧雨賢（望春風、雨夜花、月夜愁作曲者，已故）。幸好材料是現成的。這些寫完才寫葉石濤回憶錄之評介。長篇暫時無法寫了。高山續稿也暫無法寫。創作力衰退，恐是一大隱憂──其實我從不承認創作力衰退，資料蒐集夠了，便可以寫吧。李喬要我試試戀愛小說，雖也是笑科，但倒是有趣的提議哩。

彭瑞金本也有意寫理論方面大書或者文學史。這次與他長談，未再聽到他提起。他是懶了。其所以懶，也許仍是缺乏後援之力。用零星成篇，再輯成一

卷是較佳方法，可是如為零星稿也頗有無處發表之苦。如果能提供逐印著的保證，他還是會奮起的吧。例如：「鍾肇政論」也曾是他的大目標之一。這也有待我們未來的努力了。今天到此。匆匆祝好

肇政　八月十七日深夜

又：你赴美濃時咱同往如何？

忘了一事：自立那邊的專欄事，向陽迄未給我回覆。看自立副刊情形，向陽確是個真摯的文學者，是無可懷疑的。看看明天，會不會有他的回信。等他回信來後，你再去函是否較妥當？當然，如果你原意先去函接給，也無妨。地址如下：

「100 北市濟南路二段十五號　自立晚報社」八月十七日又及

今天向陽仍未有回信來八月十八日中午

信二：1983 年 8 月 27 日

鍾老：

八、十七賜函拜悉。

《高》評之三已完成初稿，自覺尚可，惟字數仍超額，題目亦未定出，擬下週內再修正壓縮。九、四當可送去影印，並掛號寄上。

「自立」的專欄，果能順利開闢的話，我會盡力為之，以一年為期。倘向陽兄有所不便，我們似乎不必強求。也許往後延遲一兩個月，甚至到明春出院後再當面討論之，也是無妨的，不寫專欄的文學短篇，我就會有充裕的時間來寫擬妥的兩篇「病院」小說。

務請前輩不必為此事而過分費神了！

在「解開」一文裡，我原有兩大段討論「奴化教育」和「歷史小說」的文字，為了遷就設限的字數，狠著心將後者全部割掉，前者亦緊縮成一小段。

在《高》評之三裡，我用了較長的篇幅來討論奴化教育的問題（或說，「戰火」的主要企圖在為奴化教育算總帳），唯「歷史小說」的討論文字仍擠不進去，只好又被剔出。

關於前輩垂問「是否」存在著「壓制者與被壓制者之間的衝突」，我的看法是有的。但這衝突的火花在您一向寬厚包容的性格影響下被壓到了最低點。

如巴羊的槍決，單靠一段刑前的對話也是很不夠的，易言之，衝突雖然存在，而且在情節進展中不時地浮現，卻沒能因情節的舖展而逐層昇高其燃點，以致於無法強烈到讀之血脈賁張的亢奮之情，這看法，我似乎已在「解開」一文中提出了！

《高山組曲》一、二部的藝術價值不應限定在前輩自稱的「壓制者與被壓制者衝突」的觀點上，我個人認為《高》的成就還可以提得比「衝突」或「弱小民族」更高一些。由於前輩您擅於寫實筆調，是用您覺得比較真實的歷史情況去寫的，而歷史的真實裡，衝突即使有，不加以渲染，也只會像放鞭炮吵雜一陣，不會為Ｔ・Ｎ・Ｔ那種震人耳目的轟然爆炸聲音。

這問題，我想只有進到歷史裡才能有所剖陳。

對待殖民地，日本的政策、人民的態度，跟歐洲諸國的擴張主義是有所區別的，特別是臺灣與朝鮮兩個地方。其區別的原因很多，我無法一一詳舉，只能就人種，文化背景和政治體制而稍微參考。

在近代，日本是第一個擁有殖民地的東方國家（有色人種），其殖民地當亦屬黃色人種之地區為限。在種族主義猖狂的時代裡，反白人的意識亦必昇高其價值。大東亞共榮圈的理想是建立在此一理念基礎上的。先不論這理想的對錯與可行不可行，我們至少可以確知歐美各國並無這類理念加諸於殖民地上，英國即使有「大英國協」的組織，卻是晚近獨立運動的產物，不可與之相混，易言之，從種族對抗昇高為人種對抗，其間的民族對抗被超越的企圖是最大的野心。歷史證明了，日本的超越失敗了，今天的第三世界也同樣失敗了（第三世界除人種因素亦有經濟因素）。

在臺灣，日本殖民政府所統治的是擁有數千年頑強思想和一統意識的漢民族。文化這東西可以是包袱也可以是自保的屏障。就這一點，日本的殖民統治，遠較歐美各國更加困難。歐美的殖民政策鮮有奴化教育的（叫黑人向白人去認同豈非笑話？）英國在印度亦單純地攫取資源和勞力為主要慾求，白人們幾乎不可能異想天開地要求殖民地區的人民向他們的文化和思想去認同的。（二次大戰之後，特別是越戰之後，白人推銷現代化就有了這種向白人文化認同的基本元素）。在十九世紀來，廿世紀初，日本可以推行奴化教育，他們有資格，有條件，有背景這麼做，奴化教育不只在殖民地執行，即在中國大陸亦誘導了

某些人的呼應！再者，日本的擴張在思想上接受軍國主義（國家社會主義）的指導，貧富不均的社會現象，不若歐美遠甚，因此，在殖民地的社會現象也不容易產生經濟階級的對立情緒。（不是沒有，只是不嚴重），這和歐美商人任意其殖民地搜刮、掠奪、胡作非為的情形，亦不可同日而語。歐美的商人和傳教士總是緊跟在軍事武力後面搶灘登陸的。

所以，今天要寫日據時代為背景的小說，如果堅持寫實寫真的筆法，我以為只能拿民族主義和民主意識去戳其奴化教育和軍國思想的膿包！除非我們丟開事實真相（歷史材料），蓄意渲染誇大，否則我們很難將臺灣的殖民地經驗拿去和其他被壓迫的國家民族做中心的重複。即令是大陸的抗日意識也絕不同於臺灣的抗日民族自尊。第三世界論者大概就是犯了這種誤解的觀點弊病，我只敢用「大概」來推斷，還只是個假定是自己讀歷史的一點心得，至於假定是否成立，尚待日後的大量蒐證。

陳映真說要放寬個人的視野，我以為首要之務便是努力打破因襲的革命歷史觀之論證模式。將歷史倉庫的四面牆壁完全拆掉，儲存的材料有什麼就是什麼，而不是從那扇門進去就只看到那個部位的史料，猶如瞎子摸象，永遠也難以定論。

回到原題上，《高山組曲》的成就除了做為泰耶魯的史詩（第一部）之外，對殖民地人民（漢人以外的山地人）在殖民統治下尋求民族（種族）生存和個人掙扎（靈肉）圖存和人格攀昇的意念上做了充分的描繪，也就是說，縱的在於找尋新的態度去對待自己的民族和歷史承傳，橫的，則努力和無力反抗的侵壓者，建立平等友誼，並提高族人的人格地位。唯有在這種寫作意念上才能找到真正的，包容的人類之愛。（而不是恨）

福克納在諾貝爾獎頒獎，致答辭時說：「詩人的聲音絕不止於做為人的紀錄，而應該能成為協助人類永垂不朽的倚仗和柱石。」《高山組曲》就小說而論，不能算是最偉大的作品，但在創作意念上卻為後代的文學青年們留下了可資啟發的文學範例。

這些，我並未寫在《高》評裡。但我希望將三篇論文，集結成一長篇論文時，能補上去。（屆時，無字數設限，可容我自由發揮了！）

《高》第三部（或第四部）何不等一段時間再寫？這兩年的社會變遷可能

會幫助您獲得更多的創作意念。在黨外刊物一覽表之中列載在廣告欄上，這點
我是大不以為然的，以文學去介入群眾運動的政治活動，文學就不可能守住冷
靜自制的本分，其下場也往往淪為政治鬥爭的工具或政客的私人資本。

　　我已開始在考慮：是否再將自己「病院」的小說投給「臺文」發表？

　　文學工作者有權投身於政治活動中，也可以公開選擇自己的政治立場，但
絕不是拿自己的作品去參與，或供為政治宣傳。事實上，黨外的群眾裡多是廢
物，攪局者和摸魚營私利的人，我們不能為了立場的選擇而不惜閹割了自己的
文學良知。我們寧可保持沈默卻萬不能出賣良心去公然撒謊！

　　沈默是文學人妥協的最大極限。

　　瑞金兄有志寫諸如「鍾肇政論」的專著是再好不過了！我構思今後基金會
成立後，每年能提撥數十萬元做為臺灣文學的研究基金，一方面供為研究者申
請補助之用，期使臺灣文學的研究工作能登堂進入學院中，另一方面則用來提
供文學專著的出版經費。有張良澤那種編全集的人，也還要有專事研究單一作
家的人才行。我自己就想這樣做的，可是個人力量畢竟有限，而且要將精力時
間放在基金會的實務上，勢必減弱這類研究工作的效率，果能在經費充裕的前
提下，集結有志者集體為之，碩果必鉅。

　　此事，留待日後和瑞金兄專題討論之。

　　陳醫師在美的演講詞我看了，還是不脫「文藝復興」的理念！我在想，是
否該提出一些較高瞻遠矚的意見給海外的鄉親們，可能會更具說服力。明年您
也許仍會有機會到日、美走一趟（至少幾年一定會出去一程）。屆時由您來告
訴鄉親們，我們該走的路和切實可行的方法，必可收到實際功效。這件事亦有
待我們認真思索討論！不急，都留到明春再談吧，臺灣文學的前途絕不似眼前
所見的如此黯淡與混亂，朝遠處望去，是清澄的美景，是透明的微曦，我們是
大有可為的！

　　《文學界》第七期的質素均比前提高了！

　　話匣子一開，又是長篇大論，不過直抒胸臆倒真是十分痛快的。

　　李喬先生已赴日本了嗎？前信他提到八月底赴日的，是為了蒐集材料而去
的，祝福他一帆風順！

　　我們大概都是天生的勞碌命，忙了，什麼毛病都不會有，閒了，身體就找

麻煩了，知道您為社區刊物而「勞動」，可推斷您的身心會更舒朗的，真的，我們就是無福休閒的「苦命人」一笑！

祝

金安

晚呂昱敬拜一九八三，八，廿七　卅五歲生日前夕

信三：1983 年 8 月 31 日

昱弟：

八月二十七日來函已收到。你說寫得痛快淋漓，我也真個讀得痛快淋漓！對我近多日以來沈落的心緒起了一陣振奮作用，頗覺暢快之至。

記得從未向你提起過我內心的一樁秘密。這秘密我一直以為不會向任何人提起的。看了你此信有關歷史燭照的一些話，使我深為震動，也深為感動，所以我想向你吐露出來，一方面是對知音剖露胸腹本屬應有之義，兼且也可算是對《高山組曲》的無比的闡釋者，做一個創作心態的揭露，是有其積極意義在內的。

我有一友名「塚本照和」其人，現任日本天理大學（以外國語學系斐聲日本學界）中國學系主任。是他以交換教授身份任教文化大學時——是時我在東吳任教——結識，為明清小說專家，返後念念不忘臺灣文學，年餘前還成立了「臺灣文學研究會」，算是個小小學術 group。近年每年暑假均率領參加「北京語研習會」的學生來臺。去年，我曾告訴他有個新的「主題」，是在一些雜讀過程中想到的：霧社事件後十年，為什麼高砂義勇隊的隊員，尤其事件的僥存少年，那麼踴躍地出征去了？也許我會寫寫這個作品。這也正是「高」作的直接動機了。塚本聽罷撫摩胸口說聽了我這，心口便發疼了。意思該是我又要拿日本人過去的「罪惡」來開刀，他以一個日本人立場，不免感到痛苦。我與塚本友誼至深，這反應頗出乎我意料之外。當然，我相信不會是碰到日人罪行被揭露就會痛苦的那一類人。

另一樁是去夏張良澤應邀到美參加「客家同鄉會」做了幾場演講「客家作家印象」。入秋後張把在美期間的剪報資料寄來，其中論旨提到我的部份略謂：作品以日據時代為主有諂諛日人以討好當道之跡象等言。這是對我的當頭棒

喝。我曾以歷史見證者自許，甚至也自以為寫日人只有我這枝筆。卻也可以有張的這種看法。

以上兩點，成了我寫《高》的心理負擔，因此你已看出來，我寫的某些（例如馬紅之死，你已指出）情節，尤其日人罪行，不是追到為止即輕描淡寫，連小島的滔天罪行（第二次霧社事件）都淡化了！被你指出後，我心中有所痛苦，忠於史實倒在其次而已。

彭瑞金也曾說過我的作品「又是那一套」（指日據時代），我也曾想過不再寫日本人了，結果還是寫了《高》。是很予盾，但我也確實覺得寫日據時代，我才能放手一搏。《高》三部（或許還有四部）進入光復後。寫光復後立即面臨的是一堵厚牆，我也沒有良方去衝破它，這堵牆衝不破，光復後的臺灣只是一假象而已。這是身為「弱小」者的悲哀！

以上，也許可以解開你說的「無法強烈到讀之令人血脈賁張的亢奮」的謎。《馬黑坡風雲》時代無此「禁忌」，寫起來也就不同面貌了。

至於我期期以壓制者與被壓制者為意，該是一種時流之影響。現今之世，畢竟仍存尖銳對立，非僅以歷史事實為念也。說起來，這恐怕也是「弱小」的另一堵牆。弱小之反抗強權，是全面性的，臺灣殖民地時代的奴化教育，只能說其中一端。而已見微以知著，該也是我所企圖的吧。反過來說，日閥的奴化教育，正也是表現壓制者種種施為的一個表徵。我第一次看到你對歷史的見解，有深獲吾意之快。矢內原《日本帝國主義下的臺灣》一書亦有頗為精到的論列。我想，如果《高》給人的印象只是一個小小原始部族的受難記，那我是不如不寫。

因此，《戰火》的結尾才格外困難。我不寫李光輝（李正是摩洛泰島僥存者），也沒有對日人的報復行動，都是在艱難中決定的情節。我為自己在字數上設限，也是求其約制下的最大效果。我的力量已盡於此。你雖未明言，但不滿心情仍可在字裡行間窺見。你對「前輩」心有厚道，我是感激在心的。

第三部我暫時無意執筆，目前在題材上也無法寫。也許正如你所言，等一段時間是必須的。

經過近月來一些接觸之後，我也深覺文學與政治掛鉤是要不得之事，我一向反對這種行當，近因陳等人的表現，使我不得不重新提高警覺。也曾自省例

如寫日據，寫高山，多少總沾染一點政治意味。受第三世界觀點影響，已證明摔不脫政治氣味。如果僅是在歷史當中尋求題材，那麼這氣味也許是勢必要的。說不定弱小的自覺已然是政治氣味的一種了。真的，正如你說的，要提昇到「愛」的境界才是鵠的吧。

高天生是我發掘的評家，在他唸中興中文系時，我就開始發表他的作品，役畢後這兩年，先在「暖流」，繼而「八十年代」，到現今的臺文，文章越寫越「回去」了。近月來寫賴和，寫我、葉石濤、宋澤萊、已失去了自己的觀點，成了 100% 的應聲機，使我深感失望！臺文上的稿，還以專斷採擇──有些作品李喬根本未過目。政治小說選序我未看（他們沒有寄書給我）。與李合編，我猜李只是掛名吧。臺文在他手上，命運可知。目前，我也以為保持沈默為上策。我們對文學仍存一份理想，且是真純的理想。其他種種，何必去記罣。

社區刊物的稿已寫成，只等全部稿件集齊約略過目，我這「總編輯」就可以交差了（當然只第一期。第二期在半年後，不礙事）。目前正準備為《文訊》寫二稿，一為《葉石濤文學回憶錄》評介。我與葉同庚，致感觸特多，評介是人家的要求，我也許不評不介，只是隨便聊聊，發發牢騷吧。另一稿為「文學論衡」還未決定論什麼，他要我談談小說創作。我近日老在想幾個短篇故事。秋涼在遇，也許可以寫寫。我沒告訴你，半月前從臺中回來後，冷氣車使我咳嗽，也發熱了兩天。直到昨、前天才癒。我的支氣管脆弱得使我扼腕！

開頭說心情洗滌，乃因周來愚夫婦面臨必需（……刪……）但事到臨頭，推也推不掉。這算是我家的「秘密」，請當做我沒告訴你。也因此上述二稿還不知何時能寫呢！

剛與李喬通了電話，他的行期在九月十五或十六，約有二、三個禮拜的逗留。是專程為蒐集小說資料而赴日，令人激動！他是豁出去了。將來寫成，必將名垂史冊。他問我願不願意與他合作，在中壢設國語日報的作文班。半月前在苗栗，他曾問我可以去教作文班嗎？這是使人心絞痛的一問。迫於生活，我只好說可以。剛在電話中，他倒選我合作了。我目前尚無此意，生活還不致於逼迫至此，且無教好小學生的自信。

僅以一片馨香，祝卅五歲生日。你的樂觀深深地感染了我，使我覺得你卅五歲恢復健康，恰到好處。卅五歲該是圓熟的起點，另一個卅五年將都是以這

起點進展的。希望我能多活幾年，看著你從圓熟出發的軌跡，那會是人生一大樂事。

向陽未有回答給我。我還是打電話連絡一下吧。沒接你信就未想起打電話，近日心思紊亂如此。我這一兩天就打打。病院小說似乎也不妨寄給自立一試。延豪近有一作，寫一個出院者的離奇遭遇，我以為不會有出路，哪知向陽一下子就把它發表了。此子魄力頗有可觀。現時自立副刊編得很不錯。中時在拉陳等人演講以後，等於打出了鮮明旗幟。聯合副刊也許也會有某種回應吧。一周偶遇亞弦，他向我說：還是需要重視本土，愛本土才是。以往只知剪下花來排，忽略了栽培，實在不對等語。亦一變局之前奏。頗令人「好奇」。惜人多未及細敘。今天到此。匆祝

　　平安

肇政　八月卅一日深夜

信四：1983 年 9 月 6 日

鍾老：

八、三十一和九、一兩信均已拜悉！

《高》評之三已定稿，影印本另函掛號寄上。〈解開──〉一文已由華副退回，這第三篇也就不再寄給他了！該怎麼發落，靜候前輩賜示。

寫專欄的事，經和友人充分討論後，決定一試，第一，病體雖未痊癒，但寫文學性的文章，不致於受到干擾；第二，如何寫法，必須和向陽兄直接聯繫，充分聽取主編人的意見後，才能正式登場，來來往往的溝通，可能要拖到年底了，離出院不遠矣；三者，如果能在出院前開出專欄，對病院患者可以留下突破性的範例，為後來者（希望不會有了）提示精神上的鼓勵。

我寫一封信給向陽兄，與此信同時發出。

〈──結網〉一文尚未動手修正，想等向陽兄表示意見後，再決定怎麼改？

李喬先生寄了他的新著「情天無恨」給我，我已去信向他致謝也順便提及「臺文」和「政治小說選」的問題，希望他不介意我的耿直才好，「臺文」如果因此而墮落為政爭工具，我們覺得遺憾，李喬先生掛名主編亦將難辭其咎，

我既已有此自覺就不能不說出來。

　　陳映真在《文學》3 集（八月號）裡發表了〈山路〉，我讀得滿眶淚水，其感人肺腑自不待言，然而深究該作品的思想主體，仍以 M 的 differentiation 異化論為基礎的，此和他在時報發表的演說詞形成了呼應，看來他也是豁出去了，要是有人看得懂，要扣他帽子太容易了，且不管我們是否贊成，其勇氣和認真均值得欽佩，就理論層面而言，「臺文」代表的這些人大概要略遜一疇的，我甚至還懷疑指名叫陣批判陳氏的人是否讀得懂陳氏的思想反射？我無意揭露什麼，這事只能在私人信函內提及，否則必會有人要吆喝喊打──政治真能解決一切嗎？陳映真是對政治和經濟社會有了充分認知之後，在為自己的信仰和理想付諸實踐的，而其他人，正反兩面的人，是否也如此呢？

　　讀了您敘述的「秘密」，我不免陷入沈思中，也一面檢討著我對「高山組曲」的詮釋是否中的？

　　被故意扭曲的歷史，使我們這一代人對臺灣三百年的史實變得十分朦朧，我努力去讀，卻還讀不出真面貌，而如果我們這一代人還不能還歷史一個清白，到了下一代將會更將困難了，但是，假使您們從日據走過的前輩們不幫著我們去釐清歷史真面目，我們又怎麼做得好這件大事呢？

　　近日讀葉老的《文學回憶錄》，心裡即不住地嗔怪他的不盡力，也許是我錯怪了葉老，但我心中的急切卻盡在其中，葉老和您同年，一南一北，一閩一客，一以創作為主，一以評論為業，合起來就會是晚輩的我們的精神砥柱，您們怎麼能不賣力呢？

　　塚本先生的心痛，張良澤的「偏執」竟能構成您寫《高山組曲》的心理負擔，甚至迫使您「不再寫日本人了！」，對後代是絕對交待不過去的，文章千古事，得失寸心知，您這支筆不寫，我們還敢依賴於誰？

　　貧窮落後的國家，人民生活是離不開政治的，或者說政治根本就是人民生活的基本原素，要在小說中表現靈肉掙扎，天人交戰的讀者，就不可能避得開政治的材料，我個人並不反對在創作中注入或探討政治意念，惟處理方法必須堅持要是文學的，政治只能在文學意念的指導下發揮表現作用，切不可反客為主，倒過來變成政治在指導文學。我讀您的大型小說，覺得您在文學座標上掌握得很有分寸，雖不免避重就輕，甚至故意避開尖銳敏感的題材，惟至少並未

向「政治」這邪魔妥協低頭；倒是李喬的「寒夜三部曲」在最後放棄了文學的堅持，而拱手讓歷史給吞噬了，這是很可惜的事。

寫日據，寫清史，不能不扯上政治，即使寫光復以來的小說也照樣避不開政治層面的探討，問題是一旦筆意觸及政治材料時，作者們是否能據守個人的文學信念和節操？是否對所欲討論的政治題旨有所認知與澈悟？文學藝術貴在於高瞻遠矚，其能「雋」永也全由於希望、理想和期待的昭示和預知。

陳映真，不管他據以創作的理念世界是否合於我們的認定，他至少是先讓自己肯定了某個理想世界和那份執著感。反觀其他年輕作家，每當觸及政治材料時，不是張皇失措，便是劍拔弩張，為什麼？陳若曦如果不是先擁有一個她所相信的社會主義世界，她的《尹縣長》就不可能寫得成功，批判的力道也不會那麼渾厚！

我的意思是，政治問題並非不可寫，而是在動手去寫它之前，個人是否已確實地認知了？等而下之，以作品做為政治活動的媒體，或先存在作品的效用觀，再去寫出故事，其浮濫亦可想像了。

這一番話，都算是閉門造車的沈思心得，是否經得起現實世界的考驗，尚待出院後的實地體認！我只是希望您不必以塚本先生或張良澤的意見而縈繞於心，構成自己創作意念的摧折是划不來的，型式技巧可以虛心接受評家意見，但創作意念只許討論而不容任何人曲解，否則到頭來，我們必會全都落空了，您已堅持了這麼久，實不該在這個時候放棄的！

您剛完成兩部長篇，是可以休息下來含飴弄孫一陣了，「高」的三部或四部，仍以稍待一兩年再寫為宜。我的意思是等您赴日、美、歐，走一趟之後，寫起來可能會更寬敞些，我不信您所謂的那堵牆會困得住您！

敬祝

大安

晚呂昱　敬拜　一九八三，九，六

信五：1983 年 9 月 18 日

昱弟：

很意外地被迫陷進忙碌之中。剛剛有一小段空檔，想到我這封也許會很長

的信，勢必分幾次來寫，於是迫不及待地提起了筆，先給你寫幾段。

「歷史就是歷史」已閱過第二次，仍然感動，感觸亦多。尤其論到《戰火》的末尾，深深擊中要害，以致使我萌生將來印成單行本時，須將結尾改寫之意。林兵長是我預定中第三部要角之一，我不能使他從我這部小說天地裡消失，從莫那魯道──畢荷──阿外，到林兵長，性格有異，精神該是一貫的──幾乎也是這相像的精神促發了我立意寫這部「三部曲」。在這樣的一念之間，我不能，也根本沒想到（未必是不忍）要給林兵長安排死亡，以昇高悲劇的張力。戰場上，奇異的、不尋常的死亡隨處可得，安排一個戲劇性的死亡並不算難事。將來，咱們能見面細談時，再來決定吧。

二評、三評兩文，如果你同意，我來寄給臺灣時報。或者將來你在自立上開的專欄「消化」掉亦無不可。專欄的包容性大，相信不難處理。你考慮後給我一信。上周日（九月十一日）臺灣文藝有個聚會，不期與向陽相遇。他說已按你的信，將逕與你連絡。不知你已收到回信未？希望你們會有個圓滿的協議，讓這個專欄順利產生。至於臺灣時報那邊，吳錦發前天來了電話談了一些事，還要我務必能南下，好好一談。他說紀念館落成那天人多，未及細敘，故有此渴盼云云。我答應他寒假期間將攜一好友南下，屆時兩將有個良晤。他有一半高山血統，近作短篇「燕鳴的街道」（臺文 NO.82）透露出其心情一斑。云一個長篇開了頭，以高山族人為主題，因看了我的「高」連載，寫得太動人，怯於繼續執筆。我鼓勵他一定要寫下去。即令題材故事有類似之處亦無妨。

其後，我與山地青年取得聯繫，其中有一位正在服役，竟在敝地！已來過舍間兩次，第二次且帶來了三個朋友，一（男）在北市，兩個女孩在高、南。這二女都是「文學少女」，他說是特地南下把她們拉了來，有拜師學藝之意云。我好高興。山地青年覺醒的人漸多，尤其好文筆的人材需要孔急，故使我大喜過望。我必盡力助他們。這事也使我想了不少，將來以高山族為對象的專門刊物，恐怕也是不可缺的吧。我也想到，他們實在不宜走激烈的路子，一定要腳踏實地，培養本身力量為第一。與黨外靠攏，恐怕尚非需要。

前述臺灣文藝聚會──前幾個月我即向陳永興表示過文學部門份量太少的不滿。這個聚會幾乎就是為這一點而開的。會上，決定成立一個編委會文學小組，由我帶。初步方案是成立六人小組（我不在內），負稿件審查（審編輯部

通過之投來小說稿）之責，另外是每人每年交一篇小說，並由小組來討論此小
說得失，另決定選稿人選，老壯一代與年輕一代各六人各人每年一篇。如是則
每期有：老壯一代、年輕一代、編委、投稿各的四篇。小說陣容應該可以加強。
原則上，此六人小組以居臺北者為主，便於聚首討論也。不知你是否有意參加。
回信裡請明示。（我想你暫時不必等吧，因為這個工作十月份就開展，顯然你
不太可能）。

　　會上，也見了甫返臺的許達然。此會也是為了替許洗塵而開的。許由美國
政府安排，來臺研究一年，主題是清代民變，云中研院的一批檔案為其研究目
標。他還說，大陸那邊已決定寫光復後臺灣文學史，預定兩年後完成並出版。
此訊令人驚異。搞不好我們自己沒有的，都叫人家給捷足先登了。我要想到給
吳尊賢去一函，請他的基金會支持臺灣文學史的撰寫，想來想去，都開不了口。
一億的基金，花在電視上的一些腐迂口號的廣告上，令人扼腕之至！

　　自上周末來，我正在劇忙之中。周一～三之間評時報小說獎，周四開評會。
會上劇辯近四個小時始畢。有二事是很奇特的，一、「山路」一作，竟能通過
初複選到了我們手上。討論前有假投票，每人選一篇。山路獲三票，也是意外
的事。水晶與尼洛之間辯論甚久，唇槍舌劍，甚是精彩。末了是作品被否決，
作者則未被打下。另一事是王文興在甄選獎討論時（山路為推荐獎）竟然推舉
一篇武俠作品。雖然有文學味的武俠，唯武俠終究為武俠，另把別的作品吹求
得一文不值。這王君投山路一票，討論時竟未敢置一詞，也算一奇吧。（甄選
獎先選，推荐獎在後）

　　八、六、來函，提及葉老。我已為其《回憶錄》撰一文交《文訊》，是該
刊物要我寫的。我也就老實不客氣地猛引書中若干牢騷。葉確是牢騷滿腹。我
苦口婆心鼓勵他寫文學史，怕已有十年那麼久了。三年前，想弄個傳記叢書，
又慫恿他寫回憶錄。乃因文學史出不來，心想寫寫回憶錄，也會有不少第一手
資料，結果只是輕描淡寫，而且寥寥數篇而已。工作忙，累，家計苦（一兒精
神不太正常，另一兒就讀東海）負擔極重，加上經常有些「麻煩」事，這都是
他心情苦悶，心灰意冷的原因。）

　　談到文學裡的政治問題，我也仍有不少尚待研究、沈思的問題。我懷疑當
年的文化協會及以後的種種民族運動動機的純度。參加此運動的人都是知識份

子，而知識份子則十九都是地主子弟。一般大眾不是冷漠則是盲從，且前者又佔十之八九。知識份子是「紳士」階級的子弟，當年日人來臺不久即頒「紳章」以資攏絡，給予有限度的特權。這些人的子弟，轟轟烈烈地幹起了文化運動，農民運動，與陳之純粹之人道精神恐仍有距離吧。這也是一個大命題，歷史真相，有待闡明與揭露。來信中給了我不少激勵，令我感念不置！

　　我還要忙一段相當長的時間。每日的運動也亟待加強。另：李喬赴日似乎又延到十月中旬矣。就到這裡了。即祝

　　平安

　　　　　　　　　　　　　　　　　鍾肇政九、一八、深夜雷雨聲中

　　又：「山」弟之四部，我已接受你的意見，把執筆延後到明、後年，這一方面也是因為與青年朋友們接觸之後，感覺題材之挖掘，必須改弦更張之故。而吳鳳鄉之行，遲遲未能實現，也使我非轉移目標不過。不過我仍要跑一趟吳鳳，那裡正是「林兵長」的故鄉，我要好好追蹤他。在寫此稿之前，手邊有兩個長篇的題材，我或許今年內（最早是入冬以後）就動筆寫其一了。

　　　　　　　　　　　　　　　　　　　　　　　九、一九、清晨

信六：1985 年 11 月 25 日

昱弟：

　　昨天吳鳴已來舍做了「專訪」。他採取的完全是不著邊際的閒聊，沒有一句「問話」──諸如如何開始寫作，過程如何等等之類，完全的閒聊，他老婆也加進去的聊天。云只要對我的印象。老實說，我也是得聊得很愉快。還確實覺得此子與 XX 之流大有不同，是有幾滴「墨水」的。到目前為止，還猜不出他會寫出怎樣的專訪，且看看他將來交來的稿子，也許不會太俗濫吧。評論則已確完由彭執筆。我也曾建議他們將來向深靖邀稿，他同意了。這下文如何，該是有趣的事。他似乎有在層層包圍之中打出一番天地的雄心──做我的專卷，他說是第一步突圍。日後發展也令人關心。當然，此事不必寄望太多。另有一事：他肯定認為目前文學新銳作家清一色都是省籍，而所以如此即因省籍者語言豐富之故（因懂臺語──閩語或客語），這倒是值得思索的問題呢。

　　〈謀殺者〉如果元月份可發表，即不必寄原稿來。我也贊同〈西庄三結義〉

應重刊，臺文能登是最好的了，卻也不無擔心「禁」的問題。

　　《高》書討論記錄已細看過了，這幾個年輕人確實不錯，令人激賞。我不參加討論，似乎更助長了自由發言的氣勢，是優點，不過有些我必須說明的，也失去了說明的機會。不了解當時的環境及民間普遍的氣氛乃至空氣，造成了若干誤失，這一點對男主角畢荷性格行為的討論之處，表現得極明顯。日人統治時，尤其末期的整個社會空氣，是個盲點。我也是看了這篇記錄，始領略到這方面描寫或不無缺失，在我是自然而然的事，不會想到要去醞釀、去烘托，這是寫歷史小說的難點。——其實這一點我自信已花了不少心思的。又加林芳玫發言：頁 199「價值上跟高山族勇士們視死如歸的精神是相違背的」。這句話把事實說反了。高山族沒有視死如歸的精神，根本沒有，日人灌輸才有的。他們擅長偷襲，他們的最高的行為準則是「馘取首級」，這也是唯一的道德基礎，像這樣的馬上可澄清一事，如能澄清，討論會更有接近事實也更踏實可能的。這些都無所謂了。我仍承認這次討論是成功的，尤其表現了年輕一輩的真摯。

　　知道你陸續有新作寫成，至感興奮。另一個傑作「小男生」也快了吧？！即祝順利

　　　　　　　　　　　　　　　　　　　　　　　　肇政　11、25、日深夜

信七：1985 年 12 月 1 日

鍾老：

25 日賜函拜讀！

　　吳鳴我來見面，但以其發表過的某些文章看，大中國意識及古文化推崇的立場至為明顯，不過這年頭，多的是說的一回事，殊難以文論斷其人的其實思想，也顯見人的虛偽面貌和投機性之高張，唯吳鳴所說的年輕新銳以省籍居多，已是逐漸熱門的話題，我在多次座談和演講中均指出地方性語言必經由文學作者的精心處理而豐富民族語言，並譴責「國語」至上論者的偏頗態度所舉的例子是您、李喬和黃春明 (王禎和的實驗性語言除外)，至於陳映真則受制於語言而無力擴充其小說題材的廣袤性。(白先勇等外省籍作者亦然)。七月在小說研究班演講時曾以此論點得到甚多掌聲。我堅持麗妙的小孩在家務必講臺語 (福

佬話)，切勿趕時髦像多數臺北孩子只懂「國語」遺棄臺語的弊病，想來著實痛心。林芳玫是道地臺北人，卻不會講臺語，她以此深以為憾！

　　陳虛谷的書已出版，此事由恆豪一人獨立承擔，心中頗多歉疚，原該我來做的，正為李篤恭先生的書我亦無法效勞般。

　　高書討論，部份經您一提，才想起當初應該先將紀錄寄給您再請您就各人發言提出說明文學附於紀錄之後，這是個疏忽，卻可提供未來做法上的參考。計劃中，我將依此法陸續完成一些值得討論的作家和作品，已完成者有李喬的「情天無恨」，張榮國作品，陳若曦長篇作品及您的高山二書，此一作為在臺灣是一種新的嘗試，完全由年輕學生參與除鼓勵他(她)們的批評勇氣，並激發他們的創作意願，以去年一年的成績看，林芳玫、林深靖已展現其鋒芒，只要持續為之，總會有更大收穫的。

　　您提到高山族並無「視死如歸」精神，事實上也曾在討論現場有所研論，但因為此部份主要由我發言，故整理時予以刪除，以此亦可見出一般人對山地人武勇好鬥的錯覺(我認為主要來自兩部電影的影響)。過去所曾接觸的山地人(老的少的)表現得比漢人更懦弱，更投機！這是族群間生存價值觀的差異吧！

　　麗芬 12 月初生產，滿月後我們會到龍潭看您！

　　敬頌

　　平安

晚呂昱拜上　1985.12.1

麗芬附筆請安

原論文出處與改寫

第一部份　綜論

➤ 第一章：大致為全新未發表。想法略參考了 2005 年 1 月 16 日，〈慶賀新版兩部大河小說出版──談鍾肇政文學風格與思想成就〉，自由時報。2002 年 2 月，〈從大河小說「濁流三部曲」看臺灣文學經典「亞細亞的孤兒」〉，臺灣文藝（新生版）第 180 期，頁 21-26。

➤ 第二章：2012 年 5 月 31 日-6 月 1 日，〈談臺灣大河小說的起點與創作歷程──《濁流三部曲》、《臺灣人三部曲》與「大武山之歌的計畫大綱」〉，高苑科技大學主辦「2012 南臺灣歷史與文化學術研討會」。

➤　第三章：2012 年 6 月 30，〈鍾肇政的浪漫歷史觀研究〉，萬能科技大學通識叢刊，13 期。

第二部份　《濁流三部曲》論

➤ 第四章：匯聚以下三篇論文，加以修訂。2001 年 2 月，〈《流雲》論──臺灣人你往何處去〉，臺灣文藝（新生版）174 期。2000 年 8 月，〈《葉石濤書簡》編後記〉，臺灣文藝 171 期。2001 年 8 月，〈〈大巖鎮〉出土與《濁流三部曲〉，臺灣文藝 177 期。收錄於《戰後臺灣文學之窗──鍾肇政六百萬字書簡研究》，文英堂。

➤ 第五章：2012 年 4 月 15 日，〈論《濁流三部曲》之第二部《江山萬里》中的鄭成功再現方式與主題〉，中臺科技大學、彰化縣文化局主辦「鄭成功開臺 350 年學術研討會」。2012 年 12 月 30 日，〈論《濁流三部曲》之第二部《江山萬里》中的鄭成功再現方式與主題〉，萬能科技大學通識叢刊，14 期。

➤ 第六章：2005 年 11 月，〈《濁流三部曲》的愛戀心理三典型〉，收錄於《臺灣文學的萬里長城──鍾肇政六百萬字書簡研究》，文英堂。部份內容取自 2001 年 7 月作為新竹縣文化局所舉辦「第一屆吳濁流文藝營」之講義。

➤ 第七章：2007 年 10 月 20 日，〈《濁流三部曲》的認同與愛情──以精神分

析法研究〉，花蓮教育大學臺灣語文學系主編《臺灣語言、文學「課程與教學」研討會論文集》。部份內容取自 2001 年 7 月作為新竹縣文化局所舉辦「第一屆吳濁流文藝營」之講義。

➤ 第八章：2009 年 9 月 5 日，〈大河小說《濁流三部曲》的藝術性探討〉，臺灣師範大學臺灣文化及語言文學研究所、長榮大學臺灣研究所主辦「臺灣文學的大河——歷史、土地與新文化」。

第三部份　《臺灣人三部曲》論

➤ 第九章：2004 年 12 月 14 日，〈戒嚴體制下的反抗書寫：鍾肇政小說《沉淪》的臺灣人形象〉，第四屆臺灣客家文學學術研討會，苗栗縣政府、國立聯合大學、客家委員會。收錄於 2005 年 11 月《第四屆臺灣客家文學研討會論文集》，頁 301。並收錄於《臺灣文學的萬里長城——鍾肇政六百萬字書簡研究》，文英堂。

➤ 第十章：2003 年 11 月 22 日，〈《滄溟行》的法理抗爭——論鍾肇政的創作意識〉，鍾肇政文學國際學術研討會，收錄於《大河之歌》，桃園縣文化局，頁 71-128。並收錄於《臺灣文學的萬里長城——鍾肇政六百萬字書簡研究》，文英堂。

➤ 第十一章：1999 年 11 月 6 日，〈「插天山之歌」與臺灣靈魂的工程師〉，真理大學鍾肇政文學研討會。2007 年 4 月 27 日，〈從批評《插天山之歌》到創作〈泰姆山記〉——論李喬的傳承與定位〉，師範大學臺灣文化及語言文學研究所、長榮大學臺灣研究所共同主編《第五屆臺灣文化國際學術研討會——李喬的文學與文化論述》。收錄於《戰後臺灣文學之窗——鍾肇政六百萬字書簡研究》，文英堂。

➤ 第十二章：2012 年 10 月 28 日，〈《臺灣人三部曲》的結構與《插天山之歌》的新意涵〉，新楊平社大主辦「2012 客家語言與生活文化學術研討會」。

第四部份　對話、再探與總結

➤ 第十三章：前半部份為新寫，後部份擷取於 2010 年 12 月 4 日，〈《臺灣人三部曲》與《濁流三部曲》的第四部《怒濤》——鍾肇政的浪漫主義歷史觀研究〉，中山醫學大學臺灣語文學主辦「解嚴後臺灣語言、文學、文化的演

變與發展」。並參考以下兩篇文章，2000 年 4 月，〈鍾肇政內心深處的文學魂——向強權統治的周旋與鬥爭〉，文學臺灣 34 期，頁 258-271。2003 年 12 月，〈為《客家雜誌》專輯寫鍾老——臺灣和平社會的推動者〉，《客家雜誌》163 期，頁 15-17。

➢ 第十四章：總結，為新寫未發表。

➢ 附錄一：2001 年 6 月 20 日，〈《怒濤》論——日本精神之死與純潔〉，臺灣文藝，176 期，頁 30-57。收錄於《戰後臺灣文學之窗——鍾肇政六百萬字書簡研究》，文英堂。

➢ 附錄二：2001 年 10 月 20 日，〈《戰火》論——日本精神與高砂族精神〉，第三屆霧社事件研討會。收錄於《戰後臺灣文學之窗——鍾肇政六百萬字書簡研究》，文英堂。

參考資料

*本書引用鍾肇政小說接來自《鍾肇政全集》，詳細書目如下：

1. 濁流三部曲（上）
2. 濁流三部曲（下）
3. 臺灣人三部曲（上）
4. 臺灣人三部曲（下）
5. a 魯冰花
   b 八角塔下
6. a 大壩
   b 大圳
7. a 丹心耿耿屬斯人──姜紹祖傳
   b 馬黑坡風雲
   c 馬利科彎英雄傳
8. a 青春行
   b 望春風
9. a 川中島
   b 戰火
   c 靈潭恨
10. a 卑南平原
    b 夕暮大稻埕
11. a 原鄉人
    b 怒濤
12. a 綠色大地
    b 圳旁一人家
13. 中短篇小說(一)

37. 年表、補遺、演講大綱

38. 影像集

出版順序：

1. 鍾肇政著，陳宏銘、莊紫蓉、錢鴻鈞編，《鍾肇政全集》之第 3.4.5.17 集，桃園：桃園縣立文化中心，1999 年 11 月。

2. 鍾肇政著，陳宏銘、莊紫蓉、錢鴻鈞編，《鍾肇政全集》之第 1.2.8.9.11.18 集，桃園：桃園縣立文化中心，2000 年 12 月。

3. 鍾肇政著，陳宏銘、莊紫蓉、錢鴻鈞編，《鍾肇政全集》之第 14.15.16.20.21.24.25.26.27.30 集，桃園：桃園縣文化局，2002 年 11 月。

4. 鍾肇政著，陳宏銘、莊紫蓉、錢鴻鈞編，《鍾肇政全集》之第 22.28.29.31.32.35.36.38 集，桃園：桃園縣文化局，2003 年 11 月。（第 38 冊：王婕編）

5. 鍾肇政著，陳宏銘、莊紫蓉、錢鴻鈞編，《鍾肇政全集》之第 33.34.37 集，桃園：桃園縣文化局，2004 年 11 月。

一、理論專書

1. 巴特萊特（Frederic. C. Bartlett）著、李維譯，《記憶—個實驗的與社會的心理學研究》，臺北：桂冠圖書股份有限公司，1998 年。

2. 王晴佳、古偉瀛，《後現代與歷史學——中西比較》，山東：山東大學出版社，2003 年。

3. 古繼堂，《臺灣小說發展史》，臺北：文史哲出版社，1989 年。

4. 佛洛伊德（Sigmund Freud）著、徐偉等譯，《論文學與藝術》，北京：國際文化出版公司，2001 年。

5. 利里安‧弗斯特著、李今譯，《浪漫主義》，臺北：昆侖出版社，1989 年。

6. 沃爾什（W. H. Walsh）著、王任光譯，《歷史哲學導論》，臺北：幼獅文化事業公司，1984 年。

7. 周　憲，《超越文學——文學的文化哲學思考》，上海：三聯書局有限公司，1997 年。

8. 法蘭茲・法農（Frantz Fanon）著、陳瑞樺譯，《黑皮膚，白面具》，臺北：心靈工坊文化事業股份有限公司，2005 年。

9. 阿德勒（Alfred Adler）著、葉頌茲譯，《自卑與生活》，臺北：志文出版社，1998 年。

10. 姚介厚，《當代美國哲學》，香港：三聯書店有限公司，1996 年。

11. 韋勒克（Rene Wellek）、華倫（Austin Warren）著，王夢鷗、許國衡譯，《文學論》，臺北：志文出版社，2000 年。

12. 荊子馨著、鄭力軒譯，《成為日本人——殖民地臺灣與認同政治》，臺北：城邦文化事業股份有限公司，2006 年。

13. 馬斯洛（Abraham Harold Maslow）等著、孫大川審譯，《人的價值和潛能》，臺北：結構群文化事業有限公司，1990 年。

14. 常若松，《人類心靈的神話——榮格的分析心理學》，臺北：貓頭鷹出版社，2000 年。

15. 張京媛編，《新歷史主義與文學批評》，北京：北京大學出版社，1993 年。

16. 莫瑞・史坦（Murray Stein）著、朱侃如譯，《榮格心靈地圖》，臺北：立緒文化事業有限公司，1999 年。

17. 榮格（Carl Gustav Jung）著、楊奇銘譯，《尋求靈魂的現代人》，臺北：志文出版社，1986 年。

18. 劉昌元，《盧卡奇及其文哲思想》，臺北：聯經出版事業公司，1991 年。

19. 薩伊德（Edward W. Said）著、蔡源林譯，《文化與帝國主義》，臺北：立緒文化事業有限公司，2001 年。

20. 羅鋼、劉象愚主編，《後殖民主義文化理論》，北京：中國社會科學出版社，1999 年。

21. 王利紅，《詩與真——近代歐洲浪漫主義史學思想研究》，上海：三聯書店，2009 年 6 月。

22. 楊豫，《西洋史學史》，雲龍出版社，1998 年 11 月。

23. 嚴建強、王淵明，《西方歷史哲學》，慧明文化，2001 年 11 月。

24. 伊格爾斯著，彭剛、顧航譯，《德國的歷史觀》，鳳凰出版社，2006年2月。

25. 劉昌元，《盧卡奇及其文哲思想》，聯經，1991年12月。

26. 陶東風，《後殖民主義》，揚智出版社，2000年2月。

二、主要參考書籍

1. 鍾肇政講述、莊紫蓉筆錄，《臺灣文學十講》，臺北：前衛，2000年11月。

2. 《鍾肇政口述歷史》，（臺北：唐山出版社，莊華堂編，2008年7月），頁71。

3. 鍾理和、鍾肇政著，錢鴻鈞編，《臺灣文學兩鍾書》，臺北：草根出版事業有限公司，1998年。

4. 《鍾理和全集 3》，（高雄：高雄縣立文化中心，鍾鐵民編，1997年10月），頁329。

5. 張良澤，《四十五自述》（臺北：前衛出版社，1988年9月15日）。

6. 李喬，《文學評論——臺灣文學造型》，高雄：派色，1992年7月。

7. 林瑞明，《臺灣文學的歷史考察》，臺北：允晨，1996年7月。

8. 林瑞明，《臺灣文學的本土觀察》，臺北：允晨，1996年7月。

9. 施正鋒，《臺灣人的民族認同》，臺北：前衛，2000年8月。

10. 彭瑞金，《泥土的香味》，臺北：東大，1980年4月。

11. 彭瑞金，《臺灣新文學運動40年》，臺北：自立報系，1991年3月。

12. 彭瑞金，《臺灣文學探索》，臺北：前衛，1995年1月初版。

13. 彭瑞金，《鍾肇政評傳》，高雄：春暉出版社，2009年。

14. 葉石濤，《臺灣鄉土作家論集》，臺北：遠景，1979年3月。

15. 楊照，《文學、社會與歷史想像——戰後文學史散論》，臺北：聯合文學，1995年10月。

16. 歐宗智，《走出歷史的悲情——臺灣小說評論集》，臺北縣政府文化局，2002年12月出版。

17. 歐宗智，《臺灣大河小說作家論》，臺北：前衛出版社，2007年。

18. 錢鴻鈞，《戰後臺灣文學之窗——鍾肇政六百萬字書簡研究》，臺北：

文英堂，2002 年 12 月。

19. 錢鴻鈞，《臺灣文學的萬里長城——鍾肇政六百萬字書簡研究》，臺北：文英堂，2005 年 12 月。

20. 黃　娟，《政治與文學之間》，臺北：前衛出版社，1993 年。

21. 施正峰等編，《霧社事件——臺灣人的集體記憶》，頁 174 下村作次郎發言，朱教授翻譯，前衛出版社，2001 年 2 月。

22. 鄧相揚，《霧社事件》，臺北：玉山社，1998 年 10 月。

23. 鄧相揚，《霧重雲影》，臺北：玉山社，1998 年 11 月。

24. 鄧相楊，《風中緋櫻》，臺北：玉山社，2000 年 10 月。

25. 瓦歷斯·尤幹，《番刀出鞘》，臺北：稻香出版社，1992 年 12 月。

26. 中村聖、洪金珠，稠仔絲萊渥口述，《山深情遙》，臺北：時報出版，1997 年。

27. 麗伊京·尤瑪採編，《回歸歷史真相》，臺北：原住民史料研究社，1999 年 4 月。

28. 沈明仁，《崇信祖靈的民族——賽德克人》，臺北：海翁，1998 年 10 月。

29. 周婉窈主編，《臺籍日本兵座談會記錄並相關資料》，中央研究院臺灣史研究所籌備處，1997 年 1 月。

30. 蔡慧玉編著，《走過兩個時代的人——臺籍日本兵》，中央研究院臺灣史研究所籌備處，1997 年 11 月。

31. 戴國輝，《臺灣史探微—現實與史實的相互往還》，臺北：南天，1999 年 11 月。

32. 布興·大立，《寧死不屈的原住民》，臺北：信福出版，1995 年。

33. 伊藤金次郎，《臺灣不可欺記》，1948 年 1 月。臺灣出版譯本，臺北：文英堂，2000 年 4 月。

34. 阿威赫拔哈 口述，《霧社事件的證言》，臺北：臺原，2000 年 10 月。

三、期刊論文

1. 李喬，〈女性的追尋——鍾肇政的女性塑像研究〉，《文學評論——臺灣文學造型》，高雄：派色，1992 年 7 月初版。

2. 李喬，〈那時代的感受──介紹《怒濤》〉，新觀念月刊，1996 年。

3. 壹闡提，〈女性的追尋──鍾肇政的女性塑像研究〉，《臺灣文藝》，第 75 期，1982 年 2 月。

4. 莊紫蓉，〈臺灣文壇人物誌：探索者、奉獻者──鍾肇政專訪〉，《臺灣文藝》，163/164 合刊，1998 年 8 月。

5. 彭瑞金，〈論鍾肇政的鄉土風格〉，《臺灣文藝》，40 期，1973 年 7 月。

6. 彭瑞金，〈追尋・迷惘與再生──戰後的吳濁流到鍾肇政〉，《臺灣文藝》，第 83 期，1983 年 7 月。

7. 彭瑞金，〈傳燈者──鍾肇政〉，《聯合文學》，第 18 期，1986 年 4 月。

8. 彭瑞金，〈《插天山之歌》背後的臺灣小說書寫現象探索〉，頁 8-1~頁 8-14，發表於「鍾肇政文學國際學術會議」，桃園縣政府文化局主辦，2003 年 11 月 23 日。

9. 彭瑞金，〈吳濁流・陳若曦 亞細亞的孤兒〉，《文學界》第 14 集，頁 93-104，1985 年。

10. 彭瑞金，〈土地的歌・生活的詩──鍾理和的《笠山農場》〉，《臺灣春秋》第二卷第一期，1989 年 10 月。

11. 彭瑞金，〈臺灣客家作家的土地三書〉，2002 年 5 月 25 日，發表於美和技術學院「客家學術研討會」。收錄於彭瑞金著，《臺灣文學史論集》（高雄：春暉出版社，2006.8.）。

12. 彭瑞金，《鍾理和傳》（南投：臺灣省文獻委員會，1994 年 6 月），頁 52。

13. 彭瑞金，〈傳燈者〉，收錄於《瞄準臺灣作家》（高雄：派色文化，1992 年 7 月）。

14. 彭瑞金，〈血染的櫻花〉，收錄於《泥土的香味》，東大出版社，1980 年。

15. 葉石濤，〈臺灣人的譴責小說《怒濤》─接續「祖國」臍帶後所目睹的怪現狀〉，1993 年，自立晚報。收錄於：《展望臺灣文學》，九歌出

版社。

16. 彭瑞金，〈怒濤評介〉，中國時報，1993 年 3 月 12 日。

17. 彭瑞金，〈值得仔細聆聽的憤怒聲音〉，民眾日報，1994 年 2 月 26 日。

18. 葉石濤，〈臺灣作家論——吳濁流、鍾肇政〉，《臺灣文藝》，12 期，1966 年 7 月。

19. 葉石濤等，〈臺灣文學的里程碑——鍾肇政「臺灣人三部曲」對談紀錄〉，《臺灣文藝》75 期，頁 214-233，1982 年。

20. 葉石濤，〈塞達卡‧達耶的英雄史詩——評鍾肇政的《高山組曲》〉，中華日報，1985 年 5 月 1 日。

21. 鍾肇政等，〈李喬寒夜三部曲討論會〉，《文學界》第 4 集，1982 年，頁 6-32。

22. 鍾肇政、彭瑞金，〈鍾肇政鄉土小說討論會（一）——《滄溟行》〉，收於《八十二年度桃園縣立文化中心年刊》，桃園：桃園縣立文化中心，1994 年，頁 48-58。

23. 鍾肇政、李喬，〈鍾肇政鄉土小說討論會（二）——《插天山之歌》〉，收於《八十二年度桃園縣立文化中心年刊》，桃園：桃園縣立文化中心，1994 年，頁 59-70。

24. 鍾肇政，〈簡談大河小說〉，《中國時報》，1994 年 6 月 13 日。

25. 鍾肇政，〈《插天山之歌》及其他〉，《臺灣文藝》178 期，2001 年，頁 7。

26. 鍾肇政等，田雅各作品〈最後的獵人〉討論會，文學界 18 期，1986 年 3 月 3 日。

27. 〈鍾肇政簡介〉，第三屆國家文化藝術基金會文藝獎專輯，1999 年 9 月。

28. 鍾肇政，〈馬黑坡溪畔的沈思〉，自立晚報，1982 年 12 月 30-31 日。

29. 鍾肇政，〈日安，卑南〉，自立晚報，1985 年 12 月 21-23 日，收錄於《願嫁山地郎》，晨星出版社。

30. 鍾肇政，〈霧社的真實—兼介阿烏伊‧黑巴哈《證言霧社事件》〉，自立晚報，1988 年 11 月 3 日。

31. 鍾肇政，〈臺灣精神──講詞概要〉，「臺灣與日本的詩」節目書，「祈和平」交響樂訪日團。，2001 年 8 月

32. 鍾肇政，〈演講「歷史與文化的結合」〉，地點：臺北市綠之鄉，主持人：李敏勇，筆錄者：莊紫蓉，1993 年 4 月 21 日。（尚未發表）

33. 鍾肇政，〈鍾肇政 lau 後生閒談《怒濤》〉，客家雜誌第 47 期，錢鴻鈞、陳俊光整理，1994 年 4 月。

34. 鍾肇政，演講「從《怒濤》到臺灣文學」，地點：清華大學學生活動中心，主持人：陳萬益教授，主辦單位：清華大學中國語文學系與臺灣客家人社 合辦，筆錄者：錢鴻鈞，1994 年 3 月 10 日。（尚未發表）

35. 詹宏志、黃春秀著，〈時代社會再現的企圖──談鍾肇政的《濁流三部曲》〉，《臺灣文藝》，第 75 期，1982 年 2 月。

36. 羅秀蘭，〈大河小說在臺灣的發展──兼談李喬的《寒夜三部曲》〉，《臺灣文藝》，163/164 合刊，1998 年 8 月。

37. 戴華萱，〈論鍾肇政《濁流三部曲》臺灣意識的書寫策略〉，東亞漢學研究學會第三屆國際學術會議，2012 年 4 月 27 日。

38. 胡紅波，〈《插天山之歌》就是鄉愁之歌〉，《臺灣文學評論》3 卷 3 期，頁 38-50，2003 年。

39. 陳　燁，〈永遠的赤子──鍾肇政紀事〉，《臺灣文藝》第 127 期，頁 6-24，1991 年。

40. 翁聖峰，〈八四課程標準高中國文賴和教材試論〉刊於《彰化文學大論述》，施懿琳等，五南圖書，2007 年 11 月，頁 551-567。

41. 楊傑銘，〈論鍾理和身份的含混與轉化〉，臺灣學研究 4 期，2007 年 12 月。

42. 胡紅波，〈南北二鍾與山歌〉（清華大學主辦：「民間文學與作家文學研討會」，1998 年 11 月 21 日），頁 175-202。

43. 楊照，〈歷史大河中的悲情──論臺灣的「大河小說」〉，收於《文學、社會與歷史想像──戰後文學史散論》（臺北：聯合文學出版，1995 年 10 月），頁 92。

44. 陳芳明，〈戰後大河小說的起源──以吳濁流的自傳性作品為中心〉（臺

北：聯經出版社，臺灣現代小說縱論，1998 年 12 月），頁 84。

45. 陳建忠，〈詮釋爭奪下的文學傳統：臺灣「大河小說」的命名、詮釋與葉石濤的文學評論〉，《文學臺灣》70 期，2009 年 4 月，頁 307-333。

46. 陳建忠，〈後戒嚴時期的後殖民書寫：論鍾肇政《怒濤》中的「二二八」歷史建構〉，收錄於陳萬益編，桃園縣文化局：《大河之歌》，2003 年 11 月。

47. 陳建忠，〈臺灣歷史小說研究芻議：關於研究史、認識論與方法論的反思〉，收錄於李勤岸、陳龍廷主編，師範大學：《臺灣文學的大河：歷史、土地與新文化》，2009 年 12 月。

48. 陳萬益，〈誰能料想三月會作洪水──二二八小說《怒濤》與《反骨》合論〉，東海大學主辦「臺灣文學中的歷史經驗研討會」，1994 年 5 月。收錄於《于無聲處聽驚雷》，臺南市作品集，1996 年 5 月。

49. 褚昱志，〈臺灣大河小說之先驅──試論李榮春的《祖國與同胞》〉，《臺灣文學評論》5 卷 3 期，2005 年 7 月 1 日，頁 84。

50. 陳凱筑，〈試就李榮春《祖國與同胞》探其與臺灣大河小說之淵源〉，（臺北：北教大臺文所與市北教大國語文研究所、臺東：臺東大學語教系碩士班合辦「三校研究生碩博士論文聯合發表會」，2007 年 4 月 28 日），頁 50。

51. 藍建春，〈在臺灣土地上書寫臺灣人歷史──論鍾肇政《臺灣人三部曲》的典律化過程〉，（臺南：國家臺灣文學管籌備處，《臺灣大河小說家作品學術研討會論文集》，2006 年 12 月），頁 43-74。

52. 藍建春，〈歷史、生態：王家祥原住民系列小說中的歷史敘事──歷史魅影的靈魂記憶與書寫〉，高雄市政府文化局「2010 高雄文學發聲國際學術研討會」，2010 年 11 月 6 日，頁 200。

53. 廖清秀致鍾理和信，1957 年 3 月 28 日，（收於鍾理和紀念館，尚未出版）。

54. 沈英凱致鍾肇政信，1964 年 8 月 10 日。（李駕英翻譯、錢鴻鈞編，原日文，原件存於真理大學臺灣文學資料館，第一展示室，鍾肇政所藏書信卷，1964 年。）

55. 陳韶華致鍾肇政信，1964 年 8 月 11 日。（真理大學臺灣文學資料館，第一展示室，鍾肇政所藏書信卷，1964 年。）

56. 陳世敏致鍾肇政信，1963 年 2 月 27 日。（真理大學臺灣文學資料館，第一展示室，鍾肇政所藏書信卷，1963 年。）

57. 馮馮致鍾肇政信，1964 年 4 月 6 日。（真理大學臺灣文學資料館，第一展示室，鍾肇政所藏書信卷，1964 年。）

58. 文心致鍾肇政信，1962 年 10 月 15 日。（真理大學臺灣文學資料館，第一展示室，鍾肇政所藏書信卷，1924 年。）

59. 陳永善致鍾肇政信，1964 年 11 月 1 日。（真理大學臺灣文學資料館，第一展示室，鍾肇政所藏書信卷，1964 年。）

60. 林海音致鍾肇政信，1963 年 8 月 20 日。（真理大學臺灣文學資料館，第一展示室，鍾肇政所藏書信卷，1963 年。）

61. 鍾鐵民，〈我的祖父與笠山農場〉，收錄於《鍾理和論述》（臺北：草根出版社，應鳳凰編，2004 年 4 月）。

62. 陳板，〈地方感的重塑——《怒濤》讀後〉，臺灣時報，1993 年 4 月 2 日。

63. 李奭學，〈二二八註——評鍾肇政小說《怒濤》〉，中國時報，1993 年 4 月 9 日。

64. 林柏燕，〈從《怒濤》看中國文化〉，自立晚報，1993 年 12 月 6 日。

65. 羊子喬，〈比歷史還真實的小說《怒濤》〉，自立晚報，1994 年 1 月 12 日。

66. 黃秋芳，〈巨濤掀浪掩重城——解讀鍾肇政的《怒濤》〉，桃竹苗地區文學會議，1993 年 6 月。收錄於：《臺灣客家人新論》，臺原出版社，1993 年 12 月。

67. 黃秋芳，演講「《怒濤》評論」，於鍾肇政鄉土小說討論會，桃園文化中心 1994 年 1 月 9 日。筆錄：廖子嫣、錢鴻鈞，桃園文化中心印製。

68. 許俊雅，〈憤怒的波濤巨浪—鍾肇政的《怒濤》〉，收錄於《島嶼容顏——臺灣文學評論集》，臺北縣作家作品集，2000 年 12 月。

69. 蔡秀菊，〈雲間的曙光——從明臺報透視臺灣籍日本兵的戰後臺灣像〉，

臺灣文藝 157 期，1996 年 10 月。

70. 蔡秀菊，〈陳千武的小說與詩表現和「死」、「生」、「愛」的關連〉，文學臺灣 24 期，1997 年。

71. 周婉窈，〈日本領臺末期的戰爭語言〉，收錄於《臺灣史研究一百年：回顧與研究》，中央研究院臺灣史研究所，1997 年 12 月。

72. 鍾延豪，〈霧社今昔〉，《臺灣文藝革新號》13 期，總號 66 期，1980 年 3 月。

73. 黃娟，〈墜落的星〉，收錄於《政治與文學之間》，前衛出版社，1986 年 8 月。

74. 林芝眉，〈花果飄零的傷痕〉，收錄於《鍾延豪集》，前衛出版社，1986 年 1 月。

75. 呂昱，〈血染櫻花的後裔們〉，蘭亭，1983 年 6 月。

76. 呂昱，〈解開苛政隱忍圖存的奧秘──評鍾肇政的《川中島》〉，蘭亭，1983 年 8 月。

77. 呂昱，〈歷史就是歷史──評鍾肇政的《戰火》〉，蘭亭，1983 年 9 月。

78. 呂昱，〈鍾肇政高山組曲──第一部川中島、第二部戰火〉，中國時報，1987 年 3 月 22 日。

79. 呂昱策劃，〈山地文學發展的可能性──《高山組曲》討論會〉，南方，1985 年 5 月。

80. 吳錦發等〈山地文學的再出發──鍾肇政山地小說《高山組曲》討論會〉，民眾日報，1985 年 6 月 5-6 日。

81. 杜偉瑛，〈從鍾肇政的原住民小說《馬利科灣英雄傳》──談泰雅族〉，真理大學，淡水牛津臺灣文學研究集刊第 2 期，1999 年 8 月。

82. 杜偉瑛，〈從鍾肇政小說《卑南平原》談卑南族與其遺址搶救、古文化〉，真理大學，淡水牛津臺灣文學研究集刊第 3 期，2000 年 8 月。

83. 林韻梅，〈鍾肇政《卑南平原》評述〉，《東臺灣研究》創刊號，1996 年。

84. 黃季平，〈原住民文學的課程設計〉，《臺灣原住民文學研討會》，1998

年 11 月 14 日。

85. 張玉欣，〈企望鍾肇政文學的另一高峰──對《高山組曲》兩部小說的沈思〉，《南方》第 2 期，1986 年 11 月。

86. 東年，〈在黑潮之畔嘆卑南之古──評鍾肇政《卑南平原》〉，聯合文學。

87. 林德政，〈霧社抗日精神的延續──評介鍾肇政著《川中島》〉，《文訊》雜誌第 19 期，1985 年 8 月。

88. 舒傳世，〈難忘的「霧社事件」〉，臺灣新聞報。

89. 蔡森勇，〈大武戰將──悲戀高砂義勇軍〉，臺灣新聞報，2000 年 4 月 10 日。

90. 娃丹，原住民影像的迷失，原住民權利國際研討會，http：//aff.law.ntu.edu.tw/symposium/indigenour/chinese/0620/4.html。

91. 阿美影展第五場 Pakongko，2000 11 25，地點：臺北市政府多媒體放映室，影片「我們為了日本而戰爭──花蓮壽豐的三個老人」。http：//www.realpangcah.net/record/5.html。

92. 陳淑美，被淹沒的島嶼戰史：高砂義勇隊，http：//www.sinorama.com.tw/ch/1999/199903/803078c1.html。

93. 陳素貞，〈高一生專輯〉，1994 年 4 月，臺灣文藝 142 期。

94. 黃智慧等，胡婉玲主持，悲壯的歷史──還原高砂義勇隊真相，2001 年 4 月 8 日下午 4-5pm，民視新聞臺，來賓：尤哈尼、藤井志津支、楊新宗、翁瑞鳴、黃智慧。

95. 黃智慧，發言於公視節目原住民新聞雜誌「部落面對面」，討論主題「高砂義勇隊紀念碑、館該怎麼建」，莊紫蓉整理，2001 年 4 月 2 日。

96. 黃智慧， The Yamatodamashi of the Takasago Volunteers of Taiwan：A Reading of the Postcolonial Situation，in Harumi Befu and Sylvie Guichard-Anguis eds.， Globalizing Japan：Ethnography of the Japanese Presence in Asia， Europe， and America，2001，PP222–250， London： Routledge。

97. 黃智慧，〈高砂義勇隊的「大和魂」：後殖民情境下的解讀〉，發表於「涓滴成流──日常經驗與凝聚記憶」研討會，2002 年 9 月 19-20 日，

臺北：中央研究院明清研究會主辦。

98. 索克魯曼，〈真正的驕傲〉，中國時報，2001 年 5 月 30 日。

99. Lynn Miles，Hakka writer brings Taiwan spirit to Japan，TAIPEI TIME，2001 年 8 月 23 日。

四、碩博士論文

1. 王淑雯，《大河小說與族群認同——以臺灣人三部曲、寒夜三部曲、浪淘沙為焦點的分析》，臺灣大學社會學研究所碩士論文，1994 年 7 月。

2. 黃靖雅，《鍾肇政小說研究》，東吳大學中文研究所碩士論文，1994 年 11 月。

3. 林美華，《鍾肇政大河小說中的殖民地經驗》，國立成功大學歷史學系碩博士班，2003 年。

4. 王慧芬，《臺灣客籍作家長篇小說中人物的文化認同》，東海大學中文研究所碩士論文，1999 年 6 月。

5. 吳欣怡，《敘史傳統與家國圖像：以呂赫若、鍾肇政、李喬為中心》，清華大學中文系碩士論文，2010 年。

6. 申惠豐，《臺灣歷史小說中的土地映像——土地意識的回歸、認同與實踐》，靜宜大學，中國文學研究所，2005 年。

7. 林明孝，《鍾肇政長篇自傳性小說研究》，中山大學中文研究所碩士論文，2001 年 6 月。

8. 戴華萱，《臺灣五 0 年代小說家的成長書寫(1950-1969)》，輔仁大學中文系博士論文，2007 年。

9. 張謙繼，《鍾肇政《臺灣人三部曲》研究》，文化大學中文研究所碩士論文，1996 年 6 月。

10. 曾玉菁，《鍾肇政《插天山之歌》及其改編電影之研究》，國立交通大學，客家文化學院客家社會與文化碩士在職專班，2008 年。

11. 郭慧華，《鍾肇政小說中的原住民圖像書寫》，國立臺灣師範大學國文系在職進修碩士學位班，2003 年。

12. 李竹君，《客家農村女性的勞動經驗與美德》，國立花蓮師範學院，多元文化研究所，2001 年。

13. 劉奕利著，《臺灣客籍作家長篇小說中女性人物研究》，國立高雄師範大學，國文學系，2004 年。

14. 洪正吉，《鍾肇政長篇小說中的女性人物研究》，國立臺南大學，語文教育學系教學碩士班，2006 年。

15. 劉玉慧，《歷史記憶與傷痕的書寫──鍾肇政《怒濤》研究》，中興大學，臺灣文學研究所，2009 年。

16. 董砡娟：《鍾肇政小說中反殖民意識之研究──以《臺灣人三部曲》、《怒濤》為例》，臺東大學教育研究所碩士論文，2007 年。

17. 邱麗敏：《二二八文學研究──戰前出生之臺籍作家對二二八的書寫探討》，新竹師院臺灣語文教育研究所碩士論文，2002 年 6 月。

18. 余昭玟，《戰後跨語一代小說家及其作品研究》，成功大學中國文學系博士論文，2002 年。

19. 賴松輝，《李喬《寒夜三部曲》研究》，成功大學歷史語言研究所碩士論文，1991 年。

20. 楊明慧，《臺灣文學薪傳的一個案例──由吳濁流到鍾肇政、李喬》，東海大學，中國文學系，2003 年。

21. 曾盛甲，《鍾肇政小說鄉土情懷之研究──以《大壩》與《大圳》為例》，臺灣師範大學，國文系在職進修碩士學位班，2004 年。

22. 陳明成，《陳芳明現象及其國族認同研究》，成功大學歷史所碩士論文，2002 年 6 月。

23. 張文智，《族類意識的角度分析當代本土文學的臺灣意識現象》。新竹：清華大學社會人類學研究所碩士論文，1990 年。

24. 蔡翠華，《六〇年代《臺灣文藝》小說研究(1964-1969)──以認同敘事為中心的考察》，國立臺灣師範大學臺灣文化及語言文學研究所碩士論文，2010 年。

25. 賴宛瑜，《臺美人與世界人的文學實踐──黃娟《楊梅三部曲》初探，國立清華大學臺灣文學研究所碩士論文，2008 年。

26. 何敬堯，《論施叔青《臺灣三部曲》之時空敘事與文本疑慮──「癥狀式閱讀」的逆讀策略》，國立清華大學臺文學研究所碩士論文，2012

年。

27. 王淑玲，《施叔青《臺灣三部曲》中的後殖民書寫研究》，高雄師範大學國文學系碩士論文，2012 年。

作者後記　第二春

　　二十年在社會打滾，留下一輩子的悔恨，十年的學術生涯，則打去了我的驕傲。但是也因此有了第二春的可能。這並非什麼福禍相倚的論調。事實上，生命總是掙扎與徬徨的，誇大些講，是每天在陷入抉擇，反思個人作為的價值與意義，大部份時間則更多是慵懶、散漫。尋找個人存在於社會的價值，為社會所需要與肯定的存在意義。

　　我這笨腦筋，是不懂未來發展與方向的，所以後記題目上的第二春的說法，那是本書的題字人張良澤給我的啟發。他卻說他自己即將展開第三春呢，真是奇人。而賜序的陳建忠則是告訴我，他要推廣臺灣文學到更普遍的人民。他似乎也找到更適切的道路了，也是他的一種新境界。所以他讓我懂得放心，唯有繼續衝下去。所以，我有無被肯定、被需要，也不必太顧及了。慵懶也不必太過於自責才好。

　　我不知道張教授的第三春是什麼，但是他似乎是日日春啊。退休後每天仍如上班一樣來到臺灣文學資料館，一切作息如一。

　　本書是十三年的累積的部份寫作成果、二十年的閱讀與搜尋資料所得，一半內容是這六年來的新作與延續舊道路的總結。事實上仍距離完美差一大截。有相當部份也是受到建忠的論文的啟發，與他對話的結果。不再是與六年前的許多前輩、作家對話了，這也是一種進步。而六年來，給我最多心靈上、研究上的助益的是莊永清。永清的友誼給我許多陽光與雨水。

　　除此以外，許多長輩、好友、悄悄的給我支持鼓勵的，我都在此省了吧。感謝的話，放到心中就好了。相信新朋友、老朋友、長輩們不會怪我，雖然那些也是新鮮的空氣與水、養分。但還是該感念翁聖峰教授百忙中的襄助，給我不少修改意見。麻豆第一屆臺文系畢業學生雅淑也該記下一筆，若非她幫忙修訂格式，我真提不起勁來重新編寫這本書。

　　甚至近半年才認識的田桑，改變我生活、想法極大的人，他告訴我，讓我

感到打擊的事情，也是外界各有其人的理由、或者顧大局的想法，田桑要我別怪別人吧。是啊，一輩子的悔恨、驕傲被打去，我都接受了，希望可以完全的臣服、不抵抗。學習以正面的態度，獲得反省與檢視自己的力量。然後靠著好友們、社會仍給我機會，我需要持續的努力，這才是好友真正想要看的，要看我往後真正的作為是什麼。而悔恨什麼的等等的話，告訴自己就夠了，檢視自己是否真正的臣服於責備啦、不要再反抗了，只需再次走上美好的道路。

　　二十年來踏入社會算是第一春的話，這一段莽莽撞撞、渾渾噩噩的經驗，告訴我，我還是變得不多。但是總會提醒我要更忍耐、沉著才好。

　　第二春還沒有展開，也可能不會展開，現在除了把這本書整理好之外，在此後記我還該寫什麼。可以肯定的是，有著抱持第二春的懷想的人，我可以確定未來生命仍可以是更豐富的，若不多忍耐會跌撞的更多。講這麼多話，回頭看，還真不像是春天有那麼清新味道，而是還在春寒中。

　　以上某些空泛虛無的心靈紀錄之外，倒是可以再提到二十年前，因為客家的認同給我熱力，扭轉了生命的道路，產生了強烈的個人與社會的關連性，而終於有了這本書的出現。而祖先是熟番這個記載、這個事實，有如種子也漸漸發芽了，近來猛讀了多本道卡斯族的碩論，也延伸到埔里的巴宰、屏東的馬卡道的閱讀，還有更多的原住民的論文閱讀，幾乎使我想轉而研究歷史。

　　但是我知道，第二春，應該還是有二十年來持續的使命與工作要完成。熟番、生番的自我認知，除了可以講更多故事給弟弟、爸爸與汝山聽，也還會豐富客家研究與臺灣文學的內涵。此外，若仍能回到故鄉，也增加些祖先合歡公與叭六公的研究，那就是錦上添花了。我不必須要什麼祖先是宰相而感到光榮與驕傲，就從我做起，讓子孫為我驕傲吧。

　　對了，我的第二春一定會展開的，問題是不再只是如第一春那麼好玩的性質，我有意識到我需要更多堅持與忍耐。美好的是，還有與兒子幾次腳踏車環島，那麼美麗的記憶在支撐我、給我勇氣與信心。

　　在一九九三年報名客家冬令營，電話那一頭說額滿了，我不知道哪來的勇氣與自信，告訴他們說這個營隊沒有我可不行，在客家的世界裡，我可以做很多事，造成影響的。我無意識的想，反正我要參加就是了。結果第一春就這麼展開了。二十年來的近幾年，讓我每一年春天都注意到了貓頭鷹的叫聲、三月

底聞到柚子香、四月看到苦楝樹開滿花朵，還有夏天時就可以享受到的檸檬醋。領悟到與兒子汝山騎腳踏車環島，除了享受生命、欣賞美麗的臺灣外，其上上下下起起伏伏通過高山來到大海，就是一個心靈的季節之旅程，每一次出發就是一個春天。

　　再一次的為上述具名不具名的許多人，為我捎來春的訊息，推我一把的、為我扛責的人，對我有信心，永遠支持我的友人與長輩，當然還有親愛的家人太太、父母親、弟妹，獻上此書。

錢記鳴鈞

於埔里 2013 年 2 月，任教於麻豆整整十年

國家圖書館出版品預行編目(CIP)資料

鍾肇政大河小說論/錢鴻鈞著. -- 初版. -- 臺北
　市：元華文創股份有限公司,2021.05-
面；　公分

ISBN 978-957-711-206-4(第1冊：平裝). --
ISBN 978-957-711-207-1(第2冊：平裝)

1.鍾肇政　2.臺灣小說　3.文學評論

863.57　　　　　　　　　　　110002088

鍾肇政大河小說論(第二冊)

錢鴻鈞　著

發 行 人：賴洋助
出 版 者：元華文創股份有限公司
聯絡地址：100 臺北市中正區重慶南路二段 51 號 5 樓
公司地址：新竹縣竹北市台元一街 8 號 5 樓之 7
電　　話：(02) 2351-1607　　傳　　真：(02) 2351-1549
網　　址：www.eculture.com.tw
E - m a i l：service@eculture.com.tw
出版年月：2021 年 05 月 初版
定　　價：新臺幣 500 元

ISBN：978-957-711-207-1 (平裝)

總經銷：聯合發行股份有限公司
地　址：231 新北市新店區寶橋路 235 巷 6 弄 6 號 4F
電話：(02)2917-8022　　　　　傳　真：(02)2915-6275